죽으려고
바다에
뛰어들었다

죽으려고
바다에
뛰어들었다

초판 2쇄 인쇄일 2023년 09월 27일
초판 2쇄 발행일 2023년 10월 6일

지은이 | 남도르신
펴낸이 | 김기선

편집부 | 박신혜, 김수린, 강연정, 강지원, 김수정, 김은희, 원석희, 공지우
표지디자인 | 금장미
내지디자인 | 한주희

펴낸곳 | 주식회사 와이엠북스(YMBOOKS)
출판등록 | 2021년 5월 27일 (제2021-000014호)
주소 | 서울특별시 중랑구 신내역로3길 40-36 B동 710호 (신내동)
전화 | 02)906-7768 / **팩스** | 02)906-7769
E-mail | ymbooks@nate.com

ISBN 979-11-322-7240-3 03810

값 11,000원

죽으려고 바다에 뛰어들었다

YMBOOKS
ROMANCE STORY

님도르신 장편소설

Ym
BOOKS

차 례

프롤로그

죽으려고 바다에 뛰어들었다.

딱히 특별하게 오늘이 더 최악이라거나, 무슨 일이 있어서는 아니었다.

그냥 어느 날엔가는 죽고 싶었고. 그날이 오늘이었을 뿐이니까.

희연은 몸에 부딪히는 파도를 손으로 가볍게 쓰다듬었다. 온몸이 떨릴 정도로 추운데, 그리 춥게 느껴지지 않았다. 아니, 죽으려고 하는 마당에 추위가 다 무슨 소용이냐는 생각마저 들었다.

그녀는 천천히 더 깊은 바다를 향해 걸어 나갔다.

늦가을의 서늘한 바닷물에 제어를 벗어난 몸이 심하게 떨려 왔지만, 앞으로 나아가길 멈추지 않았다.

걷고, 걷고, 걷고. 또 걸었다. 점점 앞으로 나아가기 힘들 정도로 파도가 거칠어졌다.

'생각보다 얕네.'

얼마나 더 들어가야 하는 걸까. 멍하니 그런 생각을 했다.

죽을 장소로 이곳을 선택한 이유는 달리 없었다.

죽어야겠다 생각하고선, 버스 터미널로 갔고 바닷가로 가는 버스 중 가장 빠른 것을 잡아탄 것뿐이었으니까. 승차권에 적힌 도착지는 아무런 의미도 없는 글자일 뿐이었다.

파도가 칠 때마다, 숨이 막혔다.

어느새 목 끝까지 차오른 바닷물에 이가 따닥거리는 소리를 내며 부딪치고, 온몸의 감각이 얼어붙었다.

드디어 끝.

뒤를 돌아보진 않았다. 얼마나 깊이 들어왔는지 확인하는 것은 아무런 의미도 없었으니까.

조금 더 걷다가, 머리 위까지 높이 치솟은 파도에 휘청이며 휩쓸린 순간. 저 멀리서 아득하게 먼 소리가 들려왔다.

"야……!"

그게 누구를 부르는 소리인지는 알 수 없었다.

몸이 반사적으로 숨을 들이마시자마자 코와 입으로 짜디짠 바닷물이 밀려 들어왔다. 상상했던 것보다 괴로운 끝이라고 생각했다.

좀 더 편한 방법을 택하는 게 좋았을까.

하지만 바다에 뛰어들고 싶었다. 새까만 어둠 속으로. 그냥 빨려 들어가고 싶었다.

아무것도 남기지 않고. 그냥 그렇게.

어두운 바다 밑으로 천천히 가라앉으며, 출렁이는 파도 위로 떠오른 달을 멀거니 바라보고 있었다. 그때, 몸을 거칠게 당기는 손길이 느껴졌다.

"푸하!"

의도하지 않았음에도 불구하고, 머리가 수면 위로 불쑥 솟아올랐다.

희연은 콜록거리면서 숨을 들이마셨다. 생존 본능이 남아 있는 몸은 그녀의 의지와 달리 다급히 공기를 빨아들이고, 아득해지던 정신을 붙잡았다.

"이런 씨발! 씨발!"

거친 욕설과 함께 몸이 세게 당겨졌다. 한 남자가 희연의 몸을 끌어당기면서 해변으로 가고 있었다.

"놔……."

파도 소리에도 가느다란 목소리가 선명하게 두 사람을 갈라놓으려 시도했다. 버둥거릴수록 몸을 붙잡고 있는 팔의 힘이 강해졌다.

"씨발, 가만히 있어!"

죽으려고 한 것은 그녀인데. 어째서 낯선 남자가 화를 낸단 말인가.

"놓으라고!"

희연이 악을 쓰듯 외치며 남자의 팔을 마구잡이로 할퀴었다. 누군가가 구해 주길 바란 적 없었다. 이대로 그냥 놔두면 안 되는 건가. 죽음마저도 그녀의 선택이 될 수 없단 말인가.

물속에서 발버둥 치면서 남자와 몸싸움을 벌인 지 얼마나 지났을까. 남자가 버럭 화를 내더니, 이번엔 아예 그녀의 머리를 바닷물 속으로 처넣어 버렸다.

"흡⋯⋯!"

방심한 순간 바닷물을 들이마시고, 눈을 질끈 감았다. 몸에 남아 있던 공기 방울이 보글거리는 소리를 내며 빠져나가고, 머리를 단단히 짓누르는 손에 정신이 희미해졌다.

우악스러운 손길에 발버둥 쳤다. 분명 죽으려 했는데. 어느새 희연은 살기 위해 허우적거렸다.

얼마나 시간이 지났을까. 생과 사의 기로에 섰을 때쯤, 남자가 다시 그녀를 위로 끌어 올렸다. 그리고 반항할 힘조차 남지 않아 흐느적거리는 희연의 몸을 잡아당기면서 뭍으로 헤엄쳐 갔다.

아무도 없는 모래사장 위에 던져지듯 털썩 눕혀진 희연은 쿨럭거리면서 바닷물을 토해 냈다.

"욱⋯⋯ 하아⋯⋯ 하⋯⋯."

남자가 가쁜 숨을 내뱉으면서 흠뻑 젖은 머리카락을 쓸어 올렸다.

희연은 고개만 돌려 바닷물을 토해 내곤, 눈을 질끈 감았다가 떴다. 온몸에 힘이 하나도 없었다. 온몸이 파도에 녹아 없어진 듯 흐물거렸다.

"씹, 어디 뒈질 데가 없어서 바다에 뛰어들려고⋯⋯."

그가 숨을 겨우 고르더니, 다짜고짜 그녀에게 소리를 버럭 질렀다.

"씨발, 씨발! 왜 하필 내 눈에 띄어 가지고! 뒈지려면 혼자 조용히 뒈지든가!"

누가 구해 달라고 했나? 됐다고 거부하는데도 악착같이 구했으면서. 왜 그녀에게 화를 내는 건지.

희연이 입술을 달싹이며 뭐라고 말을 하려고 했지만, 남자는 대꾸할 틈조차 주지 않고 소리를 버럭버럭 질러 댔다.

겨우 일어난 희연은 비틀거리면서 몸을 꼿꼿하게 세웠다. 눈앞이 빙글빙글 돌았다. 바닷속에서 몸싸움을 한 게 너무 힘들었던 탓인지 팔을 드는 것조차 버거웠다.

겨우겨우 손을 들어 올린 그녀는 눈앞에 있는 남자의 뺨을 때렸다. 젖은 피부가 거친 소리를 냈지만, 그리 아프진 않았으리라. 힘이라곤 조금도 들어가지 않았으니까.

남자가 어이없다는 얼굴로 눈을 끔벅이더니, 인상을 구겼다.

"왜 구했어."

희연의 목소리가 낮게 갈라졌다.

"왜 구했냐고."

화를 낼 기운조차 없었다. 바다의 거친 바람에 목소리가 금세 흐트러졌다.

"왜 사람 눈앞에서 바다에 뛰어들고 지랄이야? 뒤질 거면 집에 처박혀서 혼자 뒤지든가. 씹, 재수가 없으려니."

남자가 보란 듯, 침을 뱉었다.

"누가 구해 달랬어?"

목이 꽉 잠겼다. 희연은 그제야 남자의 얼굴을 가만히 쳐다봤다. 어디서 얻어터지고 오기라도 한 건지 몰골이 엉망이었다. 눈가에 든 피멍, 눈썹 위에 자리한 상처에서 흘러나온 피가 바닷물에 섞여 뺨을 붉게 물들였다. 한쪽 뺨은 조금 부어 있었고, 손마디마다 상처가 가득했다.

"사는 게 그렇게 우스워?"

"……"

"씨발!"

남자가 거칠게 욕을 내뱉었다. 희연의 삶은 눈앞의 남자만큼 처절하진 않았다. 그렇지만 살고 싶지도 않았다. 사는 것이 우습다기보단, 사는 것이 버거웠다.

그를 가만히 바라보다, 그냥 다시 바다 쪽으로 걸음을 옮겼다.

파도가 발목에 닿고, 조금 더 나아가자 금세 무릎까지 잠겼다.

그 순간, 몸이 번쩍 들렸다.

"이거 완전 미친년 아냐!"

"이거 놔."

"진짜 오늘 별 이상한 년을 다 보네!"

벗어나려고 발버둥 칠수록, 몸을 끌어안고 있는 팔의 힘이 강해졌다. 희연은 한참을 발버둥 치다가 숨을 헐떡이면서 축 늘어졌다.

그게 그 남자와의 첫 만남이었다.

1. 지하

　바다에 들어가려고 하고, 막으려고 하고. 밤이 깊어지도록 실랑이 아닌 실랑이를 한 끝에 완전히 지친 희연은 모래사장에 벌러덩 드러누웠다.

　'이것도 운이려나.'

　밤하늘을 바라보면서 멍하니 그런 생각을 했다. 죽는 날이 오늘이 아닌 거구나. 딱 그 정도의 감상이었다.

　희연은 욕을 걸쭉하게 쏟아 내는 남자를 멀거니 쳐다봤다. 희미한 가로등 불빛에 드러난 그의 얼굴에는 지친 기색이 역력했다. 어디서 싸움질을 한 데다가, 그녀와 함께 바다에서 난리를 쳤으니 피곤할 만도 하지. 피식 웃음이 나왔다.

　다른 곳에도 상처가 있었던 건지 남자의 셔츠는 군데군데 피로 붉게 물들어 있었다.

　"존나 개같네. 좆같은 일이 생기려니까 미친년을……."

"야."

희연은 그의 말을 뚝 끊었다. 작은 목소리였음에도 불구하고 그 소리를 들었는지 남자가 입을 꾹 다물고 인상을 찌푸렸다.

그 얼굴이 조금 앳되어 보인다고 생각했다. 희연이 덤덤한 얼굴로 다시 시선을 저 먼 하늘에 돌렸다.

"그만해. 오늘 더 이상 죽을 생각 없으니까."

"이거 진짜 미친년이네."

남자가 기가 막힌다는 듯 헛웃음을 지었다.

희연은 눈을 감았다. 늦가을의 찬 바다에서 한참 동안 씨름한 데다 푹 젖은 채 모래사장에 누워 바닷바람을 맞고 있으니 추위에 이가 딱딱 소리를 내며 부딪쳤다.

'어디 호텔이라도 가야 하나.'

거기까지 생각한 순간 희연은 무심코 주머니를 더듬었고, 그 안에 있던 것들이 모조리 다 사라졌다는 걸 깨달았다. 바다에 들어가서 몸싸움을 하며 난동을 피우는 동안 파도에 휩쓸려 간 듯했다.

애초에 카드 한 장과 휴대폰, 달랑 두 개밖에 들고 오지 않았지만 가진 모든 것을 잃어버린 셈이었다.

희연은 아직도 분이 풀리지 않는다는 얼굴로 욕을 내뱉고 있는 남자를 쳐다봤다. 더 이상 죽을 생각이 없다는 말에 조금 안심했는지 그는 옷을 홀러덩 벗어서 비틀어 짜내고 있었다.

군살 없이 근육으로 꽉 짜인 몸에, 여기저기 난 상처. 그리고 몸에 그려진 커다란 문신을 본 순간, 그녀는 눈앞의 남자가 평범한 사람은 아니겠구나 직감했다.

쳐다보는 시선을 느꼈는지 시선을 마주친 그가 눈을 부릅뜨면서 협박조로 말을 내뱉었다.

"너 진짜 뒤지면 내 손에 죽을 줄 알아."

"자살하려는 사람에게 죽여 버린다는 건 협박이 아닌 것 같은데."

담담하게 대답하자 말문이 막힌 듯 남자가 입을 꾹 다물더니 거친 숨을 내뱉었다.

"씨발, 그렇다면 그런 줄 알아!"

버럭 짜증을 낸 그가 대충 짜낸 옷을 다시 걸쳐 입었다. 이름도 모르는 남자가 진저리를 치며 한 걸음 뗀 순간, 희연은 달달 떨리는 어깨를 움츠리면서 불쑥 말을 꺼냈다.

"사람 하나 구해 준 김에 나 하루만 재워 줘."

"……이거 진짜 미친년이네."

춥고, 쓸쓸하고, 죽고 싶은 밤이었다. 누군가 구해 주지 않았다면 진짜로 새까만 바다에 뛰어들었을 정도로.

누군가가 곁에 있었으면 했다. 그만큼 간절히, 저 깊은 바닷속을 생각하고 있었다.

희연은 메마른 웃음소리를 냈다.

남자는 또다시 욕을 한 바가지 퍼붓더니, 그녀의 미친 행동에 대해 일장 연설을 하기 시작했다.

"아무리 뒤지려고 해도 그렇지. 그렇게 아무 남자나 잡고 재워 달라고 하냐? 씨발, 왜. 죽을 몸이라 아무래도 괜찮다 이거야? 구해 줬더니 돈도 내놓으라고 할 년이네 이거."

평생 먹은 욕을 다 합쳐도, 지금 눈앞의 남자에게 들은 것이 더 많지 않을까. 희연은 멀거니 그런 생각을 하면서 눈을 깜박였다.

웃음이 나왔다. 그냥 이 상황이 우스웠다. 죽으려던 사람을 억지로 구해 준 남자. 기껏 목숨을 살려 줬더니 이젠 잠자리까지 내놓으라는 여자.

눈앞에 있는 이는 딱히 친절한 사람은 아닌 듯했지만, 그녀를 구해 주려고 했던 사람이었다. 그 덕분에 희연은 지금도 숨을 쉬고 있지 않은가.

그녀는 가만히 욕설을 듣고 있다가, 천천히 몸을 일으켰다.

"씨발, 좆같은 날에 별 개같은 경우가……."

어쩌고저쩌고. 남자의 욕설을 한 귀로 듣고 한 귀로 흘려보냈다.

늦가을의 서늘한 바람에 온몸이 덜덜 떨려 왔다. 반쯤 마른 머리는 모래와 소금기로 버석거리고, 푹 젖은 옷은 피부에 달라붙어 체온을 빼앗았다. 희연이 이미 푹 젖어 버린 신발을 다시 바다에 담갔다.

"아니면 다시 바다에 들어가고."

태연한 그 말에 남자의 얼굴이 험악하게 일그러졌다.

"방금 네 입으로 오늘 뒤질 생각 없다며!"

알지도 못하는 여자를 왜 이렇게 열심히 살리려고 할까. 영웅적인 마음에서 그런다고 보기에, 이 남자는 그런 의인과는 거리가 멀어 보였다.

그녀는 웃음을 삼켰다. 이제 죽을 생각은 없었다. 그냥, 날이 아니니까. 이 남자를 만났으니까. 별것 아닌 이유로 죽으려고 했던 것처럼 별것 아닌 이유로 조금 더 살아야겠다고 마음을 바꿨다.

"몇 시야?"

"뭐?"

"몇 시냐고."

그가 인상을 팍 찌푸리더니, 주머니에서 휴대폰을 꺼냈다. 하지만 바닷물에 푹 절여진 휴대폰은 당연히 작동하지 않았다.

"아 좆같네. 진짜."

이를 악물고 한 글자 한 글자 내뱉은 그는 고장 난 휴대폰을 모래사장에 내동댕이쳤다. 희연은 그것을 가만히 쳐다보다가 하늘을 한 번 바라보고, 달달 떨리는 몸을 감싸 안았다.

"열두 시 지났을 거 같은데. 죽지 않겠다고 한 건 어제였으니까 괜찮잖아."

"하. 씨발……."

말문이 막힌 듯 그가 한숨 섞인 욕을 내뱉더니, 잔뜩 성질이 난 얼굴로 모래를 뻥 걷어찼다. 모래가 알알이 흐트러지는 소리가 났다.

"뒤지든지 말든지 좆대로 해."

그렇게 말하곤 성큼성큼 걸어가기 시작했다. 희연은 그 뒷모습을 물끄러미 바라보다가, 버석거리는 머리카락을 쓸어 넘겼다. 모래와 소금기로 엉망진창이었다.

바람이 불 때마다 너무 추웠다. 차라리 바닷속이 따뜻할 거라는 생각이 들 정도로. 희연은 망설이지 않고 철퍽거리면서 다시 검은 물속으로 걸어 들어갔다. 무릎까지 잠기기도 전에 똑같이 철퍽거리며 바닷속으로 달려오는 발소리가 들렸다.

"야! 진짜 미친년이네!"

욕과 함께 몸이 뒤로 확 당겨졌다. 바람에 서늘하게 식은 두 몸이 맞닿자 아주 조금 따뜻하다고 생각했다.

"갈 데가 없어."

"하……."

고개를 들어 올려 팔을 꽉 붙잡은 남자를 바라봤다. 험악한 표정은 당장이라도 그녀를 죽일 것만 같았다. 물론, 그러지 않을 테지만.

"씹. 그래 하루 재워 주면 되잖아. 진짜 별 좆같은 일이 다 있네. 재수가 없으려니."

욕을 내뱉으며 거칠게 말했지만 희연이 또 바다에 뛰어들까 봐 신경 쓰이는지 여전히 팔을 잡고 있는 손에 힘이 들어가 조금 아팠다. 두 사람은 다시 철퍽거리면서 바다에서 벗어났다.

반쯤 질질 끌려가던 희연은 흠뻑 젖은 천 아래로 드러난 남자의 등을 물끄러미 바라봤다. 색이 옅은 셔츠라 그런지 등에 있는 문신이 얼핏 보였다. 꽉 짜인 근육도.

"야."

입을 열어 말을 꺼냈지만, 남자는 돌아보지 않았다.

"야가 아니라 송희연이야."

"……."

그가 뒤를 힐끗 보더니 관심 없다는 듯 걸음을 재촉했다. 팔을 붙잡고 있는 억센 손이 조금 서늘해졌다.

"이럴 때는 자기 이름도 말하는 게 예의 아니야?"

"씨발. 알아서 뭐 하게?"

"그럼 내 마음대로 불러도 돼?"

"……."

"멍멍이라고 부를래. 괜찮지?"

태연하게 그런 말을 지껄이고 나니, 남자가 뒤를 휙 돌아보더니 눈썹을 치켜올렸다.

"이……."

"멍멍아."

그 말에 그가 또다시 눈썹을 까닥였다. 욕이 목 끝까지 차오른 표정이었다. 희연이 오히려 꼿꼿하게 고개를 들고 시선을 마주치자, 이를 으득 간 남자가 천천히 한 글자 한 글자 씹어 뱉듯이 제 이름을 알려 주었다.

"강이규."

"뭐야. 이름이 있었네."

"닥치고 따라오기나 해."

희연은 터덜터덜 이규를 따라 걸었다.

강이규.

오늘 처음 만난 남자. 일면식도 없는 그녀를 구해 준 사람. 욕 없이는 말을 못 하는 것처럼 보이지만 그래도 착한 것 같은 인간.

한밤중의 바람에 온몸이 덜덜 떨렸다. 너무 추웠다. 걸을 때마다 신발 속에서 질퍽이는 소리가 났다.

"조금 천천히 가."

희연이 작게 말했다. 서늘하게 식어 버린 몸 중에, 그에게 잡힌 팔만이 따뜻했다.

이규를 따라 도착한 곳은 반지하방이었다. 그것도 원룸. 있는 것도 별로 없었다. 옷이 대충 걸쳐진 행거 하나, 침대 하나. 겨우 라면이나 끓여 먹을 수 있을까 싶은 한 칸짜리 부엌에 작은 화장실이 딸린 곳.

희연은 현관에 서서 엉망진창인 방 안을 멀거니 쳐다봤다.

"씨발, 재수가 없으려니까."

들으라는 듯이 큰 목소리로 중얼거린 남자가 다시 옷을 훌훌 벗어 바닥에 내팽개쳤다. 그러곤 저 혼자 손바닥만 한 화장실로 쑥 들어갔다. 금세 물소리가 났다.

"……."

들어오라는 소리도 없고, 그렇다고 내쫓지도 않고.

현관에 서서 멀거니 화장실 문만 바라보던 희연은 짧은 한숨을 내쉬곤 바닷물에 푹 젖은 신발을 벗었다. 뒤이어 조심스럽게 양말도 벗은 그녀는 이규가 들으라고 조금 큰 소리로 말을 꺼냈다.

"매너도 없는 새끼."

누구는 욕을 못 하는 줄 아나. 그녀는 흠뻑 젖어 있는 양말을 든 채 주변을 두리번거렸다.

여자가 쫄딱 젖어 있는데 지 먼저 씻겠다고 들어가는 놈이라니. 말하는 것도 저속하고, 욕을 입에 달고 사는 데다가, 그냥 한 눈에 보기에도 음지에 사는 인간 같았다. 단순히 문신 때문이 아니라, 얼어터져 엉망인 꼴이라든지 못 배워 먹은 말투 같은 것이 그랬다.

"하아……."

작은 한숨을 내쉰 희연은 옆에 떨어져 있는 티셔츠를 집어 발만이라도 대충 닦아 냈다. 조심스럽게 안으로 들어가서 자세히 보자, 방 안이 더 엉망이라는 사실을 알 수 있었다. 구겨진 옷. 침대 위에 돌돌 뭉쳐져 있는 이불. 여기저기 널린 양말에 널브러져 있는 겉옷까지.

게다가 방 안은 바깥과 비교해서 크게 따뜻하지 않을 만큼 추웠다. 창문을 열어 두지 않았음에도 어디선가 바람이 솔솔 들어오는 게 외풍이 심한 집 같았다.

걸어오면서 조금 마르긴 했지만 여전히 푹 젖은 상태라 어디 앉지도 못하고 멀뚱히 서서 기다린 지 십 분쯤 되었을까. 이규가 욕실에서 나왔다. 바지만 하나 입은 남자가 수건으로 젖은 머리카락을 벅벅 문지르면서 그녀를 바라보더니 인상을 팍 찌푸렸다.

"젠장…… 아직도 있잖아."

젖은 옷과 수건을 다시 구석에 처박은 그가 한숨을 섞어 말했다.

"재워 달라고 했잖아."

"그냥 모른 척하고 가면 안 되냐?"

"재워 준다는데 내가 왜 또 다른 데를 찾아가야 하는데?"

사실 갈 곳도 없긴 했다. 지금 말 그대로 빈털터리가 아닌가. 희연의 대답에 이규가 기가 막힌다는 표정을 지었다.

세상에 어떻게 이런 뻔뻔한 인간이 있을 수 있지, 라는 생각이 고스란히 얼굴에 드러나서 조금 우스웠다.

"나 갈아입을 옷 좀 줘."

"……씹, 재워 주는데 옷까지 내놓으라고 하네."

"이 옷을 입고 잘 수는 없잖아. 기왕 선행을 베푸는 거, 확실하게 해."

남자가 어이없다는 듯 짧은 웃음을 터뜨렸다. 가만히 있어 봐야 그가 친절하게 옷은 이걸 입으면 된다고 챙겨 주지 않을 것 같아 희연이 멋대로 행거에서 적당한 티와 반바지를 골라 들었다. 그리고 남자를 지나쳐서 욕실로 들어가 문을 살짝 닫자마자, 쾅 하는 소리와 함께 낡은 원룸의 벽까지 흔들거렸다.

"야!"

화가 잔뜩 난 목소리에 희연이 다시 문을 열고 고개를 빼꼼 내밀었다.

"야가 아니라 희연이야. 그리고 너 몇 살이야? 너보다 내가 더 나이 많아. 반말하지 마."

그렇게 다다닥 내뱉곤 재빨리 문을 닫았다. 다시 한번 벽을 걷어찬 듯 쾅 하는 소리가 울렸다.

'성질하고는.'

피식 웃은 희연은 마른 옷을 구석에 잘 두고, 화장실을 둘러봤다. 손바닥만 한 욕실은 훈훈한 온기 대신 살이 떨릴 정도로 차가운 냉기로 가득 차 있었다. 축축한 옷을 낑낑거리면서 겨우 벗은 그녀는 추위에 떨며 쪼그리고 앉아 따뜻한 물을 틀었지만, 한참을 기다려 봐도 물에 희미한 온기조차 섞이지 않았다.

"하아……."

긴 한숨이 흘러나왔다. 일부러 보일러를 끈 건지, 아니면 따뜻한 물이 안 나오는 건지. 그녀는 소름이 오스스 돋은 어깨를 손바닥으로 슥슥 문지르곤, 바깥을 향해 외쳤다.

"따뜻한 물이 안 나와."

"바라는 것도 존나 많네."

또 한 번 걸쭉한 욕설과 함께 짜증을 내는 소리가 들렸다.

애초에 따뜻한 물 따위는 나오지 않는 듯했다. 욕실에서 훈기라고는 눈을 씻고 찾아도 찾을 수가 없었으니까. 희연은 콸콸 쏟아지는 찬물에 손을 가만히 대고 있다가, 입술을 질끈 깨물고 몸에 물을 끼었었다.

"흐으……."

신음이 저절로 흘러나올 지경이었다. 안 그래도 추운데 거기다가 얼음장 같은 찬물이라니. 덜덜 떨면서 겨우 머리를 감고 몸을 씻은 뒤, 다급히 물기를 닦아 냈다. 금이 간 거울에 비친 얼굴이 새파랗게 질려 있었다. 딱딱. 참아 보려고 했지만, 이가 부딪히는 소리가 났다.

욕실 밖으로 덜덜 떨면서 나가니. 벌써 침대에 누워 있는 남자가 눈에 들어왔다.

"……."

분명 소리를 들었을 텐데도. 그는 뒤를 한번 돌아보지도 않았다.

찬물이 뚝뚝 떨어지는 머리카락을 꾹 짜면서 널찍한 등짝을 멀거니 쳐다본 지 얼마나 지났을까. 시선을 느낀 듯 이규가 고개를 홱 돌렸다.

"씨발…… 뭐."

"아무 말도 안 했는데."

"침대는 내 거야."

절대 내줄 생각이 없다는 듯한 목소리에 희연은 참지 못하고 피식 웃어 버렸다.

"아무 말도 안 했다니까."

"바닥에서 처자든지 말든지 알아서 하라고."

"왜. 신경 쓰여?"

그 말에 그가 눈을 한 번 깜박이더니 인상을 팍 찌푸리곤 다시 등을 돌렸다. 얇은 이불을 끌어당겨 덮는 등에서 애써 그녀를 외면

하려는 감정이 고스란히 느껴졌다.

"씨발, 내가 어쩌다가 저런 미친년이랑 엮여서는……."

대놓고 들으라는 듯이 중얼거리는 소리에 희연은 그냥 바닥에 풀썩 앉았다.

'나쁜 사람은 아니야.'

입이 험하고 매정하게 굴긴 하지만, 근본적으로 나쁜 사람은 아니라고 생각했다. 결국, 그녀를 집까지 데려온 것도 그렇고. 옷을 빌려준 것도 그렇고. 게다가 침대가 자기 것이라고 말하는 건, 어쨌든 침대를 내주어야 하나 고민했다는 뜻이기도 하니까.

깔고 잘 만한 것이 없을까 주위를 둘러봤지만, 널브러진 옷가지를 제외하곤 뭔가가 없었다. 덮을 것도, 깔 것도. 이규가 덮고 있는 이불이 이 방의 유일한 이불인 듯했다. 침대를 멀거니 쳐다보던 희연은 그가 누운 매트리스 위에 커버조차 덮여 있지 않다는 걸 뒤늦게 깨달았다. 말 그대로 그냥 대충 사는 모양새였다.

차디찬 바닥에 누울까 잠시 고민한 희연은 침대에 등을 기댄 채 멀거니 방 안을 쳐다봤다.

추워서인지 아니면 그냥 피곤하지 않아서인지 졸리진 않았다. 죽으려고 했고 거의 반쯤은 성공했는데. 다시 숨을 쉬고 있으니 이 순간이 마치 '잉여 시간'처럼 느껴졌다. 필요도 없는데 줘서 처치 곤란으로 집에 들고 오는 그런 덤.

희연은 무릎을 끌어안았다.

'추워……'

차가운 바닥에 앉아 있는 것도 무시할 수 없을 정도로 체온을 빼앗아 갔다. 늦가을의 바닷물에 뛰어들고, 그걸로도 모자라 찬물

샤워를 하고. 심지어 얇은 반소매 티셔츠에 반바지만 입고 있으니 춥지 않은 게 더 이상했다.

잠시 고민하던 희연은 슬쩍 침대로 몸을 기울였다. 이 방에 있는 유일한 온기가 바로 이 남자뿐이었으니까.

조심스럽게 이불을 들친 순간, 이규가 벌떡 일어나 인상을 있는 대로 찌푸렸다.

"야! 내 침대라고 했지!"

"같이 누워도 안 무너져."

"와 이거 진짜 미친년이네……. 바닥에서 자라고! 바닥에서! 어떤 미친년이 지 발로 남자 침대에 기어 들어오는데! 야! 꺼져!"

소리를 버럭버럭 지르면서 밀어내는 손길이 생각보다 거칠었다. 꺼지라는 진심이 느껴지는 그 손에 이불을 단단히 붙잡고 버티면서 고개를 들이밀었다.

"추워서 그래."

그 순간, 조금 방심한 탓에 이가 다시 딱딱 소리를 내며 부딪쳤다. 드라이어로 머리를 말릴 수 있었으면 좋았을 텐데. 안타깝게도 이 방에 드라이어라는 존재가 있을지나 의문이었다.

험악한 얼굴로 무슨 말인가를 하려던 남자가 달달 떨리는 희연의 입술을 보더니 눈을 질끈 감았다가 떴다.

"씨발. 씨발! 오늘 진짜 좆같네……."

씨발을 주문처럼 중얼거린 남자가 벽 쪽을 보고 누웠다. 편히 누울 수 있도록 자리를 비켜 주진 않았지만, 아슬아슬하게 희연의 몸 하나를 걸칠 정도의 자리가 생겼다.

"고마워."

이대로 있으면 추위에 죽을 것 같았다. 오늘은 죽을 날이 아니지 않은가. 희연은 꾸물꾸물 이불 속으로 파고들었다. 작은 침대만큼이나 작은 이불이었다. 서로 등을 맞붙여야 겨우 몸을 그 안에 다 넣을 수 있을 정도로.

추위에 달달 떨리던 몸이 조금씩 잦아들었다. 그럼에도 여전히 느껴지는 싸늘함에 등에 느껴지는 체온을 끌어안고 싶은 충동마저 들었다. 몸을 더욱 작게 웅크린 희연은 눈을 깜박이다 불쑥 물었다.

"……너 몇 살이야?"

"자라."

딱히 나이가 궁금한 건 아니었다. 그냥 뭐라도 말을 붙이고 싶었다. 춥고 쓸쓸한 날이었으니까. 죽고만 싶었던 이 밤에, 함께 있는 사람이었으니까.

"성인은 됐을 것 같고. 이십 대 중반까지는 안 됐을 거 같은데."

"처자라고."

"너 나보다 어리잖아. 그런데 왜 그렇게 당당히 반말을 찍찍 해?"

"침대에서 내쫓는 수가 있어."

"스물둘?"

그 말에 남자가 잠시 침묵하더니 조금 뒤늦게 대답했다.

"먹을 만큼 먹었어."

"나보다 어린 것 같은데."

"씨발, 너는 네 목숨을 구해 준…… 어? 씹, 목숨을 구해 준."

적절한 말을 찾는 듯 같은 말을 한 번 더 반복한 이규가 주먹으로 벽을 쾅 쳤다. 희연이 조심스럽게 그가 하려던 말을 알려 줬다.

"생명의 은인?"

"그래! 생명의 은인! 생명의 은인인데 나이를 처묻고 지랄이야."

그 말에 웃어 버리지 않기 위해 입술을 꾹 깨물어야 했다.

"뭐, 그렇게 중요한 건 아니긴 해."

"처자라."

"야."

"씹, 자라고."

"재워 주는 건 고마워. 침대에 눕게 해 준 것도."

"……."

"그런데 구해 준 건 고맙다고 못 하겠다."

희연은 눈을 깜박였다. 등에 느껴지는 남자의 체온이 유독 따듯했다. 아직도 차가운 발끝을 꼼지락거렸다.

"쓰레기를 버렸는데 갑자기 쫓아와서 다시 손에 쥐여 줬을 때, 고맙다고 하는 건 이상하잖아."

그 순간 잠시 정적이 흘렀다. 맞대고 있는 이규의 등이 꿈틀거리는 게 느껴졌다.

"쓰레기 같은 인생이 뭔지 네가 알아?"

그 말에 대답할 수 없었다. 엉망진창인 방이 눈에 들어왔다. 3평, 아니 4평은 될까 싶은 작은 방이었다. 객관적으로 삶에 등급을 매긴다면 이 남자는 밑바닥일 게 분명했다. 그리고 그녀는 번듯한 집에 살며 돈 걱정 한 번 하지 않고 살아왔던 사람이고. 그러니 이규의 앞에서 쓰레기 같은 인생에 대해 논할 수는 없었다.

"몰라."

희연은 담담한 목소리로 인정했다.

"좆같네."

작게 중얼거린 이규가 이불을 조금 더 끌어당겼다. 살짝 들쳐진 이불 사이로 서늘한 바람이 새어 들어왔다. 추위에 몸을 더 찰싹 붙였다. 그는 그녀를 밀어내지 않았다.

"그런데도 나는 내 인생이 쓰레기 같아."

"……말 걸지 마."

짜증스러운 대답이 돌아왔다. 희연은 고개를 살짝 돌려 화가 난 듯한 남자의 뒤통수를 바라봤다.

"너는 네 인생이 좋아?"

그 말에 대답은 돌아오지 않았다. 그녀는 천장을 바라보며 눈을 깜박였다.

반지하방의 작은 창밖으로 취한 발걸음 소리가 울렸다. 어디선가 새어 들어온 바람은 너무 추웠고, 그럴수록 등에 닿은 체온이 간절해졌다. 희연은 꾸물거리며 남자의 옆에 더욱 바짝 붙었다.

불현듯 딱딱거리면서 부딪히던 이가 더 이상 소리를 내지 않는다는 걸 깨달았다.

숨을 쉴 때마다 습하고 조금 퀴퀴한 냄새가 났다. 이곳은 또 다른 바닷속이었다. 달빛조차 거의 들어오지 않는 새까만 방. 그러나 그녀는 지금 혼자가 아니었다. 숨이 막혀 괴롭고 추운 그곳과 달리 이곳은 조금 따뜻했다.

희연은 눈을 감고 숨을 세다가 천천히 잠들었다.

"야, 일어나."

배려 따윈 없이 그녀를 툭 밀치는 손길에 눈을 번쩍 떴다. 늦은 아침 시간이었다. 잠결에 추웠던 건지 어느새 남자를 향해 몸을 돌려 찰싹 붙어 있는 스스로를 깨달은 희연이 고개를 슬쩍 들어 올렸다.

약간 당황스럽긴 했지만 아무렇지 않은 척한 그녀는 천천히 몸을 일으켰다. 그제야 남자가 이불을 확 걷어 내곤 벌떡 일어났다.

"젠장……."

아침부터 상쾌한 욕으로 하루를 시작한 이규가 대충 손에 잡히는 셔츠를 걸쳐 입었다. 희연이 침대에 걸터앉은 채 그를 멀뚱히 쳐다봤다.

"야, 너 나가."

바닥에 잘 뭉쳐 놓았던 그녀의 옷을 집어 든 남자가 축축한 천 뭉치를 희연에게 집어 던졌다. 눅눅한 옷에서는 비릿한 바다 냄새가 났다.

"이걸 입고 나가라고?"

"내가 알 게 뭐야."

"옷이라도 빨아 줘."

"하……."

이규가 눈을 질끈 감더니 얼굴을 거칠게 쓸어내렸다. 어제와 비슷한 눈빛이었다. 세상에 이토록 뻔뻔한 인간은 처음 본다는 듯한 그 얼굴. 잠시 침묵하던 그가 인상을 일그러뜨렸다.

"씹, 어쨌든 나가."

짜증 가득한 목소리를 내뱉은 남자는 바닥에 널브러져 있는 겉옷에 팔을 꿰었다. 그러곤 그대로 방을 나가려는 뒷모습에 희연은 어, 하고 얼빠진 소리를 냈다.

나가려는 시늉이 아니라, 진짜로 나가고 있었으니까. 방에 다른 사람이 있든 말든 그녀가 어떤 상황이든 말든 손톱만큼도 신경 쓰지 않는다는 듯한 행동에 오히려 당황한 건 그녀였다.

"야, 야!"

이불을 내팽개치고 벌떡 일어난 그녀는 젖은 옷을 바닥에 내던졌다. 왜 따라가는지도 모르고, 그냥 무작정 이규를 쫓아갔다. 아직도 찝찝하도록 축축한 신발에 발을 밀어 넣자 철퍽거리는 소리가 났다.

"어디 가는데!"

"……."

이규는 그녀를 무시하기로 작정한 듯 지상으로 연결된 계단을 두 칸씩 성큼성큼 걸어 올라갔다. 희연은 잠시 망설이다가 그의 뒤를 졸졸 쫓아갔다.

달리 갈 곳도 없고 그 집 안에 있어 봐야 할 수 있는 것도 없었으니까. 그 작은 방 안에 세탁기라도 있다면 옷이라도 빨아 말려서 어디든 가겠지만, 코딱지만 한 원룸에는 세탁기조차 없었다. 희연이 물을 먹어 묵직해진 신발을 질질 끌며 달려가 남자의 팔을 붙잡았다.

"야! 사람을 구했으면 끝까지 책임을 져야 할 거 아냐!"

뻔뻔스러운 말이라는 건 스스로도 알고 있었다. 그렇지만 아무것도 없고 그냥 툭 내던져진 이 상황에서 매달릴 이라곤 눈앞의 남자뿐이었다. 걸음을 우뚝 멈춘 남자가 험악하게 인상을 구겼다.

"생명, 생…… 씨발! 구해 주고 재워 줬으면 됐지. 뭘 더 해 달래!"

"생명의 은인."

"은인이고 좆이고. 존나 뻔뻔한 새끼네 이거."

붙잡힌 팔을 팍 뿌리친 그가 낡은 잠바 주머니에 손을 넣곤, 휘적휘적 걸어갔다.

"야."

난처해진 건 희연이었다. 그의 집으로 돌아가자니 비밀번호를 몰랐다. 급히 따라 나오느라 뭐 하나 챙겨 입지도 못해 늦가을의 찬 바람에 어깨를 움츠리는 수밖에 없었다. 그녀는 양손으로 팔을 문지르며 이규의 뒤를 졸졸 쫓아갔다.

키가 커서 그런지 성큼성큼 걷는 그의 속도를 따라가려면 숨을 헐떡이도록 발을 빠르게 놀려야 했다. 그렇게 얼마나 부지런히 쫓아갔을까. 한참 걷던 이규가 우뚝 멈춰 서더니 뒤를 돌아봤다. 눈이 마주치자 그가 얼굴을 또 일그러뜨렸다.

"꺼지라고."

"……갈 데가 없어."

"씹, 그래서 뭐. 어쩌라고."

"갈 데가 없다고!"

희연이 소리를 빽 질렀다. 말 그대로 갈 데가 없었다. 휴대폰도 없어, 카드도 없어. 심지어 옷도 늘어난 티를 빌려 입은 데다 잠바도 안 걸친 상태였다. 더 이상 물러날 수 없다는 기분으로 뻔뻔하게 고개를 들자, 이규가 눈썹을 까닥 움직이곤 입을 꾹 다물었다.

그러곤 더 이상 관여하고 싶지 않다는 듯 더욱 빠르게 걷기 시작했다. 희연은 거의 반쯤 뛰면서 뒤를 쫓아가야 했다.

"하아……. 하, 좀 천천히…… 가면 안 되냐."

"따라오지 마!"

"갈 데가 없다니까……."

숨이 턱 끝까지 차올랐다. 늦가을의 서늘한 바람에도 불구하고 진득하게 배어 나온 땀을 손등으로 문지르며 고개를 들자 어느 낡은 건물로 쑥 들어가는 이규의 모습이 보였고, 그녀 역시 망설임 없이 그 뒤를 좇아갔다.

먼지가 굴러다니는 지저분한 계단에 발을 들인 순간, 희연은 다시 돌아서 나가고 싶었지만, 입술을 꾹 다물고 앞서가는 남자의 등만 좇았다. 익숙한 걸음으로 삼 층까지 단번에 올라간 이규는 아무런 무늬도 없는 옛날식의 낡은 쇠문을 벌컥 열고 들어갔다. 열린 문 안쪽에서 걸걸한 목소리가 들렸다.

"이규 왔냐."

"네."

살가운 인사 대신 고개만 까닥 움직인 이규가 안으로 완전히 들어가 버리기 전, 희연도 재빨리 문을 잡고 안으로 들어갔다. 이런 저런 소음들이 들려오던 장소가 순식간에 조용해졌다.

"……."

'안녕하세요.'라고 인사라도 해야 할까. 안쪽을 가볍게 둘러보니 심상치 않은 인물들이 눈에 들어왔다. 문신은 기본이고, 생긴 것도 그리 평범하지 않았다. 그냥 모르는 사람이 봐도 '아, 조폭?'이라는 생각부터 할 생김새였으니까.

"이규야. 누구냐."

개중에서 좀 점잖게 생긴 중년의 남자가 다가와 물었고, 이규는 희연을 힐끔 돌아보더니 고개를 저었다.

"몰라요."

낡은 겉옷을 벗어 의자에 대충 걸친 그가 한쪽 구석에 익숙한 자세로 앉아 손에 천을 감기 시작했다. 어떻게 해야 하나. 그의 옆에 앉을까 아니면 다시 나가서 계단에 쪼그리고 앉아 기다리기라도 할까.

잠시 고민에 빠진 사이, 중년의 남자가 성큼성큼 다가왔다.

"아가씨가 올 곳이 아닌데."

앞을 가로막는 행동에 고개를 바짝 들어 올렸다. 희연은 아예 모르는 사이인 양 눈길 한 번 주지 않는 이규를 빤히 쳐다봤다.

'그렇게 나온다 이거지?'

그녀는 팔짱을 끼고, 당당히 말을 꺼냈다.

"강이규 씨가 데려왔어요."

"이규야."

중년의 남자가 다시 고개를 돌렸다. 손에 천을 다 감은 그가 인상을 찌푸렸다.

"씨발. 모르는 새끼라고요."

끝까지 모른 척하겠다 이거지. 그럴수록 더 당당하게 고개를 치켜들었다. 여기서 우물쭈물해 봐야 쫓겨나기밖에 더 할까.

숨을 가볍게 들이마신 그녀는 체육관에 목소리가 다 울릴 정도로 크게 외쳤다.

"강이규 씨랑 같이 잤어요."

"야! 이 미친년이! 돌았냐? 어?"

이규의 화난 목소리가 체육관을 쩌렁쩌렁 울림과 동시에 다른 남자들의 눈빛이 미묘하게 변했다. 누군지 짐작조차 가지 않아 약간의 경계심을 띤 의문 섞인 눈빛에서 알 만하다는 것으로. 개중 누군가가 느물거리면서 말을 꺼냈다.

"뭐야, 새끼. 어제 존나게 깨지더니 아가씨 불러다 위로라도 받았어?"

"그렇게 얻어터지고도 세울 기운은 있었나 보네."

낄낄거리는 웃음소리와 함께 저급한 농담들이 터져 나왔다. 희연은 팔짱을 끼고 입술을 꾹 다물었다. 그들이 어떤 생각을 하고 있는지 충분히 알 수 있었으나 굳이 그것을 정정해 주지는 않았다. 그럴 필요도 없고, 아무런 의미도 없었으니까.

"어디 다녀?"

샌드백 옆에 서 있던 남자가 킥킥거리면서 물었다. 앞뒤를 다 잘라먹은 말이었지만, 그가 말하는 '어디'가 술집을 얘기한다는 것 정도는 알 수 있었다. 희연이 대답하지 않고 가만히 있으니 남자들이 자기들끼리 떠들어 대기 시작했다.

"쟤 어디서 봤어?"

"나는 처음 보는데."

"예쁘장하긴 하네."

"이규야. 네가 존나게 좋았나 보다. 여기까지 쫓아온 걸 보면."

"아니라고요."

이규가 억울한 듯 목소리를 높였지만, 그 누구도 그것을 진지하게 받아들이지 않았다.

"야, 아니면 이거 많이 줬냐? 아침까지 서비스해 줄 정도로?"

등에서부터 가슴까지 커다란 용 문신이 있는 남자가 엄지와 검지로 동그라미를 만들었다.

"모르는 새끼라고!"

"새끼, 모르는 척하긴."

"왜. 존나 별로였냐?"

이규의 얼굴이 벌겋게 달아올랐다. 일련의 상황을 가만히 지켜보던 희연은 눈앞에 있는 중년의 남자를 물끄러미 쳐다봤다.

"여기서 기다려도 되죠?"

당당한 물음에 그가 약간 미묘한 표정을 짓더니 어깨를 으쓱였다.

"그래……. 뭐, 구경이라도 하든지."

자기들과 '같은' 세계에 있는 여자라 생각해서인지 더 이상 관심을 갖고 싶지 않다는 생각이 고스란히 느껴졌다. 희연은 아무런 말도 보태지 않았다. 어차피 이규를 기다려야 했고, 바깥은 추웠으니까.

'날 뭐라고 생각하든 무슨 상관이야.'

그것도 아무 상관 없었다. 술집 여자라고 생각하든 말든. 그들이 희연에게 영향을 미칠 수 있는 건 아니었으니까.

희연이 입을 꾹 다물고 무시해 버리니 금방 흥미가 식은 듯 남자들은 다시 샌드백을 치며 운동을 시작했다. 잡담 소리와 함께 퍽, 퍽 하는 거친 마찰음을 들으면서 그녀는 구석에 있는 의자에 조심스럽게 엉덩이를 붙였다.

양손에 천을 다 감은 이규에게 다가간 중년 남자가 걱정스러운 목소리로 말을 꺼냈다.

"어제 맞은 곳은 괜찮고."

"괜찮아요."

"얼굴은 그래도 멀쩡한 편이긴 한데. 약 좀 바르지 그랬냐."

"두면 나아요."

그래도 이 체육관에 있는 이들 중에서는 그나마 가까운 사이인지 이규는 제법 고분고분하게 대답했다. 물론, 말투는 꽤나 퉁명스러웠지만.

"따로 아픈 곳은 없고?"

"일요일에 또 경기 있잖아요."

"하…… 진짜 나갈 생각이냐?"

"그럼 안 나가요?"

"뭐, 그건 그렇지."

중년의 남자가 어깨를 으쓱였다. 두 사람의 대화를 가만히 듣고 있던 희연은 안쪽을 천천히 둘러봤다. 링과 샌드백. 그리고 헬스장처럼 러닝 머신 같은 기구도 좀 있었다. 낡은 벽에는 줄넘기가 엉켜 있었고, 바닥에는 글러브 몇 개가 뒹굴었다.

반지하의 서늘한 방보다는 조금 따뜻하지만 그래도 반소매, 반바지로 있기엔 조금 추웠다. 다들 땀을 흘리며 움직이느라 추위 따윈 느끼지도 않는 듯했지만.

희연은 망설이다가 이규가 벗어 놓은 낡은 잠바를 어깨에 둘렀다. 차가운 공기 덕분에 소름이 오스스 돋은 팔을 문지른 그녀는 무릎을 끌어안고 몸을 웅크렸다.

"씨발……."

탐탁지 않은 얼굴로 그녀를 바라본 남자가 작은 목소리로 욕설을 내뱉긴 했지만, 어깨에 걸친 잠바를 다시 빼앗아 가진 않았다.

이규가 의자에서 튕기듯 벌떡 일어나더니, 제자리에서 몇 번 뛰며 몸을 풀기 시작했다. 어깨를 빙글빙글 돌리고, 허공에 주먹질도 몇 번 하고, 몸을 쭉 펴면서 스트레칭도 하고. 마지막으로 목을 가볍게 좌우로 꺾은 남자가 거침없이 링 위로 올라갔다. 희연은 멍하니 그 모습을 쳐다보기만 했다.

'조폭이라……'

솔직히 살면서 직접적으로 조폭과 얽히게 될 거라는 생각은 해 본 적 없었다. 그런 건 마치 영화나 드라마 속에서나 나오는 종류의 인간처럼 아득히 멀기만 했으니까.

그러나 바로 옆에서 지켜본 '조폭'은 생각보다 평범했고, 생각보다 친절했으며, 생각보다 인간적이었다. 물론 욕을 입에 달고 살긴 했지만.

'별것도 아니네.'

희연은 무릎에 뺨을 기대곤, 한 남자와 대치 중인 이규를 멀거니 바라봤다. 글러브조차 끼지 않고 천만 두른 맨주먹이라니. 연습이라고는 하지만 위험한 것 아닐까. 그런 생각을 하기가 무섭게 두 사람이 서로에게 달려들었다.

퍽, 퍽 하는 잔인한 소리가 이어졌다. 규칙도 뭣도 없이 엉겨 붙어 서로를 패기 시작하는 모습에 말문이 턱 막혔다. 말려야 하는 것 아닌가. 그러나 모두 익숙한 얼굴로 샌드백을 치거나 구경할 뿐 그 누구도 두 사람을 말릴 기미조차 보이질 않았다.

"윽!"

어느 순간 이규가 이를 악문 신음을 흘렸다.

"타임, 타임!"

중년의 남자가 다급히 외쳤으나, 악에 받친 듯 다른 남자가 이규의 옆구리를 향해 마구 주먹을 날려 댔다.

"으윽!"

저번에 다치기라도 한 걸까. 고통스러운 신음이 섞인 욕을 내뱉은 이규가 발길질을 하더니, 제 옆구리를 때리던 남자를 뒤로 벌러덩 넘어뜨렸다. 그리고 바로 그 위에 올라타 얼굴을 향해 마구잡이로 주먹을 날리기 시작했다.

"그만하라고! 강이규!"

"씨발, 이 새끼가 먼저!"

"그만해!"

중년의 남자가 이규를 억지로 끌어냈다. 그의 얼굴이 새파랗게 질려 있었다. 옆구리를 손으로 붙잡고 살짝 몸을 기울인 게 누가 봐도 고통이 상당해 보였다.

"너 괜찮냐."

씩씩거리는 그에게 말을 걸었지만, 악에 받친 표정을 짓고 있는 이규는 비척대며 바닥에서 일어나는 남자를 노려보기만 했다.

"괜찮냐고 이 새끼야!"

"괜찮다고요!"

그렇게 외치는 것치고는 안색이 너무 안 좋았다. 희연은 입술을 달싹이다가 그냥 입을 꾹 다물었다. 그녀가 뭐라고 여기서 끼어들어 말을 보탤까.

거친 숨을 헐떡이던 이규가 이를 꽉 악물고 일어나더니 아무런 방어 태세도 취하지 않고 있던 남자에게 달려들었다.

"강이규! 새끼야! 그만해!"

"악! 아악!"

"씨발!"

순식간에 링 위가 아수라장으로 변해 버렸다. 고함과 욕설이 뒤섞여 체육관을 쩌렁쩌렁 울렸다.

욕을 내뱉으며 주먹을 마구 휘두르는 이규와 악을 쓰며 있는 힘껏 그를 밀어내는 남자가 링 위의 바닥을 뒹굴었다. 엎치락뒤치락 서로 번갈아 가며 올라타 주먹질을 하고, 또 바닥을 구르며 서로를 걷어챘다.

훈련하던 남자들이 흥미 가득한 얼굴로 링 주변에 몰려들었다. 그 누구도 말릴 생각은 없는 듯했다. 단 한 명. 중년의 남자만 빼고.

"그만해, 이놈들아!"

큰소리로 말했지만, 둘 다 멈추려는 기미조차 보이지 않았다. 퍽. 퍽. 때리고 맞는 소리가 소름 끼치게 이어졌다.

영화에서 보던 것과는 달랐다. 진짜로 사람 살을 때리는 소리는 소름이 돋을 정도로 무서웠으니까. 퍽 하는 소리가 들릴 때마다 희연은 저도 모르게 움찔거리며 어깨를 움츠렸다.

"그만하라고!"

중년의 남자가 엉겨 붙은 두 남자를 말 그대로 걷어차기 시작했다. 한 몸처럼 뒹굴던 두 남자가 겨우 떨어지고 나서야 상황이 진정됐다.

둘 다 엉망이었다. 입 안이 터졌는지 피로 새빨갛게 물든 이가 보이고, 코에서도 피가 줄줄 흘러내렸다. 이규가 먼저 피 섞인 침을 퉤 뱉어 냈다.

"강이규. 너 가라."

"하지만!"

"새끼야! 가라고! 오늘 그냥 쉬어."

"관장님!"

"가라면 가!"

더 이상 듣고 싶지 않다는 듯 관장이 버럭 소리를 질렀다. 씩씩거리며 거친 숨을 몰아쉬던 그가 인상을 일그러뜨리곤, 손등으로 피가 흐르는 입가를 쓱 닦아 냈다.

"씨발……. 좆같이 하네."

낮은 목소리였지만, 모두가 다 똑똑히 들을 정도는 됐다. 하지만 그 말에 화를 내는 사람은 없었다. 링에서 성큼 내려온 이규가 희연에게는 눈길 한 번 제대로 주지 않고, 어깨에 걸치고 있던 잠바를 빼앗아 갔다. 그나마 조금 따뜻했는데. 갑자기 피부에 닿는 서늘한 공기에 온몸이 부르르 떨렸다.

"……같이 가!"

인사도 없이 나가 버리는 그의 뒷모습에 벌떡 일어났다. 희연은 엉거주춤한 자세로 관장이라던 남자에게 고개를 꾸벅 숙이곤, 재빨리 이규의 뒤를 쫓아갔다.

타박. 타박. 타박. 그의 발걸음 소리가 두 번 들릴 때 희연의 발소리는 세 번 들렸다. 그녀는 네 걸음 정도 떨어진 상태로 그의 뒤를 졸졸 쫓아갔다.

"따라오지 마."

"……."

이규가 우뚝 멈춰 서자, 희연도 역시 우뚝 멈춰 섰다. 바닷물에 푹 절은 신발이 아직도 축축하기만 했다. 차가운 발가락을 꼼지락거리다가, 휭하니 부는 바람에 어깨를 움츠렸다.

"따라오지 말라고!"

"나 진짜 돈 한 푼도 없어."

"씹, 그래서?"

그가 눈썹을 까닥 움직이면서 불쾌한 기색을 드러냈지만, 희연은 개의치 않았다.

"춥고, 배고파."

때맞춰 불어오는 바람에 어깨를 움츠렸다. 정말 솔직히 춥고 배고팠다. 어제 바다로 오는 버스를 타기 몇 시간 전부터 아무것도 먹지 않았다. 덕분에 공복 상태가 된 지 만 하루 하고도 반나절이 더 지났으니 배에서 꼬르륵 소리가 날 지경이었다.

게다가 단순히 잠깐 잠옷으로 입으려 집어 들었던 얇은 여름용 반소매에 반바지 차림이라 늦가을의 서늘한 바람이 한 번 불 때마다 희연은 저도 모르게 이를 꽉 악물어야 했다.

이규가 인상을 팍 찌푸렸다. 무슨 생각을 하는지. 어제 만난 이후부터 지금까지 시종일관 불쾌해 보이는 얼굴 덕분에 남자의 생각을 읽을 수가 없었다.

'아, 진짜 춥고 배고픈데.'

희연이 어깨를 움츠렸다. 목이 늘어난 데다가 몇 번이고 빨아 입었는지 유독 얇은 옷 사이로 바람이 숭숭 들어왔다. 이규가 입술을 살짝 달싹이면서 그녀를 물끄러미 보더니 말없이 어디론가 성큼성큼 걸어가기 시작했다.

"어디 가?"

"……."

대답해 줄 생각이 없어 보이는 그의 뒤를 쫓아 얼마나 걸었을까. 이규는 오래되어 보이는 식당 안으로 성큼 들어갔다. 엉겁결에 신발을 벗고 졸졸 따라 들어가자, 조금 뚱한 표정의 아주머니가 별다른 주문도 받지 않고 밥공기를 내왔다. 뒤이어 반찬도 차려지고, 따끈한 국이 은색 스테인리스 그릇에 가득 담겨 나왔다.

먹으라는 말도 없이 그는 덜컥거리며 수저를 제 것만 꺼내곤, 밥을 먹기 시작했다.

'먹으라는 건가? 먹으라는 거겠지?'

희연은 잠시 망설이다 조심스럽게 수저를 꺼냈다. 친절하게 먹으라는 말은 없었지만, 그녀에게도 밥을 차려 준 걸 보니 먹으라는 뜻은 맞는 모양이었다.

"잘 먹을게."

작게 중얼거리고 콩나물국을 조금 떠먹었다. 살짝 매콤하면서도 시원한 맛이 제법 괜찮았다. 반찬은 평범했다. 김치에 두부조림. 미역줄기무침. 어묵볶음. 시금치 같은 것들. 별다를 것 없는 수수한 반찬이었지만 배가 고파서인지 아니면 정말 맛있어서인지 잘도 넘어갔다.

희연이 절반쯤 밥공기를 비웠을 때, 이규가 수저를 내려놨다.

"벌써 다……."

그의 밥그릇은 텅 비어 있었다. 밥풀 하나 남기지 않고 완벽하게. 다 먹었냐고 말을 붙이려던 순간, 남자는 벌떡 일어나더니 이렇다 저렇다 말도 없이 나가려고 했다.

"어, 어?"

마음이 급해졌다. 설마 여기에 버리고 갈 생각은 아니겠지? 하지만 불안한 마음이 드는 건 어쩔 수 없었다. 어제부터 지금까지 내내 이규는 노골적으로 희연을 귀찮아하고, 떼어 놓으려고 하지 않았던가.

여기서 그를 놓쳐 버리면 낭패였다. 반지하의 작은 집까지 가는 길을 기억하지도 못했으며 눈앞의 남자에 대해 아는 거라곤 이름이 전부였다. 희연은 다급히 밥 한 숟갈을 더 입에 밀어 넣곤 후다닥 일어났다.

'뭐야, 진짜 가는 거야?'

만 원. 두 사람의 밥값으로 구겨진 만 원짜리 지폐를 내민 이규가 밖으로 성큼성큼 걸어 나갔다. 희연은 젖은 신발에 발을 밀어 넣었지만, 축축한 신발은 마음만큼 잘 신겨지지 않았다.

음식을 씹으랴, 신발을 신으랴. 결국, 제대로 신는 것을 포기한 희연은 젖은 신발을 구겨 신고 밖으로 뛰쳐나갔다. 양껏 입에 밀어 넣은 밥 때문에 목이 막혔다.

그녀의 빵빵한 볼을 힐끗 본 이규가 입구에서 조금 떨어진 곳에 서서 담배를 빼 물었다. 그가 불을 붙이고 새빨간 불을 한껏 빨아 들이더니 고개를 까닥 움직였다.

"그냥 마저 처먹지 왜."

"……나 두고 갈까 봐."

담배 피우러 갔다 올 거면 갔다 온다고 얘길 하든가. 희연이 입 안에 있는 것을 꿀꺽 삼켰다.

다시 한번 연기를 양껏 들이마신 이규가 또 한 번 새하얀 구름을 만들어 냈다. 희연은 아직도 배가 조금 고팠다. 그러나 다시 들어가서 밥을 먹기도 애매한 데다가 들어간다고 해서 그가 친절하게 다시 들어와 '가자.'라고 말하진 않을 것 같았다.

희연은 멀거니 옆에 서 있다가 고개를 까닥 움직였다.

"잘 먹었어."

그 말에 이규가 눈썹을 또 한 번 꿈틀거리더니, 담배를 쭉 빨아들였다. 지직거리면서 타는 소리가 들려왔다.

"이제 꺼져. 먹여 줬지. 재워 줬지. 할 만큼 했으니까."

그 말에 희연은 눈을 데구루루 굴렸다.

"내 옷도 빨아야 해."

"⋯⋯씨발 진짜."

성질이 머리끝까지 난 듯 그가 성큼 다가왔다. 희연이 저도 모르게 뒤로 주춤 물러서자, 등이 벽에 닿았다. 서늘한 온도에 소름이 끼쳤다.

눈을 천천히 깜박이자마자 훅, 하는 소리와 함께 담배 연기가 얼굴 가득 퍼져 잠시 숨을 멈춰야 했다. 새하얗게 흐려졌던 시야가 다시 환해지고 이규의 얼굴이 가까워졌다.

"너는 무서운 것도 없냐?"

"죽으려고 했던 사람에게 겁주려는 거야? 별로 안 무서운데."

담배 타는 소리가 들렸다. 지지직. 다시 한번 얼굴 위로 연기가 훅 퍼졌다.

두 사람의 시선이 마주쳤다. 희연은 눈앞의 남자가 생각보다 그리 무섭지 않다고 생각했다. 밥도 먹여 줬으니까. 둘 중 누구도 시선을 피하지 않았다.

"⋯⋯제발 꺼져."

어쩐지 애원하는 것처럼 들리기도 했다. 제발 다가오지 말라고.

떠나라고. 그렇게 말하는 것 같았다. 희연은 아직도 험악하게 인상을 찌푸리고 있는 남자의 얼굴을 물끄러미 바라봤다.

"내가 귀찮아?"

"어."

"그러게 왜 날 구했어."

뻔뻔함에 할 말을 잃었다는 듯 이규가 헛웃음을 지었다.

"씹, 아 존나……."

욕을 주르륵 내뱉은 남자가 담배를 바닥에 툭 던지곤, 발로 비벼 껐다. 짜증을 내긴 했지만 더 이상 뭐라고 따지는 것조차 귀찮다는 듯. 그는 다시 어디론가 향했고, 희연은 어깨를 움츠린 채 종종걸음으로 따라갔다.

낡은 잠바라도 좀 벗어 주면 좀 좋아.

속으로 그런 생각을 하면서 입술을 삐죽였다. 물론, 그런 매너를 바랄 수 없는 인간이라는 건 충분히 알 수 있었다. 완전히 흠뻑 젖은 희연을 무시하고 자기 먼저 씻는 인간인 데다가, 침대는 자기 거라고 큰소리를 치기도 했으니까.

'물론…… 기어들어 오는 건 봐줬지만.'

보폭이 큰 그의 뒤를 정신없이 좇다 보니 어느새 다시 그 반지하방이 있는 건물 앞이었다. 이규는 그동안 꺼지라는 소리를 단 한 번도 하지 않았다. 그렇다고 순순히 받아들여 준 것도 아닐 텐데. 그녀는 고개를 갸우뚱 기울였다. 그를 따라 좁은 집으로 들어가는 그 순간에도 욕 한 번 들려오질 않았다.

"……."

희연이 신발을 벗고 안으로 들어가려던 순간, 남자는 아직도 축축하게 젖은 채 바닥에 떨어져 있는 옷을 가방에 대충 쑤셔 넣었다.

"야. 네 것도 챙겨."

"어디 가는데?"

"씨발, 옷 빨아 달라며. 그래야 입고 꺼질 거 아냐."

그 말에 어쩐지 웃음이 새어 나왔다. 이런 말로 표현하기는 조금 우스울지 모르겠지만, 뜻밖에 다정한 사람인 것 같기도 했다. 물론, 표현 방법이 상당히 거친 데다가 스스로가 인정하려고 하지도 않겠지만.

희연은 벌써 문밖에서 빨리 나오라는 듯 발끝으로 벽을 툭툭 차고 있는 남자를 바라봤다.

"기다려."

"개소리하지 말고 가지고 나와."

그녀는 방 한가운데 내팽개쳐진 옷을 집어 들었다. 햇볕이 잘 안 드는 데다가 눅눅한 반지하라 그런지 돌돌 뭉쳐진 옷은 아직도 축축했다. 거기다가 거의 반나절 동안 젖어 있던 탓인지 냄새가 나는 것 같기도 했고.

두 사람은 근처의 코인 빨래방에 도착했다. 세탁물을 넣고, 이규가 동전을 넣었다. 세탁기가 돌아가는 동안 희연은 의자에 앉아 멍한 얼굴로 돌아가는 빨래를 바라봤다. 그사이 담배를 한 대 더 태우고 들어온 이규가 한자리 떨어진 곳에 털썩 앉았다.

"……"

위잉. 위잉. 기계 돌아가는 소리만 요란하게 울렸다. 사람이 적은 소도시라 그런지 오는 사람도 없었다. 아니면 시간대가 애매해서라든지. 희연은 다른 세탁기와 건조기에 비친 이규의 얼굴을 바라보다가 고개를 돌려 옆을 힐끔 쳐다봤다.

'엉망이네.'

정신없이 그를 졸졸 쫓아다니느라 미처 신경 쓰지 못했는데, 아까 주먹을 주고받은 덕분인지 피딱지가 앉은 남자의 얼굴이 눈에 들어왔다.

입가에 붉게 남은 핏자국에다가 안 그래도 이미 피멍이 든 눈가에 또다시 시퍼렇게 멍 자국이 올라오고 있었다. 눈썹 위에 살짝 찢어진 상처는 또 벌어진 건지 아니면 그 위에 상처를 덧입은 건지, 다시 피가 방울져 흘러내리다 말라붙어 있었다.

"괜찮아?"

희연이 조심스럽게 물었다.

"말 걸지 마."

역시나 가시 돋친 말이 돌아왔다. 그녀는 조금 더 고개를 가까이 들이밀었다.

"다쳤잖아."

아예 무시하기로 작정한 건지 이규가 팔짱을 끼곤 눈을 감아 버렸다. 그처럼 그냥 못 본 척해 버리면 좋을 텐데. 어제부터 내내 상처투성이인 남자가 신경 쓰였다.

비록 좋은 말로 대해 주진 않지만 그래도 밥도 먹여 주고, 재워 주고, 자의는 아니지만 그녀에게 옷도 빌려주지 않았던가.

희연은 벌떡 일어나 이규의 앞에 서서 손바닥을 내밀었다.

"나 오천 원만 줘."

그 말에 눈을 뜬 남자가 어이없다는 듯 그녀를 바라봤다.

"하, 이제는 삥까지 뜯어?"

"오천 원만 달라니까."

희연이 다시 한번 손을 내밀었다. 마치 맡긴 돈을 달라는 듯한 당당함에 눈을 천천히 감았다가 뜬 그가 한숨을 푹 내쉬곤 주머니에서 꼬깃꼬깃한 오천 원짜리를 꺼내 주었다.

"씨발, 진짜 별 거지 같은 게."

당연하게도 고운 말은 없었다. 그 대신 어디에 쓸 거냐는 질문도 없었다. 아니, 오천 원을 들고 떠나 버렸으면 하는 것 같기도 했다.

희연은 구깃구깃하게 접힌 오천 원을 꼭 쥐고, 오는 길에 봤던 약국으로 들어가 작은 연고와 반창고를 샀다. 물티슈도 사려고 했지만, 돈이 부족해 그냥 나와야 했다.

다시 코인 빨래방으로 돌아오자 이규가 뜻밖이라는 표정을 지었다.

"뭐냐…… 다시 오네."

그냥 꺼지지 왜 왔냐는 기색이 고스란히 느껴졌지만, 희연은 못 알아차린 척 그의 옆자리에 앉았다.

"옷 아직도 빨고 있잖아."

포장을 뜯은 그녀가 고개를 살짝 내밀었다.

"봐 봐."

손에 들린 반창고와 연고를 본 남자가 인상을 팍 찌푸렸다.

"필요 없어."

"일요일도 싸워야 한다며."

"씨발 그걸 네가 어떻게 알아?"

"조용히 있었다고 해서 귀가 안 들리는 건 아니거든."

희연은 연고를 조금 짜서 상처에 발라 주었다. 제법 따끔한지 이규의 눈썹이 꿈틀 움직였다. 살살 조심스럽게 약을 바르고 반창고를 뜯어 붙여 준 뒤, 손마디마다 난 상처에도 연고를 조금씩 발랐다.

"너 조폭이야?"

아까부터 궁금하던 것을 기어이 입 밖으로 냈다.

"내가 조폭처럼 보여?"

응, 이라는 말이 목 끝까지 올라왔다. 완전히 조폭 같지도 않고, 그렇다고 일반인 같지도 않고. 잠시 고민하던 희연은 어깨를 가볍게 으쓱였다.

"아니면 말고."

"조폭이면 어쩌게. 씹, 짭새라도 부르게?"

"아니."

"……."

"그냥 궁금해서 물어봤어."

그렇게 말해 놓고 약간 변명 같은 말을 덧붙였다.

"쌈질하고 다니는 거 같아서."

"네가 무슨 상관인데."

"궁금해서 물어본 것뿐이야. 진짜 말 그대로 궁금해서."

희연은 한숨을 쉬듯이 대답했다. 꺾어지는 손가락 마디마다 난 쓸리고 긁힌 상처에 약을 바르는 내내 이규는 그녀를 뿌리치지 않았다. 얌전히 손을 맡긴 채 물끄러미 바라보기만 할 뿐이었다.

꼼꼼하게 상처에 약을 바르고 난 후에, 희연은 남은 연고와 반창고를 그의 잠바 주머니에 넣어 주었다.

"몸뚱이 하나 믿고 사는 거 같은데. 그러면 관리를 잘해야 할 거 아냐."

"씨발, 네가 뭔데 지랄이야."

한마디 하려던 순간, 세탁기에서 삑삑 하고 종료음이 들렸다. 벌떡 일어난 이규가 문을 덜컹 열더니, 묵직한 빨랫감을 들어 건조기에 몽땅 쑤셔 넣고는 다시 동전을 넣었다. 달그락하면서 동전 떨어지는 소리가 들리고. 또다시 위잉거리면서 기계 돌아가는 소리가 났다.

희연은 그의 옆에 앉은 채 또다시 빙글빙글 돌아가는 빨래를 가만히 쳐다봤다.

'진짜로 빨래가 다 마르면 나가야 할까.'

그렇지만 딱히 집에 가고 싶지 않았다. 아니, 그냥 아무 생각도 들지 않았다. 휴대폰도 없으니 누가 전화를 하지도 않고, 찾지도 않고. 오히려 홀가분하기만 했다. 모든 것을 그곳에 두고 온 것처럼.

도망친 것이 처음은 아니지만, 이렇게 평온한 적은 처음이었다. 말할 때마다 욕을 퍼붓는 남자의 옆인데도 불구하고. 정말 살면서 만나지 못할 종류의 인간인데도 불구하고. 좁아터진 방에, 햇볕 한 줌 제대로 들지 않는 창문에도 불구하고. 그 모든 것에도 불구하고.

그 어떤 때보다도 마음이 편했다. 희연은 양손을 꽉 움켜쥐었다. 나가고 싶지 않았다. 옆에 앉은 남자가 그리 나쁜 인간이 아니어서. 아니, 오히려 좋은 사람이어서.

희연이 무릎을 끌어안고 고개를 파묻자 이규는 다시 밖으로 나가 담배를 한 대 더 물었다. 뻑뻑 담배를 피우고 있는 뒷모습을 유리 너머로 힐끔 바라봤다. 그가 시선을 눈치챈 듯 그녀를 한번 보더니 노골적으로 인상을 팍 찌푸렸다.

'어떻게 할까?'

스스로에게 질문을 던졌다. 이대로 또 바다에 직행하면 저 남자가 붙잡을까? 아니면 이번에는 그냥 놔둘까? 그녀는 다시 고개를 들고, 빙글빙글 돌아가는 옷가지를 따라 눈을 굴렸다.

늘 도망치고 싶다고 생각했다. 그래서 도망쳤다. 낙원을 발견한 것은 아니지만, 이곳이 천국은 아니지만, 아무것도 생각하지 않을 수 있다는 게 좋았다.

'어차피 날 찾을 사람도 없을 텐데.'

희연이 긴 한숨을 내쉬었다. 아, 한 명은 있으려나. 하지만 그가 그녀를 찾는 건 걱정이라거나 그런 종류의 감정이 아닐 건 확실했다. 그 남자는 그런 인간이었으니까.

아무런 계획도 없이 떠나고 싶지 않다고 생각했다. 이런저런 상념에 빠져 있으니 옆에 털썩 소리가 나며 희미한 담배 냄새가 풍겼다.

고개를 돌려 이규의 옆모습을 바라봤다. 며칠만 더 묵게 해 달라고 하면 순순히 그러라 할 리가 없었다. 지금도 씨발거리면서 꺼지라고 화를 내는데, 무슨 말을 들을지 쉽게 예상할 수 있었다.

'상처만 아니면 멀끔한데.'

키도 백팔십 대 후반쯤 되는 것 같고, 운동을 해서 그런지 덩치도 좋았다. 얼굴에 붙은 반창고와 검붉은 색의 피멍만 아니라면 상당히 괜찮은 외모를 가지고 있기도 했다. 깊이 팬 눈에 오뚝한 코.

단단해 보이는 턱선에 유독 도드라진 목젖까지.

참 아깝기도 했다. 왜 싸움이나 하고 다닐까. 좀 더 평범하게 살면 좋을 텐데.

"……."

기계 소리만 요란한 코인 빨래방에 나란히 앉은 두 사람은 말없이 건조기만 쳐다봤다. 희연은 손가락을 꼼지락거리면서 오늘 갔던 체육관에 대해 생각했다.

'합법적인 곳은 아닌 것 같고.'

경기니 시합이니 그런 말을 하는데 조폭과 연관되어 있다? 합법일 리가. 희연은 곰곰이 생각하다가 불쑥 말을 꺼냈다.

"나 일요일까지만 있으면 안 돼?"

"미친……."

진심이 가득 담긴 목소리였는데도 생각 외로 기분은 그리 나쁘지 않았다.

"너 싸우는 거 보고 싶어."

이규가 더더욱 어이없다는 표정을 지으면서 고개를 돌렸다.

"씨발, 뭐 좋은 구경거리라고."

"왜? 또 질 거 같아?"

"내가 언제 졌어!"

희연은 버럭 소리를 지르는 남자를 멀뚱히 쳐다보다 담담히 대답했다.

"저번에 진 거 아니야? 나 구해 준 날."

"개소리하지 말고 꺼져."

"또 다치면 약 발라 줄게."

"너 진짜 돌았냐?"

진짜로 정신병자를 바라보는 듯한 눈빛에 오히려 웃음이 나왔다. 참지 못하고 웃음소리를 내자 이규의 얼굴이 뒤틀렸다.

"어차피 사흘 뒤잖아."

"씨발. 일요일까지 널 먹여 주고 재워 주라고?"

"응."

"와 진짜 너처럼 뻔뻔한 년은 처음 본다."

"지금 나 진짜 땡전 한 푼 없어."

"너 정체가 뭐야."

이를 악문 듯한 물음에 그녀는 싱긋 웃으며 간단히 대답해 줬다.

"송희연."

"너 뭐 하는 년이냐고."

"자꾸 이년 저년 하지 마. 나이도 어린 게."

"씹, 듣기 싫으면 꺼져."

희연은 어깨를 으쓱였다. 년 소리를 듣는 게 썩 유쾌한 기분은 아니었으나, 다른 이들에게 듣는 것만큼 불쾌하지도 않았다.

말하는 것부터 못 배워 먹은 티가 나는데 더 말해 무엇할까. 아마 평생 이렇게 욕을 달고 살았을 게 뻔했다. 욕을 한 번도 안 했던 사람이 갑자기 말하면 충격을 받겠지만, 오히려 처음부터 씨발을 입에 달고 살던 남자가 말하니 정말 놀랍도록 아무렇지 않았다.

그녀는 밤에 대답을 듣지 못한 질문을 다시 던졌다.

"너는 왜 살아?"

"뭐?"

"말 그대로 피 터지게 살잖아. 왜 그렇게 사는데."

"무슨 소리야……."

이해할 수 없다는 듯한 표정에, 희연이 다시 한번 또박또박 물었다.

"쓰레기 같은 인생인데 왜 그렇게 열심히 사냐고."

"……."

"나는 내가 왜 살아야 하는지 모르겠어."

"씨발 그럼 뒤지든가."

"그러려고 했는데. 네가 날 살렸잖아."

이규가 낮은 한숨을 내뱉었다.

"안 살릴 테니까 죽어, 그냥."

"이미 살려 놓고 죽으라 하면 어떻게 해. 아깝지도 않아?"

"어쩌라고!"

그가 버럭 성질을 냈다. 정말 인내심이라고는 손톱만큼도 없는 남자였다. 희연은 화를 내는 대신, 유치원생을 타이르듯 조곤조곤 말을 이어 갔다.

"일요일까지만 있을게."

"하……."

"새끼손가락 걸고 약속이라도 할까?"

새끼손가락을 꼿꼿하게 세워 내밀자, 이규가 어이없다는 표정을 짓더니 그녀의 손을 세게 쳐 냈다.

삐빅, 하는 소리와 함께 건조기가 멈추고, 그가 안에서 따끈따끈한 옷을 꺼내 그냥 가방에 쑤셔 넣기 시작했다. 희연의 옷을 빼놓고 전부 가방에 다 욱여넣은 이규는 옷을 주섬주섬 집어 드는 그녀를 두고, 빨래방을 나가 버렸다.

"같이 가!"

희연은 옷을 펴지도 못하고 둘둘 말아 든 채, 종종걸음으로 이규의 뒤를 졸졸 따랐다.

다시 돌아온 반지하 집. 아직 해가 다 지지도 않았건만, 손바닥만 한 창문으로는 햇볕을 쬘 수조차 없었다. 낮인데도 어두컴컴한 방은 불을 켜야만 했다.

희연은 이미 엉망으로 구김이 가 있는 옷을 손바닥으로 탁탁 털면서 잘 개었다. 이규는 가방에서 옷을 꺼내더니 익숙한 모습으로 행거에 대충 걸쳐 놓기만 했다. 건조기에서 꺼낸 뒤 그냥 쑤셔 넣은 덕분에 새로 빤 옷들은 전부 구깃구깃했다.

"……."

침묵이 흘렀다. 텔레비전이나 컴퓨터, 심지어는 휴대폰도 없는 상황에서 할 수 있는 거라곤, 그냥 멀뚱히 앉아 있는 것뿐이었다.

책 한 권도 없는 방이라니. 희연은 구석진 곳에 옹송그리고 앉아 침대에 벌러덩 누워 있는 남자를 쳐다봤다. 꼴 보기 싫다는 듯 등을 돌리고 누워 있는 이규를 바라보다 천장을 쳐다보고 엉망으로 널브러져 있는 옷으로 시선을 돌렸다. 손끝으로 차디찬 바닥을 문지르면서 머릿속을 텅 비웠다.

'이렇게 아무 생각 없이 있었던 게 얼마 만이지.'

기억나지 않았다. 굉장히 오래전 일이라는 것 외에는. 희연은 천천히 숨을 내쉬고 들이마시면서 숫자를 세다가 방 안의 모든 것들을 꼼꼼히 뜯어봤다.

시계조차 없는 이 방은 끔찍하도록 고요했다. 침대에 누워 있는 남자의 숨소리가 들릴 만큼.

'춥다……'

난방조차 안 되는 눅눅한 방은 가만히 있으니 제법 서늘했다. 어디선가 새어 들어오는 바람에 살갗이 차게 식고, 온몸이 으슬으슬 떨려 왔다.

"……나 옷 좀 빌릴게."

대답 따윈 없었지만 희연은 알아서 도톰한 옷을 찾아 꿰입었다. 그것 역시 제법 낡아 있어서 그렇게까지 따듯한 건 아니었지만, 그래도 반소매에 반바지 차림인 것보다는 나았다.

적당히 입을 만한 바지를 찾아봤으나, 허리가 너무 헐렁하거나 아니면 무릎이 늘어난 운동복뿐이었다. 몇 개를 몸에 대본 희연은 바지는 결국 포기하고, 다시 구석에 웅크렸다. 그녀가 한참이나 부스럭대며 옷을 고르는 동안, 이규는 단 한 번도 돌아보지 않았다.

그렇게 미묘한 침묵 속에서 얼마나 더 있었을까. 빛도 잘 들지 않는 창문 너머로 보이는 하늘이 제법 까맣게 물들고 나니 갑자기 문에서 쾅쾅 소리가 났다.

"강이규! 살아 있냐?"

남자의 쩌렁쩌렁한 목소리가 작은 방을 울렸다.

"아, 씹……"

무시할 줄 알았던 이규가 몸을 벌떡 일으켰다. 삑삑거리며 번호 누르는 소리가 들리더니, 덩치 큰 남자가 문을 벌컥 열고 안으로 들어왔다.

"새끼, 살아 있네."

"그럼 뒤졌겠냐?"

"전화가 안 돼서 뒤진 줄 알았지."

낄낄 웃으면서 들어온 낯선 남자가 부스럭거리면서 손에 든 것을 위로 들어 올렸다. 익숙한 듯 신발을 대충 벗어 던지며 안으로 성큼 들어오던 그는 한발 늦게 희연과 눈이 마주쳤다.

잠시 시간이 멈춘 듯, 뻣뻣하게 굳어 있던 그가 눈을 똥그랗게 떴다.

"뭐야 시발……. 나 좀 이따가 올까?"

"닥치고 들어와."

"아, 나 여럿이서 하는 건 별로…… 악!"

무슨 생각을 했는지 벌게진 얼굴로 횡설수설 말을 꺼내는 남자에게 다가간 이규가 주먹을 들어 머리를 쥐어박았다.

"개새끼야! 존나 아프잖아! 네 주먹이 그냥 주먹이냐?"

"그런 거 아니라고. 씨발……."

아무래도 친구 사이인 듯했다. 약간 앳되어 보이는 얼굴을 보니 나이대도 비슷해 보이고. 이규는 봉지를 빼앗아 들곤 안을 확인했다. 희연은 낯선 여자를 어떻게 대해야 할지 모르겠다는 얼굴을 한 남자에게 고개를 까닥 숙였다.

"안녕하세요."

"……아, 예. 안녕하세요."

그가 당황한 얼굴로 떨떠름하게 인사를 받았다. 어찌할 바를 모르겠다는 얼굴로 좁은 방 안을 잠시 방황하던 남자가 혼란스러운 표정을 지으며 침대에 털썩 걸터앉았다. 그것 역시 익숙하기 짝이 없는 모양새였다.

두 사람이 어색한 인사를 주고받는 동안, 이규는 봉지에 있는 것을 꺼냈다. 소주 몇 병과 과자 두 봉지. 말없이 컵 하나를 가져온 그가 소주병을 땄다.

"야, 저거 뭐야."

목소리를 한껏 낮춘 물음이었지만 좁은 방 안에서 안 들릴 리가 없었다. 손가락으로 제 친구의 허리까지 쿡쿡 찔러 댄 남자가 희연의 눈치를 봤다. 눈이 마주친 순간 싱긋 웃어 주자 그가 흠칫 놀라며 눈을 끔벅거렸다.

"신경 꺼."

소주잔도 아니고 그냥 물컵에 소주를 콸콸 부은 이규가 퉁 던지듯 대답했다. 참으로 어색한 상황이 아닐 수 없었다. 이 기묘한 분위기에 참다못한 희연은 눈을 데구루루 굴리다가 먼저 말을 꺼냈다.

"송희연이에요."

"아, 예……."

머쓱한 얼굴로 고개를 주억거리면서 뒷덜미를 만지작거린 남자가 떨떠름한 대답을 했다. 다시 침묵이 흘렀다.

'누가 친구 아니랄까 봐.'

이럴 땐 이름을 알려 주는 게 매너 아니냐는 말을 꺼내려던 찰나, 한참이나 늦은 자기소개가 이어졌다.

"이준혁이라고 합니다."

"네에."

또다시 어색한 침묵이 가라앉았다. 꿀꺽꿀꺽. 소주를 물 마시듯

이 마시는 소리가 요란스럽게 울렸다. 이규의 목젖이 아래위로 격렬하게 움직였다.

"야, 야. 천천히 좀 마셔."

"닥쳐."

"씨발 새끼가. 생각해 줘도 지랄이야."

구시렁거린 준혁이 침대에서 스르륵 내려와 바닥에 철퍼덕 앉더니, 제 친구와 희연을 번갈아 쳐다봤다. 진짜 숨 막히게 어색했다. 물론 사교적인 웃음을 지으면서 적당한 주제로 말을 이어 가는 건 그리 어렵지 않았지만 굳이 그렇게 하고 싶지 않았다.

여기서는 그냥 그저 '송희연'이라는 아무것도 아닌 여자였으니까. 그러고 싶었으니까. 준혁이 잠시 망설이더니 머뭇거리면서 물었다.

"술 한잔하실래요?"

"주면 먹죠."

"무슨 술까지 먹여 줘. 씨발, 주지 마."

"개새끼야. 네가 산 거냐? 내가 산 거지."

부엌에서 몇 개 없는 컵을 들었다 내렸다 하면서 살펴보다 인상을 찌푸린 남자가 갑자기 물을 틀어 컵을 벅벅 씻었다.

"설거지 좀 해라. 아! 존나 더러운 새끼."

"그럼 네가 좀 해 주고 가든가."

"뭘 얼마나 안 처먹었으면 여기 먼지가 굴러다니냐. 아, 새끼야 아직도 보일러 안 고쳤냐? 좀 고치라니까."

구시렁구시렁. 준혁이 끊임없이 뭔가를 말했다. 이규가 말없이 반쯤 남은 소주를 마저 마시곤, 다시 병을 집어 들어 컵을 채웠다.

희연은 물기가 뚝뚝 떨어지는 컵을 받아 들었다.

"자요."

컵을 씻어 온 남자가 소주병을 내밀었다.

"고마워요."

"술 좀 잘해요?"

"……못하진 않아요."

담담하게 대답하자 그가 찰랑거릴 때까지 술을 따라 주었다. 알코올 냄새가 훅 풍겼다. 과자 두 봉지에 소주는 여섯 병. 둘이 먹을 생각으로 사 온 걸 보면, 준혁과 이규 둘 다 술은 제법 센 편인 듯했다. 참 단출한 술자리였다. 좁아터진 방 안에 셋이 둘러앉자 공간이 꽉꽉 들어찬 것처럼 느껴졌다.

"자. 건배!"

"건배는 무슨 건배야. 그냥 처마시지."

친구를 무시한 이규는 다시 컵을 기울였고, 희연이 어색하게 손을 내밀어 컵을 살짝 부딪쳐 주었다.

"새끼, 손모가지가 부러졌나."

들으라는 듯 구시렁댄 준혁이 소주를 벌컥벌컥 마셨다. 과자 먹는 소리. 술을 마시는 소리. 조용한 방 안이 작은 소음으로 가득 찼다.

별다른 대화도 없이 소주를 세 병이나 비우고 나서야 약간 술기운이 든 건지 침묵 속에서 준혁이 먼저 입을 열었다.

"그런데 누구? 처음 보는 얼굴인데……."

말끝을 흐리면서 그녀를 요모조모 뜯어본 남자가 고개를 갸우뚱 기울였다. 처음 보는 얼굴인데. 그 말은 낮에 체육관에서도 들었다. 그게 무슨 뜻인지 알 것 같아서 희연은 피식 웃었다.

"어디서요? 술집에서 한 번도 못 본 것 같아요?"

"하하."

노골적으로 그런 말을 할 줄은 몰랐다는 듯 준혁이 멋쩍은 웃음소리를 냈다. 희연이 과자를 하나 집어 먹으면서 담담한 대답을 했다.

"죽으려고 했는데. 저 인간이 날 살려 줬어요."

반쯤 남은 소주를 한입에 털어 넣자 쓰디쓴 맛에 온몸이 부르르 떨릴 지경이었다. 으, 소리를 내며 인상을 찌푸린 희연이 고개를 절레절레 저었다.

소주는 별로 마셔 본 적 없지만 그리 나쁘지 않았다. 누가 인생의 쓴맛이라고 했던가 안 했던가. 희연은 반쯤 남은 소주병을 들어 컵을 다시 채웠다.

"날 주워 왔으니까 책임져야지."

피식 웃으면서 그렇게 말하자, 묵묵히 술만 마시던 이규가 짜증스럽게 대꾸했다.

"씨발. 책임? 무슨 책임?"

"이 새끼가 구해 줬다고요?"

"네."

"별일이 다 있네."

준혁이 제 친구를 힐끔거리면서 떨떠름한 표정을 지었다. 마치, 이규의 껍데기를 뒤집어쓴 낯선 누군가를 바라보듯이.

"진짜냐?"

"보면 모르냐? 존나 후회 중이니까 말 걸지 마. 개새끼야."

"씹새끼가. 왜 나한테 화풀이를 하고 지랄이야."

그리고 말이 또 끊겼다. 네 번째 소주병을 딴 남자가 희연의 눈치를 슬쩍 보더니 이규에게 조금 더 붙어 앉았다.

"야. 너 일요일에 또 붙는다며."

"어."

"괜찮겠냐?"

"안 괜찮으면 어쩔 건데."

"못 하겠다고 해."

"그러면?"

냉소적인 물음에 준혁이 입술을 달싹였다. 뭔가 얽힌 일이 있는 모양이지. 희연은 가만히 두 사람의 대화를 들으면서 과자를 하나 더 집어 먹었다.

"씨발, 나도 모르겠다."

"……."

"너 그러다가 진짜 뒤져."

"뒤지면 뒤지는 거지."

퉁명스럽게 말한 이규가 소주를 물처럼 들이켰다.

"새끼……. 걱정해 줘도 지랄이야. 개새끼."

짜증스러운 말투였지만, 걱정을 다 감출 수는 없었다. 말은 험해도 제법 좋은 친구 사이라고 생각했다. 두 사람을 멀거니 쳐다보고 있던 희연은 약간씩 오르는 취기를 빌미 삼아 불쑥 물었다.

"준혁 씨는 조폭이에요?"

"왜요?"

그런 질문을 받을 줄은 몰랐는지 그가 눈을 똥그랗게 떴다. 약간 벌게진 얼굴 때문에 조금 더 앳되어 보였다. 장난꾸러기 소년처럼.

"그냥. 궁금해서."

희연이 태연하게 말하곤 또 한 모금 술을 마셨다.

"신기한가 봐."

준혁이 낄낄 웃어서 그녀는 순순히 고개를 끄덕였다.

"네. 신기하네요."

그가 이규의 옆구리를 쿡쿡 찌르더니 조금은 큰 목소리로 속닥거렸다.

"야, 진짜 이쪽 사람 아닌가 봐."

"무슨 상관이야."

"아, 새끼. 그냥 그렇다는 거지."

툴툴거린 준혁이 짜증을 내며 과자를 한 움큼 집어 입에 넣었다. 희연은 두 사람을 번갈아 쳐다봤다. 이규는 조폭이냐는 물음에 짜증을 냈고, 준혁은 재미있어했다. 반응만으로도 대충 알 것 같았다.

"준혁 씨는 조폭이고, 그쪽은 아니고?"

확인하는 말에 이규가 인상을 찌푸리곤 소주를 다시 벌컥 들이켰다.

"뭐. 이 새끼는 반쯤만? 차라리 그냥 들어오면 더 좋을 텐데."

"씨발 조폭 안 한다고."

"아 까다로운 새끼. 조폭 돈 받으면서 싸우면 그게 조폭이지 뭐가 조폭인데."

"개소리할 거면 꺼져."

소름이 돋을 정도로 싸늘한 목소리에, 준혁이 구시렁대면서 슬쩍 거리를 벌렸다.

"그래 씨발, 좆대로 해라. 개새끼야."

주먹이 닿지 않을 정도의 거리까지 슬금슬금 물러난 남자가 버럭 외치곤 빈 컵에 술을 채웠다.

"걱정해 줘도 지랄. 챙겨 줘도 지랄. 그냥 콱 뒤져라 씹새끼야."

웃음이 터져 나올 것 같아 희연은 재빨리 입을 꾹 다물었다.

"둘이 친구인가 봐요."

"네, 내가 이 새끼 불알친구……."

"씨발 누가 친구래."

준혁이 친한 척하며 친구의 어깨에 팔을 두른 순간 이규가 사납게 말을 내뱉었다.

"그래, 친구 아니다. 개새끼야. 누가 너 같은 놈이랑 친구하고 싶은 줄 아나."

친구가 맞구나. 희연은 다시 술을 벌컥벌컥 마시는 두 남자를 돌아봤다. 친구가 아니라고 해도 어쨌든 둘은 친구였다. 그것도 엄청나게 친한 친구.

다섯 번째 소주병을 따고 나서 희연은 지금까지 이규에게 대답을 듣지 못한 질문을 던졌다.

"둘 다 몇 살이에요?"

"왜요. 몇 살처럼 보이는데요?"

준혁이 히죽히죽 웃으면서 고개를 들이밀었다. 짓궂은 미소가 가득한 얼굴에는 아직도 앳된 구석이 남아 있었다.

이마에다가 '나 조폭이오.'라고 써 붙이고 다니는 것처럼 검은 정장에 머리도 짧게 깎은 남자는 오히려 머리 스타일 때문에 더 어려 보이기도 했다. 희연은 두 사람을 번갈아 쳐다보곤 눈을 깜박였다.

"스물둘, 셋?"

"오! 그러는 희연 씨는요?"

"내가 맞춘 거예요?"

"스물셋 맞는데. 그쪽은 몇 살이에요?"

재미있다는 듯 눈을 반짝이는 얼굴을 보다가 피식 웃었다.

"나 서른이에요."

그 말에 준혁이 눈을 끔벅거렸다.

"진짜?"

"네. 진짜."

"와. 그렇게 안 보이는데?"

"음……. 칭찬이라 생각하고 들을게요."

희연이 짧은 웃음소리를 냈다. 적당히 술도 들어가고, 기분도 제법 괜찮았다. 내내 씨발, 닥쳐 이런 소리를 하는 이규 대신 조잘조잘 떠드는 사람이 있으니 이것저것 묻기도 좋았고.

"씨발……. 존나 많이도 처먹었네."

낮게 중얼거린 남자가 컵을 또 기울였다. 서른이라는 나이가 마음에 안 든 건지 아니면 그냥 희연이라는 존재가 그렇게 싫은 건지.

'그런 거치고는 친절하기도 하고.'

이런 걸 뭐라고 하더라. 『운수 좋은 날』에 나오는 김 첨지가 생각났다. 김 첨지도 욕을 퍼붓지만 결국은 아내가 좋아하던 설렁탕을 사 가지고 가지 않았던가.

술이 제법 오른 듯 준혁이 조금 가까이 다가왔다.

"그런데 진짜 이규가 구해 줬어요?"

"네."

아직도 이걸 믿어야 하나, 말아야 하나 긴가민가하는 표정이었다.

"어쩌다가요?"

"글쎄요. 친구에게 물어봐요."

그 말을 곧이곧대로 들은 남자가 이번엔 다시 이규에게 다가갔다.

"야."

본론은 꺼내지도 않았는데 매정한 대답이 돌아왔다.

"닥쳐."

"아 씹새끼. 진짜 말을 못 하게 하네. 개새끼야. 그래 너 혼자 많이 처마셔라."

준혁이 짜증을 팍 내곤 아예 친구에게서 등을 돌리고 앉았다. 아예 무시하겠다는 노골적인 제스처에도 이규는 신경도 쓰지 않는 눈치였다.

"희연 씨. 아니, 누나라고 불러도 돼요?"

"그래요. 누나라고 불러요."

술 덕분인지 붙임성 있게 다가오는 준혁을 군이 밀어내진 않았다.

"그런데 누나는 왜 여기 있어요? 집이 없나?"

"음. 갈 데가 없어서. 일요일까지만 여기 있기로 했어요."

"왜요?"

눈을 똥그랗게 뜬 준혁은 희연에 대해 이것저것 물었다. 집이 어디냐, 뭐 하는 사람이냐 등등. 하지만 개인적인 것에 대해서는 적당히 둘러대고 넘어가 버리자 금세 흥미가 떨어졌는지 제 얘기를 하기 시작했다.

"언제부터 둘이 친구였어요?"

"아, 저 새끼랑요? 언제였더라? 초등학생 때였나?"

희연은 가볍게 웃었다. 찌르면 찌르는 대로 정보가 줄줄 새는 보따리 같았다. 그 덕분에 희연은 하루를 꼬박 함께하고도 '강이규'라는 이름 외에는 아무것도 모르는 남자에 대해서 속속들이 알 수 있었다.

준혁은 남의 말을 들어 주는 것보다 제 말을 하는 것에 더 재능이 있는 사람이었으니까.

중간에 술이 떨어져 바로 코앞의 편의점에서 소주를 다섯 병 더 사 온 준혁은 기분 좋게 술에 취해서는 시시콜콜한 것들까지 전부 털어놓기 시작했다.

"좀 닥쳐."

이규의 짜증스러운 발길질을 맞으며 앓는 소리를 하면서도 그는 구구절절한 친구의 인생사를 풀어놨다.

강이규. 스물셋.

조폭은 아니지만, 조폭에 한없이 가까운 싸움꾼이라는 직업 아닌 직업을 가진 이 남자의 인생은 흔하게 불행했다. 딱 드라마나 영화에서 나올 법한 그런 스토리였으니까.

폭력적인 아버지. 초등학교에 들어가기도 전에 도망가 버린 어머니. 그리고 중학교에 올라갈 때쯤 집을 나가 버린 형. 덕분에 폭력은 온전히 이규의 몫이었다는 얘기였다.

"농담이 아니라 진짜로. 눈 딱 감고 칼로 찔러 버릴까 생각했다니까요."

"……."

제 삶에 대해 얘기하는데도 이규는 단 한마디도 보태지 않고 묵묵히 듣기만 했다. 희연은 남자의 가라앉은 얼굴을 힐끔거렸다.

"어쨌든 중학교를 어찌어찌 졸업하긴 했는데……."

준혁이 약간 흐물흐물 꼬부라진 목소리로 말을 이어 갔다.

고등학생이 되고, 이규는 결국 집을 나왔다고 했다. 형이 그랬던 것처럼. 도망치긴 했으나 할 수 있는 것은 거의 없었다. 중졸의 학력으로는 아르바이트 자리도 제대로 구할 수 없었으니까. 그렇게 이곳저곳 떠돌다가, 결국 남은 거라곤 주먹뿐이었다.

아버지처럼 되진 않겠다고 했는데. 배운 게 도둑질이라 어영부영 이쪽 세계에 발을 걸치게 되었다는 얘기였다.

"그래도 이 새끼가 꼴에 애비처럼은 안 되겠다고, 조폭은 절대 싫다고 하잖아요. 씨발, 뭐 별다를 것도 없구만."

준혁이 구시렁거리면서 컵에 남은 소주를 입에 탈탈 털어 넣었다.

"차라리 조폭 되는 게 낫지. 맨날 투기장 불려 가서 존나게 얻어터지는 주제에."

"씹, 내가 언제 얻어터졌어."

"이기면 뭐 하냐. 존나 처맞는 건 똑같은데."

그래도 친구라고 걱정이 가득 담긴 말투였다.

"조폭들이 영화에서 맨날 막 칼로 쑤시고 패싸움하고 그러는데 사실 그렇게 싸울 일이 많진 않거든요. 근데 이 새끼는 차라리 존나 싸우겠다고 이 지랄 중이니 내가 답답해 뒤질 거 같다 이거예요."

"걱정되겠네."

"걱정해 준다고 고마워하는 새끼도 아닌데 내가 뭘 걱정해요."

한탄하듯 중얼거린 남자가 고개를 절레절레 흔들었다. 희연 역시 비슷한 생각이 들긴 했다. 조폭이라는 딱지를 붙이고 싶지 않아서 투기장에서 싸운다고는 하지만, 준혁이 말한 대로 조폭 돈 받고 싸우는 건 마찬가지 아닌가. 그게 그거 아니냐는 말이 목 끝까지 차올랐지만 그냥 꾹 내리눌렀다.

싸움 한 판당, 수수료의 오 퍼센트를 받는다고 했다. 잘 받는 건지 못 받는 건지 알 길은 없었다. 거기다가 이길 경우에는 추가로 보너스가 조금.

'어쨌든 돈을 많이 벌진 못하는 건 확실하네.'

이런 열악한 반지하방에서 사는 것만 봐도 그건 분명했다.

"그래도 이 새끼가 꽤 잘 싸워요. 뭐 그 덕분에 아직도 목숨줄 붙이고 사는 거지만…… 저번에는 좀 센 놈이랑 붙었는데 그 새끼가 글쎄 존나 얍삽하게 싸워 가지고 졌다니까요."

"반칙이라도 했나 봐요."

"반칙? 뭐…… 규칙이랄 게 없어서 반칙은 아니고……."

웅얼거린 준혁이 한숨을 푹 쉬곤 소주를 또 털어 넣었다. 규칙도 한계도 없는, 말 그대로 불법인 싸움판. 희연은 덤덤한 표정의 이규를 힐끔 쳐다봤다.

"하여간. 어제 존나게 처맞았는데. 일요일에 존나 센 새끼랑 붙는단 말이에요. 씹새끼. 못하겠다는 말이라도 할 것이지. 하여간 꼴에 좆같은 자존심은 있어 가지고."

"이번에 피하면 다음에는 어쩔 건데……."

내내 입을 다물고 있던 남자가 말을 툭 내뱉었다.

"개새끼야. 적어도 다 낫고 싸우면 좀 낫겠지. 씹, 존나 당연한 개소리를 하게 만들어."

"달라질 거 없어. 뒤지면 뒤지는 거지."

준혁이 혀를 쯧쯧 찼다.

"하여간 저 새끼가 아주 뒤지려고 발악한다니까요. 안 그래요, 누나?"

그가 이규를 손가락질해 대자 희연은 그냥 웃었다. 달리 뭐라고 말할 수 있을까. 싸우지 말라고 말릴 입장도 아니고, 그런다고 들을 인간도 아니었다.

"새끼. 저번에 존나 처맞아 놓고. 주먹질이나 제대로 하겠냐."

"누가 존나게 처맞았다는 건데."

"너 말이야. 너. 새끼야."

마지막 소주병을 딴 이규가 이번엔 아예 병을 입에 갖다 댔다. 꿀꺽꿀꺽. 술 넘어가는 소리가 들렸다. 쓰디쓴 소주 한 병을 단번에 싹 비운 남자가 빈 병을 쾅 내려놨다.

빈 소주병이 꼬박 열 손가락을 채웠다. 공기 중에 떠다니는 술 냄새만으로도 술을 마시는 느낌이 들었다. 반지하방은 외풍이 심하면서도, 환기가 잘 안 됐다. 이규가 준혁을 바라보면서 인상을 팍 찌푸렸다.

"다 마셨으니까 이제 꺼져."

"더 사 오면 되지. 내가 산다고 아주 병나발을 부네."

"꺼지라고."

이제 그만하고 나가라는 뜻을 겨우 알아들었는지 얼굴이 벌게질 정도로 취한 준혁이 투덜거리면서 일어섰다.

"아. 간다, 가. 정이 없어요, 정이. 개새끼."

그가 짜증을 버럭 내더니 옷을 툭툭 털어 냈다. 희연이 약간 알딸딸한 기분으로 손을 까닥까닥 흔들어 줬다.

"잘 가요."

"다음에 봐요. 누나."

손을 힘차게 흔든 준혁이 이규의 발을 툭 걸어찼다.

"휴대폰은 새로 구해서 우편함에 넣어 놓을게."

"……."

"누나, 안녕!"

술김에 이런저런 대화를 나눈 덕분인지 아니면 친한 척이라고 는 절대 하지 않는 친구 때문인지. 준혁이 친한 척하며 유쾌하게 말하자마자 이규가 짜증을 내며 병뚜껑을 집어 던졌다.

"나가라고."

"인사 한 번을 안 하냐. 개같은 놈아."

끝까지 투덜거린 준혁이 문을 쾅 닫고 나가 버렸다. 눅눅한 공 기 속에 술 냄새가 짙게 섞여 있었다. 희연이 바닥에 조금 남은 술 을 마저 마시는 동안 가만히 있던 남자가 자리에서 벌떡 일어났다.

"……."

발로 빈 술병을 대충 옆으로 밀어 놓은 이규가 침대에 풀썩 누 웠다. 술을 마시고 떠들다 보니 어느새 한밤중이었다. 물론, 손바 닥만 한 창으로는 달빛마저 들어오지 않았지만.

'어제처럼 춥진 않네.'

술 덕분인지 온몸이 뜨끈뜨끈했다. 하지만 바닥에서 자고 싶진 않았다. 차갑고, 쓸쓸하고, 게다가 이규의 얘기를 듣고 나니 더욱 버려둘 수 없었으니까.

불쌍하다고 생각하는 걸 수도 있고 아니면 그냥 안쓰러운 걸 수도 있었다. 어느 쪽인지는 그리 중요하지 않았다.

희연은 어제처럼 슬쩍 침대로 올라갔고, 남자는 그녀를 밀어내지 않았다. 꾸물거리면서 이불 속에 들어가 등을 맞대고 누웠다. 술 덕분에 이규의 체온도 올라갔는지 뜨끈한 온도가 느껴졌다.

"야. 너 진짜 서른이야?"

자는가 싶던 남자가 불쑥 물었다.

"응."

"씨발, 구라 치지 마라."

그녀는 짧은 웃음소리를 내곤 조금 더 편한 자세로 몸을 돌렸다.

"내가 그런 걸로 거짓말을 해서 무슨 이득이 있는데."

잠깐의 침묵 뒤에, 거친 목소리가 들려왔다.

"아 존나 나이는 많이도 처먹었네."

들으라는 건지, 아니면 혼잣말인 건지. 크게 중얼거린 남자가 이불을 조금 더 끌어당겼다. 희연은 새까만 방을 바라보다가, 술 냄새가 가득 담긴 숨을 내뱉었다.

"야."

"……"

"이러고 살면 좋아?"

"씨발 누가 좋아서 사는 줄 아나…… 그냥 사는 거지. 존나 별 개같은 질문을 다 하네. 씹, 너 같으면 이러고 사는 게 좋겠냐?"

희연이 눈을 깜박였다. 악착같이 살 정도로 이 삶을 좋아하지도 않으면서 왜 그렇게 피나는 노력을 해 가며 사는 걸까. 옆에 누운 이 남자는 말 그대로 '피 터지는' 인생을 살았다. 단어 그대로 '피'를 흘리면서.

그냥 산다. 그 말을 한번 곱씹었다. 참 간단하고도 어려운 말이었다. '그냥'이라고 말하면서 그렇게나 노력해서 살 필요가 어디 있을까. 고통을 견뎌야 하는 데다가, 언제 죽어도 이상하지 않을 정도로 거친 나날인데.

"야."

"입 닥치고 자라."

희연이 무슨 말을 꺼내기도 전에 이규가 낮은 목소리로 속삭였다. 뒷말을 꺼내는 대신 살짝 고개를 돌려 그의 뒷머리를 쳐다봤다. 불쌍하다가 안타깝다가 부럽다가 조금은 의아해졌다.

'졸리다······.'

술기운이 스멀스멀 온몸으로 퍼져 나갔다. 눈을 한 번 깜박일 때마다 눈꺼풀이 천근만근 무거워졌다. 등에 붙어 있는 다른 이의 뜨끈한 체온에 조금 안심했다. 오늘도 혼자가 아니구나 싶어서.

어딘가에 있는 벽의 틈새로 들어온 바람이 제법 서늘하다는 생각을 하면서 희연은 천천히 눈을 감았다. 금세 새까만 어둠이 의식을 집어삼켰다.

금요일. 일요일까지 이틀이 남은 날, 이규는 어제와 똑같은 생활을 반복했다.

그는 일어나자마자 체육관으로 향했고, 방에 있어 봐야 멍하니 있는 것 말고 할 일이 없다는 걸 알고 있는 희연은 또다시 그의 뒤를 졸졸 쫓아갔다.

또다시 나타난 그녀의 모습에 남자들이 저속한 말을 내뱉었다.

밤일이 그렇게 끝내줬냐는 말부터, 의외로 꿍쳐 놓은 돈이 꽤 많냐는 질문 등. 희연을 당연하다는 듯 술집 여자 취급했지만 두 사람은 그냥 무시했다. 어차피 구구절절 설명할 이유도, 남들이 들어서 납득할 만한 스토리도 없다는 걸 잘 알고 있었으니까.

희연은 별다른 말 없이 구석 자리에 앉았고, 이규는 또다시 링에 올라가 주먹질을 했다. 다른 점은 어제와 달리 흥분하지 않았다는 것 정도.

'아프겠다…….'

연습이라고는 하지만 보호 장비 없이 맨주먹을 주고받는 건 상당히 고통스러워 보였다. 퍽, 하고 살을 때리는 소리가 잔인하게 울려 퍼졌으니까. 희연은 이규가 링 위에서 헐떡이며 싸우는 걸 멀거니 쳐다보다가 잠시 잠들었다.

"야."

누군가가 의자를 세게 걷어차는 바람에 흠칫 놀란 그녀가 눈을 번쩍 떴다. 샤워라도 했는지 푹 젖은 머리카락을 한 이규가 그녀를 내려다보고 있었다.

"……응?"

조금 뒤늦게 반응하자 그는 별다른 말 없이 성큼성큼 체육관을 나가 버렸다. 희연이 벌떡 일어나 황급히 뒤를 쫓았다.

"끝났어?"

"……."

"이제 어디 가? 집에?"

어느새 늦은 오후였다. 졸고 있는 내내 연습을 계속했던 걸까. 조금 더 걸음을 재촉해서 옆에 바짝 붙어 섰다. 그녀의 얼굴을 잠시 내려다본 남자가 또다시 인상을 찌푸렸다.

"좀 닥쳐."

늘 듣는 말이라 그런지 이젠 별로 무섭지도 않았다. 무엇보다도 그렇게 말하면서도 이규는 희연에게 제법 상냥한 편이었으니까.

'음. 상냥하다는 말은 좀 안 어울리지 않나.'

딱 맞는 단어를 찾아낼 수는 없었지만 그는 생각보다 물렀다. 늘 인상을 찌푸리면서 욕을 해 대는 것치고 그 어떤 위해도 가하지 않았으니.

희연이 피식 웃으면서 이규에게 고개를 조금 내밀었다.

"너는 씨발, 씹, 닥쳐, 꺼져 빼면 말을 못 해?"

웃고 있는 그녀의 표정에 와락 인상을 찌푸린 남자가 또박또박 말했다.

"닥치고 꺼져."

눈을 깜박인 희연은 참지 못하고 크게 웃어 버렸다. 그런 식으로 말하는 게 오히려 조금 귀엽다고 생각했다. 반항적인 사춘기 소년이 이럴까.

숨을 쉬기 곤란할 정도로 크게 웃는 동안 이규는 마치 정신병자를 보는 듯한 눈빛으로 그녀를 바라봤다. 희연은 그의 옆에 나란히 걸으면서 배시시 미소 지었다.

"어제 그 백반집 맛있던데."

"안 해."

"왜?"

"씨발. 왜는 왜야. 안 하니까 안 하지 씨발……."

별 희한한 걸 다 묻는다는 듯 인상을 팍 찌푸린 남자가 중얼거리곤 걸음을 재촉했다.

"아. 브레이크 타임인가?"

"브…… 뭐?"

그런 단어가 세상에 존재하는 줄도 몰랐다는 것 같은 반응에 희연은 참지 못하고 또 한 번 웃음을 터뜨렸다.

"잠깐 문 닫는 시간이냐는 말이야."

"어."

퉁명스럽게 대답한 이규는 휘적휘적 편의점으로 들어갔고, 컵라면을 하나 골랐다. 그리고 김밥도. 살짝 눈치를 보던 희연이 컵라면을 하나 집어 들었다.

"진짜 존나 뻔뻔한 새끼네."

"뭘 새삼스럽게."

오히려 고개를 빳빳하게 든 그녀는 내친김에 김밥도 두 개 골랐다. 삼각김밥 하나, 줄 김밥 하나. 이규는 다시 한번 뻔뻔하다고 짜증을 내며 욕을 퍼부었지만 안 사 주진 않았다. 김밥 네 줄 그리고 컵라면 두 개가 든 봉지를 달랑거리며 들고 집에 돌아온 두 사람은 물부터 끓였다.

"두 개나 샀어. 씹…….."

"나 배고파."

"……처먹긴 존나 많이 처먹네."

"왜. 너도 두 개 먹잖아."

희연이 그의 몫으로 앞에 놓인 김밥을 손가락질하자 이규는 할 말이 없는지 입을 꾹 다물었다. 주전자에서 물 끓는 소리가 났다.

"식탁은 없어?"

"씨발 얻어먹는 주제에 바라는 것도 존나 많아."

"불편하니까 그러지."

그가 제 컵라면에 물을 붓곤 반쯤 뚜껑을 까 놓은 그녀의 컵라면에 물을 부어 주었다. 나무젓가락을 위에 올려놓은 채, 두 사람은 바로 앞에 놓인 컵라면을 멀거니 바라봤다.

"삼 분 지났어?"

"배고프냐?"

"응. 배고파."

하루 하고도 반나절을 꼬박 굶은 걸로도 모자라, 밥도 절반밖에 못 먹지 않았던가. 거기다가 과자 몇 조각으로 강소주를 들이켰으니 속이 조금 쓰리기도 했다.

"얼마나 남았어?"

"좀 기다려. 존나 참, 참…… 못 기다리네."

"참을성이 없다고?"

"그래 씨발. 참을성이 없다고."

아침에 준혁이 우편함에 넣어 뒀던 휴대폰의 시간을 확인한 이규가 삼 분을 꼬박 채운 다음에 뚜껑을 열었다. 식욕을 자극하는 라면 냄새가 방 안에 퍼져 나갔다.

"잘 먹을게."

"처먹든지 말든지."

대답 아닌 대답을 한 그가 젓가락으로 라면을 휘적였다. 희연은 김밥을 하나 입에 넣고, 라면을 한 젓가락 집어 먹었다.

"맛있다."

"너는 이게 맛있냐?"

"오랜만에 먹으니까 맛있네."

정말 오랜만이었다. 라면 자체를 너무 오랜만에 먹어서인지 아주 맛있었다. 맵고, 짜고, 자극적인 맛이었지만. 어제 술을 제법 마셔서인지 해장하는 느낌이 나기도 했다.

이규가 인상을 찌푸리더니 별다른 말 없이 라면을 먹어 치웠다. 희연도 김밥 두 개와 라면을 말끔하게 해치웠다. 국물까지 전부 다 마신 그녀가 만족스러운 웃음을 지었다.

집에서 먹은 덕분에 쫓기듯이 먹지 않아도 된다는 점이 좋았다. 또 식당에 갔으면 이규가 버리고 갈까 봐 후다닥 일어나야 했으리라. 후, 하고 한숨을 내쉬며 쓰레기를 봉지에 넣고 있으니 남자가 불쑥 물었다.

"너 잘살지?"

뜬금없는 질문이었다. 희연은 진지하기 짝이 없는 얼굴을 바라봤다. 뭐라고 대답해야 할까. 잠시 고민했지만 굳이 속일 이유도, 그럴 필요도 없다는 생각이 들었다. 그래서 순순히 고개를 끄덕였다.

"응. 잘살아."

"씨발 여기서 쓰레기 인생 구경하면 재밌냐?"

자격지심이 가득 담긴 말이었다. 어딘가 울 것처럼 들리기도 했다. 희연은 웃음을 지우고 이규의 시선을 똑바로 바라봤다.

"재미는 없는데 신기하긴 해."

담담한 대답에 남자가 이를 꽉 악물었다.

"나가."

"왜. 일요일까지만 있겠다고 했잖아."

"나가라고!"

그가 팔을 우악스럽게 잡아당겼다. 어찌나 세게 당겼는지 희연의 몸이 위로 쑥 들어 올려졌다.

"아파!"

잡힌 부분이 욱신욱신 아파 왔다.

"꺼져."

문을 벌컥 연 이규가 그녀를 바깥으로 밀어냈다.

"다시 내 눈에 띄면 여자고 뭐고 죽여 버릴 줄 알아."

"야, 야!"

있는 힘껏 발버둥 쳤지만, 싸움으로 먹고사는 남자의 힘을 당해 낼 수는 없었다. 희연은 힘없이 떨어지는 낙엽처럼 휘청거리면서 문밖으로 내쫓겼다. 발바닥에 차가운 바닥이 닿았다.

"야! 강이규!"

코앞에서 문이 쾅 닫혔다. 맨발로 내쫓기다니. 순간 너무 당혹스러워서 이 상황을 제대로 이해할 수조차 없었다. 그녀는 멍하니 문을 바라보다가, 시선을 아래로 내렸다. 맨발에 후드 티. 거기다가 반바지.

"하……."

부모님에게도 당해 보지 않은 수모를 여기서, 얼마 전에 만난 남자에게 당할 줄이야. 기가 막혀 헛웃음을 지은 희연은 발가락을 꼼지락거렸다. 발바닥으로 차가운 기운이 스멀스멀 올라왔다.

"야!"

화가 머리끝까지 난 희연이 소리를 지르며 문을 세게 두들겼다. 주먹을 꽉 말아 쥔 채 쾅쾅 두드렸지만 안쪽에서는 아무런 대답도 들려오지 않았다. 손이 욱신욱신 아플 정도로 계속 두들기다가 발로 걸어찼다.

"악!"

맨발로 쇠문을 걸어차는 건 정말 멍청한 생각이었다.

"씨이……."

울상을 지으면서 발가락을 꼼지락거린 희연이 다시 주먹으로 있는 힘껏 문을 두들겼다.

"이 나쁜 새끼야! 강이규! 야!"

얼마나 그렇게 소리를 질러 댔을까. 타박거리는 발소리가 들리더니, 계단 위에서 한 여자가 고개를 불쑥 내밀었다.

"저기요."

"……네, 네?"

그 여자는 희연이 들으라는 듯 한숨을 내쉬며 머리카락을 쓸어 넘겼다.

"조용히 좀 해 주실래요? 저 일 층 사는 사람인데 시끄러워 죽겠어요."

"……아, 네. 죄송합니다."

희연은 예의 바르게 고개를 꾸벅 숙였다. 아무리 그래도 이웃에게 폐를 끼치면 안 되지. 마지막으로 문을 있는 힘껏 쾅 두드린 그녀는 조용히 문 옆에 쪼그리고 앉았다.

'네가 이기나 내가 이기나 해 보자 이거지.'

어차피 방에서 나오긴 해야 할 테니 결국은 희연이 이길 수밖에 없는 게임이었다.

차갑게 식어 버린 발가락을 꼼지락거리면서 무릎을 끌어안았다. 그나마 조금 도톰한 옷을 입어서 다행이었다. 아직도 반소매였으면 정말 추웠을 텐데.

'나쁜 새끼.'

속으로 몇 번이고 이규를 욕했다. 내쫓을 거면 신발이라도 좀 주든지. 아니면 옷이라도 다시 주든지. 발바닥이 너무 시렸다. 얼얼해질 정도로 차가워진 발끝을 손가락으로 꾹꾹 누르다가, 엉덩이를 붙이고 앉았다. 찬 기운이 온몸으로 스멀스멀 스며들었다.

희연은 지상으로 올라가는 계단을 물끄러미 바라봤다. 살짝 보이는 하늘은 붉게 물들어 있었다. 늦은 오후에서 저녁으로 넘어간 하늘이 까맣게 물들었을 때가 되어서야 안쪽에서 부스럭거리는 소리가 났다. 반쯤 졸면서 웅크리고 있다가 고개를 번쩍 들었다.

그 순간 문이 벌컥 열리고, 두 사람의 눈이 마주쳤다.

"……."

희연은 눈을 깜박이면서 이규를 올려다봤다. 문을 연 상태 그대로 얼어붙은 채 그녀를 가만히 쳐다보던 남자가 천천히 적당한 말을 꺼냈다.

"씨발……."

먼저 입을 연 건 그였다. 희연은 잠시 고민했다. 나쁜 새끼라고 외치면서 화를 낼까. 너무한 거 아니냐고 성토할까. 그러나 그녀는 다른 선택을 했다.

"나 추워."

눈을 깜박였다. 태연하게 그런 말을 할 줄은 몰랐던 건지 이규가 입술을 뻐끔거렸다. 몸을 일으키자 한참 동안 쪼그리고 있던 다리가 저릿했다. 희연은 어이없다는 표정을 지은 채, 얼어붙은 남자를 무시하곤 문을 벌컥 열어 안쪽으로 들어갔다.

"야."

"진짜 추워."

희연은 대답 아닌 대답을 툭 던지곤, 침대 위로 기어 올라갔다. 누워 있었던 건지 침대에는 따뜻한 체온이 남아 있었다. 그녀는 몸을 웅크리고, 얇은 이불을 끌어당겨 덮었다.

"하……."

긴 한숨 소리에 뒤를 힐끗 돌아보니 이규가 어이없다는 표정을 지으며 머리카락을 쓸어 올리고 있었다. 희연은 절대 내쫓길 수 없다는 굳은 의지를 보여 주며 이불을 턱 끝까지 덮었다. 서늘한 바람에 차게 식었던 몸에 조금씩 온기가 도는 게 느껴졌다.

"문 닫아. 추워."

"……."

"어떻게 신발도 안 주고 내보낼 수가 있어?"

"씨발. 신발 줄 테니까 꺼져."

"나 진짜 추워. 발가락이 얼얼해."

"내가 알 게 뭔데."

"윗집 여자가 시끄럽다고 항의하더라."

"……."

"보일러도 안 되는 방인데. 문 닫아."

이불 속에서 몸을 웅크렸다. 쾅, 하고 거칠게 문 닫는 소리가 들렸다.

"씨발, 나한테 왜 이러는데. 어?"

화가 난 듯한 목소리가 조금씩 가까워졌다. 어차피 좁은 방이라 한 걸음만 걸으면 침대까지 올 수 있었다.

"불쌍한 인생, 체험이라도 해 보고 싶어?"

빈정거리는 목소리가 바로 옆에서 들려왔다. 희연은 눈을 감은 채 이불을 단단히 붙잡고 몸을 조금 더 작게 웅크렸다.

"네가 날 구했잖아."

"씹, 그거랑 무슨 상관이냐고."

"그냥. 네가 날 구해서 그래."

그냥. 말 그대로 그냥. 별다른 의미는 없었다. 죽고 싶었던 날 만 났고, 덕분에 숨을 쉬고, 그가 그냥 악착같이 살아가듯이, 그냥.

희연은 얼굴에 느껴지는 시선을 애써 무시했다. 주먹으로 침대 를 퍽 내리친 듯 싸구려 침대가 거칠게 출렁거렸다.

"야. 그냥 가서 뒤져. 죽든 말든 상관 안 할 테니까 나가 죽어."

"이미 살아 버린 걸 어떻게 해."

억지 같은 말을 내뱉었다. 그게 이유가 되지 않는다는 건 희연 도 잘 알고 있었다. 그래도 이유를 찾을 수 없었다. 굳이 찾는다면 그날 만난 것이 이규라는 것 정도. 원래 인생이란 건 가끔 그렇게 아무런 개연성도 없이 바뀌곤 하는 거니까.

'아니면 투정일 수도 있고.'

희연은 눈을 꼭 감았다. 그냥 도망치고 싶어서 이러고 있는 것 일 수도 있다는 생각도 들었다. 스스로도 잘 알 수 없었다. 집에 들 어가고 싶지 않고, 도망치고 싶고, 뭐 그런 감정들이 있는 것 또한 사실이었으니까.

"그걸로는 안 돼?"

"되겠냐? 별 개같은 소리를 다 하네."

"뭐 그렇다고 쳐. 그냥."

웃음이 터져 나왔다. 난방 하나 안 되는 집이었지만, 그래도 몸이 노곤하게 풀렸다. 이규가 늘 했던 것처럼. 벽을 향해 바짝 붙어 누웠다.

남자가 욕을 중얼거리는 소리를 자장가 삼아 잠들었다. 너무 자주 들으니 욕도 그냥 백색 소음같이 느껴졌다.

'따듯하다……'

몇 시간 동안 추운 곳에서 벌벌 떨고 있던 몸이 흐물흐물 풀렸다. 잠이 쏟아졌다. 깜박 잠들었다가 침대가 흔들거리는 감각에 멍하니 눈을 반쯤 떴다. 등 뒤로 이규가 눕는 게 느껴졌다.

다시 잠을 청하려던 순간, 새로운 사실을 하나 깨달았다. 방 안쪽에 누운 것보다 벽 쪽이 더 추웠다. 벽에서 찬 기운이 스며 나왔으니까. 희연은 그가 그랬듯 이불을 좀 더 끌어당겨 덮었다.

"잘 자……"

잠이 덜 깬 상태로 작게 웅얼거렸다.

"씨발 처자라."

이규다운 인사에 오히려 약간 안심한 그녀는 다시 푹 잠들었다. 등에 닿는 사람의 체온이 무척이나 따듯했다.

토요일은 체육관에 나가지 않는 건지 아니면 시합 전날이어서인지 이규는 일어나자마자 체육관에 가지 않았다.

'그걸 시합이라고 불러도 되는지는 모르겠지만……'

규칙도 뭣도 없는 야만적인 싸움이었다. 물론 실제로 본 적은 없지만 준혁에게 들은 것과 연습하는 것만 봐도 충분히 짐작할 수 있었다.

"오늘은 체육관 안 가?"

아예 그냥 무시하는 반응에 어깨를 으쓱인 희연은 새 옷을 챙겨서 화장실로 들어갔다. 놓고 갈 생각이 없는 거 같으니 샤워라도 해야겠다는 생각이었다.

"으……."

한여름도 아닌데 찬물에 몸을 씻는 건 조금 힘들긴 했다. 이를 딱딱 부딪치면서도 몸에 물을 끼얹고, 비누칠을 했다. 샴푸가 싸구려인지 머리가 좀 뻣뻣해졌지만 딱히 큰 불만은 없었다.

방에 앉아 약간 떨면서 젖은 머리카락을 꾹꾹 짜내고 있으니, 이규가 욕실로 성큼 들어갔다. 물소리가 났다.

"따듯한 물에 샤워 한번 했으면 좋겠다……."

희연은 한숨을 쉬듯 중얼거렸다. 따듯한 물에 샤워하는 것이 사치라고 생각해 본 적 없는데, 찬물에 씻어 보니 그게 얼마나 축복받은 일인지 확실히 깨달을 수 있었다.

다른 건 별 불만이 없었지만, 딱 하나 아쉬운 것이 있다면 샤워였다. 이규의 늘어난 티셔츠를 얻어 입는 것도 추운 방에서 이불 하나를 나눠 쓰는 것도 전부 괜찮았지만, 따끈한 물을 실컷 맞고 싶었다.

"후우……."

금방 샤워를 끝낸 이규가 머리를 털면서 나왔다. 또 바지만 입고 있는 그의 상체를 멀거니 쳐다봤다. 헬스장에서 예쁘게 만든 근육 대신, 말 그대로 실전용 근육이라 그런지 보기 좋게 자리 잡은 상태는 아니었다. 군살이라곤 없지만 그렇게 울룩불룩한 근육질도 아닌 매끈한 몸이라고 해야 할까. 이규가 움직일 때마다 큼지막한 문신이 꿈틀거렸다.

수건으로 머리를 거칠게 털어 내는 손짓에, 차가운 물방울이 희연에게까지 튀었다. 그가 젖은 수건을 구석에 대충 던지곤 새로 빨아 왔지만 구겨진 셔츠를 집어 입었다.

"야. 나와."

"어디 가려고?"

희연이 반쯤 마른 머리를 꾹꾹 짜내면서 물었다. 역시나 대답은 없었다. 굳이 설명 따윈 하지 않겠다는 듯 휘적거리면서 나가는 모습에 그녀는 아직도 축축한 머리카락을 손가락으로 빗어 내리며 얼른 뒤를 쫓아갔다.

"밥 먹으러 가는 거야? 나 배고파."

"배 속에 거지새끼가 들었나."

"나도 내가 이렇게 배고파하는 인간인 줄 처음 알았어."

"존나 비쩍 마른 게 먹기는 존나 잘 처먹네."

"그러게."

웃음이 나왔다. 사실 그동안 먹는 것에 별로 신경을 써 본 적이 없었다. 배가 빵빵하게 부를 정도로 먹은 적도 없고, 그렇다고 배가 고플 때까지 공복인 경우도 없었으니까.

그와 지내면서 처음으로 꼬르륵 소리가 날 정도로 배가 고파 봤다. 희연이 배시시 웃자 이규가 인상을 찌푸렸다.

이젠 알 수 있었다. 그가 인상을 찌푸리는 건 그저 '감정 표현'일

뿐이지 정말로 불쾌하고 화가 나서가 아니라는 걸.

"밥 먹으러 가는 거였으면 좋겠다."

"……하."

"너는 배가 안 고파? 그렇게 움직이면서."

이규가 대답할 생각이 없다는 듯 고개를 휙 돌렸다. 두 사람이 도착한 곳은 구석진 곳에 있는 삼계탕집이었다.

"두 개요."

의자에 앉으면서 그렇게 말한 남자가 주머니에 손을 찔러 넣었다.

"삼계탕이네. 내일을 위한 몸보신이야?"

희연이 김치를 자르면서 물었다. 뜨끈한 국물에 부드러운 살코기를 생각하자 군침이 돌았다. 이규가 그녀를 노려보더니 다짐을 받고 싶다는 듯 말을 꺼냈다.

"씨발 내일 진짜 꺼지는 거지."

희연은 마지막 김치 한 잎을 싹둑 잘라 냈다.

"그 대신 나 데려가."

"어딜 데려가?"

"너 싸우는 곳, 나도 보고 싶어."

그 말에 이규는 못 들을 말을 들었다는 듯 그 어느 때보다도 험악하게 일그러진 표정을 지었다.

"씨발, 거기가 어디라고 간다고 지껄여?"

"왜. 나는 가면 안 돼?"

"당연한 개소리를 하고 있어."

"왜 안 돼?"

희연이 고개를 갸우뚱 기울였다.

"거기 어차피 조폭만 들어가는 건 아닐 거 아냐."

그 말에 입술을 달싹인 남자가 인상을 팍 찌푸렸다.

'아, 이건 진짜 짜증 난 거.'

똑같이 인상을 쓰는 거지만 어떤 게 진짜 불쾌함인지 어떤 게 그저 감정의 변화를 나타내는 건지 대충이나마 알 수 있었다.

"네가 그걸 어떻게 알아."

숨길 수 없는 당혹감이 고스란히 드러났다. 약간 혼란스러워 보이기도 했다.

"돈 걸고 내기하는 곳 아니야? 그런 곳이면 도박꾼들도 받겠지. 조폭만으로는 돈 못 벌잖아."

논리정연한 말에 말문이 막힌 듯 이규가 입술을 뻐끔거렸다.

"존나 아는 것 많아서 좋겠네, 씨발."

"그러니까 나도 데려가. 도박꾼인 척하고 들어가면 되지. 어차피 남자만 있는 것도 아닐 테고."

"안 돼."

"왜?"

"안 된다면 안 돼."

그 말에 희연이 그를 빤히 쳐다봤다.

"됐어. 안 데려가도 돼. 그냥 따라가면 되니까."

그 말에 이규가 이겼다는 얼굴로 웃었다.

"들어갈 수 있으면 들어와 보든지."

거기까지 말한 순간 삼계탕이 나왔고 두 사람은 말없이 먹는 데 집중했다. 희연이 젓가락으로 살을 발라 먹는 동안 이규는 뜨겁지도 않은지 손으로 다리를 잡고 뜯어 먹었다. 익숙한 손길로 살을 척척 발라 먹고 아직 식지도 않은 국물을 훌훌 들이마셨다. 나름대로 속도를 내서 부지런히 젓가락을 움직였지만 그가 먹는 속도에 맞추는 건 불가능했다.

마지막으로 물까지 한 컵 마신 이규가 벌떡 일어나는 순간, 희연은 무심코 후다닥 일어나려다가 다시 자리에 앉았다. 적어도 놓고 가진 않을 거라는 걸 깨달았으니까.

"담배 피우러 가?"

그가 별다른 대답 없이 계산을 마치곤 유리문 밖으로 나갔다. 마지막까지 긴장을 놓지 못한 희연이 이규의 뒷모습을 힐끔거렸다. 그가 입구에서 조금 옆으로 비켜서더니 고개를 숙이고 담배를 무는 게 보였다.

조금 안심하곤 부지런히 살을 발라 먹었다. 뜨끈한 국물이 속에 들어가니 찬물로 샤워한 덕분에 뼛속까지 스며들었던 냉기가 조금은 가시는 기분이었다.

기다려 줄 것 같긴 했으나, 언제까지 기다려 줄지 몰라 나름대로 부지런히 수저를 움직여 식사를 마친 희연이 허둥지둥 일어나 바깥으로 나갔다.

"다 먹었어."

"……."

담배는 이미 다 피웠는지 이규가 그녀를 힐끔 보더니 성큼성큼 걸음을 옮겼다.

"잘 먹었어."

희연이 큰 목소리로 감사를 표했지만, 그는 주머니에 손을 찔러 넣은 채 뒤 한 번 돌아보지 않았다. 오히려 그녀가 뒤를 살짝 돌아봤다. 그가 서 있던 곳 바닥에는 꽁초가 세 개나 떨어져 있었다.

"오늘은 체육관에 안 가는 날인가 보네."

희연은 팔 굽혀 펴기를 하는 남자를 피해 구석에 웅크리고 앉았다. 말을 섞고 싶은 생각은 별로 없는지 이규는 그녀를 한 번 쳐다보곤 다시 숫자를 세는 데 집중했다. 그녀는 꿈틀거리며 움직이는 문신을 멀거니 쳐다봤다.

여기저기 남은 흉터 자국 때문에, 군데군데 문신이 끊겨 있었다. 찢어졌던 듯한 흔적과 아직 낫지 않은 상처들이 뒤엉켜 온몸이 엉망이었다. 거기다가 옆구리에는 보랏빛으로 변한 멍이 자리 잡은 상태라 누가 봐도 거기가 약점이라는 걸 알 수 있을 정도였다.

"멍든 곳 괜찮아?"

"……."

"내일 진짜 괜찮겠어?"

준혁이 그렇게 걱정했던 이유를 충분히 알 것 같았다. 희연을 구해 준 그날, 시합에서 엉망으로 맞았다던 것이 사실인 듯했으니까.

"진짜 센 사람이랑 붙는다며. 준혁 씨가 그러던데."

그 말을 꺼낸 순간, 팔 굽혀 펴기를 멈춘 남자가 희연을 노려봤다.

"그래서 뭐 어쩌라고. 만나는 새끼들마다 다 이 지랄이네. 내가 존나 처맞고 뒤졌으면 좋겠다는 거야 뭐야. 씨발."

잔뜩 날이 선 목소리에 희연이 눈을 깜박였다. 이렇게까지 칼날 같은 반응을 보인 적은 없는데. 내색은 안 했어도 이규 역시 바짝 긴장하고 있는 모양이었다.

"……아니. 그냥."

'걱정돼서.'라는 말을 하려던 그녀는 흠칫 놀라 입을 다물었다. 그와 그녀 사이에 뭐가 있었다고 그런 생각을 한단 말인가. 희연은 무릎을 더욱 세게 끌어안았다.

일요일이 되면 원래부터 모르는 사이였던 양 헤어질 사이였다. 그런데 왜, 어째서. 그녀가 무슨 생각을 하고 있는지 별 관심 없다는 듯 덤덤한 표정의 이규가 죽 스트레칭을 했다.

안 그래도 키도 크고 덩치도 산만 한 남자가 복잡하고 좁은 방 안에서 몸을 죽 펴니 숨을 쉬기 힘들 정도로 방 안이 꽉 차는 느낌이었다.

'일요일이라.'

당장 내일이면 떠나야 했다. 사실 여기에 남아 있어 봐야 별다른 일도, 미래도 없다는 걸 알고 있었다. 하지만 떠나고 싶지 않았다. 그냥. 왠지 그가 눈에 거슬려서.

욕을 입에 달고 사는 데다가, 배운 것도 없이 무식한 남자인데 마음에 턱 걸렸다. 고작 며칠 얼굴을 봤다고, 딱 세 번 등을 맞대고 잠들었다고 벌써 정이라도 든 걸까. 아무래도 추운 방에서 서로의 체온에 기대 잠들었던 탓일지도 몰랐다.

"후우……."

이규가 거친 숨소리를 내면서 몸을 이리저리 움직였고, 희연은 멀거니 그것을 구경하기만 했다. 머릿속이 엉망진창이었다. 왜 이러는 건지 스스로도 알 수 없을 정도로.

얼마나 시간이 지났을까. 그녀를 힐끗 쳐다본 남자가 퉁명스럽게 말을 꺼냈다.

"야. 집에 가면 네가 처먹은 밥값은 내라."

난데없는 말에 희연이 눈을 데구루루 굴렸다. 사실 이곳을 떠난 뒤의 일은 생각하지 않았다. 솔직히 떠나고 싶지 않다고 생각했다.

'딱히 집에 갈 생각은 없었는데.'

좀 더 정확하게 말하자면, 애초에 내일의 일을 생각하지 않았다. 그냥 아무 생각 없이 하루를 살아가는 게 마음 편했으니까. 그러나 솔직한 속내를 말하면 그가 또 걸쭉하게 욕을 퍼부을 것 같아서 그냥 고개를 끄덕였다.

"알았어. 그럼 휴대폰 번호 알려 줘."

"……."

바로 알려 줄 줄 알았건만 이규는 입을 꾹 다물었다. 스트레칭하던 것도 멈추고 답지 않게 깊은 생각에 잠긴 남자는 인상을 팍 찌푸렸다.

"아니다. 그냥 먹고 떨어져."

"밥값 줄게. 이자까지 쳐서 넉넉하게."

"씨발, 됐다고."

밥값을 내놓으라고 할 때는 언제고 이번에는 됐다며 성질을 냈다. 희연이 입술을 삐죽였다. 무슨 생각을 하는지 종잡을 수가 없었다. 그녀가 만난 사람들은 오히려 생각이 많아서 무슨 생각을 하는지 짐작할 수 있었는데; 눈앞의 남자는 너무 단순해서 더 어려웠다.

"준대도 지랄이야."

희연은 목소리를 조금 높였다. 그 말에 이규가 눈썹을 까닥 움직이더니, 다시 몸을 움직이기 시작했다.

"다신 내 앞에 나타나지 마. 죽여 버릴 테니까."

희연은 대답하는 대신 입술을 삐죽였다. 죽여 버린다는 말이 이렇게 안 무서울 수도 있구나, 멍하니 그런 생각을 했다. 죽으려고 했던 사람을 구해 줘 놓고 이제 와선 죽여 버린다고 되지도 않는 협박이나 하다니.

저번에도 말한 대로 죽으려고 했던 사람에게 죽여 버린다는 건 협박이 될 수 없다는 말을 할까 망설이다 그냥 입을 다물었다.

"그리고 뭐? 지랄?"

이규가 버럭 목소리를 높였다. 곰곰이 생각에 빠져 있던 희연이 고개를 번쩍 들었다.

"씹, 나한테 지랄이라고 했냐."

"그래. 지랄. 너도 나한테 욕하잖아. 씨발."

사실 살면서 욕을 해 본 적이 별로 없어서 그런지 씨발이라는 말이 굉장히 어색하게 들렸다. 그것을 이규도 눈치챘는지 어이없다는 듯 헛웃음을 짓더니 그냥 입을 다물어 버렸다.

어쩐지 얼굴이 벌겋게 달아올랐다. 희연은 속으로 '씨발, 씨발!' 하고 몇 번이고 중얼거리면서 입술을 꾹 다물었다. 아무리 연습해도 이규처럼 입에 착 붙는 듯한 말투가 나오진 않았다.

"씨발. 욕도 존나 이상하게 하네."

피식 웃는 목소리에 희연은 무릎 위에 고개를 파묻었다. 귀까지 벌게진 게 느껴졌다. 등을 맞대고 자는 것은 아무렇지 않았는데, 어설픈 욕을 하는 게 더 쪽팔릴 줄이야.

이규는 몸을 풀고, 그녀는 말없이 그를 바라보기만 했다. 굳이 더 이상 말을 걸지 않았다. 밤이 가까워지면서 바짝 긴장하기 시작하는 게 느껴졌으니까.

약간 퉁명스러운 듯한 표정을 짓던 평소와 달리 딱딱하게 굳은 얼굴에서 내일 시합에 대한 걱정을 조금 읽을 수 있었다. 희연은 어쭙잖은 위로나 힘내라는 말 따윈 하지 않았다.

밤이 깊어지자 이규는 군말 없이 침대에 누워 잠들었고, 희연은 며칠 동안 그랬듯 그의 이불 속을 파고들었다.

"⋯⋯."

잠든 듯 규칙적인 남자의 숨소리를 가만히 듣다가 깜깜하게 물든 천장을 바라봤다.

반지하방의 창으로는 달빛조차 제대로 스며들지 않아 방은 칠흑처럼 어두웠다. 습한 냄새가 나고, 침대는 좁고, 방 안인데도 서늘한 바람이 들이닥쳤다.

'내일 이곳을 나가면 어떻게 해야 하지?'

멍하니 그런 생각을 했다. 참 부족한 것이 많은 생활이었다. 방은 숨이 막힐 정도로 갑갑했고, 한낮에도 햇볕이 거의 들지 않아 불을 켜고 살아야 했다.

몸보신으로는 만 원짜리 삼계탕. 평소에는 컵라면이나 싼 밥집. 세수 한 번 하려고 해도 얼음장 같은 물에 달달 떨어야 했고, 세탁기조차 없었다. 게다가 반지하방은 어찌나 눅눅한지 수요일에 푹 젖은 신발의 속이 아직도 약간 축축했다.

그런데도 그렇게 끔찍하지 않았다. 아니, 제법 괜찮았다. 어차피 그냥 의미 없이 흘려보낼 시간이라면, 그냥 이곳에서 흘려보내도 되지 않을까 생각할 정도로.

"하아⋯⋯."

희연은 작게 한숨을 내쉬고 천천히 눈을 감았다. 얇은 이불이었지만 옆에 있는 사람의 체온 덕분에 그렇게 춥진 않았다. 등을 맞대고 누워서도, 서로 다른 생각을 하고 있었다. 그녀는 베개 끄트머리를 꼭 쥐고, 잠을 청했다.

"집에 있으라고!"

"간다고 했잖아!"

희연은 깨끗하게 빤 뒤로 잘 개어 두기만 했던 옷을 차려입었다. 이곳에 오면서 입었던 원피스였다. 아침부터 추위에 떨면서 샤워도 하고, 머리도 감고, 나갈 준비를 마친 그녀를 본 이규는 버럭 화를 냈다.

"씨발! 내 말이 말 같지 않냐?"

"왜 안 된다는 건데! 이유를 말해 주든가!"

"안 된다면 안 되는 거지 무슨 말이 그렇게 많아!"

"갈 거야!"

거의 이십 분째 버럭버럭 소리를 지르면서 싸운 두 사람은 씩씩거리면서 서로를 노려봤다. 남자가 손으로 제 머리를 마구 헤집었다.

"씨발! 말 존나 안 들어 처먹어!"

"알아."

희연이 당당하게 대답하면서 팔짱을 끼고 고개를 치켜들었다. 이규가 최대한 험악한 표정을 지으면서 그녀를 내려다봤다.

"어차피 안 들여보내 주니까 그냥 집에 있어라."

협박조로 끝나는 말에도 그녀는 물러서지 않았다.

"가려고 옷도 말끔하게 입었어."

그런 싸움장에 들어가려면 어떤 옷을 입어야 할지는 모르겠지만, 적어도 목이 늘어난 티와 반바지는 안 될 것 같았다. 탐탁지 않은 얼굴로 그녀를 아래위로 훑어본 남자가 머리를 벅벅 긁더니 짜증을 내며 문을 벌컥 열고 나갔다.

"같이 가자니까."

얇은 카디건을 여민 희연이 아직도 눅눅한 신발에 발을 밀어 넣고 후다닥 그를 쫓아갔다. 뒤꽁무니를 졸졸 따라오는 그녀를 힐끗 본 남자가 한숨을 쉬며 고개를 절레절레 저었다.

"씨발. 고집하고는."

큰 소리로 중얼거리는 말에 피식 웃음이 나왔다. 한낮의 햇살이 두 사람을 밝게 비춰 주었다. 그게 조금 우습다고 생각했다.

'저녁에 시합을 할 줄 알았는데.'

희연은 일요일의 한낮을 만끽하고 있는 사람들을 둘러봤다. 모두가 평화로운 이 시간에 어두운 곳 어딘가에서는 불법 도박이 이루어지고 있었다. 그것도 피 튀는 시합이.

앞장서서 걷던 이규는 가끔 우뚝 멈춰 서서 당장 꺼지라는 듯 눈을 부라리곤 했지만, 희연은 물러서지 않았다.

"씨발……."

몇 번이나 씨발이라는 말을 내뱉었을까. 저도 골치가 아픈 듯 몇 번이고 머리를 벅벅 문지른 탓에 그의 머리는 엉망진창이었다. 이규는 익숙하게 골목으로 쑥 들어갔고, 희연은 그를 놓치지 않기 위해 바짝 따라붙어야 했다.

좁은 골목을 몇 번이고 꺾어 들어갔다. 한낮인데도 으슥한 길을 구불구불 들어간 뒤에야 두 사람은 어느 문 앞에 도착할 수 있었다.

누가 봐도 그곳에서 '나쁜' 일이 일어나고 있는 걸 짐작할 수 있는 곳이었다. 덩치가 산만 한 데다가 인상이 험악한 남자 두 명이 문 양쪽에 버티고 서 있었기 때문이었다.

"어. 이규 왔냐."

그들이 알은체를 하며 들어가라는 듯 문을 열어 주었다. 고개를 까닥 숙이면서 가벼운 묵례를 한 이규가 안쪽으로 성큼 들어갔다. 희연은 그 틈을 놓칠세라 재빨리 그의 뒤에 달라붙었지만 거구의 남자가 그녀의 앞을 가로막았다.

"넌 뭐야?"

그 물음에 당당하게 고개를 들고 대답했다.

"저 사람 일행이에요."

그 말이 끝나기가 무섭게 이규가 뒤를 힐끔 돌아보더니 피식 웃었다.

"아까부터 나 따라오던데, 모르는 여자예요."

"야! 강이규!"

희연이 화를 냈다. 하지만 그는 아무렇지 않은 표정으로 그녀를 무시하곤 성큼성큼 건물 안쪽으로 들어가 버렸다. 들어가지도 못하고 팔에 가로막힌 채 어색한 웃음을 흘렸다.

"저기, 진짜 아는 사이거든요."

"⋯⋯."

"아, 그렇지! 저 관장님도 아는데!"

그 말을 내뱉은 순간, 스스로가 한심해졌다. 관장님이라고 하면 누군지 어떻게 안단 말인가. 그렇다고 손짓 발짓을 해 가며 두 번

본 체육관의 중년 남자에 대해 설명할 수는 없지 않은가. 차라리 이름이라도 알았으면 '그분 알아요!'라고 외치기라도 하련만.

"어쨌든 저 강이규 씨랑 잘 아는 사이예요. 지금 같이 산다고요."

그 말에는 약간 흔들린 듯 두 어깨가 서로를 쳐다봤지만 그것도 잠시일 뿐 그래도 안 된다는 듯 오히려 희연을 거칠게 떠밀었다.

"아!"

결국 엉덩방아를 찧은 그녀가 씩씩거리며 두 남자를 노려봤다. 나름대로 매섭게 노려본 건데 그다지 위협은 되지 않은 듯했다.

"후우……."

벌떡 일어나서 옷을 툭툭 털고, 긴 한숨을 내쉬었다. 무슨 말을 해도 문 앞의 두 남자가 들여보내 주지 않을 거란 걸 깨달았다. 골목길 한구석에 서서 두 사람을 노려보고 있으니 사람들이 하나둘 안으로 쏙쏙 들어가기 시작했다.

얼핏 보기엔 평범해 보이기도 했고, 조금 달라 보이기도 했다. 남자. 여자. 노인. 이제 갓 성인이나 되었을까 싶은 애들까지.

희연은 축축한 신발 끝으로 바닥을 툭툭 걷어찼다.

모두 아는 얼굴인지 어깨들은 군말 없이 그들을 들여보내 주었고, 가끔 희연이 슬쩍 끼어 들어가려고 할 때면 칼같이 그녀를 잡아냈다.

"나는 왜 안 되는 건데요!"

돈이 없어 보이나? 지레 찔린 그녀가 목소리를 높였지만 두 남자는 과묵하게도 입을 다물어 버렸다.

희연이 씩씩거리면서 일부러 발을 더 구르며 보란 듯 성질을 냈음에도 불구하고 입구는 철옹성이었다. 결국 끝까지 들어가지 못

한 채 앞을 빙빙 맴돌다가, 입구가 잘 보이는 한구석에 쪼그리고 앉았다.

"아가씨. 장사 방해하지 말고 꺼져."

보다 못했는지 둘 중에 그나마 조금 덜 험악하게 생긴 남자가 다가와서 손을 휘휘 내저었다. 그녀는 골이 난 표정으로 그를 노려봤다.

"거참."

더 이상은 관여하고 싶지 않다는 듯 혀를 쯧 하고 찬 남자가 다시 제자리로 돌아갔다. 앉아 있은 지 얼마나 지났을까. 더는 들어가는 사람도 없고, 골목에 쥐 새끼 한 마리 지나가지 않게 되었을 무렵 안쪽에서 와아 하는 희미한 함성이 들렸다.

'지금 싸우고 있는 건가?'

이규는 어쩌고 있을까. 정말로 맞고 있는 건 아닐까.

온갖 생각이 머릿속을 빙글빙글 맴돌았다. 이때 준혁이라도 나타나면 좋을 텐데 하는 생각을 했지만, 그에게 연락할 수단도 없고 심지어는 번호도 모른다는 사실을 깨달았다. 희연은 작은 한숨을 내쉬면서 무릎을 끌어안은 채 그 위에 턱을 괴었다. 그리고 하염없이 입구만 바라봤다. 안쪽에서 온갖 고함이 희미하게 들려오고, 환호성이 들리기도 했다.

'죽는 건 아니겠지?'

덜컥 겁이 나기도 했다. 규칙도 뭣도 없는, 맨주먹으로 그저 상대를 죽어라고 패는 경기이지 않은가. 마음이 무겁게 가라앉았다. 희연은 입술을 굳게 다물었다.

누군가를 이렇게 걱정해 본 적이 있던가. 맹세코 처음이었다. 고작 며칠 함께 있었던 남자인데. 나누었던 체온이 너무 따듯해서 이렇게 마음에 걸리는 걸까.

시간이 제법 지났다. 햇빛조차 들지 않는 골목은 여전히 어두웠고, 내내 쪼그리고 앉아 있던 다리는 저릿저릿했다. 악을 쓰는 소리에 귀를 막고 싶은 충동이 들었다.

"언제 끝나요?"

"……."

희연의 물음을 들은 남자들은 못 들은 척하며 똑바로 앞만 바라봤다.

하루 종일 기다린 것 같았다. 숫자를 몇천까지 세다가 입구를 막고 있는 어깨들과 의미 없는 눈싸움을 했다. 그렇게 한참을 기다린 끝에, 사람들이 우르르 빠져나오기 시작했다.

돈을 잃었는지 화가 잔뜩 난 얼굴로 욕을 내뱉는 사람도 있었고, 그나마 조금 딴 듯 싱글벙글 웃는 사람도 있었다. 희연이 자리에서 벌떡 일어났다. 입구에서 얼쩡거리고 있었으나, 사람들이 전부 다 나오도록 이규의 모습은 보이지 않았다.

"강이규 씨는 언제 나와요?"

"……."

"그것도 못 물어봐요?"

희연이 날카롭게 내뱉은 순간, 뺨에 갓 난 상처가 있는 남자가 가방을 들고 나왔다. 그 사람이 바로 그 '센 상대'라는 걸 바로 알아챘다.

그가 그녀를 힐끗 보더니 어깨들에게 까닥 인사를 하곤 성큼성큼 걸어갔다. 그 뒷모습을 보면서 희연은 조금 안심했다. 적어도 이규가 상대를 좀 때려 준 것 같긴 했으니까. 아무것도 못 하고 맞진 않았구나 싶어서 마음이 조금 놓였다.

곧 이규가 나오겠거니 생각하고 입구 앞을 서성거린 지 몇 분이나 지났을까. 느린 발소리가 들렸다.

"흐윽⋯⋯."

낮은 신음이 들렸다. 소름이 오스스 돋았다. 희연이 앞을 가로막는 남자들도 개의치 않고 입구로 다가갔다. 말 그대로 엉망진창이 된 남자가 다른 이의 어깨에 기대 겨우 계단을 올라오고 있었다.

"강이규!"

희연이 버럭 외치면서 팔을 힘껏 밀치고 다가갔다. 한쪽 눈에 피가 차 퉁퉁 부은 상태에서도 그녀를 확인한 이규가 욕을 내뱉었다.

"씨발⋯⋯."

그를 반쯤 끌면서 부축하던 남자가 물고 있던 담배를 훅 빨아들였다.

"고생했다. 이규야. 몸조리 잘하고."

연기와 함께 성의 없는 말을 흘날려 보낸 그가 어깨에 두르고 있던 팔을 떼어 냈다. 입구까지만 데려다주는 게 전부였다는 듯, 이규를 데리고 나온 남자는 무슨 쓰레기를 버리듯 피투성이인 그를 내팽개쳤다.

"윽⋯⋯."

엉겁결에 이규를 받아 낸 희연은 휘청거리는 다리에 힘을 꽉 줘야 했다.

"자, 잠깐만요."

미련 없이 뒤돌아서는 남자를 향해 버럭 소리를 질렀다. 담배를

또 한 번 더 깊이 빨아들인 그가 이상한 것을 바라보듯 희연을 쳐
다봤다.

"병원에 데려가야 하는 것 아니에요?"

새된 목소리에 남자가 입꼬리를 삐뚜름하게 뒤틀었다. 비웃는
것 같기도 했다.

"그럼 아가씨가 병원에 데려가든지."

"이……."

욕이라도 실컷 퍼붓고 싶다고 생각하며 입을 살짝 벌린 순간 이
규가 쿨럭, 하는 기침을 내뱉으며 검붉은 핏덩어리를 퉤 뱉어 냈다.

"괜찮아?"

"병원은…… 무슨 병원이야."

헐떡이면서 그 말을 내뱉은 남자가 고개를 툭 떨어뜨렸다.

"다쳤으면 병원에 가야 할 거 아냐!"

희연이 자꾸만 미끄러지는 그의 몸을 애써 붙잡았다. 이규가 피
끓는 듯한 목소리를 냈다.

"쉬면 나아."

말도 안 되는 소리를 한 남자가 희연의 어깨를 세게 짓누르면서
몸을 똑바로 세웠다. 그러곤 비틀거리면서 걸어가기 시작했다.

"야!"

몇 걸음 못 가서 골목길 벽에 툭 기댄 이규가 또다시 검붉은 덩
어리를 퉤 뱉어 냈다. 엉망으로 피딱지가 앉은 손을 품에 넣은 남
자가 담배를 빼 물었다.

"하……."

기가 막혔다. 저 꼴로도 병원에 안 가겠다고 우기는 걸로도 모자

라서 담배까지 빼 물다니. 그런 생각을 아는지 모르는지 숨을 크게 들이마신 이규가 핏빛으로 물든 입술 사이로 하얀 연기를 뿜어냈다.

하고 싶은 말이 목 끝까지 차올랐다. 그러나 그 어떤 말도 할 수 없었다. 피가 차서 한쪽 눈은 거의 뜨지도 못하고, 얼핏 보이는 입 안은 피로 새빨갰다. 거기다가 손도 성하지 않은 것을 보니 옷 안쪽이 얼마나 엉망인지는 보지 않아도 충분히 짐작할 수 있었다. 낡은 잠바 안에 입고 있는 셔츠에 벌건 핏물이 올라왔다.

"병원에 가자."

희연이 단호하게 말하면서 이규의 팔을 잡아끌었다.

"야."

또 한 번 쿨럭거리면서 핏방울 튀는 기침을 내뱉은 남자가 그녀를 세게 밀어냈다.

"꺼져. 일요일 됐잖아. 이제 꺼져."

"너 이러다 죽어!"

희연이 다시 다가갔다. 다시 팔을 붙잡자마자 이규가 웃음을 터뜨렸다.

"왜. 너 죽는 건 안 무서운데. 나 죽는 건 무섭냐?"

세상에서 제일 웃긴 얘기를 들었다는 듯 그는 허리를 꺾어 가며 웃었다. 희연은 입을 꾹 다물었다. 우스운 일이었다. 자신은 죽으려고 했으면서 왜 이규가 죽을까 봐 무서운 걸까.

"하, 윽…… 씨발. 하……."

웃음소리를 내던 남자가 버거운 듯, 벽을 짚으면서 숨을 헐떡였다. 희연은 눈을 질끈 감았다가 뜨고 그의 팔을 어깨에 걸쳤다.

"가자."

"꺼지라고."

"병원 가자고 안 할게."

"일요일…… 하 씨발, 윽……."

그의 허리를 붙잡은 순간, 이규가 이를 악물고 신음을 흘렸다. 희연은 어깨를 묵직하게 짓누르는 무게를 느끼면서 부들부들 떨리는 한 걸음을 내디뎠다.

"꺼져."

"집에 가자고!"

"거기가 내 집이지 네 집이냐?"

남자가 빈정거리는 목소리를 내뱉었다. 이 와중에도 그런 소리를 하다니. 그래도 정말 죽을 만치 아픈 건 아닌가 보다 싶어서 조금 안심하기도 했다.

"그래. 너희 집에 가자."

한 걸음 걸을 때마다 이규는 비틀거렸다. 제법 쌀쌀한 날씨임에도 불구하고 희연의 온몸이 땀으로 푹 젖어 들었다. 송골송골 땀이 배어 나온 뺨과 이마에 머리카락이 엉망으로 들러붙었다.

지나가는 사람들이 두 사람을 볼 때마다 흠칫 놀란 표정을 지었다. 하지만 그 누구도 얽히고 싶지 않다는 표정으로 재빨리 멀어지기만 했다.

"정신 차려."

스스로에게 말하는 건지, 이규에게 말하는 건지 알 수 없는 말을 내뱉었다. 숨이 머리끝까지 차올랐다. 당장이라고 쓰러지고 싶었다. 남자 한 명의 무게를 온전히 견디는 건 생각보다 더 버거웠다.

"하아……."

간혹 들리는 거친 숨소리에 걱정하면서도 안도했다. 적어도 숨은 쉬고 있다는 증거였으니까. 이규의 입술 사이에서 그리고 찢어진 이마의 상처에서 흘러내린 피가 희연의 어깨를 적셨다.

두 사람은 서로에게 기댄 채 비틀거리면서 조금씩 조금씩 나아갔다. 정말 힘이 들긴 한 건지 아니면 의식이 가물가물한 건지. 평소처럼 욕도 거칠게 내뱉지 못하는 남자가 헐떡이면서 그녀의 어깨에 머리를 툭 기댔다.

"아, 씨…… 발. 존나 아프네."

그 말에 헛웃음이 나오다가, 조금 우울해졌다. 이렇게까지 하면서 살아야 하는 이규가 불쌍하고 안타깝고 또 그냥 마음이 아파서. 그 며칠 동안 나누었던 체온이 뭐라고 이렇게 희연의 속도 쓰린 건지.

비척거리면서 겨우 반지하방으로 돌아온 그녀는 피로 흠뻑 젖은 손가락이 번호 키를 꾹꾹 누르는 걸 멀거니 쳐다봤다. 안으로 들어가자마자 이규는 긴장이 풀렸는지 그대로 현관에 풀썩 쓰러져 버렸다.

"윽."

짧은 신음이 끝이었다. 걸쭉한 욕도 없었고 아프다는 소리도 없었다. 침대까지 기어가 누울 힘도 없는 건지 그가 그대로 눈을 감아 버렸다. 덜컥 겁이 났다.

"야, 야……. 죽는 거 아니지?"

희연이 황급히 그의 뺨을 톡톡 두드렸다. 이규가 아무런 반응을 하지 않자 무서워져 가슴 위에 귀를 댔다가 있는 힘껏 몸을 흔들었다.

"일어나. 야."

"아."

머리가 흔들려 지끈거리는지. 인상을 찌푸린 남자가 고개를 획 돌렸다. 그러곤 다시 침묵이 흘렀다.

"……."

희연은 입술을 꾹 깨물었다. 그의 신발을 잡아당겨 벗기고, 끙끙 거리면서 침대까지 이규를 겨우 끌어당겼다. 정말 손바닥만 한 집 이라고 생각했는데 그녀의 두 배는 될 법한 남자를 끌어당기려니 이 집이 광활할 정도로 넓게 느껴졌다. 정신을 제대로 차리지도 못 하는 그를 겨우 침대에 눕힌 희연이 숨을 헐떡였다.

"……."

아프다는 소리 한마디라도 할 법하건만 이규는 아무런 반응도 없었다. 희미하게 오르내리는 가슴이 어느 순간 멎어 버릴 것 같았 다. 희연이 그의 가슴에 손을 얹고, 조심스럽게 흔들었다.

"야, 야아…… 일어나 봐."

그러나 꽉 감긴 두 눈은 파르르 떨리지도 않았다. 숨소리가 너 무 거칠었다. 더럭 겁이 날 정도로. 피가 끓는 소리 같기도 했고, 억 지로 쥐어 짜내는 듯한 소리 같기도 했다. 희연은 피로 벌건 남자 의 얼굴을 쳐다보고 있다가 현관에 널브러져 있는 그의 가방으로 달려갔다.

생각보다 가벼운 가방을 거꾸로 탈탈 털었다. 피로 얼룩덜룩한 수건. 손에 감는 용도로 썼던 듯, 핏물이 밴 긴 천 그리고 빈 물병 하나와 휴대폰이 나왔다. 마지막으로 군데군데 피가 묻어 있는 하 얀 봉투가 하나.

"……."

희연은 입술을 꽉 깨물었다. 이게 바로 핏값으로 받은 돈이겠지. 살짝 떨리는 손으로 그것을 집어 들었다. 봉투는 생각보다도 훨씬 얇았다. 몸 상해 가면서 피 흘리는 값으로 받기에는 너무 처참할 정도로.

그 돈으로 병원을 달려갈까 잠시 고민하던 그녀는 눈을 질끈 감았다. 병원에 가지 않겠다고 확실히 말했는데, 멋대로 목숨값을 써 버리는 건 안 될 일이라는 생각이 들었다.

봉투를 한구석에 곱게 놓아둔 희연은 그것을 한참이나 노려봤다. 고작 저 정도에 목숨을 거는 이규가 이해 가지 않으면서도 불쌍하고. 슬프고. 안타까웠다.

"하아."

긴 한숨을 내쉰 희연이 머리카락을 귀 뒤로 넘겼다. 손에 묻은 채 말라붙은 핏자국이 보였다. 귓가로 쌕쌕거리는 거친 숨소리가 들릴 때마다 두려움과 안도감이 엉망으로 뒤섞였다.

그녀는 바닥에 떨어져 있는 휴대폰을 집어 들고, 화면을 한참이나 바라보다가 유일하게 알고 있는 이름을 찾았다.

이준혁. 딱 한 번 만났던 남자이지만. 도움을 청할 사람이라고는 그뿐이었다. 신호음이 얼마 가지 않아 상대방이 전화를 받았다.

-야!

약간 반가운 기색의 목소리였다.

-전화한 거 보니까 살 만한가 보네? 너 뒤지는 줄 알았다는 소리가…….

"준혁 씨."

희연의 목소리에 준혁이 말을 멈추더니 떨떠름한 목소리를 냈다.

-응? 누구…….

"저번에 술……."

술 때문에 기억을 못 하는 걸까. 스스로를 설명하려고 한 순간 뒤늦게 기억난 듯 그가 아! 하고 경쾌한 소리를 냈다.

-그때 봤던 누나? 그, 희…….

"희연이요. 송희연."

-그래요. 희연 누나. 일요일인데 아직도 이규랑 있나 보네? 그 새끼 지금…….

사람 속도 모르고 유쾌하게 말하는 걸 가만히 듣고 있을 시간이 없었다.

"지금 올 수 있어요?"

-이규 집이에요?

"네."

그녀의 목소리에서 다급함을 느낀 건지 낄낄거리며 웃던 남자의 목소리가 차분해졌다.

-많이 심각해요?

그 말에 희연은 침대에 누워 있는 이규를 힐끔 돌아봤다. 여전히 그르렁거리는 소리가 났다. 마치 속에서부터 피가 끓어오르는 듯한 그런 소름 끼치는 숨소리에 눈을 질끈 감았다가 떴다.

"주, 죽을 것 같은데요."

침착해지려고 노력했지만, 어쩔 수 없이 목소리가 잘게 떨려 왔다. 준혁이 잠시 침묵하더니 긴 한숨을 토해 냈다.

-씨발 새끼. 그러게 하지 말라니까. 어쨌든 알았어요. 갈게요.

그렇게 전화가 뚝 끊겼다. 희연은 휴대폰을 생명 줄처럼 꼭 쥐고 침대로 슬금슬금 다가가 조용해진 이규의 코끝에 손가락을 갖다 댔다. 미약한 숨결이 느껴졌다. 그녀는 조금 안도하며 침대에 고개를 푹 묻었다.

준혁은 생각보다도 더 일찍 도착했다. 어디에 있었는지는 몰라도 전화를 끊고 나서 십오 분쯤 지나서 왔으니까. 손에는 또 검은 봉지가 들려 있었는데 다행히도 그 안에는 소주 대신 약이 들어 있었다.

"아, 새끼. 이럴 줄 알았다니까."

툭 던지듯 말하는 목소리에 희미한 걱정이 어려 있었다.

"준혁 씨."

희연이 고개를 번쩍 들고 시선을 마주치자 그녀의 얼굴을 본 남자가 놀란 표정으로 눈을 끔벅였다.

"……이 새끼 그래도 쉽게 죽을 놈 아니니까. 그렇게 걱정 안 해도 돼요."

"……."

그렇게 엉망인 얼굴이었을까. 얼굴을 손바닥으로 쓱 문지르면서 고개를 푹 숙였다. 방구석으로 슬금슬금 물러나자 준혁이 침대 옆에 털썩 앉았다.

희연은 숨소리조차 크게 내지 못한 채 가만히 그가 하는 걸 바라보기만 했다. 이런 일이 한두 번이 아니었던 듯 치료하는 손길이 재빠르고 익숙해 보였다. 눈꺼풀 위에 두툼하게 부풀어 오른 피 주머니를 살짝 째고, 찢어진 상처를 대강이나마 당겨 붙였다.

그녀는 그제야 조금 안심하며 바짝 경직되어 있던 어깨에서 힘을 풀었다. 스스로 깨닫진 못했지만 얼마나 긴장하고 있었던 건지 온몸이 욱신거리며 아파 왔다. 급한 것들만 대충 처리한 준혁이 뒤를 힐끔 돌아보더니 낄낄 웃었다.

"이런 꼴 처음 보죠?"

웃는 걸 보면 그도 이제 한시름 놓은 듯했다.

"……네."

사실 누가 이렇게 다친 걸 보는 것 자체가 처음이었다. 희연 역시 어디 한번 찢어진 적 없는 삶을 살았고, 그건 주변 사람들도 마찬가지였다. 준혁이 혀를 쯧 찼다.

"아, 이 새끼 오늘 돈도 별로 못 벌었을 텐데. 손해 보는 짓은 지가 다 한다니까."

그가 한쪽 구석에 곱게 놓아둔 봉투를 집어 들었다. 희연이 눈을 데구루루 굴렸다. 그럴 일은 없겠지만, '가져가면 어떻게 하지?'라는 생각이 든 것은 사실이었다.

벌건 피가 묻어 있는 봉투 안쪽을 들여다본 남자가 혀를 쯧 차곤 그것을 다시 이규의 가방 속에 던져 넣었다. 희연은 그제야 안도의 한숨을 내쉬었다.

"괜찮은 거 맞아요?"

불쑥 던진 말에 준혁이 어깨를 으쓱이더니 덤덤하게 대답했다.

"뭐 괜찮아야죠. 지가 별수 있나."

"……병원에 가야 하는 거 아니에요?"

"병원비는 어쩌려고요? 누나 혹시 부자?"

"병원비 문제가 아니라……!"

"몸 갈아 가며 돈 버는데. 병원비로 다 쓰겠네."

"……"

그 말이 맞았다. 병원에서 검사라도 하면, 멀쩡한 곳이 없으리라. 그나마 지금은 어려서 버틴다 치지만, 나중에는? 더 크게 다친 후에는? 희연이 입술을 꾹 다물자 준혁이 쓰게 웃었다.

"뭐 아직 젊으니까 괜찮아요. 너무 걱정 마요. 안 죽어."

"……죽는 게 문제가 아니잖아요."

"안 죽으면 됐죠 뭘. 살아 있으면 나으니까."

뭐 그런 당연한 걸 말하게 하느냐는 반응에 오히려 할 말이 없어졌다. 그녀는 가방에 있는 얄팍한 봉투를 떠올린 채 침대에 누운 남자를 바라봤다.

누가 보고 있든 말든 별로 신경 쓰지 않는 건지 아무렇지도 않게 이규의 피 묻은 셔츠를 벗긴 준혁이 몸을 이리저리 꾹꾹 누르며 살피더니 어깨를 으쓱였다.

"뭐 부러지거나 금 간 곳은 없으니까, 며칠 푹 쉬면 나을 거예요."

"그게 다예요?"

희연이 따지듯이 물었다. 눈앞의 남자에게 화를 내 봐야 달라질 게 없다는 건 알고 있었다. 하지만 이 갑갑한 속을 어떻게 하면 좋을까. 다행히도 그는 기분 나빠하지 않았다.

"지 몸은 지가 더 잘 알 거고……."

준혁이 턱을 매만졌다.

"누나는 걱정할 필요 없을 것 같은데요. 아니에요? 왜 걱정해? 어차피 떠날 사람이면서."

피식 웃는 목소리에 말문이 막혔다. 어차피 떠날 사람. 걱정할 수 있는 자격도 없는 사람. 희연이 입술을 달싹였다.

"일요일에 가기로 했다면서요. 안 가요?"

가야 했다. 이규도 꺼지라고 했고. 약속도 일요일까지였다. 아득바득 우겨서 시합까지 따라갈 이유도, 끙끙대면서 그를 데리고 올 필요도 없었고, 대신 전화해서 준혁을 부를 만큼 가까운 존재도 아니었다.

"……사람이 이 꼴인데. 어떻게 가요."

대답을 억지로 쥐어 짜냈다. 그 말에 남자가 눈을 몇 번 깜박이더니 어깨를 으쓱였다.

"뭐 마음대로 해요."

해야 할 일은 끝났다는 듯이 다시 신발을 신은 준혁이 고개를 까닥 움직였다.

"일 있으면 연락해요. 아니면 돈 들고 튀는 방법도 있고."

재미있는 농담이라도 했다는 듯 낄낄 웃는 얼굴에 화가 났다. 그런 말을 지금 재밌자고 하는 건가. 친구가 엉망이 될 정도로 얻어터져 가며 벌어 온 돈을 그런 식으로 쉽게 말하다니. 희연이 그를 노려봤다.

"난 바빠서 이만 가 볼게요, 누나. 진통제랑 해열제랑 이것저것 사 왔으니까 깨면 먹이든지 하시고."

준혁이 침대 옆에 둔 검은 봉지를 턱짓으로 가리켰다. 그 말을 남긴 남자가 별다른 인사나 걱정도 없이 그냥 가 버렸다.

희연은 닫힌 문을 물끄러미 바라보곤, 다시 침대 가로 다가갔다. 봉지 안을 보니 약이 몇 개 들어 있었다. 약국에서 쉽게 구할 수 있는 간단한 약들.

"하아……."

마지막에 말한 건 마음에 안 들지만, 그래도 이렇게 약을 사 들고 와서 처치를 해 줬다는 것만으로도 확실히 안심됐다. 약봉지를 잘 싸서 이규의 머리맡에 놓은 그녀는 그제야 스스로를 돌아봤다. 손이 엉망이었다. 다친 곳은 하나도 없지만 피투성이였다.

얼음장 같은 물에 손을 벅벅 씻으면서 거울을 보니 엉망인 몰골의 여자가 눈에 들어왔다. 헝클어진 머리카락. 지친 표정. 그리고 어깨에는 핏자국이 검붉은 색으로 말라붙어 가고 있었다. 희연은 손끝의 감각이 사라질 때까지 흐르는 물에 손을 담근 채 멍하니 스스로를 바라봤다.

"후우."

긴 한숨을 내쉰 그녀는 차가운 물에 얼굴을 씻었다. 정신이 번쩍 들었다. 턱 밑으로 뚝뚝 떨어지는 물기를 손등으로 닦아 내고, 깨끗한 수건을 가져와 물에 적셨다.

따듯한 물이 나오면 좋겠지만 안타깝게도 그것은 사치였다. 물을 끓일까 잠시 생각한 희연은 수건을 꽉 짜내곤 천천히 침대로 다시 다가갔다.

"……."

손이 차갑게 얼어붙어 있어서인지 이규의 이마는 뜨끈뜨끈했다. 아니면 정말 열이 나는 걸지도 모르고. 차가운 물에 적신 수건으로 엉망인 그의 얼굴을 천천히 닦아 줬다.

"으……."

아픈 건지 아니면 차가운 건지 낮은 신음을 낸 남자가 고개를 돌리려고 했다. 희연은 개의치 않고 수건으로 핏자국을 문질러 닦았다. 몸에도 온통 상처와 피딱지가 가득했다.

준혁이 옷을 벗겨 놓은 덕분에 손이 덜 가는 건 다행이었다. 물론, 누워서 끙끙거리는 이 모습에 다행이라는 말은 별로 어울리지 않았지만.

희연은 차가운 물 때문에 시린 손을 호호 불면서 두 번 정도 더 이규를 닦아 줬고 그제야 핏자국을 대강이나마 없앨 수 있었다. 벌건 상태일 때는 정말 죽는 게 아닐까 두려울 지경이었는데. 그래도 말끔하게 닦아 놓으니 상처 몇 개를 빼고는 그렇게 심각해 보이지 않아서 다행이었다.

"······야."

왜 이러고 사는 걸까. 근본적인 의문이 들었다.

죽는 게 당연하다는 뜻은 아니었다. 그렇지만 이렇게까지 처참하게 살 필요는 없지 않을까. 적어도 이렇게 죽을 만큼 얻어맞아 가면서 악착같이 사는 이유를 짐작할 수조차 없었다.

그냥 싸움이 좋아서? 하지만 아버지처럼 되고 싶진 않다고 했다. 싸움을 그리 즐기는 것 같지도 않았다. 진짜로 그저 주먹질하는 것을 즐기는 거라면 토요일 저녁에 그렇게 굳은 얼굴로 있진 않았을 테니까.

희연은 이렇게 처절하게 살지 않는데도 죽고 싶었는데, 이규는 이토록 처절한데도 살고 싶어 했다.

그녀는 침대에 머리를 툭 기댔다.

신기하고, 불쌍하고, 슬퍼졌다.

"······강이규."

낯설고도 친숙한 이름을 조용히 중얼거리다가 긴 한숨을 내쉬었다.

잔뜩 긴장한 데다가 예상하지 못한 일이 벌어져서 그런지 아직 밤이 되지도 않았는데 너무 피곤했다. 바짝 긴장한 채 그녀의 두 배는 족히 나갈 법한 남자를 끌고 온 탓일까. 온몸이 노곤하게 풀리면서 욱신거리고 머리도 아파 왔다.

다른 때였다면 이규의 옆자리를 파고들었겠지만, 오늘은 차마 그럴 수 없었다. 희연은 차가운 바닥에 앉아 침대에 머리를 기댄 채 잠을 청했다.

많이 차분해진 남자의 숨소리를 가만히 세던 그녀는 스르륵 잠들었다.

2. 반지하

부스럭거리는 소리가 귀에 거슬렸다. 머리를 기대고 있는 싸구려 매트리스가 출렁거리며 흔들리고, 좁은 방 안을 걷는 발걸음이 느껴졌다.

멍한 얼굴로 천천히 눈을 뜬 희연이 텅 빈 침대를 한번 바라보곤 고개를 번쩍 들었다. 다급히 고개를 돌리자, 죽을 것처럼 누워 있던 남자가 멀쩡히 서서 물을 마시고 있었다. 바닥에 진통제 껍데기가 나뒹굴었다.

"……괜찮아?"

조심스럽게 말을 걸자 그가 물병 하나를 마저 다 비우곤 그녀를 바라봤다.

"네가 한 거냐?"

"준혁 씨가 한 건데."

"그래."

이규가 덤덤하게 대답했다. 욕 없이 말을 주고받으니 뭔가 어색한 기분이 들었다. 씨발. 하면서 말을 꺼내야 좀 그다울 텐데, 아직 많이 아픈 걸까. 희연은 멍하니 남자를 올려다봤다.

그가 알 수 없는 표정으로 그녀를 물끄러미 쳐다봤다. 정확히는 핏자국이 남아 있는 어깨 부분을.

문득, 나가라고 소리치지 않을까 하는 생각이 들었다. 희연은 눈을 깜박이면서 해열제도 두 알 삼키는 남자의 꿈틀거리는 등 근육을 멀거니 쳐다봤다.

"병원에 안 가도 돼?"

"씨발 거길 왜 가."

"그래도."

안 갈 거라는 걸 뻔히 알면서도, 그런 말을 하지 않을 수가 없었다.

"야."

이규가 그녀가 있는 쪽으로 성큼 다가왔다.

"나가."

예상했던 말이지만, 차마 대답하지 못했다. 그가 옷을 대충 걸쳐 입었다.

"일요일에 나간다고 지껄였잖아."

희연은 잠시 생각했다. 나가고 싶지 않았다. 어린아이가 떼를 쓰는 것과 같은 마음이라는 건 알고 있었다. 그냥 그렇게 억지를 부리고 싶은 그런 마음.

손끝으로 어깨에 남은 핏자국을 가리켰다.

"옷. 다시 빨아 줘야 하는 거 아니야?"

"개소리하지 마라."

이규가 인상을 일그러뜨리더니, 진통제를 한 알 더 먹었다. 걸을 때마다 아픈지 살짝 다리를 절뚝이는 게 눈에 거슬렸다.

"다리도 다쳤어?"

"씨발, 네가 무슨 상관인데."

"봐 봐."

희연이 침대에 앉으라고 손짓하자, 그가 욕을 쏟아 냈다.

"수작 부리지 말고 꺼져."

주위를 두리번거린 남자가 현관 쪽에 놓인 가방을 집어 들었다. 그 안에서 하얀 봉투를 꺼내더니 오만 원짜리 두 장을 집어 내밀 었다.

"이거면 됐지?"

희연이 샛노란 지폐 두 장을 멀거니 쳐다봤다. 모를 때라면 그 냥 받았겠지만 이건 정말 말 그대로 이규의 목숨값, 핏값이라는 생 각을 하니 선뜻 받을 수가 없었다. 그리고 떠나고 싶지도 않았고.

"받으라고. 돈을 줘도 지랄이야."

그가 상처투성이의 손으로 희연의 손을 잡곤, 손바닥에 지폐 두 장을 꽉 쥐여 주었다. 뽀얗기만 한 그녀의 손과 상처투성이인 남자 의 손이 너무나도 다르다는 게 확 와닿았다.

"야."

희연은 지폐 두 장을 꽉 움켜쥐고, 이규를 올려다봤다.

"갚을 테니까 전화번호라도 알려 줘. 아니면 계좌 번호도 좋고."

"개소리하지 말랬다."

"밥값 줄게. 이 돈도 갚을게. 이자 쳐서."

그 말에 숨을 거칠게 들이마신 남자가 버럭 소리를 질렀다.

"씨발 필요 없다고!"

순간 울컥 감정이 치밀었다.

"왜 소리를 지르고 그래! 돈 준대도 지랄이야!"

희연이 참지 않고 소리를 빽 지르자, 이규가 인상을 찌푸렸다.

"씹, 같잖은 생각하지 말고, 너 살던 데서 살아. 이딴 곳 기웃거리지도 말고."

그 말에 순간 말문이 막혔다. 그게 어떤 의미인지 알고 있었으니까.

사는 세계가 다르다. 이규는 딱 선을 그어 버렸다. 희연은 '양지'에 사는 사람이고, 자긴 '음지'에 사는 사람이라고. 그러니 더 이상 넘어오지 말라고. 그러니까 아무것도 가르쳐 주지 않겠다고.

입술을 꽉 깨물었다. 그의 단순한 생각을 너무 잘 알 수 있어서 화가 났다. 눈물이 날 것 같아서 더 화가 났다.

"강이규. 네가 어디 사는지 알아."

"지금 나 협박하냐?"

"내가 오고 싶으면, 언제든지 올 수 있어."

희연이 그에게 한 걸음 더 다가갔다. 아직도 엉망진창인 얼굴이 안쓰러웠다. 저번에 다쳤는데 아직도 멍 기운이 가시지 않은 뺨, 터진 입술, 밴드로 대충 봉합한 상처.

이규가 고개를 휙 돌려 버렸다.

"씨발 존나 말이 안 통하는 미친년이네."

"……."

그를 가만히 노려보다가 여전히 축축한 신발을 구겨 신었다. 그러곤 문을 열고 뛰어나갔다. 뒤를 쫓아오는 소리 따위는 없었다.

희연이 나갔다. 이규는 문이 쾅 닫힌 이후로도 한참이나 멍하니 서 있다가 침대에 걸터앉았다.

미친 여자를 만난 수요일 저녁부터 지금까지, 모든 것이 낯설기만 했다. 일주일도 채 되지 않는 짧은 시간이었지만, 오도카니 구석에 앉아 있던 사람이 하나 빠진 것만으로도 반지하방이 넓게 느껴졌다. 그는 찢어진 입술을 혀끝으로 더듬으며 한숨을 내쉬었다.

"하아……."

이렇게 살기 시작한 뒤 처음으로 아니, 그가 기억하는 인생에서 정말 처음으로 접한 '평범한' 사람이었다. 그 여자가 진짜로 평범한 사람인지 아닌지는 알 수 없었지만 적어도 이규가 보기에는 아주 평범한 사람이었다. 이런 어두운 세계 따윈 접해 보지도 못한 그런 일반인.

'하. 일반인이라.'

그와는 거리가 멀어도 너무 먼 말이었다. 고등학교에 들어가자마자 가출했고, 그때부터 밑바닥을 전전했다. 사실 중학교 때도 그리 좋은 삶을 살진 못했다. 집에 들어가긴 죽도록 싫었고, 그래서 길바닥에서 하루를 보내기 일쑤였다.

당연히 보통 말하는 '질 나쁜' 애들과 어울렸고 학교도 자주 빠졌다. 어쨌든 '강이규'라는 인간의 삶은 평범함과는 거리가 멀었다.

'처음부터 평범한 것 따윈 없었지.'

그는 쓰게 웃었다. 애초에 태어난 곳부터가 평범하지 않았다. 아버지 되는 새끼는 조폭이었다. 어머니는 너무 어릴 적에 사라져 버린 데다가, 형과 그 새끼는 어머니라는 여자에 대해서 아무 말도 하지 않아서. 어떤 사람인지 알 수 없었다. 그 새끼가 사진 한 장 남기지 않고 다 찢어 버린 탓에 얼굴조차 기억나지 않았다. 아니, 차라리 기억나지 않아서 다행이었다. 그리워할 필요가 없었으니까.

아버지라고 쓰고 씨발 새끼라고 읽는 그 남자는, 이규의 가장 첫 기억에서부터 폭력을 휘두르고 있었다. 형이나 엄마를 때리다가, 어느 순간부턴 그에게도 주먹을 휘둘러 댔다.

'엄마가 사라지기 전이었나, 후였나.'

이규는 피식 웃었다. 그런 건 중요하지 않았다. 어쨌든 마지막까지 남았던 건 그였지만, 버티지 못하고 도망쳤으니까. 고등학교에 들어가서는 아버지와 맞서 싸우려고 했던 적도 있었다. 그러나 금세 그것이 아무 의미도 없다는 걸 깨달았다.

그래서 그냥 도망쳤다. 어디로 가야 할지도 몰라, 길바닥을 떠돌고 다닌 지 얼마 되지 않아, 우연히 준혁과 연락이 닿았다.

초등학교, 중학교 초반까지는 같이 다녔으나, 중학교 이 학년 끝무렵에 갑작스럽게 전학 가 버린 친구였다.

'그 새끼도 평범하진 않지.'

제가 평범하지 않은 새끼라서 주변에 평범하지 않은 이들만 가득했나. 준혁에게는 도박 중독인 아버지가 있었다. 매일같이 하우스를 드나들면서, 사채 빚을 끌어다 쓰는. 쓰레기 같은 놈이었다. 그나마 아들을 때리진 않았지만 말이다.

준혁은 그에게 갈 곳이 없다면 오라고 주소를 불러 줬고. 어디에 있든 상관없던 이규는 무작정 친구 곁으로 갔다.

그렇다고 해서 고등학교를 다닐 수는 없었다. 그 새끼가 알면 당장 찾아올 테니까. 중졸에, 가출한 어린애가 무엇을 할 수 있을까. 준혁의 집에서 머물다가도 그의 아버지가 들어오면 길바닥으로 나가야 했다. 그러다가 어느 날 시비가 붙어서 어떤 놈을 죽도록 패고 도망쳤다. 그놈이 조폭이었다는 건 나중에야 알았다. 어려 보이는 놈에게, 그것도 조직도 아닌 놈에게 맞은 것이 그리도 억울했는지. 그를 죽여 버린다고 눈에 불을 켜고 찾아다니는 것도 모른 채 준혁의 집에서 지내던 날이었다.

그렇게 며칠이 지난 후, 아버지 때문에 하우스에 간 준혁이 조폭들에게 그 얘기를 듣고 상대가 이규라는 걸 알아챈 뒤 필사적으로 변명했다고 했다.

'그 새끼는 쓸데없이 조폭들이랑 사이가 좋아서.'

이규는 인상을 찌푸렸다. 어릴 적부터 아버지를 따라 하우스에 드나들긴 했어도 조폭들이 꽤 잘 놀아 줬나 뭐라나. 그놈들도 집에 가면 가족들을 패는 놈들이었을 텐데. 하우스 도박꾼들 자식은 돈줄이라 그런지 잘 대해 줬던 모양이었다. 그래서 그런지 준혁은 조폭을 썩 싫어하지 않았다. 아니, 오히려 좋게 본다고 해야 하나.

어쨌든 나름대로 안면이 있던 애의 필사적인 변명 때문이었는지는 몰라도, 그들은 더 이상 이규를 죽여 버리려고 하진 않았다. 그 대신 조직에 들어오라 권유했다. 정확히는 친구인 준혁을 통해서.

그가 조폭을 얼마나 싫어하는지 아는 준혁은 담담하게 현실을 늘어놨다. 이렇게 계속 지내봐야 답도 없지 않냐. 차라리 조직에 들어가면 돈이라도 받는다. 네 실력을 잘 봐 주고 있으니 기회다. 등등. 그러나 이규는 조폭만큼은 되고 싶지 않았다. 아버지라 부르기도 싫은 그 새끼랑 똑같은 길을 가는 건 끔찍하게 싫었으니까.

하지만 돈은 필요했다. 언제까지고 준혁의 집에 얹혀 있을 수도 없고. 먹고 살긴 해야 했다.

조폭은 되기 싫지만, 돈은 벌게 해 달라 하자, 이번엔 그들이 직접 준혁의 집까지 찾아왔다.

그때 내민 게, 이 일이었다.

불법 싸움 도박장에서 싸움꾼으로 싸우는 것. 거기에 더해서 아무것도 필요 없이, 월세만 내면 되는 방도 구해 줬다. 물론 돈은 그가 직접 벌어서 내야 했지만.

선택의 여지 따윈 없었어도 나쁘다고 생각하진 않았다.

싸움은 지긋지긋할 정도로 많이 했고. 어차피 누군가와 싸워야 한다면, 돈이라도 받는 게 이득이니까.

그렇게 그냥 살았다. 경기가 있다고 하면 싸웠고, 돈을 받았다. 적당히 밥을 먹고 누워 잘 데가 있으니 충분했다. 여전히 누군가에게 맞는 인생이었지만. 맞아도 돈을 받았다.

'그 새끼는 패 놓고 돈 한 푼 안 줬는데.'

과거를 회상하던 이규의 표정이 삐뚤어졌다. 그렇게 시간이 조금 지나고 나니 준혁은 제 발로 조폭이 되었다. 그걸 알고 죽도록 싸웠지만 결국 소주 몇 병을 마시고 화해했다. 어쨌든 '친구'라 부를 만한 존재가 서로뿐이라는 걸 알고 있었으니까.

길지 않은 인생 어느 부분을 잘라 내서 봐도, 평범과는 거리가 멀다는 걸 스스로도 알고 있었다.

'송희연은 평범하지.'

그는 피식 웃으면서 희연을 생각했다. 거침없이 침대를 파고드는 것이 어이없었다가 그래도 그도 남자인데 별 경계도 없이 금세 색색 잘 자는 걸 보니 헛웃음이 났다.

제 얘기는 하나도 하지 않았지만 희연이 고생스럽게 살던 사람이 아니라는 건 본능적으로 알 수 있었다. 이규와는 정반대였으니까.

뽀얀 얼굴에, 험한 일 따위 조금도 해 보지 않은 듯 보들보들한 손. 찬물과 싸구려 샴푸로 감았는데도 반질반질해 보이던 머리카락은 문득 만져 보고 싶다는 생각까지 들었다.

가끔 그에게 보내는 호기심 가득한 시선은 조금 부담스럽기도 했고, 가끔은 비참하기도 했다. 뭐라고 표현해야 할까. 이규에게 그 여자는 마치 별 같았다.

"별이라. 씨발, 존나 어울리네."

그는 그렇게 중얼거리면서 침대에 풀썩 누웠다. 그것보다 더 적절한 말을 찾을 수가 없었다. 별. 그 단어를 중얼거린 이규가 눈을 감았다.

저 멀리서 반짝거릴 뿐 절대 닿을 수도, 만져서도 안 되는 그런 별. 해나 달과 달리 그 형태도 모습도 알 수 없고 이름도 모르는, 그저 반짝반짝 빛나기만 하는 작은 점 하나. 희연은 그에게 딱 그런 존재였다.

지옥 밑바닥에 살면서 하늘을 보려고 생각한 적조차 없었다. 비참해질 테니까. 아예 바닥만 쳐다봤다. 그 어떤 꿈이나 희망조차 가지고 싶지 않아서. 하지만 어느 순간 고개를 들게 되는 날이 올 줄이야.

'아니. 별이 떨어진 건가.'

어느 쪽이든 상관없었다. 떨어진 것이든 이규가 어느 순간 고개를 든 것이든. 중요한 건 송희연을 보내야 한다는 것뿐이었으니까. 그것이 옳은 일이었다. 밑바닥의 쓰레기와 저 하늘의 별은 절대 어울리지 않는 조합이었다.

고작 며칠 친한 척하며 쳐다보고 있었다고 하늘 꼭대기에 있는 별을 진창으로 끌어내릴 수는 없는 일이었다. 불가능하기도 했고 그러고 싶지도 않았다.

"씹……."

온몸이 욱신욱신 아파 왔다. 숨을 쉴 때마다 아픈 옆구리를 꾹 누르자 잇새로 신음이 터져 나왔다. 진통제를 먹어도 고통은 여전했다. 아니면 마음이 더 아픈 걸지도.

지금쯤 어디로 갔을까 멍하니 생각하다가 손으로 눈가를 가렸다. 좁은 일인용 침대에 서로 등을 돌리고 누워 있던 순간이 떠올랐다.

"하."

낮게 욕을 중얼거렸다.

'어차피 금방 잊을 텐데.'

피식 웃음이 나왔다. 그 여자는 집으로 돌아가고 나서 어떻게 할까. 여기서 지냈던 걸 재미 삼아 얘기하면서 그런 일이 있었다고 웃지 않을까. 그런 생각을 하니 속이 뒤틀리는 것 같았다. 희연이 잘 지내서가 아니라 그를 한낱 웃음거리로 생각할 것 같아서.

"좆같네. 씨발."

욕을 퍼부어 봐도 속이 풀리질 않았다. 턱이 얼얼하게 아릴 정도로 이를 꽉 악물고 있던 이규가 자리에서 벌떡 일어났다.

이런 생각을 하는 건 전부 집 탓이었다. 이 좁은 집 안에 계속 같이 있어서. 그래서 생각나는 게 분명했다. 서로의 숨소리까지 들릴 정도로 작고, 조용한 방이었으니까.

"젠장……."

그 여자가 뭐라고. 한주먹도 안 되는 그게 뭐라고.

이규는 거칠게 외투를 걸쳐 입고 신발을 질질 끌면서 밖으로 나왔다. 혹시나 해 문 앞을 한번 바라보고, 집 앞 길거리를 몇 번이고 둘러봤다. 혹시라도 희연이 있을까 싶어서.

꺼지라는 말에도 몇 번이나 악착같이 붙어 있었던 여자가 아닌가. 그러나 작은 희망마저 짓밟아 버린 듯 거리는 여느 때와 똑같이 적막하고, 어두웠다.

"씨발 진짜로 가냐. 매정한 년이네."

혹시나 싶어 문 앞을 한번 바라보고.

가라고 윽박질러 놓고 이렇게 말하는 게 우습다는 건 알고 있었다. 만약 아직도 남아 있었다면 푸지게 욕을 하고, 질질 끌어서 택시라도 태워 보냈으리라.

그래도 마음이 허전했다. 괜히 희연을 욕하면서 바닥을 발끝으로 툭 찼다. 심하게 걷어차였던 허벅지가 욱신거리며 아파 왔다.

"씨발. 씨발!"

화풀이를 하듯 악을 쓰며 욕을 내뱉었다. 아파서 욕이 멈추질 않았다. 허벅지가 너무 아파서였다. 아파서. 아파서. 아파서. 어디가 그렇게 아파서. 이규는 목이 아플 때까지 소리를 질러 댄 뒤 헐떡이면서 고개를 들었다.

"씹……."

탁하게 갈라지는 목소리로 마지막 욕을 씹어뱉은 그는 무심코 주머니에 손을 넣었다. 무언가가 만져졌다. 뭔가 싶어 꺼내 보니 연고와 반창고였다.

일요일까지 있겠다고, 약을 발라 주겠다고 하던 말이 떠올랐다. 주먹을 꽉 움켜쥐자 아무런 힘도 없는 종이 상자가 우그러졌다. 이규는 손에 쥐어진 아무것도 아닌 물건 두 개를 바라봤다.

"……."

약속하겠다고 했을 때 손가락을 걸지 않았던 걸 후회하면서도 다행이라고 안심했다. 만약 그 약속을 정말 했다면 희연이 아직도 떠나지 못했을 수도 있었으니까.

어디로 갔을까. 멀거니 그런 생각을 하곤, 고개를 흔들었다. 떠나보내야 한다는 걸 머리로는 알고 있으면서도, 진짜 떠났다는 사실에 기분이 가라앉았다.

택시를 타러 갔을까? 버스를 탔을까? 아니, 어디 사는 여자였을까.

희연에 대해 생각하려고 할수록 아무것도 모른다는 사실을 깨달았다. 송희연. 서른 살. 그것 말고는 아는 것이 아무것도 없었다.

"씨발."

낮게 욕을 중얼거린 이규는 연고와 반창고를 다시 주머니에 쑤셔 넣고 성큼성큼 걷기 시작했다. 어디로 가는지도 모르고 무작정 걷다가 달렸다. 그냥, 그냥 이렇게 가다 보면 또 희연이 어딘가에 웅크리고 앉아 있을까 싶어서.

"악! 아악!"

흠씬 두들겨 맞은 온몸이 욱신욱신 아파 왔다. 진통제를 몇 알이나 삼켰는데도 걷어차인 부분이 고통스러웠다. 다리를 내뻗고 바닥을 박찰 때마다 아픔이 온몸으로 번져 나갔다. 무릎이 휘청거리며 꺾일 뻔했다. 절뚝거리고 비틀거리면서도 이규는 무작정 계속 달렸다. 세상 어딘가에 있을 여자를 찾을 수 있을 것 같아서.

"하아…… 하…….."

그는 처음으로 희연을 만났던 바닷가에 도착해 숨을 몰아쉬었다. 푹푹 발이 잠기는 모래사장 위를 달렸다. 늦가을의 서늘한 바람에도 온몸이 땀으로 푹 젖었다.

비릿한 바닷바람이 부는 저녁의 해변에는 아무도 없었다. 반쯤 달리다 우뚝 멈춰 선 이규는 주머니 속에 있는 연고와 반창고를 꽉 움켜쥐었다.

"뒤진 건 아니겠지."

가쁜 숨을 몰아쉬면서 낮게 중얼거렸다. 바다는 누군가를 집어삼킨 것 같기도 하고, 아닌 것 같기도 했다. 어둠에 짙게 물드는 물 위를 한참이나 쳐다보던 이규는 모래사장에 털썩 주저앉았다.

그의 시선이 새까맣게 변하기 시작하는 바다를 가득 담았다. 이 바닷가에서 그 여자를 만났다는 흔적 따윈 남아 있지 않았다. 파도가 모든 것을 휩쓸고 가 버린 듯 이 바닷가에 희연이 있었다는 증거 따윈 하나도 없었다.

이규는 주머니에서 연고와 반창고를 꺼내 꽉 움켜쥐곤 손을 들어 올렸다. 던져 버려야 했다. 그리워해 봐야 아무 소용없다는 걸 안다. 그래서도 안 된다는 걸 멍청한 머리로도 알 수 있었다.

"씨발……."

그런데도 왜 던져 버리지 못하는 걸까. 이규는 이를 악물고 손을 내렸다.

늘 악에 받쳐 살았다고 생각했는데. 오늘은 조금, 아주 조금 슬퍼졌다. 슬픔이라는 감정과 가까워진 적이 없었는데.

긴 한숨을 내쉰 이규는 한참이나 해변에 앉아 파도를 바라봤다. 파도 소리에 귀가 먹먹해질 때까지 가만히 있던 그는 진통제의 약 기운이 떨어질 때가 되어서야 일어났다. 몸도 성치 않은데 내달린 덕분인지 온몸이 쿡쿡 쑤셨다.

마음에도 진통제가 듣는 걸까. 누군가가 가슴 속에 손을 넣고 찢는 것 같은 감각에 괜히 가슴께를 세게 문질렀다. 몸이 더 아픈 건지 속이 더 아픈 건지 구분할 수 없었다.

"어서 오세요."

편의점 아르바이트생의 무덤덤한 인사를 받으면서. 담배 한 갑과 소주를 세 병 샀다. 그의 얼굴을 힐끔 본 아르바이트생은 눈도 마주치지 않고 계산을 마쳤다.

강이규에게 인생이라는 건 늘 그랬다. 비참하고, 외로웠다. 이 세상의 그 누구도 그의 곁에 남아 있지 않았으니까. 가장 처음에는 엄마가 떠났고, 그다음엔 형이 떠났다. 그리고 이규는 제 발로 남은 모든 것에서부터 도망쳤다.

"내가 그럼 그렇지."

자신을 빈정거린 그는 터진 입술로 피식 웃었다. 상처가 다시 벌어졌는지 따끔한 아픔이 느껴졌다. 그 작은 고통에 살아 있다는 걸 느끼고 또 한 번 비참해졌다.

쓰레기 같은 인생이면서, 이 지옥에서 벗어날 수 없다는 걸 알면서도 악착같이 살아가고 있는 스스로가 가끔 이해 가지 않기도 했다. 인생이라는 게 끔찍하게 싫었지만 희연처럼 용기를 내서 죽을 생각도 들지 않았다.

'아니, 씨발. 억울해서 못 죽지.'

그래. 억울했다. 인생이란 게 이렇게 좆같고, 처참한 지옥 같은 것일 리가 없다고, 그렇게 믿고 싶었으니까.

살면서 좋은 기억 두어 개 정도는 있어야 죽을 때 억울하지 않을 것 같았다. 좆같은 인생이었지만 그래도 좋은 일 한두 개쯤은 있었지 하면서 죽을 만한 기억 말이다.

이규는 담배를 입에 물고, 라이터로 불을 붙였다. 봉지 속에 든 소주병이 달그락거리는 소리를 내며 부딪쳤다. 다리가 아파서 절뚝이며 걷는 게 참 병신 같다고 생각했다.

병신 새끼. 쓰레기 같은 새끼.

그런 주제에 뭘 기대하고 바닷가까지 뛰어간 걸까. 피식피식 웃음이 새어 나왔다. 감히 강이규 주제에 뭘 바라고.

"내 주제에……."

낮게 중얼거린 그는 담배 연기를 깊이 빨아들였다. 몸속 깊숙이 번져 나가는 감각이 익숙했다. 건물 앞에 도착한 이규는 다 피운 담배를 발로 비벼 끄곤, 반지하로 내려가는 계단을 내려다봤다.

늘 볼 때마다 막장이 이런 곳일까 생각했다. 빛 한 점 들지 않는 그런 곳이라고 했는데.

"좆같네."

자신의 처지가 이렇게 불쌍하게 느껴진 건 처음이었다. 욕을 씹어뻴은 이규는 천천히 어둠 속으로 발을 내디뎠다.

세 걸음 내려갔을 때, 센서 등이 반짝 켜졌다. 그리고 그는 그토록 찾아 헤맸던 것을 발견했다. 저번에 그랬듯이 문 옆에 쪼그리고 앉아 있는 여자를.

"……."

순간 말문이 막혔다. 입에 달고 살던 욕도 한마디 튀어나오지 않았다. 혹시 서서 꿈을 꾸는 건 아닐까 그런 생각까지 했다.

졸고 있었던 건지 희연이 천천히 눈을 뜨더니, 잠이 덜 깬 얼굴로 고개를 슬그머니 들었다. 시선이 마주쳤다.

반사적으로 욕을 내뱉었다가 문득 눈가가 시큰해졌다. 이규는 이를 꽉 깨물었다. 살면서 우는 일 따윈 다시 없을 거라 다짐했는데. 어째서 이 여자는 그 각오를 간단하게 무너뜨려 버리는 걸까.

약간 민망한 표정으로 배시시 웃은 희연이 옷을 툭툭 털면서 일어났다. 옷 위에 점점이 남아 있는 검붉은 자국이 유독 눈에 띄었다.

"약 발라 주기로 했잖아. 약속은 지켜야지."

그녀가 약국 이름이 크게 박힌 봉지를 들어 보였다. 무슨 말을 해야 할지 몰라 그냥 주먹을 꽉 움켜쥐었다.

이 여자는 왜, 왜, 이 지옥 같은 곳으로 다시 왔단 말인가.

"꺼지라고 했잖아."

이규는 낮게 말하고는 희연에게 성큼 다가갔다. 그리고 가느다란 어깨에 이마를 툭 기댔다. 비누 냄새와 살 냄새가 났다. 눈가가 아팠다. 온몸이 아팠다. 속이 아팠다. 전부 아팠다.

한참 지나서 센서 등이 꺼지고, 두 사람은 새까만 어둠 속에 선 채로 그저 가만히 숨만 쉬었다.

오만 원짜리 지폐 두 장만 쥐고 무작정 반지하방을 뛰쳐나온 희연은 터미널로 가기 위해 택시를 타려고 대로로 나갔다.

'그래. 간다. 가.'

처음부터 그러기로 한 것 아니었던가. 일요일까지라고. 더 있을 이유도, 핑계도 없었다. 차도 옆에 서서 멍하니 택시가 오길 기다리는 동안 계속해서 이규의 생각이 났다.

고작 며칠 같이 있었다고 그새 정이라도 들었나. 멀거니 생각하던 그녀는 멀리서 오는 택시를 향해 손을 흔들면서 생각도 털어 냈다.

"버스 터미널이요."

그렇게 말하곤 문을 닫았다. 출발한 지 얼마나 되었을까. 멍하니 창밖을 바라보던 희연은 스쳐 지나가는 약국에 눈을 동그랗게 떴다.

일요일까지 있게 해 달라고. 약을 발라 주겠다고 했던 말이 기억났다. 사실 그런 헛소리 따위는 지키지 않아도 괜찮다는 걸 알고 있었다. 그냥 핑계였고, 멋대로 지껄인 것뿐이었으니까.

이규도 딱히 그것을 기대하진 않았으리라. 애초에 준혁이 와서 처치해 주고 갔기에 희연이 달리 약을 발라 주진 않아도 됐다. 그런데 왜 그 말이 이렇게 신경 쓰이는 걸까.

손에 힘을 주자 곱게 접어서 쥐고 있던 오만 원짜리 지폐가 바스락거리는 소리를 냈다.

핏값. 목숨값. 희연은 이를 꽉 깨물었다. 다른 곳에 쓰더라도 적어도 이규를 '떠나는' 데 써서는 안 된다고 생각했다. 그를 버리고 가는데 그의 피 묻은 돈을 밟고 가는 셈이 아닌가.

"기사님. 죄송한데 그냥 여기에 세워 주세요."

"응? 아직 반도 안 왔는데."

나이 든 기사가 얼떨떨하게 대답했다.

"그냥 세워 주세요."

"거참."

이해할 수 없다는 표정을 한 기사가 바로 차를 세워 주었다. 희연은 망설이다가 오만 원짜리를 내밀었다. 이 순간만큼은 이규의 돈을 쓰고 싶지 않다고 생각했다.

왜 카드를 잃어버렸을까. 그게 있었다면 이 돈을 쓰지 않아도 되었을 텐데.

희연은 택시비를 내고, 바로 근처의 약국에 들어가 반창고와 연고를 샀다. 든든하게 좀 큰 걸로. 계속 다치는 사람이니까 사 두면 두고두고 쓰겠지 싶었다.

오만 원짜리가 하나는 고스란히 남아서 다행이라고 생각했다. 돌아가는 길에는 택시를 타지 않았다. 연고와 반창고가 든 봉지를 달랑달랑 흔들면서 길을 따라 쭉 걸었다. 아직도 신발 안쪽이 눅눅했다.

기억을 더듬으며 겨우겨우 이규의 집에 도착했지만 안에서는 아무런 소리도 들리지 않았다.

"야!"

두어 번 소리쳐 부른 희연은 문을 세게 한 번 두드렸다. 안쪽은 불길할 정도로 조용했다.

"……."

나올 때까지 난동이라도 피워 볼까. 아니면 그냥 기다릴까. 잠시

133

고민하던 그녀는 문 옆에 쪼그리고 앉았다. 무사한 건지 걱정은 좀 됐지만, 마지막으로 봤을 때 죽을 지경은 아니었으니 그리 무섭진 않았다.

'아니면 체육관이라도 갔나?'

희연은 무릎을 끌어안고 뺨을 기댔다. 어디 간 걸까. 집에 있는 걸까. 잠시 생각하다가 그냥 기다리기로 결정했다.

집 안에 있으면 언젠간 나올 거고 밖에 있으면 언젠간 들어오겠지.

휴대폰이 없으니 시간을 알 수가 없었다. 늦가을의 찬 바람에 잔기침을 내뱉으면서 얼마나 기다렸을까. 무료함을 이기지 못하고 깜박 잠이 들었는데 순간 눈앞이 환해졌다.

살짝 인상을 찌푸리면서 고개를 돌리자 계단에 선 이규가 보였다. 희연은 그가 또다시 욕을 내뱉으면서 꺼지라고 화를 낼 거라 예상했다. 그리고 이규는 진짜로 욕을 했고, 그녀는 어색하게 웃었다.

'바보 같아.'

이해할 수 없는 행동이었다. 그 별것 아닌 말이 뭐라고, 그걸 지키겠다고 이렇게 다시 돌아왔을까. 중요하지도 않은 약속이었는데. 심지어 그건 진짜 약속도 아니었다. 멋대로 희연이 내뱉은 것뿐이니까.

"약 발라 주기로 했잖아. 약속은 지켜야지."

민망한 기분으로 그렇게 말하자, 이규의 얼굴이 일그러졌다. 화를 낼 것 같기도 하고 울 것 같기도 했다. 처음으로 그가 나약해 보인다고 생각했다.

"씨발. 꺼지라고 했잖아."

코앞으로 다가온 남자의 그림자가 희연을 가렸다. 이규가 고개를 숙여 희연의 어깨에 머리를 기댔다. 묵직한 무게가 느껴졌다. 반사적으로 손을 들어 등을 쓸어 주려다가 그냥 약국 봉지를 꽉 움켜쥐었다.

그런 짓을 하면 안 될 것 같아서. 손을 대면 되돌릴 수 없을 것 같아서.

희연은 눈을 감았다. 그의 뜨거운 숨이 느껴졌다. 불이 꺼지고도 한참을 그는 그렇게 가만히 있었다.

다시 좁고 어두운 반지하방으로 돌아온 희연은 말없이 이규의 상처에 연고를 발라 주었다. 손가락의 불거진 마디마다 나 있는 흔적과 얼굴에 있는 상처 위에.

대체 뭘 어떻게 싸우는 건지 온몸이 상처투성이였다. 상의를 벗는 것에는 아무런 거리낌이 없는 건지 말을 하지 않았는데도 셔츠를 훌렁 벗어 버린 그가 등을 돌리고 앉았다.

욕 한번 안 하고 그녀의 손에 온몸을 맡긴 남자의 등은 오늘따라 어딘가 약해 보였다. 센 척하는 어린애.

희연은 묵묵히 손을 움직여 아직 낫지 않은 상처와 새롭게 생긴 상처 위에 연고를 꼼꼼히 발랐다. 익숙해 보였던 준혁의 손길과 달리, 그녀의 손놀림은 어설프기만 했다.

한참이나 연고를 치덕치덕 바르고 반창고를 붙인 끝에 희연이 다 됐다고 어색하게 말하자 이규가 다시 셔츠를 입었다.

"돈 돌려줄게."

희연은 약국 봉지에서 남은 돈을 꺼내 이규에게 내밀었다. 사실 돌아가려고 마음만 먹는다면 방법은 많았다. 누군가에게 전화 한 통만 빌리면 될 일이었으니까.

그는 미묘한 표정으로 그 돈을 멀거니 쳐다봤다.

"왜. 아예 눌러앉게?"

"내가 갔으면 좋겠어?"

불쑥 묻는 그 말에 이규가 흠칫 놀란 얼굴로 입술을 달싹였다. 그 반응에 오히려 희연이 더 놀랐다. 당장 꺼지라고 하면서 욕을 걸쭉하게 내뱉을 줄 알았는데. 어째서 이런 표정을 짓는 걸까.

그가 한참 늦게 욕을 내뱉었다.

"씨발. 씨발!"

뭐 어쩌자는 건지. 꺼지라고 소리를 지르는 것도 아니고 있어 달라고 부탁하는 것도 아니었다. 희연이 담담하게 말을 꺼냈다.

"나 며칠만 더 있을래."

이규는 복잡한 얼굴이었다. 온갖 감정이 소용돌이치는 가운데 그가 울 것 같다는 생각이 들었다. 어째서. 눈물 같은 거랑은 거리가 먼 남자일 텐데. 희연이 입술을 달싹였다.

왜 이렇게 나약해 보이는 걸까. 마치 버려진 어린아이 같았다. 준혁에게 들었던 그의 인생사가 기억에 남아서일지도 모르고, 그냥 그가 불쌍해서일지도 모르고, 그리고 또.

수많은 이유를 애써 더듬던 그녀는 그냥 인정했다. 그냥 가만둘 수가 없었다.

입도 걸고 배운 것도 없고 가진 거라곤 몸뚱이뿐인 데다가, 심지어는 그 몸뚱이가 간수도 제대로 못 하는 이 남자가 안타까워서. 불쌍해서. 눈에 밟혀서. 그래서 '아 신기한 경험을 했다.' 하면서 홀쩍 떠나 버릴 수가 없었다.

할 줄 아는 말이라곤 씨발밖에 없는 듯 한참이나 씨발만 반복하던 이규가 피딱지 앉은 손으로 얼굴을 쓸어내렸다.

"너 고아냐?"

"아니야."

희연은 담담하게 대답했다.

"씨발. 너 찾는 새끼도 없냐고."

왜 그 말이 우는 것 같이 들릴까. 화를 내듯 격렬한 목소리인데도 어쩐지 떨리는 것 같았다. 이런 목소리를 들으면 더욱 떠날 수가 없어지잖아. 희연은 주먹을 꼭 쥐었다.

"그걸 왜 네가 신경 써."

"꺼져."

"……나 안 갔으면 좋겠다는 뜻 아니야?"

"너 찾는 새끼한테 가라고!"

소리를 버럭 지른 이규의 눈가가 살짝 달아올랐다. 어린애였다. 정곡을 찔리면 괜히 더 소리를 지르면서 아닌 척하는 그런 어린애.

"없다고 하면 여기 더 있어도 돼?"

그 말에 순간 멍청한 표정을 지었던 남자가 벌겋게 달아오른 얼굴로 고개를 들이밀었다.

"나랑 장난치냐? 어?"

당장이라도 한 대 패 줄 기세로 말하는 그를 똑바로 쳐다봤다. 시선을 마주치면서 얼마나 있었을까. 이를 꽉 악문 이규가 눈을 질끈 감았다가 떴다. 눈이 벌겋게 충혈되어 있었다.

"네 좆대로 해."

그렇게 툭 말한 남자가 편의점 봉지에서 소주를 꺼내 땄다. 컵도 없이 병맥주를 마시듯 벌컥벌컥 들이켜는 모습에 희연도 소주병을 하나 깠다.

"씨발. 씨발……."

부엌에서 컵을 가져와 소주를 따른 희연이 그를 똑바로 쳐다봤다.

"야."

쓰디쓴 술을 몇 모금 마시고 눈을 치켜뜨자 이규가 인상을 팍 찌푸렸다.

"너 자꾸 나한테 이년 저년, 야, 너, 하지 마. 어린 게…… 누나라고 부르든지. 같이 지내기로 한 이상 호칭 정리는 해야 하지 않겠어?"

벙찐 표정으로 그 말을 듣고 있던 남자가 헛웃음을 터뜨렸다.

"이게 미쳤나……."

눈썹을 까닥이며 심기가 불편하다는 뜻을 한껏 표현했지만, 희연은 조금도 무섭지 않았다. 나약한 모습을 봐서일까. 조금이나마 울 것 같은 표정을 봐서일까.

아까 전 문 앞에서 그를 마주했던 순간의 얼굴은 평생 잊을 수 없을 거라 생각했다. 그 누구보다도 필사적이고, 간절해 보였으니까.

"준혁 씨는 누나라고 잘만 부르던데. 희연 누나라고 부르든지. 아니면 희연 씨라고 불러도 괜찮아."

이규는 반항적인 눈으로 그녀를 노려보다가 안주 하나 없이 소주를 한 병 전부 비웠다. 술 냄새가 풀풀 풍기는 숨을 길게 내뱉은 그가 낮게 중얼거렸다.

"별 개같은 말을 다 하네."

혼잣말인지 들으라고 하는 소리인지 모를 말을 크게 중얼거린 남자는 침대에 벌러덩 누웠고, 희연은 피식 웃었다. 반쯤 비운 병 뚜껑을 다시 닫은 그녀는 화장실로 들어가 옷을 갈아입었다.

여전히 춥고, 서늘하고, 눅눅한 곳이었다. 이규의 옷은 여전히 너무 컸고. 조심스럽게 침대 옆을 파고들자, 이규는 아주 조금 움직여서 자리를 내주었다.

"잘 자."

희연이 인사를 하자 평소와 똑같은 대답이 돌아왔다.

"……처자든지 말든지."

그 말에 소리 죽여 웃은 그녀는 조용히 눈을 감고 잠을 청했다. 추운 날이었지만 옆에 따뜻한 체온이 있다는 것만으로도 충분히 견딜 만한 날이었다.

희연은 눈을 떴다. 늘 이규가 먼저 일어나서 움직이는 소리에 깨곤 했는데 오늘의 그는 작게 코까지 골면서 잠들어 있었다.

일요일이 고단했던 걸까. 그녀는 아이 같은 얼굴로 잠들어 있는 남자를 가만히 바라봤다. 인상을 찡그리면서 욕쟁이처럼 굴 때도 앳되어 보인다고 생각했는데, 이렇게 자는 걸 보고 있으니 진짜 아이 같았다.

'상처만 없으면 더 어려 보일 텐데.'

희연은 푸르스름하게 올라온 멍과 벌건 상처 자국을 바라보다 조심스럽게 침대에서 일어났다. 싸구려 매트리스는 작은 움직임에도 크게 출렁거렸다.

밤사이 내려앉은 기온 때문에 방 공기가 더 서늘하게 느껴졌다. 이불을 끌어 올려 이규의 어깨를 덮어 준 그녀는 잠시 고민하다가,

방바닥에 아무렇게나 놓여 있는 이규의 휴대폰을 집어 들었다. 준혁이 우편함에 넣어 둔 그 휴대폰은 중고였는지 여기저기 흠집이 꽤 많이 나 있었다.

화면을 켠 후에도 한참이나 그것을 바라보기만 하던 희연은 망설이다가 알고 있는 번호 중 하나를 꾹꾹 눌렀다.

'……전화하는 게 좋을까.'

전화 한 번이면 휴대폰도 카드도 전부 다 새로 생길 테지만, 여기 있다는 걸 알리고 싶지 않았다. 하지만 그 모든 것들이 아쉽기도 했다.

'여기 있는 걸 알면 올라오라고 할까? 아니면 그냥 둘까?'

하나 확실한 건 어느 대답이 돌아오든 희연을 생각해서 하는 말은 아닐 거라는 것뿐이었다.

"후우……."

어쩔까. 통화를 누를까 말까. 꽤 오랫동안 고민한 순간, 갑자기 눈앞에 불쑥 나타난 손이 휴대폰을 가져갔다.

"아!"

"뭐 하냐?"

"……아무것도 안 했어."

이규가 화면에 찍혀 있는 번호를 보면서 머리카락을 거칠게 쓸어 넘겼다. 무언가를 고민하듯 콧잔등을 살짝 찌푸린 그가 멋대로 통화 버튼을 눌렀다. 희연이 목소리를 높였다.

"야! 멋대로 걸면 어떻게 해!"

아직도 잠기운이 약간 남은 얼굴로 하품을 한 남자가 연결음이 들리는 휴대폰을 그녀에게 다시 건네주었다. 허둥지둥 휴대폰을 다시 쥐고 종료 버튼을 누르려던 순간, 상대가 먼저 전화를 받았다.

-여보세요.

남자의 낮은 목소리가 들려왔다. 희연은 입술을 달싹이면서 화면을 한 번 보고, 약간 놀란 표정이 된 이규를 힐끔 쳐다봤다.

-누구십니까.

아무런 말도 하지 않고 있으니 다시 질문이 돌아왔다. 점잖은 척하고 있지만 딱딱하게 굳은 목소리라는 걸 쉽게 알 수 있었다. 통화 버튼이 눌린 그 순간부터 이미 엎질러진 물이었다. 아마 종료 버튼을 눌렀어도 되돌릴 수 없었겠지.

눈을 질끈 감았다가 뜬 희연은 속으로 헛기침을 하곤, 천천히 대답했다.

"송희연이에요."

잠시 침묵이 흘렀다.

-희연 씨.

"……."

-어디입니까? 괜찮아요?

걱정하는 말투치고는 상당히 차분한 목소리였다. 아니, 오히려 이런 '걱정하는' 말을 한다는 것 자체가 더 놀라웠다.

"아. 네. 괜찮아요."

무슨 생각을 하고 있을까. 희연은 전화기 너머에 있을 남자의 얼굴을 떠올렸다. 분명 아무 속내도 내비치지 않는 예의 그 웃음을 짓고 있겠지.

-어디예요.

"이미 아는 거 아니었어요?"

-말을 안 해 줬는데 내가 어떻게 알아요.

부드러운 대답에 목 끝까지 '거짓말이네요.'라는 말이 차올랐다. 카드 내역도 다 뽑아 봤을 거면서. 순간 화가 치밀었지만 애써 꾹 누른 희연은 숨을 한번 크게 들이마셨다가 내뱉었다.

이 남자가 그녀에게 무언가에 대해 화를 내거나 주장할 만한 사이가 아니라는 걸 다시 한번 되새기고 침착해지려고 노력했다.

"어쨌든 저 잘 지내고 있다는 거 알려 드리려고 전화했어요. 그러니까 굳이 찾지 않으셔도 돼요."

-희연…….

희연은 그의 말을 끝까지 듣지도 않고 뚝 끊어 버렸다. 고개를 살짝 들자 어째서인지 상처받은 듯한 얼굴의 남자가 그녀를 쳐다보고 있었다.

무서운 세상에 홀로 버려진 아이 같다고 생각했다.

이규는 피딱지가 앉은 입술을 달싹이다가 이를 꽉 앙다물었다. 턱에 힘이 들어가는 게 보였다.

"……누구야? 씹, 너 찾는 새끼도 있네. 씨발."

"알 거 없잖아."

"야. 너 그냥 가라."

희연은 그를 멀뚱히 쳐다봤다. 어제부터 계속 이 남자는 너무나도 나약하고, 어리고, 여려 보였다. 일부러 더 욕을 퍼부으면서 강한 척하는 것처럼.

그녀는 자리에서 벌떡 일어나 이규의 팔을 세게 잡아당겼다.

"놀러 가자."

"뭐라는 거야……."

"놀러 가자고."

"씹. 놀러 가긴 어딜 놀러 가는데."

"나도 몰라. 여기 뭐가 있는데?"

꿈쩍도 하지 않는 남자를 힘껏 끌어당겨 봤지만, 그는 침대에 걸터앉은 채 귀찮다는 듯 손을 휙휙 내젓기만 했다.

"밖에 나가자."

"씨발, 어딜 가자는 거야."

"그럼 아침이라도 먹으러 가자. 그 밥집 열었을까?"

"……"

눈으로 욕을 한 바가지나 퍼붓긴 했지만, 이규는 자리에서 느리게 일어났다.

"앗, 아! 씻고 나가. 씻고."

"존나 귀찮게."

"너 얼마나 엉망인지 알아? 거울도 좀 보고."

"지는……."

"나도 외출 준비할 거야. 먼저 씻을래."

희연이 그의 팔을 내팽개치고 욕실로 쏙 들어갔다. 고개를 빼꼼 내민 그녀는 울 것 같은 표정이 날아가고 그 대신 어이없다는 감정이 가득한 남자의 얼굴을 바라봤다.

"나가는 거다?"

"씨발……."

순순히 긍정의 말을 해 주진 않았지만, 부정하지 않았다는 점에서 그러겠다는 허락이나 다름없다고 생각했다. 희연은 차가운 물로 씻으면서 뭘 할까 고민했다.

"자, 자. 들어가."

"아 존나 귀찮게······."

씨발씨발. 추임새처럼 욕을 내뱉은 이규는 그녀의 재촉에 못 이겨 욕실로 들어갔다.

일요일의 처참함과 서로에게서 얼핏 발견했던 슬픔을 털어 낸 두 사람은 반지하방을 나섰다.

"어디 갈까? 갈 만한 곳이 있어?"

"없어."

퉁명스러운 말에 희연은 가볍게 웃었다. 그리고 싫다는 듯 버티는 남자의 손을 꽉 붙잡아 끌면서 무작정 걸었다. 사실 이곳에 뭐가 있는지도 몰랐다. 이 작은 도시에 도착해서는 바로 바닷가에 직행했고, 그 뒤로는 이규를 졸졸 따라다니기만 했다.

좁은 골목을 빠져나와 사람들이 있는 거리로 나가자 모두 두 사람을 힐끔거렸다. 특히나 엉망인 그의 몰골을 보곤 숙덕거리며 재빨리 눈을 피하던 자리를 피해 버렸다.

"씨발 어디 가는데."

이규가 한숨을 쉬듯 말하면서 내키지 않는 듯 발을 겨우겨우 내디뎠다.

"몰라."

희연은 솔직히 대답했다. 걷다 보면 뭐라도 나올 줄 알았는데. 방향을 잘못 잡은 건지 어째 점점 더 번화가라는 단어와는 멀어지는 것만 같았다.

불만 가득한 얼굴로 터덜터덜 따라 걷던 남자는 들으라는 듯 한

숨과 욕을 적당히 섞어 내뱉었다. 그녀는 뒤를 힐끔 돌아보곤 그냥 가까이 있는 작은 카페로 불쑥 들어가려고 했다. 무심코 손을 잡아 당기면서 방향을 확 꺾은 순간, 몸이 뒤로 세게 쏠렸다.

"뭐야."

이규가 경악에 찬 얼굴로 카페와 희연의 얼굴을 번갈아 쳐다보더니 이곳에서 절대 움직이지 않겠다는 듯 고개를 빳빳하게 들었다.

"나보고 저런 데를 들어가라고? 제정신이냐?"

그녀는 카페를 물끄러미 쳐다봤다. 프랜차이즈가 아닌 개인 카페는 상당히 감성적인 곳이었다. 창에 보이는 레이스 커튼, 파스텔 톤의 화사한 내부, 아기자기한 꽃 화분이 옹기종기 놓인 입구. 딱 SNS용 사진을 찍으면 좋을 것 같은 그런 예쁜 곳이었다.

희연은 터져 나오려는 웃음을 꾹 참고 뚱한 표정을 유지하려고 애썼지만 그리 쉽진 않았다. 세상에 이런 것을 처음 본다는 듯이 발작하는 이규의 반응이 너무 재미있었으니까.

"못 들어갈 건 또 뭔데."

다시 한번 손을 잡아당기자 이규가 오히려 희연을 세게 당겼다. 그러곤 험악하게 인상을 찌푸렸다. 당장 생각을 바꾸라고 협박이라도 하는 듯한 표정에도 희연은 꿋꿋하게 다시 그를 끌어당겼다.

"그렇게 싫어?"

"너 같으면 좋겠냐?"

"난 좋은데."

그 순간 말문이 막힌 듯 그가 입술을 달싹였다.

확실히 안 어울리는 조합이긴 했다. 거기다가 어제 심하게 얻어

터져서 엉망인 꼴로 들어가면 정말 이상하겠지. 다른 사람에게도 위화감을 주는 일이 될 건 뻔했지만, 다행스럽게도 평일 낮, 그것도 한적한 주택가에 있는 카페라 그런지 안에는 사람이 아무도 없었다.

"가자."

"씨발……."

"가자고."

희연이 이규의 팔을 단단히 끌어안고, 있는 힘껏 잡아당겼다.

"야. 저런 데가 좋냐?"

"응. 좋아."

"씨이발……."

늘어지는 욕을 낮게 중얼거린 남자가 표정을 괴상하게 일그러뜨렸다. 도살장에 끌려가는 소처럼 발을 질질 끌면서 한 걸음 한 걸음 내딛는 게, 그에게 있어서는 이것이 정말 큰 모험이라는 걸 알 수 있었다.

한참 실랑이를 한 끝에 겨우겨우 그를 이끌고 계산대 앞에 서자 조금 어색한 목소리가 들려왔다.

"……어서, 오세요."

아르바이트생인지 사장인지 모를 여자가 이규의 얼굴을 힐끔 보더니 살짝 어깨를 움츠렸다. 조금 미안해진 희연이 최대한 밝은 미소를 지어 주었지만, 여자는 여전히 표정이 좋지 않았다.

그렇다고 해서 '괜찮아요. 행패 부리지 않을 거예요.'라고 말할 수도 없고. 희연은 이규의 팔을 가볍게 잡아 흔들면서 메뉴판을 물끄러미 쳐다봤다. 작은 카페인데도 불구하고 종류가 상당히 많았다.

"나는 아메리카노 마실 거야. 따듯한 걸로. 너는?"

"……."

뭘 어째야 할지 모르겠다는 듯 혼란스러운 눈빛으로 불안하게 여기저기 둘러보던 이규가 안절부절못하며 서성거렸다. 크게 흔들리는 눈동자에 도망치고 싶다는 감정이 고스란히 드러나 있어서, 희연은 또다시 있는 힘껏 웃음을 참아야 했다.

"씨발, 씨발……."

메뉴판에 '씨발'이라는 메뉴가 있길 바라는 것처럼 계속 그 말을 중얼거리는 모습에 그녀가 그를 툭 쳤다.

"주문 안 할 거야?"

"씹. 몰라!"

버럭 하는 목소리에 계산대에 있는 여자가 움찔하면서 두 사람을 힐끔거렸다.

"죄송해요. 놀라셨죠."

"아, 아니에요……."

"그냥 아메리카노 두 잔 주세요. 너 차가운 거 마실래?"

"……."

"따듯한 걸로 두 잔이요."

카운터에 서 있던 여자는 고개를 살짝 숙인 채 눈을 마주치지 않으려고 했다. 희연은 멀뚱히 서 있는 남자의 옆구리를 콕콕 찔렀다.

"계산해야지."

그 말에 이규가 인상을 팍 찌푸리더니 주머니에서 구깃구깃한 만 원짜리를 내밀었다. 딱지가 잔뜩 앉은 상처투성이의 손을 본 여자의 눈이 거칠게 흔들렸다.

"테, 테이크아웃 하세요?"

얕은 희망이 담긴 물음에 조금 미안한 마음이 들었지만, 정해진 대답을 내놓을 수밖에 없었다.

"마시고 갈 거예요."

희연의 환한 미소는 그녀에게 별 위안이 되지 못하는 듯했다.

"네……."

들릴 듯 말 듯 긴장한 한숨을 살짝 내쉰 여자가 진동 벨을 건네줬다. 희연은 그것을 받아 이규에게 전달했다.

"이게 뭔데."

"진동 벨. 이게 울리면 가서 쟁반 가지고 오면 돼."

"씨, 발."

마치 처음 보는 신문물을 접한 듯 이상한 표정으로 진동 벨을 멀거니 쳐다보는 남자를 창가 자리로 끌어당겼다. 뭐가 그렇게 마음에 안 드는지 한 걸음 한 걸음마다 욕이 떨어졌다.

"앉아."

절대 굽히지 않을 것처럼 뻣뻣하게 선 남자의 어깨를 있는 힘껏 내리눌렀다. 잠시 버티던 이규가 마지못한 듯 소파에 풀썩 앉았다.

확실히 어울리지 않는 조합이긴 했다. 상처투성이 남자와 아기자기한 카페라니. 그의 배경으로 하얀 레이스 커튼이 보이자 웃음을 참을 수가 없었다.

"……."

몸 둘 바를 모르겠다는 듯 이규가 안절부절못하는 얼굴로 주위를 몇 번이고 둘러봤다. 뒤에서 호랑이가 쫓아온다고 해도 이것보다는 덜 불안해할 거라는 생각이 들었다.

씨발. 씨발. 그것이 자길 지켜 주는 주문이라도 되는 양 계속 중얼거린 남자가 눈을 질끈 감은 순간, 진동 벨이 드르륵 울렸다. 그가 흠칫 놀라며 손에 들린 동그란 물건을 쳐다봤다.

"시킨 거 나왔다는 거야. 가서 쟁반 가져오면 돼."

"아. 존나…… 좆같네."

"빨리."

희연이 그를 재촉하자 이규가 느릿느릿 일어서더니 쟁반을 가져왔다. 그녀는 테이블 위에 덩그러니 놓인 진동 벨을 쳐다봤다. 아직도 붉은 빛을 반짝거리는 그것을 보다가, 끝끝내 참지 못하고 웃어 버렸다.

"왜 웃냐?"

"이건 다시 계산대에 갖다 주면 돼."

"……씹."

진동 벨을 다시 내밀자 이규가 약간 벌게진 얼굴로 그것을 거칠게 낚아챘다.

욕을 있는 대로 하면서도 얌전히 움직인다는 점이 조금 귀여웠다. 덩치도 산만 하고 입도 건 남자에게 귀엽다는 말이 조금 어울리지 않나 싶긴 하지만, 그래도 귀엽다는 말 외에 그를 표현할 만한 다른 좋은 말이 떠오르지 않았다.

희연은 맞은편에 앉아 커피를 원수 보듯 노려보고 있는 남자를 쳐다봤다.

"별짓을 다 하네."

작은 중얼거림이었지만 똑똑히 들렸다. 카페 문을 열고 들어온 순간부터 씨발이라는 말을 백 번도 넘게 했으리라. 희연은 따끈한 머그잔을 양손으로 감싸 쥐었다. 온기에 기분이 조금 좋아졌다. 커피 향도 제법 괜찮았고, 맛도 나쁘지 않았다. 맞은편에 앉은 남자는 그런 그녀와 다른 감상을 하는 것 같았지만. 그녀는 불안함과 혼란스러움, 경악 등이 뒤섞인 이규의 얼굴을 바라보다 배시시 웃었다.

"커피 잘 마실게."

"씨발 무슨 커피가 오천 원씩이나 해. 씹. 믹스커피나 한잔 마시면 되지."

왠지 그에게 딱 어울리는 발언이어서 웃음이 터져 나왔다.

"믹스커피같이 달달한 거 좋아하면, 다른 메뉴도 있는데."

"누가 달달한 거 처먹고 싶댔냐?"

잔뜩 골이 난 대답이었지만, 희연은 개의치 않았다. 이런 것이 정말 '기분 나빠서' 표출하는 감정이 아니라는 걸 알고 있었으니까.

어떤 말을 해야 좋을까. 희연은 턱을 괸 채 맞은편의 남자를 물끄러미 쳐다봤다. 이렇게 환한 햇살 아래에서 그를 관찰한 것은 처음이었다. 늘 형광등 아래나, 어두운 그늘 속에서 이규를 마주하곤 했으니까.

날씨가 좋다거나 커피가 맛있다거나 무던한 말을 몇 가지 떠올린 희연은 골라낸 것을 입 밖으로 내뱉었다.

"너는 평소에 뭐 해?"

"씹. 알아서 뭐 하게."

"체육관 가고. 잠자고. 술 마시고. 또 뭐 하냐고."

이규가 인상을 팍 찌푸렸다.

"그거면 됐지."

그러곤 커피를 한 모금 마신 그가 인상을 팍 찌푸렸다. 쓰디쓴 소주는 눈썹 한번 까닥하지 않고 잘만 마시더니. 커피의 쓴맛은 어색한 듯했다. 희연은 혀끝으로 입술을 살짝 훑는 그를 멀거니 쳐다봤다.

정말 그 단조로운 생활이 전부인 듯했다. 가끔 혼자서 혹은 준혁과 함께 소주를 마시고, 일어나면 체육관에 가서 주먹을 휘두르고, 피곤하면 자고, 돈 준다고 하면 싸우고.

그녀는 매끈한 머그잔을 만지작거렸다.

'사실 아무 상관 없잖아.'

어떻게 살든 희연이 안타까워할 필요도 없었고, 그럴 관계도 아니었다. 강이규는 밑바닥 인생이었고, 그녀가 그를 위해 무언가를 할 이유는 없었다. 목숨을 구해 줬다고 해도 그것으로 끝이니까.

게다가 희연은 진심으로 죽으려고 했기 때문에 그것에 감사해야 할 필요조차 없었다. 그녀는 입술을 잘근 깨물었다.

'꼭 같은 일을 할 건 없잖아.'

눈앞의 남자가 제 발로 죽음 속에 걸어 들어간다 해도, 희연이 그를 구해야 하는 건 아니었다. 막말로 돈을 조금 쥐여 주고 고마웠다고 말한 뒤, 목숨값을 다 갚았다고 홀가분하게 생각해도 될 일이었으니까.

그런데도 구하고 싶었다. 그녀가 원하지 않았는데도, 악착같이 목숨을 살려 냈던 것처럼 이규가 원하지 않는다고 해도 그를 이 깊은 어둠 속에서 끌어내고 싶었다. 희연은 시선을 내리깐 채 커피를 한 모금 더 마셨다.

"너 얼마 받아?"

희연은 얄팍하기만 했던 봉투를 떠올렸다.

"왜. 뜯어먹을 거 있나 간이라도 보려고? 씨발 너 잘산다며."

"얼마 버냐고."

"왜?"

이규가 눈썹을 치켜올렸다. 자격지심이 얼핏 보이는 것 같기도 했다.

"몸 상하는 거에 비해 버는 게 터무니없이 적은 것 같아서."

"네가 무슨 상관인데."

그녀는 그를 가만히 쳐다봤다. 그냥 불쑥 대답이 생각났다. 이성과 논리로 머리에서 끄집어낸 말이라기보다는 그냥 가슴에서 울컥 튀어나오는 그런 말이었다. 그냥 감정이 먼저 앞서서, 어쩔 수 없는, 그런 것.

"내가 언제까지고 약 발라 줄 수는 없잖아."

"씹…… 누가 해 달래? 어? 약 발라 달랬냐고!"

아무렇지 않은 척. 그런 것 따윈 바란 적 없는 척. 버럭 소리를 지르는 목소리가 약간 떨린다고 생각했다. 희연은 눈을 내리깔았다. 어쩐지 눈물이 가득 고인 시선을 마주할 것 같아서 고개를 들 수가 없었다.

"내가 너…… 구해 주고 싶어."

작은 목소리로 속삭였다. 눈앞의 남자가 불쌍하고, 슬프고, 너무 어린애 같아서. 그녀를 구해 줘서. 욕을 지랄 맞게 하며 강한 척하는 것치고는 너무 착해서. 안타까워서. 그냥, 그냥…… 내버려 둘 수가 없어서.

'자기만족이려나.'

그냥 스스로 마음의 평안을 얻으려는 건지도 모르고, 지금까지의 인생이 너무 무료해서 자극을 원하는 건지도 몰랐다. 딱 잘라 무엇 때문이라고 명확하게 말할 수는 없지만, 저 상처투성이 손을 놓고 싶지 않았다.

"뭐라는 거야."

이규가 작게 중얼거렸다. 아직도 제법 뜨거운 커피를 단숨에 마셔 버린 남자가 쓰디쓴 술이라도 마신 듯 인상을 찌푸리며 잔을 쾅 내려놨다.

희연은 벌건 흔적이 많은 손을 가만히 바라봤다. 험한 손. 피가 끊이지 않는 손. 누군가를 끌어안는 법조차 모르는 듯한 그 손. 희연은 매끄럽고 하얀 자신의 손으로 시선을 돌렸다.

"네가 나 새까만 바다에서 구해 준 것처럼 나도 너 끌어내 줄게."

그녀는 자신에게 다짐하듯 중얼거렸다. 맞은편에서 낮은 욕설이 들려왔다.

그는 더 이상 뭐라고 화를 내지도 어떤 말을 하지도 않았다. 그저 입술을 몇 번 달싹이고 입을 꾹 다물었을 뿐. 말을 나누기도 싫다는 듯 골이 난 얼굴로 물끄러미 바라보는 시선에, 희연은 그냥 커피를 한 모금 더 마셨다.

잔잔한 클래식 음악이 들렸다. 설거지를 하는 소리, 달그락거리는 그릇 소리. 카페 안의 작은 소음들은 두 사람 사이의 침묵을 부수지 못했다. 이규가 주먹을 꽉 움켜쥐는 게 보였다.

'뛰쳐나가려나.'

당장이라도 개소리하지 말라고 버럭 화를 내고 그냥 나가 버릴 것 같았다. 그러면 또 어떻게 해야 할까. 희연은 남몰래 한숨을 삼켰다.

그냥 울 것 같아서 기분이라도 풀어 보려고 놀러 가자 한 건데, 무심코 이런 주제를 꺼내게 될 줄이야. 상처투성이 손을 쥐었다가 펴길 몇 번 반복한 이규는 뜻밖에도 얌전히 앉아 있었다. 대답을 재촉하진 않았다.

커피를 반쯤 마시고 나서야 이규가 눈을 질끈 감았다가 떴다.

"후……."

긴 숨을 내쉰 남자가 팔짱을 끼고 상체를 기울여 테이블에 기댔다. 그의 표정이 평소보다 더 사나웠다.

"네가 뭐라도 되는 줄 알아? 씨발……."

"응."

그녀는 당당하게 고개를 끄덕였다. 그런 말을 할 줄은 몰랐다는 듯 이규의 표정이 미묘하게 변했다. 희연은 살짝 흔들리는 눈을 가만히 마주했다.

"네가 날 선택했잖아."

"뭐라고 개소리를 지껄이는 거야."

"강이규."

고개를 내밀어 그에게 조금 더 가까이 다가갔다. 위협하듯 가까이 다가올 땐 언제고, 그녀가 다가가니 흠칫 놀라며 살짝 뒤로 물러났다.

"네가 지금까지 살면서 스스로 선택한 게 몇 개나 있어?"

"씹. 무슨 개소리야."

"네가 그런 부모님 밑에서 태어나고 싶어서 태어난 것도 아니고, 도망친 것도 어쩔 수 없이 도망친 거잖아. 끝까지 조폭만큼은 되고 싶지 않다고 해도, 어쨌든 쌈박질하면서 살게 된 것도, 네가 좋아서 선택한 거 아니잖아."

최대한 담담하게 그의 인생을 입 밖으로 내뱉었다. 가볍게 할 말은 아니라는 걸 알고 있었다. 이규의 얼굴이 조금씩 일그러졌다.

"어쩔 수 없었던 거 아니야? 아니면 네가 정말 원해서 선택했어?"

"……."

"그런데 나를 구한 건 네가 선택한 거 맞잖아."

우스운 말이었다. 억지가 섞여 있다는 건 희연도 알고 있었다.

"누가 나 구하라고 강요했어? 어쩔 수 없었어?"

"그건 내 눈앞에서 바다에 뛰어들었잖아. 뭐라는 거야. 아 존나……."

머리가 지끈거린다는 얼굴로 머리카락을 마구 헤집은 남자가 무심코 빈 잔을 들어 커피를 마셨다. 비었다는 걸 깨달은 이규가 머그잔을 쾅 소리 나게 내려놨다.

"씨발!"

"네가 선택한 거 맞아 아니야?"

"그게 뭐가 중요한데!"

그의 목소리가 조금 커졌다. 이 상황을 제대로 이해할 수 없는 듯했다. 그녀가 어떤 말을 원하고 있는지 짐작도 못 하고 있으리라는 건 쉽게 알아챌 수 있었다.

"네가 스스로 날 선택했다고 말하면 나도 너 놓지 않을게."

그 말에 이규가 눈을 커다랗게 뜨더니 이내 인상을 찌푸렸다.

그 표정은 몇 번이고 속아 봤던 아이의 표정이었다.

매번 놀이동산에 데려가 준다고 약속할 때마다 그 말을 믿었지만, 결국 '바빠서 미안해. 다음에 가자.'라는 소리를 들었을 때의 그런 얼굴. 거짓말이라고 생각하면서도 결국 믿고, 이제 익숙해져야 한다는 걸 알면서도 또 실망하고야 마는 그 감정.

한참이나 입을 꾹 다물고 있던 이규가 제 팔을 꽉 움켜쥐었다. 자신을 방어하고 싶은 것처럼.

"야. 너 그냥 가라. 씨발 아까 어떤 새끼가 너 찾더만. 그냥 가라고."

"강이규."

남자가 엉망으로 헝클어진 머리카락을 거칠게 쓸어 넘겼다. 그의 얼굴에 온갖 감정이 소용돌이쳤다.

"개소리 지껄이지 말고. 내 인생에 대해서도 지껄이지 마. 네가 뭘 아는데!"

"몰라!"

희연이 질세라 목소리를 높였다.

"그래! 나는 네 인생에 대해 몰라! 얼마나 쓰레기 같았는지도 모르고! 얼마나 좆같았는지도 몰라!"

그녀가 오히려 화를 내자 이규가 떨떠름한 얼굴로 눈을 끔벅거렸다. 희연은 목소리를 크게 낸 탓에 까끌까끌해진 목에 커피를 쏟아 넣곤. 컵을 탁 소리 나게 내려놨다.

"그렇지만 네가 앞으로 그렇게 살지 않았으면 좋겠어."

마지막 목소리는 작게 잦아들었다. 이규가 입술을 잘근잘근 깨물었다. 찢어졌던 입술이 다시 터진 듯 새빨간 피가 배어 나왔다.

"……씨발. 뒤지려고 할 때 그냥 놔뒀어야 하는데."

"이미 구했으니까 어쩔 수 없어."

희연이 피식 웃었다. 비릿한 피 맛이 느껴질 텐데도 이규는 입술을 몇 번이고 씹었다. 아프지도 않은 걸까. 아니면 고통에 둔해지기라도 한 걸까. 한참이나 말없이 있던 남자가 주먹으로 의자 팔걸이를 콱 내리쳤다.

정말 제 몸을 생각조차 하지 않는 듯한 거친 움직임에 그녀의 손끝이 움찔 떨렸다. 퍽 하고 어딘가 잘못될 것 같은 소리가 들렸다.

가슴이 커다랗게 부풀 정도로 숨을 깊이 들이마셨다가 내뱉은 이규가 천천히 물었다.

"야. 너 나 좋아하냐?"

좋아한다? 그런 몽글몽글한 감정인지는 잘 알 수 없었다. 그냥, 한 번 안아 주고 싶었다. 말없이 끌어안고 있으면 그가 울어 버릴 것만 같았으니까. 희연은 망설이다가 천천히 대답했다.

"몰라."

조금도 감추지 않고 고스란히 모든 것을 드러낸 솔직한 마음이었다. 손끝으로 테이블을 톡톡 두드렸다. 그냥 한 번 끌어안아 주고 싶어. 그 말은 하지 않았다.

"내가 불쌍하냐? 그래서 뭐…… 돈이라도 주려고?"

이규가 빈정거렸지만, 화가 나질 않았다. 어떻게든 자신을 지키려는 듯한 발버둥으로만 보였으니까.

"응. 조금 불쌍해."

"씨발!"

"왜. 불쌍해하면 안 돼?"

단순히 그가 돈이 없어서 불쌍한 게 아니라 그냥 강이규라는 사

157

람이 불쌍했다. 어디 하나 제대로 마음 붙일 곳도 없이 혼자서 아등바등 살아가는 게 불쌍했다. 그냥 쓰레기처럼 그를 내버린 사람들에게 화가 날 정도로.

"존나 좆같이 구네."

이규가 이를 악물었다. 화가 머리끝까지 난 반응이었지만 희연은 그 어떤 변명도 하지 않았다.

"불쌍해서, 더 이상 안 불쌍했으면 좋겠어."

"씨발 너한테 구걸하면서 살 생각도 없고. 또⋯⋯."

불쌍하게 보지 말라면서 왜 그렇게 목소리가 떨리는 건지. 고개를 푹 숙인 남자가 머리를 벅벅 소리 나게 문질렀다. 점점 흐려지는 그의 목소리를 끝까지 듣지 않고, 중간에 끊어 냈다.

"적선 같은 거 안 해. 그런 말이 있잖아. 물고기 잡는 법을 가르쳐라."

그 말에 이규가 고개를 번쩍 들더니 무슨 그런 개소리를 하냐는 듯이 물었다.

"물고기를 씨발 왜 잡아?"

그 순간 분위기에 맞지 않게 웃음이 피식 나왔다. 목 끝까지 차오른 웃음을 애써 참아 보려고 노력했지만, 결국 입술 사이로 바람이 빠지는 듯한 웃음소리를 내고야 말았다.

"웃냐?"

희연은 고개를 숙인 채 숨을 헐떡이며 웃었다. 왜 웃는지 짐작도 못 하겠는지 여전히 의문스러운 표정을 한 남자가 짜증을 냈다.

"강이규."

겨우 웃음을 참은 희연이 차분하게 그의 이름을 불렀다.

"그것만 말해 봐. 나 왜 구했어? 네가 선택한 거야?"

"……씨발 아까부터 무슨 개소리를 하는 거야."

"네가 지금까지 가질 수 있었던 것 중에 내가 제일 좋은 거야. 그러니까 대답 잘해."

"아 존나 어렵게 처말하네."

여전히 이 상황을 이해하지 못하겠다는 반응이었다.

"그냥 그렇다고 해. 네가 손해 볼 거 없으니까. 멍청아."

자기가 멍청이처럼 보이냐고 화를 낼 줄 알았건만 뜻밖에도 이규는 멍청이라는 말에 반발하지 않았다.

"그래. 구하고 싶어서 구했다. 왜."

이규가 눈썹을 까닥 움직였다. 그러곤 질 수 없다는 듯 뒷말을 덧붙였다.

"씹. 존나 불쌍해 보여서 구했다. 꼽냐?"

불쌍했다는 말이 그렇게도 싫었던 걸까. 희연은 그냥 고개를 끄덕였다.

"그래. 고마워."

차분한 대답에 입술을 달싹인 남자가 시선을 슬쩍 돌렸다.

"이 은혜는 꼭 갚을게."

"뭐라는 거야. 아까부터 개소리만 하네."

낮게 중얼거리는 이규의 목소리가 들렸다.

"이제 나가자. 들를 데가 있어."

"내가 니 시다바리냐?"

"일어나."

희연은 다 마신 머그잔을 내려놓고, 그를 잡아끌었다.

"씨발……."

그녀는 아까부터 씨발이라는 말만 중얼거리고 있는 이규를 힐끔 돌아본 뒤, 다시 책으로 시선을 돌렸다. 어디를 가냐며 비협조적으로 나오는 그를 닦달해서 알아낸 작은 서점에는 문제집이 꽤 많이 있었다. 그중에서도 검정고시용 문제집을 들여다보고 있으니 옆에 서 있던 남자가 보란 듯이 하품을 크게 했다.

"존나 쓸데없는 짓을 하네."

희연은 살짝 웃으면서 꼼꼼하게 문제집을 살폈다.

오는 내내 검정고시에 대해서 대화를 나누었지만, 결국 이규의 긍정적인 대답을 이끌어 내는 데는 실패했다. 그러나 포기할 생각은 없었다. 살아가는 데 학력이 조금도 중요치 않으면 참 좋겠지만 현실은 아니었으니까.

'적어도 고졸은 되어야지.'

옛날도 아니고 21세기에 중졸이라니. 희연은 다른 문제집을 꺼내 살피면서 이규를 힐끗 쳐다봤다.

"왜. 무서워?"

"무섭긴 뭐가 무서워?"

"시험에서 떨어질까 봐 무섭냐고."

"씹. 떨어질까 봐가 아니라 떨어지겠지."

자신의 머리를 상당히 객관적으로 평가하고 있다는 건 조금 긍정적일까. 희연은 학교도 밥 먹듯이 빠졌다는 그의 말을 떠올리면서 초등생용 문제집을 힐끔거렸다.

처음부터 검정고시로 가지 말고 차근차근 기초부터 할까. 하지만 그건 시간이 너무 오래 걸렸다. 언제까지 이 생활이 영원히 이어질 수 없을 텐데. 이 순간이 끝나지 않을 것 같다가도 언젠가는 끝이 올 거라는 걸 떠올리고 조금 우울해졌다.

희연은 또 다른 과목의 문제집을 꺼내면서 작게 말했다.

"왜 그렇게 비관적으로 생각해."

"비관이 뭔데 씹……."

"왜 안 좋게 생각하냐고."

"대갈빡이 멍청해서 그런다. 대가리가 비어서. 공부 좋아하네."

정말 마음에 안 든다는 듯 버럭 소리를 친 이규가 성큼성큼 나가 버렸다. 유리문 밖에 선 그는 보란 듯이 담배를 물고는 불을 당겼다.

"성질하고는."

고개를 절레절레 저은 희연은 적당한 문제집을 몇 개 골라냈다. 이규에게 검정고시라도 보자고 설득하는 동안 희연은 그가 받는 돈에 대해 조금 더 자세히 알 수 있었다.

'못 배워 먹었다고 아주 호구 등신으로 봤지.'

경기 수수료의 오 퍼센트. 그 액수만으로도 몸 상하는 거에 비해 터무니없이 적은 금액인데, 거기다가 또 체육관 사용료, 훈련료 같은 이런저런 잡비를 뗀다고 했다. 거기다가 경기장을 빌리는 비용까지 이규에게서 주는 몫에서 뗀다나.

이쪽 세계에 대해 잘 모르는 희연도 그게 개소리라는 것쯤은 알 만한 것들이었다. 덕분에 고생은 고생대로 하고, 돈도 얼마 못 쥐고. 반지하방 월세에, 식비에. 싸움판을 벌이는 조폭들에게 있어서 이규는 간단히 쓰다 대충 버릴 수 있는 그런 존재일 뿐이었다.

당장 희연이 할 수 있는 건 없었다. 찾아가서 조폭들 멱살을 잡으면서 돈이라도 제대로 주라고 화를 낼 수도 없는 거고, 당장 이규를 이곳에서 벗어나게 해 줄 수도 없었다.

'천천히 가자. 천천히.'

남은 시간이 얼마인지는 모르겠지만. 마치 평생이라는 세월이 남은 것처럼.

그녀는 이규의 수준을 고려해 설명도 세세하고 쉬워 보이는 검정고시 책을 몇 권 골랐다. 밖에서 담배를 뻑뻑 피우고 있는 남자에게 고개를 빼꼼 내밀었다.

"돈 내."

"아주 지 돈인 줄 아네."

"네가 쓸 거니까. 네가 내야지."

"씨발…… 뭘 이렇게 많이 사?"

"이건 언어고, 이건 수학이고. 이건……."

"시끄러워."

듣기도 싫다는 듯 손을 휘휘 내저은 그가 담배꽁초를 툭 버리곤 안으로 성큼 들어왔다. 주머니에서 구깃구깃한 지폐를 내밀고 묵직한 봉투를 손에 쥔 남자가 탐탁지 않은 얼굴로 휘적휘적 걸어갔다.

"보니까 문제가 그렇게 어렵진 않더라. 너도 충분히 할 수 있어."

"씨발…… 이 나이에 공부라니."

"남들 다 대학 다닐 나이인데 뭐. 그리고 원래 공부는 평생 하는 거야."

"존나 소름 돋네."

그가 어깨를 부르르 떨었다. 그 말에 진심이 가득 담겨 있어서 희연이 피식 웃어 버렸다.

"모르는 거 있으면 가르쳐 줄게."

"씨발…… 하……."

평생 안 하던 공부를 해야 한다는 것 때문일까. 한숨을 푹푹 쉬던 이규의 옆을 나란히 걷던 희연은 밥집을 발견하곤 그의 팔을 붙잡았다.

"나 배고파."

"……아. 진짜 가지가지 하네."

그가 또다시 담배를 하나 꺼내 물었다.

"담배 좀 줄여."

"네가 뭔데 줄이라 말라야."

"맞아 죽는 것보다 폐암으로 먼저 죽겠어."

"뒤지든 말든……."

탐탁지 않게 중얼거린 이규는 불도 붙이지 않은 담배를 꽉 구겨 쥐더니 주머니에 대충 쑤셔 넣었다. 희연이 배시시 웃자 그 얼굴을 바라본 남자가 인상을 팍 찌푸리곤 바닥을 걷어찼다.

"참 잘했어요."

그녀가 고개를 내밀고 칭찬의 말을 내뱉자마자 그는 미묘한 표정을 짓더니 시선을 확 피해 버렸다.

"씨발. 내가 애새끼냐?"

"잘한 건 칭찬해 줘야지."

"……."

"그런데 어디 가는 거야?"

"뭐 처먹으러 가자며."

이규가 버럭 짜증을 내면서 말하고는 다시 성큼성큼 걸어갔다.

그 뒤를 졸졸 따라가던 희연은 작은 소리로 웃음을 터뜨렸다.

그날 이후로 희연은 그를 붙잡고 뭐라도 가르쳐 주려고 노력했다. 물론, 진짜 그의 말대로 강이규라는 남자의 머리는 아주 처참한 상황이었다. 아무래도 초등학교조차 제대로 안 다닌 것 같았으니까.

사칙 연산은 용케도 한다 싶은 수준에 눈앞이 깜깜해졌지만, 그녀는 인내심을 가지고 모든 것들을 차근차근 하나씩 가르쳐 줬다.

아침에 일어나면 체육관에 가서 주먹을 휘두르고 같이 밥집에 가서 밥을 먹었다. 집에 오면 희연이 그와 마주 앉아 그의 거친 손에 연필을 쥐여 주었다.

"씨이발……."

한 문제를 푸는 것도 한참 걸리는 이규가 욕을 중얼거렸다. 별로 어렵지도 않은 중학교 수학 문제를 두고 끙끙거리던 남자가 고개를 번쩍 들더니 짜증을 내며 연필을 집어 던졌다.

"이게 무슨 소용인데!"

"모르겠어? 뭘 모르겠는데."

희연이 그에게 조금 더 가까이 붙어 앉았다. 엉망진창. 악필로 이것저것 썼다가 지웠다가 나름대로 치열한 고민을 한 흔적이 가득 남아 있었다.

"뭘 모르겠는지도 모르겠다고……."

그는 머리가 아프다는 듯 고개를 흔들곤 이마를 꾹꾹 눌렀다. 그녀는 인내심을 가지고 다시 연필을 주워 와 그의 손에 쥐여 주었다.

"우선 문제부터 다시 읽어 보자. 다음의······."

"······."

그나마 이렇게 붙어서 하나하나 가르치면 적어도 들어 먹는 척은 하니 다행이었다. 공부를 아예 안 하겠다고 해 버리면 희연도 더 이상 손쓸 도리가 없는 일이었으니까.

희연이 손끝으로 숫자를 하나씩 가리키면서 천천히 푸는 방법을 알려 주고, 이규는 마법 주문같이 씨발을 외쳐 대며 간신히 꾸역꾸역 따라왔다.

그렇게 며칠이 지나는 동안 그의 시합이 또 잡혔다.

"시합은 며칠마다 하는 거야?"

"자주 할 때는 삼 일 정도마다 하기도 하고. 안 할 때는 이 주 넘게 안 하기도 하고."

희연은 순순히 대답해 주는 이규를 멀거니 쳐다봤다. 저번에 다친 상처가 완전히 낫지도 않았는데. 또 나가서 싸워야 한다니. 정말 그를 소모품 그 이상으로는 생각하지 않는 놈들이었다. 그녀가 탐탁지 않게 생각하든 말든 이규는 싸울 생각일 게 뻔했다.

'사실 어쩔 수 없긴 하지.'

한 번 싸우고 받는 돈으로는 한 달 생활비조차 할 수 없었으니까. 헛되게 쓴 돈도 없는데 일주일도 지나지 않은 지금, 이규가 가져온 돈은 거의 바닥을 보이고 있었다.

물론, 문제집값으로 쓴 지출이 좀 크긴 했지만 거기다가 희연이 함께 지내며 먹는 입이 하나 더 늘어나니 그 부담도 제법 컸다. 그녀는 문제 하나를 가지고 십 분 넘게 끙끙대고 있는 남자를 멀거니 바라보다가 말을 꺼냈다.

"나도 데려가."

"어딜?"

"시합하는 곳에. 나도 데려가 달라고."

"씨발 개소리하지 마라."

시선을 마주치지도 않은 남자가 딱 잘라 거절했다.

"왜 안 되는데."

"거기가 어디라고 와."

"너도 가는데 내가 못 갈 거 없잖아."

어떻게든 설득해 보려고 했지만, 이규는 절대 고집을 꺾지 않았다. 살살 달래도 보고, 화도 내 보고. 하지만 마지막의 마지막까지 전부 거절당한 희연은 결국 시합이 열리는 날 이규의 뒤를 졸졸 쫓아갔다.

"씨발! 집에 가라고!"

"나도 들어갈 거야!"

"개소리하지 말라고 했지."

"내가 못 갈 건 또 뭔데?"

투닥투닥 싸움 아닌 싸움을 하면서 또다시 골목의 문 앞에 도착했다. 희연은 이번에도 자연스럽게 이규의 뒤를 쫓아 들어가려고 했다.

"안녕하세요."

입구를 지키는 두 어깨에게 싹싹하게 인사까지 해 가면서. 저번에 시합 내내 얼굴을 마주하고 있었던 덕분인지 두 사람은 조금 머뭇거리는 손길로 희연을 막았다.

"일행이에요."

"일행 아니에요."

이규가 매정하게 딱 잘라 냈다.

"야!"

"그 여자 절대 들여보내지 마요."

친절하게 그런 부탁까지 한 이규가 얄미운 얼굴로 쑥 들어가 버렸다.

"나쁜 새끼!"

희연이 소리를 빽 질렀지만, 그는 돌아보지 않았다. 그녀는 앞을 단단히 가로막은 두 남자를 물끄러미 올려다봤다.

"진짜 안 돼요?"

"……."

"우리 저번에 봤잖아요."

"……."

"사람 하나 더 들어간다고 손해 보는 것도 아니면서!"

"……."

과묵하게 입을 꾹 다문 두 사람을 설득하는 건 불가능했다. 희연은 입술을 삐죽거리면서 저번에 앉아 있었던 곳에 쪼그리고 앉아 어깨들을 노려봤다.

'꽉 막혀 가지곤.'

저번에 봤던 사이라는 걸 기억하지 못하는 것도 아닌 것 같은데 정말 매정하기 짝이 없었다. 하긴. 이규가 절대 들여보내 주지 말라고 단단히 부탁까지 했으니, 어떤 말로 설득하든 입구의 두 사람이 희연의 말 몇 마디에 넘어가지는 않으리라.

짧은 스포츠머리를 한 두 남자와 또 한 번 의미 없는 눈싸움을 벌인 희연이 무릎에 뺨을 기댔다. 사람들이 들어가는 걸 멀거니 구경하고, 한참 지나서 그들이 나오는 것을 보고 자리에서 일어 났다.

순간 더럭 겁이 나기도 했다. 이규가 저번처럼 엉망진창으로 다 쳤으면 어쩌나 해서.

'설마. 그땐 센 사람이랑 붙는 날이라고 했잖아.'

희연은 긴장으로 콩닥거리는 가슴을 손바닥으로 꾹 눌렀다. 오 늘 상대는 어떤지 물어볼걸. 그런 후회를 하며 입구를 서성거리고 있으니, 일정한 발소리와 함께 이규가 먼저 모습을 드러냈다.

그녀는 눈을 똥그랗게 떴다. 저번보다는 아주 조금, 진짜 손톱만 큼 낫긴 하지만 여전히 엉망인 꼴이었다. 광대 부근에 짙게 남은 피멍이 유독 눈에 띄었다.

"……괜, 찮아?"

"씨발 괜찮지. 그럼 뒤지길 바랐냐?"

삐죽삐죽 가시가 돋친 말이었지만. 그의 기분이 꽤 좋다는 것 정도는 알 수 있었다. 거기다가 비틀거리지도 않고, 핏덩이 섞인 침을 뱉어 내지도 않았다. 희연은 조금 안심하곤 희미하게 웃었다.

"이겼어?"

"당연하지."

그 말을 하기가 무섭게 이규가 살짝 비틀거렸다.

"괜찮아?"

"괜찮아. 괜찮아."

급히 그의 팔을 붙잡자마자 남자는 아무렇지 않다는 표정으로 손을 뿌리쳤다. 어쨌든 제 발로 걷는다는 사실에 조금 안심하는 스스로가 조금 어이없어졌다.

희연은 약간 불안불안한 표정을 애써 숨기고, 이규의 옆에 따라붙었다. 그는 피딱지가 앉은 입술로도 어린아이 같은 웃음을 지었다.

"야. 오늘 돈 많이 받았다. 술 마시러 가자."

그 말에 피식 웃었다.

"넌 술도 좀 줄여야겠다."

"씨발 뭐라는 거야."

거절당해서인지 인상을 확 찌푸린 남자가 짜증스럽게 중얼거렸다.

"담배 줄여라. 술 줄여라. 네가 뭔데."

불만에 가득 찬 말투였지만 그리 기분 나빠 보이지 않는 건 착각일까. 희연은 잠시 생각하다가, 카페에 처음 들어가 보는 듯 안절부절못하던 남자의 모습을 떠올렸다. 입술 사이로 웃음이 비죽 새어 나왔다.

"술 대신 영화 보러 갈래?"

"영화?"

마치 영화라는 단어를 처음 들은 양 반응하는 모습에 그녀는 그가 영화관에 간 적이 없든가 아니면 손에 꼽을 정도로밖에 안 가봤을 거라고 예상했다. 그런 생각을 하니 오히려 더 데리고 가고 싶어졌다.

"영화 보러 가자. 나 영화 좋아해."

"씨발 네가 좋아하는 거랑 나랑 무슨 상관인데."

"네가 좋아하는 거 같이해 줬잖아."

"뭘?"

대체 뭘 말하는지 짐작조차 가지 않는다는 듯한 반응에 희연이 배시시 웃었다.

"저번에 술도 같이 마셔 줬는데. 기억 안 나?"

"그건 멋대로 처마신 거잖아!"

"어쨌든 같이 마신 건 마신 거지. 그러니까 영화 보러 가자."

그녀는 그의 팔을 잡아끌었다. 투덜거리면서 마지못한 얼굴로 몇 걸음 질질 끌려오던 남자는 결국 포기하고 느릿느릿 걸음을 옮겼다. 구불구불한 골목을 벗어나는 동안 희연이 고개를 갸우뚱 기울였다.

"그래서 영화관은 어디 있어?"

"내가 그걸 어떻게 알아."

희연은 긴 한숨을 내쉬곤 그의 휴대폰을 빼앗아 영화관을 검색했다.

작은 동네라 그런지 영화를 보러 가려면 버스를 타고 번화가까지 나와야 했다. 다들 문화생활에는 그리 관심이 없는 건지 이 근방에서 하나뿐인 영화관인데도 불구하고 안은 제법 한산했다.

"보고 싶은 거 있어?"

"……씨발."

"알았어. 내가 고를게."

희연은 상영 중인 영화를 꼼꼼히 살폈다. 로맨스 영화도 있고, 스릴러 영화도 있고, 액션 영화도 있었다. 그녀는 망설임 없이 액션 영화를 선택했다. 이규에게 로맨스를 보여 줬다간 발작을 일으키며 뛰쳐나갈지도 모른다는 생각이 들었기 때문이었다.

"액션 영화 괜찮아?"

그 말을 하면서 고개를 돌린 순간, 소리 내어 웃지 않기 위해 입술을 꾹 깨물어야 했다. 새로운 세상에 간 이방인이 딱 저런 모습일까. 낯선 얼굴로 주변을 두리번거리는 그의 모습을 물끄러미 바라보던 희연은 주변으로 시선을 돌렸다.

'참 눈에 띄긴 하네.'

모두 희연과 이규를 한 번씩 번갈아 쳐다보고, 그다음 재빠르게 고개를 돌려 버렸다. 버스를 타고 오면서도 사람들의 힐끔거리는 시선을 수도 없이 느끼긴 했다. 누가 봐도 질펀하게 싸운 꼴로 다니니 안 쳐다보고 배길 수 있나.

그냥 그가 언젠가는 말끔하게, 이런 시선을 받지 않고 다니는 날이 오길 바랐다. 남들 하는 대로 카페도 다니고, 영화도 보고, 맛집에 가서 밥도 먹고, 평범하게 공원도 산책하고.

'언젠간 그렇게 되겠지.'

희연이 자리를 예매하는 동안, 이규는 멀뚱멀뚱 서서 그녀가 하는 것을 쳐다보기만 했다. 영수증을 받고 돌아선 순간 그가 불쑥 물었다.

"야. 안에서는 담배 못 피우냐?"

"당연히 못 피우지."

"……씨발."

그가 머리를 거칠게 헤집었다. 희연은 그를 잡아끌었다.

"돈 많이 벌었다며. 팝콘도 사 먹자."

"아주 지 거지."

그렇게 구시렁대면서도 이규는 팝콘과 콜라 세트를 사 주었다. 고소한 냄새가 났다. 팝콘이 꼭 먹고 싶은 건 아니었다. 그냥 그가 평범한 인생을 조금이라도 더 느꼈으면 하는 마음이었다. 영화관에서 팝콘을 먹고 콜라를 마시고. 이 남자는 아무것도 아닌, 누구에게나 당연한 그 일조차 안 해 봤을 테니까.

콜라를 들게 한 희연은 따끈따끈한 팝콘 통을 안고 안으로 들어갔다. 액션 영화지만, 커플들이 제법 많았다.

"사람이 생각보다 많다."

희연이 작게 속삭이면서 자리를 찾아 앉자, 이규가 옆자리에 풀썩 앉았다. 조금 어둑한 내부를 두리번거리던 그는 쌍쌍이 있는 사람들을 보곤 등받이에 몸을 푹 묻었다.

"씨발……."

문득 그가 잠드는 건 아닐까 잠시 걱정했다. 팝콘 한 개를 입에 넣고 오물거리던 희연이 통을 불쑥 내밀었다.

"자. 먹어."

"네가 처먹고 싶다며."

그 말에 조금 놀랐다. 그냥 그녀가 먹고 싶다고 해서 사 줬던 걸까. 여기서 '참 잘했어요.'라고 말하면 화를 내려나? 희연은 그 말을 할까 말까 고민하다가 다시 통을 내밀었다.

"나눠 먹자는 거지."

이규가 인상을 팍 찌푸리더니 주먹 한가득 팝콘을 쥐고 입에 털어 넣었다. 볼이 빵빵해진 채 우물우물 씹는 걸 바라보고 헛웃음을 지었다.

"……그렇게 무식하게 먹으라는 소리가 아니라."

"그래 무식해서 존나게 미안하다. 됐냐?"

"어휴. 됐어."

희연은 고개를 절레절레 저었다. 마침 영화가 시작하는 듯 불이 다 꺼지고, 오프닝이 시작됐다.

영화는 생각보다 제법 볼만했다. 쉴 새 없이 펑펑 터지는 폭발 신 덕분에 잠들 틈도 없었고, 주인공의 액션 연기도 훌륭했다. 내용 자체는 흔하긴 했지만 확실히 재미는 있어 지루하지 않았다.

희연은 영화를 보는 내내 가끔 옆을 돌아봤다. 눈길을 끄는 화면에다가 시원스러운 폭발음까지 곁들여져서 그런지 다행히도 이규는 잠들지 않았다. 아니, 오히려 눈을 반짝이면서 스크린에 빨려 들어갈 듯 고개를 내밀기까지 했다. 새로운 장난감을 발견한 어린 애처럼.

그녀는 영화 자체보다도 그의 얼굴을 구경하는 게 더 흥미롭다는 생각을 했다. 마지막 엔딩 크레디트가 올라갈 때까지 그는 나가고 싶다는 말을 단 한 번도 하지 않았다. 물론 흥분에 못 이겨 '씨발!'이라고는 몇 번 외쳤지만.

"재밌었어?"

영화를 다 보고 나오면서 희연이 물었다. 이규는 여전히 흥분이 가시지 않은 표정으로 고개를 격렬하게 끄덕였다.

"거기서 그, 그……."

"에단?"

"그래! 그 새끼가 주먹을 이렇게!"

주먹을 휘휘 휘두르는 그의 모습에 희연이 가볍게 웃었다. 적당히 몇 마디 거들면서 맞장구를 쳐 주자, 그는 그 어느 때보다도 열성적으로 말하며 해맑게 웃었다.

누가 저 웃음을 보고 불법 투기장에서 싸움꾼으로 사는 사람이라고 생각할까. 남을 두들겨 패고 맞고, 다친 상처만 아니면 그런 일과 연관 지을 수 없을 만큼 순진해 보이는 웃음이라 희연은 조금 씁쓸해졌다. 이 남자가 그런 상황에 놓인 것이 불쌍하고 안타깝고 조금 슬퍼서.

영화관에서 나오자마자 이규가 들뜬 어린애처럼 희연의 앞을 서성거렸다. 가고 싶지 않다는 기색이 역력했다.

"야. 하나 더 보자. 영화 존나 재밌다."

그 말에 희연은 영화 시간표를 꼼꼼하게 훑어보곤 어깨를 으쓱였다.

"다음에 보자."

"왜?"

그가 뚱한 표정을 지으면서 툴툴거렸다.

"네가 좋아할 만한 게 없어."

"영화 존나 재미있던데."

이 세상 모든 영화가 액션 영화라고 생각하는 걸까. 아니면 다른 영화도 전부 재미있을 거라는 근거 없는 확신에 차 있는 걸까.

"똑같은 거 한 번 더 볼래?"

"왜?"

"아니면 볼만한 게 로맨스 영화밖에 없는데. 그거라도 볼까?"

"재미없냐?"

"나야 모르지."

희연은 가볍게 어깨를 으쓱였다. 그 반응에 이규가 눈을 끔벅이며 잠시 고민하더니 마음을 정한 듯 입을 열었다.

"야. 술 마시러 가자."

"술 마시러 가는 대신 영화 봤잖아."

"너 좋아하는 거 했으니까 이제 내가 좋아하는 거 해야 할 거 아냐. 씨발."

"……."

억지였다. 그 말에 조목조목 반박해 줄까 생각하던 그녀는 그냥 고개를 끄덕였다. 오늘 시합도 이겼고 이렇게 신나 보이는데 굳이 찬물을 부을 필요는 없었으니까. 어쩔 수 없다는 듯 웃고 고개를 끄덕였다.

"그래. 술 마시러 가자."

다시 버스를 타고 집 근처로 돌아온 두 사람은 근처의 허름한 술집에 들어갔다. 사람이 바글바글하지는 않았지만 몇 팀이 앉아 있긴 했다.

빈자리에 앉자마자 이규가 익숙한 듯 메뉴판도 보지 않고 주문을 줄줄 했다. 자주 오던 가게인 것 같았다. 준혁과 같이 왔었을까.

껍데기에 소주 두 병. 금세 불이 올라오고, 소주잔과 술이 나왔다.

"소주잔이네."

희연은 유독 작게 보이는 술잔을 보고 웃음을 터뜨렸다. 늘 편의점에서 소주를 사 와 병째로 마시든지 아니면 물 잔에다가 소주를 콸콸 부어 마시는 걸 보다 보니 조그마한 소주잔으로 술을 마시는 모습이 어색하게만 느껴졌다.

"소주잔 처음 보냐?"

"아니. 그건 아니고."

껍데기가 익기도 전에 한 잔을 입에 털어 넣은 이규가 이상하다는 얼굴로 그녀를 바라봤다. 연거푸 두 잔을 더 마신 그는 감질난다는 얼굴로 결국 맥주잔을 달라고 했다.

"천천히 마셔. 아직 껍데기가 익지도 않았다."

희연이 그런 말을 하거나 말거나 소주로 맥주잔을 채운 이규가 물을 마시듯 반을 비웠다. 희연도 쌉쓰름한 술을 목 뒤로 한 모금 삼켰다.

"후우."

저 혼자 거의 한 병 가까이 비우고 나서야 그가 좀 개운하다는 듯 씩 웃었다. 탁, 탁. 소리를 내면서 껍데기가 오그라들었다. 왁자지껄 떠드는 사람들의 목소리가 시끄럽게 귓가를 울리고, 화로에서 피어오르는 열기가 뜨끈하게 얼굴에 닿았다.

"야."

무슨 말을 하고 싶은 건지 이규가 불쑥 말을 꺼냈다. 희연은 반쯤 남아 있는 술을 단숨에 비우곤 그를 빤히 쳐다봤다.

"야라니. 야! 너. 언제까지 날 야라고 부를 거야."

"왜? 갑자기 어른 대접이라도 받고 싶어?"

"너보다 어른은 어른이지."

"씹, 어른은 개뿔이……."

구시렁거린 남자가 두 번째 병을 땄다.

"내가 네 선생님이잖아."

"선생님 좋아하시네……."

"선생님이라고 부르는 건 바라지도 않아. 누나라고 부르든지."

그 말을 한 희연은 스스로가 우스워서 웃음을 터뜨렸다. 그녀를 누나라고 부르는 이규라니. 상상조차 가질 않았다. 그런 단어를 알

긴 알까 싶을 정도였으니까.

"취했냐?"

그가 정말 괴상하다는 표정을 지으며 인상을 찌푸렸다.

"개소리하는 걸 보니 취했네."

맥주잔에 가득 담긴 술을 벌컥벌컥 마신 이규가 고개를 절레절레 저으면서 잘 익은 껍데기 하나를 우물우물 씹었다.

"무슨 말 하려고 했어?"

"어?"

"무슨 말 하려고 했잖아."

그가 빈 소주잔을 다시 채웠다. 희연은 껍데기를 멀거니 쳐다봤다. 솔직히 말하자면 이렇게 껍데기를 구워 먹는 건 처음이었다. 이런 음식이 있는 건 알고 있었지만 말이다. 망설이던 그녀는 아무렇지 않은 표정을 유지하며 작게 자른 조각을 젓가락으로 집어 들었다. 뜨겁고, 쫀득쫀득했다. 생각했던 것보다 맛있기도 했다.

그동안 이규는 맥주잔을 말끔히 비우고, 또 소주를 콸콸 채웠다.

'대체 주량이 얼마일까.'

대여섯 병 먹은 정도로는 잘 취하지도 않는 것 같은데. 희연이 또 술을 주문하는 그를 힐끔거리고 있으니 그는 민망한 표정으로 얼굴을 몇 번이고 쓸어내리다가 한숨을 푹 쉬었다.

대체 무슨 말을 하려고 이렇게 뜸을 들이는 걸까. 너무 단순한 인간이라 도리어 무슨 생각을 하는지 알 길이 없어 짐작조차 가질 않았다.

"무슨 말을 하려고?"

희연이 다시 한번 묻자 이규가 얼굴을 벌겋게 물들였다.

"……씨발 오늘 재미있었다고."

예상치 못한 말이었다. 솔직한 감상에 그녀는 배시시 웃었다.

"다행이다."

"다, 다음에."

그가 신경질적으로 머리카락을 벅벅 헤집고는 또다시 술잔을 비웠다. 여전히 얼굴이 벌겠다. 취한 건 아닐 텐데도.

"야. 다음에 또 영화 보러 가자."

"그래. 그러자."

사랑 고백을 했어도 이보다 부끄러워하진 않을 성싶었다. 희연은 귀까지 새빨개진 이규를 바라보다가 웃음을 터뜨렸다. 술이 들어가서인지 아니면 재미있었다고 말하는 그의 기분이 좋아 보여서인지 그녀 역시 기분이 좋아졌다.

소주잔을 한 번 더 비우고, 껍데기를 입에 넣었다. 태연하기 짝이 없는 그녀의 반응을 가만히 바라보던 남자가 자리에서 벌떡 일어났다.

"어디 가?"

"담배 피우러 간다, 왜……."

아직도 열이 올라 있는 얼굴을 손으로 세게 문지른 이규가 도망치듯 가 버렸다. 문을 여닫는 소리가 들리고, 담배를 물고 있는 뒷모습이 눈에 들어왔다. 어깨가 들썩일 정도로 크게 숨을 들이마신 남자가 유리문 너머로 안쪽을 힐끔 쳐다본 순간 두 사람의 시선이 마주쳤다. 희연이 싱긋 웃어 주자, 이규는 황급히 고개를 돌려 버렸다. 씨발이라고 욕하는 목소리가 들리는 듯했다.

"하하."

희연은 소리 내어 웃었다. 그냥 웃음이 나왔다. 이 시간이 평온하고, 이규의 반응이 재밌고, 오늘이 즐거웠고, 껍데기도 맛있어서.

어느새 담배를 다 태웠는지 이규가 맞은편 자리에 풀썩 앉았다. 그가 팔짱을 끼더니 희연을 노려보기 시작했다.

"또 왜."

밖에서 무슨 생각이라도 한 걸까. 담담하게 묻자 그가 머뭇거리다 말을 꺼냈다.

"야. 내가 아직도 불쌍하냐?"

"……응."

그 말에 이규는 대답 없이 맥주잔을 마저 비우고, 또다시 채웠다. 탁, 탁. 껍데기 익는 소리가 났다.

막 싸움을 끝내고 나왔을 때보다 한층 더 엉망이 되어 있는 얼굴을 가만히 바라보던 희연이 한숨을 내쉬었다. 불쌍하다. 그 말로는 다 표현할 수 없었지만, 잔여물처럼 남아 있는 그 감정들을 어떤 말로 표현해야 할지 알 수 없어서 그냥 입을 다물었다. 아파 보이는 얼굴을 가만히 바라보던 희연이 작게 한숨을 내쉬었다.

"집에 가면 약 발라 줄게."

"……."

"꼴이 엉망이다."

어쩐지 분위기가 무겁게 가라앉았다. 주변에서는 시끄럽게 떠들어 대는데 두 사람이 있는 테이블만은 다른 세상인 듯 고요했다. 술 넘어가는 소리만 들리다가 가끔, 탁 소리를 내면서 껍데기 타는 소리가 섞였다.

너무 조용해서 귀가 먹어 버릴 것 같다고 생각한 순간 이규가 젓가락을 탁 소리 나게 내려놨다.

"야."

"왜?"

"공부를 꼭 해야 하냐? 나 잘 싸우는데. 씨발 네가 못 봐서 그렇지 나 존나 잘나가거든?"

희연은 약간 화가 난 것 같기도 한 얼굴을 마주했다. 불쌍하다는 말이 싫었던 걸까. 지금도 충분히 잘 살고 있다고 말하는 걸까. 하지만 그게 아니라는 건, 두 사람 모두 알고 있었다.

"그래서? 지금 당장 잘나가는 게 뭐? 언제까지 주먹질하고 살건데."

"뒤질 때까지 하는 거지. 이기면 돈도 많이 줘."

반박할 만한 말은 많았다. 공식적인 격투기도 아니고 투기장에서 싸움꾼으로 살아서는 미래가 없다거나 그렇게 해서는 안 된다거나. 하지만 그런 얘기를 구구절절 늘어놔 봐야 통하지 않을 거라는 걸 알고 있었다.

당장 하루하루 사는 게 벅찬 그에게 있어서 먼 미래의 일을 얘기한다는 건 뜬구름을 잡아야 한다고 말하는 것과 같았으니까.

희연이 말없이 있으니 지레 찔린 듯 이규가 말을 늘어놨다.

"씨발. 오늘 이겼잖아. 그래서 영화도 보고, 이렇게 술도 마시고……."

"이규야."

처음으로 그를 그렇게 불렀다. 이규야, 라고 불릴 줄은 상상조차 못 한 듯 남자가 당황한 얼굴로 그녀를 바라봤다.

"네가 안 다쳤으면 좋겠어."

그 말에 눈을 끔벅이던 남자가 입술을 달싹이더니 목소리를 높였다.

"그럼 훈련을 더 하면 될 거 아냐. 안 맞고 KO 시키면."

자신만만하게 말하던 목소리가 뚝 끊겼다. 말을 끝까지 하지도 못한 그가 찰랑일 정도로 술을 가득 채워 둔 맥주잔을 한 번 더 비우고 빈 소주병을 흔들더니 술을 추가로 주문했다.

희연은 구구절절한 말을 덧붙이지는 않았다. 그녀가 백 번이고 천 번이고 말하지 않아도 이규 스스로가 더 잘 알고 있을 테니까.

무슨 생각을 하는지 모를 얼굴로 그가 소주 한 병을 더 비우는 동안 희연도 반병을 더 비웠다.

"야. 나와."

마지막 남은 껍데기를 집어 먹은 남자가 퉁명스럽게 말하면서 성큼성큼 걸어 나갔다. 집으로 가는 내내 두 사람은 아무런 대화도 나누지 않았다. 침대에 눕는 그 순간까지.

여느 때와 같이 희연은 그의 등 뒤를 파고들었고, 어둠 속에서 작게 속삭였다.

"잘 자."

그렇게 말하고 눈을 감자 이규가 몸을 뒤척였다.

"야."

"말해."

그 말에도 남자는 한참이나 뒤척이기만 할 뿐 아무런 말도 꺼내지 않았다.

"아니. 됐다 씨발."

그는 욕을 내뱉곤 씩씩거리는 숨을 내뱉었다. 희연은 잠시 더 기다렸지만, 더 이상 말이 들려오진 않았다.

또다시 평범한 일상이 돌아가기 시작했다.

'평범하다고 표현할 수 있을지는 모르겠지만.'

어쨌든 이규와 희연의 기묘한 동거 상황에서는 제법 평범한 하루하루가 지나갔다.

진전은 느렸지만 이규는 차근차근 공부를 했고, 정말 안 맞고 KO를 시킬 작정인지 훈련도 열심히 했다. 희연은 가끔은 체육관에 따라가기도 했지만 대부분은 그냥 작은 반지하방에서 그를 기다렸다.

침대에 기대앉아 문제집을 들여다보며 어떻게 가르쳐야 할지 나름대로 고민하거나 아니면 산책을 했다. 희연이 문제집을 한참이나 살피다 문득 고개를 들었다.

'왜 안 오지?'

시계가 없어서 정확한 시간은 알 수 없지만, 조그마한 창으로 살짝 들어오는 가느다란 햇빛이 없어질 때쯤 이규가 돌아오곤 했다. 그런데 오늘은 그가 꽤 늦었다.

"……"

훈련이 길어진 걸까. 아니면 준혁이라도 만나서 술 한잔하고 있나. 멍하니 생각하던 희연이 입술을 작게 삐죽였다.

"이럴 때는 불편하네."

휴대폰이 없어도, 시간 따윈 몰라도 충분히 지낼 만했는데. 아예 연락할 방도가 없으니 갑갑하긴 했다. 침대에 풀썩 누운 희연은 완전히 사라지는 한 줌의 햇살을 바라보다 눈을 깜박였다.

이규가 스스로 말했던 대로 그는 늘 같은 곳만 다녔다. 집, 체육관, 밥집, 그리고 가끔 술집.

'찾으러 가야 하나?'

그런 생각을 하다가 인상을 찌푸렸다. 모두 어디 있는지 잘 알고 있으니 찾으러 가는 건 어렵지 않았다. 그러다 길이 엇갈리면 어쩌나 생각하다가 고개를 저었다. 전화 한 번 하면 해결될 일인데 공중전화도 어디 있는지 모르고 심지어는 이규의 번호조차 몰랐다.

"아는 게 없네."

희연은 새삼스러운 사실을 깨달았다. 아는 거라곤 사는 곳과 이름, 나이뿐이었다. 천장을 멀거니 쳐다보던 그녀는 벌떡 몸을 일으켰다. 다른 것은 중요하지 않았다. 굳이 캐묻고 싶지도 않았고.

기지개를 쭉 켜고, 찌뿌둥한 몸을 일으켜 가볍게 스트레칭을 한 지 얼마나 지났을까. 삑삑거리는 소리가 들리더니 이규가 들어왔다. '늦었네.'라고 해야 할까? 잠시 고민했다.

"야."

들어오자마자 대뜸 그녀를 부른 남자가 손에 든 비닐봉지를 불쑥 내밀었다. 뭐가 들었는지 제법 빵빵했다.

"……이게 뭔데?"

"받으면 뭔지 알 거 아냐."

그와 지내면서 알게 된 건데 뜬금없이 짜증을 팩 낼 때는 높은 확률로 민망하다는 뜻이었다. 지금도 얼굴을 보니 슬쩍 시선을 피하는 게, 확실히 민망한 게 분명했다.

"……"

희연이 까만 봉지를 받아 안을 들여다봤다. 뭔지 알 수 없는 천

뭉치에 고개를 갸우뚱 기울였다.

"이게 뭔데?"

"……."

그가 목덜미를 벅벅 문지르더니, 아무 말 없이 옷을 갈아입었다. 안에 있는 것을 꺼내 탁탁 털어 보니 그것은 원피스였다. 솔직히 말해서 희연의 취향과는 거리가 좀 있었지만 그래도 나쁘지 않았다. 고급스러운 재질은 아니었지만 싸구려 티는 나지 않는 옷을 꼼꼼히 살펴보곤 빙긋 웃었다.

"고마워. 잘 입을게."

안 그래도 단벌인 탓에 이규의 옷을 입은 채 지내야 했다. 그의 옷은 품이 맞지 않고, 허리가 너무 헐렁했다. 벨트로 꽉 조인 바지는 단을 세 번 넘게 접어야 했고, 박스 핏도 아닌 옷은 부대 자루 같아서 제법 우스운 꼴이었을 거라는 걸 어렵지 않게 예상할 수 있었다.

외출할 때 조금 신경 써서 옷을 입고 싶어도, 제대로 맞는 옷이 여기 올 때 입었던 가을 원피스 하나뿐이었으니 점점 그것을 입고 나가는 것도 힘들어지던 차였다. 점차 추워지는 계절에도 입을 수 있도록 도톰한 천으로 만든 원피스는 제법 따듯할 것 같았다.

희연과 눈이 마주친 남자가 입술을 삐금거리더니, 갑자기 바닥을 발로 퍽 걷어찼다. 곧바로 고개를 휙 돌려 버리는 모습에 웃음이 나올 것 같았다.

"입어 볼까?"

"씨발, 마음대로 해."

퉁명스러운 말에 배시시 웃자 이규가 또다시 목덜미를 벅벅 문질렀다. 그의 귀 끝이 살짝 발갛게 물든 것 같기도 했다.

"기다려 봐. 입어 볼 테니까."

"좋단다."

빈정거리는 말투였다. 하지만 그 안에 담긴 감정이 고스란히 드러났다. 민망해 미쳐 버릴 것 같다는, 쑥스러워 죽을 것 같다는 그 감정.

희연은 화장실로 들어가 원피스를 입고 지퍼를 올렸다. 품이 조금 남아서 옷태가 그리 좋지는 않았지만 그래도 썩 괜찮았다. 따뜻하기도 하고. 집에 있는 유일한 거울인 화장실 거울 앞에서 빙글 돌며 이리저리 비춰 본 그녀는 옷자락을 만지작거리면서 곰곰이 생각했다.

'이걸 제 손으로 사 왔다 이거지?'

비실비실 웃음이 새어 나왔다. 카페에 가는 것도 발작할 만큼 기겁하던 남자가 여자 옷을 사려고 얼마나 큰 용기를 냈을까 상상하니 즐거워졌다. 애써 웃음을 참으려고 노력했지만, 옷을 내려다보자마자 또다시 피식 웃음이 나왔다.

봉지에 대충 구겨 넣은 덕분에 주름이 간 부분을 탁탁 턴 희연은 화장실 문을 열고 나갔다. 나가자마자 빤히 쳐다보고 있던 이규와 눈이 마주쳤다.

"……."

남자는 나쁜 짓을 하다가 들킨 아이처럼 흠칫 놀라며 고개를 홱 돌렸다. 희연은 입술 안쪽을 깨물면서 웃음을 애써 참았다.

"어때. 어울려?"

그의 앞에서 빙그르르 돌자 곁눈질로 힐끔거리는 시선이 느껴졌다.

"그나마 봐 줄 만하네."

이규가 툴툴거리면서 말하곤 관심 없는 척 고개를 돌렸다. 힐끔힐끔 열심히 눈을 굴려 대며 곁눈질하는 그의 반응에 희연이 배시시 웃었다. 웃는 얼굴에 인상을 팍 찌푸렸던 남자가 퉁명스럽게 물었다.

"씨발, 그렇게 좋냐?"

"좋아."

순순히 좋다고 할 줄은 몰랐는지 이규가 눈을 동그랗게 떴다. 그러곤 약간 벌게진 얼굴로 목이 아플 만큼 세게 고개를 돌렸다.

"다음에 영화 보러 갈 때 그거 입고 가면 되겠네."

"그래. 그러자."

그렇게 대답하자 그는 투덜거리거나 욕을 내뱉는 대신 침대에 풀썩 걸터앉아 괜히 문제집을 뒤적거렸다. 책을 열심히 보는 척하던 이규는 다시 한번 희연을 힐끔 쳐다보더니 문제집을 들어 얼굴을 가렸다. 벌게진 귀 끝이 조금 귀엽다고 생각했다.

시간은 참 잘도 지나갔다. 별다른 것 없는 하루하루가 이렇게 순식간에 지나갈 수 있다는 걸 이규와 살면서 처음으로 깨달았다.

문제집이 몇 장 더 넘어가는 동안 그는 몇 번의 시합을 했다. 이길 때도 있었고, 질 때도 있었다. 쿨럭거리며 핏덩어리를 뱉어 내며 비틀거리는가 하면, 가끔은 거의 다치지 않은 얼굴로 신나게 나올 때도 있었다. 그런 날에는 기분 좋게 버스를 타고 영화를 보러 갔다.

날이 너무 좋을 때면 아무 일 없어도 영화관에 놀러 가기도 했다. 시내까지 나가는 날이면 두 사람은 별것 없이 그냥 걸었다.

그러다가 커피 한 잔에 오천 원이 넘는 카페에 들어가기도 했다. 기겁하는 그의 얼굴에 희연은 웃음을 터뜨렸고, 캐러멜마키아토를 시켜 주었다. 한입 마신 이규는 눈을 똥그랗게 뜨면서 믹스커피를 마시는 게 낫겠다며 투덜거렸다. 물론, 그렇게 말하면서도 그는 바닥까지 전부 마셨다. 말은 험하게 했지만 마음에 든 것이 틀림없었다.

그런 식으로 두 사람은 조금씩 살아가고 있었다.

희연이 그와 함께 산 지도 벌써 한 달이 훌쩍 넘어 두 달이 다 되어 갔다. 늦가을의 쌀쌀했던 날씨는 어느새 겨울로 넘어갔다. 이젠 찬 바람이 불었다. 반지하방은 조금 더 추워졌고, 다른 이의 체온이 조금 더 간절해졌다. 그렇다고 해서 서로를 끌어안고 잠든 건 아니었다. 늘 그랬듯이 가만히 등을 맞대고 온기를 느낄 뿐.

그녀는 방 안에서 이규의 옷을 세 겹이나 입은 채 그의 얼굴에 연고를 발라 주었다.

"아직 다 낫지도 않았는데 또 싸워?"

"이번엔 이겨."

"……."

이기라는 말도, 지라는 말도 할 수 없었다. 남자가 희연을 빤히 쳐다봤다.

"왜. 내가 질 거 같아?"

"네가 졌으면 좋겠어."

그 말에 충격받은 듯 이규가 눈을 깜박였다.

그녀는 낮은 한숨을 내쉬었다. 그가 다치길 바라는 건 아니었다.

그것을 생각하면 이겼으면 싶다가도 또 졌으면 하고 바라게 됐다.

"네가 지고 지고 또 지고⋯⋯."

희연이 다시 연고를 조금 짜서 상처 위에 발라 주었다.

"계속 지면, 그러니까 쓸모가 없어지면, 더 이상 너에게 싸우라고 할 사람이 없을 거 아냐."

연고 뚜껑을 꼭 닫은 그녀가 시선을 내리깔았다.

그래서 졌으면 했다. 그에게 시합에 나가라는 전화가 오지 않길 바랐으니까. 아예 싸우지 않으면 더 이상 다칠 일도 없지 않은가.

이긴다 해도 다치는 건 매한가지였다. 그의 말대로 맞지 않고 KO를 시킨다는 건 거의 불가능했다. 애초에 조폭들이 바라는 것도 그런 게 아니었다. 피 터지는 싸움. 그것이 그들의 오락거리였으니까.

이규가 이를 꽉 깨물더니 천천히 말했다.

"내가 이기면 너 옷도 사 줄 수 있고, 영화도 보여 줄 수 있어."

"그래도 네가 늘 졌으면 좋겠어."

희연은 생각을 굽히지 않았다. 그게 그녀의 솔직한 마음이었다. 바보 같다고 생각해도 좋았다. 그러나 그 방법이 제일 간단할 것 같은 걸 어쩌나. 승승장구하며 이겨 봐야 더 강한 사람과 붙는 결과만 가져올 뿐이라는 걸 잘 알고 있었다.

이규가 잠시 고민하더니 제 나름대로 위로를 건넸다.

"이기면 너 잠바 사 줄게."

"⋯⋯그런 거 안 사 줘도 돼."

희연이 조금 가라앉은 목소리로 대답하자 그가 버럭 성질을 냈다.

"씨발. 그럼 내가 처맞았으면 좋겠다는 거야?"

"그건 아니지만."

고개를 흔든 그녀가 반창고를 붙여 주려고 하는 순간, 이규가 손을 거칠게 쳐 냈다. 반창고가 바닥으로 팔랑거리며 떨어졌다.

"건들지 마."

매섭게 말한 남자가 침대에 벌러덩 드러누웠다. 꼴 보기 싫다는 듯 희연을 등진 이규가 거친 목소리로 중얼거렸다.

"좆같은 말만 하네."

쓴웃음이 나왔다. 그의 입장에서 듣기엔 좆같을 거라는 건 부정할 수가 없었다. 그녀가 어떤 생각을 하든, 어쨌든 지라고 고사를 지내는 것과 다를 게 없었으니까.

"내일은 나도 데려가."

"왜. 처맞는 거 보려고? 내가 존나 맞는 거 보면 기분 좋냐?"

당연하게도 가시가 잔뜩 돋친 대답이 돌아왔다.

"밖에서 기다리는 거 추워."

"씨발, 그러니까 집에 있으라고. 귓구멍이 막혔나. 말을 존나게 안 처들어."

"네가 집에 못 오면 어떻게 해."

그 말에 이규는 욕 한마디 하지 않은 채 침묵했다.

가끔 그가 엉망으로 맞은 날이면 이규가 길거리에서 픽 쓰러져 죽을까 봐 무서울 때도 있었다. 그 앞에서 쪼그리고 앉아 기다리는 동안 그가 더 이상 밖으로 나오지 못하는 때가 올까 봐 덜컥 두려워지곤 했다.

"씨발. 몰라. 따라오지 마."

짜증을 내며 툭 내뱉은 이규가 이불을 머리끝까지 뒤집어썼다.

희연은 작은 한숨을 내쉬었다. 그녀는 조심스럽게 그의 옆을 파고들었다. 화를 내 놓고도 그녀가 이불 속으로 들어오자 약간 더 벽쪽에 붙는 움직임이 느껴졌다.

"잘 자."

내일에 대한 걱정을 삼키고 담담한 목소리를 냈다. 거친 숨소리를 낸 이규는 대답하지 않았다.

시합이 있는 날. 오늘도 어김없이 그의 뒤를 졸졸 따라간 희연은 또다시 제지당했다.

"아직도 들어가면 안 돼요?"

이제 얼굴이 익은 두 남자가 인상을 팍 찌푸렸다. 나름대로 협박의 의미가 담긴 표정이었지만, 하도 당했더니 이젠 별로 무섭지가 않았다.

"우리 좀 친해졌다고 생각했는데 아닌가 봐요."

그들이 못 들은 척했다. 제법 추워진 바람이 별 한 점 들지 않는 골목을 휩쓸고 지나가며 휘잉 하는 소리를 냈다. 제대로 된 겨울옷 하나 없어서 이규의 옷을 몇 겹이나 입었지만, 찬 바람이 옷 속을 파고드는 걸 막을 수는 없었다.

희연이 어깨를 움츠리며 바르르 떨었다. 두어 걸음 안쪽으로 들어가던 이규가 씨발, 하는 소리와 함께 다시 나왔다.

"존나 고집하고는."

욕을 퍼부은 남자가 희연의 팔을 붙잡고 끌어당겼다.

"어……."

엉겁결에 안쪽으로 한 걸음 들어갔다. 늘 희연과 눈싸움을 하던 두 남자를 힐끔 돌아봤지만, 별다른 제지를 당하지는 않았다.

"씨발……."

이규가 걸쭉하게 욕을 툭 내뱉었다. 아래로 내려가는 계단은 조금 어둑했다. 마치 반지하방으로 들어가는 것처럼. 희연은 그게 조금 무섭다고 생각했다.

내려가자마자 가장 먼저 느껴진 건 담배 냄새였다. 흡연실에라도 들어온 것 같았다. 니코틴에 완전히 찌든 냄새라 그럴까. 희연은 작게 기침을 하면서 주위를 재빨리 둘러봤다. 폐건물같이 아무것도 없는 공간 정중앙에 철조망으로 된 우리 같은 것이 있고, 그 주변에 사람들이 몇 명 서 있었다.

"오늘은 데려왔네?"

어디로 가는지도 모른 채 이규에게 이끌려 얼마나 걸었을까. 담배를 물고 있는 남자가 성큼 다가왔다. 짙은 회색 양복을 입은 그는 한눈에 보기에도 말단이 아니라 조금 윗급인 것 같았다.

"……날이 추워서."

이규가 변명처럼 대답했다. 그가 희연을 조금 더 바짝 끌어당겼다. 그러거나 말거나 별로 신경 쓰진 않는지 남자가 그녀에게 고개를 조금 들이밀었다.

"맨날 요 앞에 앉아 있다던 그 아가씨 맞지?"

희연은 인사를 할까 말까 망설였다. 인사를 하는 것도 우습고 그렇다고 완전히 무시하는 것도 좀 그렇고. 결국 그냥 시선만 살짝 내리까는 정도로 반응했다.

"신경 안 쓰이게 할게요."

이규의 손에 힘이 꽉 들어갔다. 잡힌 팔이 욱신욱신 아플 지경이었다. 그가 별다른 설명 없이 또 다른 곳으로 그녀를 잡아끌었다.

"어디 가?"

"넌 보지 마."

"왜?"

"왜는 왜야. 보지 말라면 보지 마."

희연이 무심코 뒤를 돌아본 순간 진회색 정장의 남자가 씩 웃으면서 손을 까닥 움직였다.

"아."

팔이 세게 당겨졌다. 이규는 낡은 팻말로 관계자 외 출입 금지라고 쓰인 곳에 성큼성큼 들어갔다. 먼지가 뽀얗게 앉은 상자가 엉망으로 널린 복도를 조금 걷자 작은 골방이 하나 나왔다.

오랫동안 안 쓴 곳인지 문을 열자 끼익하며 쇳소리가 났다. 먼지가 풀풀 날려서 희연이 잔기침을 내뱉었다.

"넌 여기 있어."

이규가 그녀를 안쪽으로 툭 밀어 넣었다.

"여기에 있으라고?"

"나오기만 해 봐. 죽을 줄 알아."

맨날 죽인다, 죽인다. 죽이지도 못할 거면서.

입술을 삐죽거린 희연은 어깨를 으쓱이곤 상자 더미 위에 풀썩 앉았다. 먼지가 날렸다. 그녀가 나올 거라고 생각한 건지 이규가 한껏 험악한 표정을 지었다.

"데리러 올 때까지 나오지 마."

"알았어."

"씨발. 대답은 존나 잘하지."

"알았다니까."

"내 눈에 띄기만 해."

"꼼짝도 안 할게. 됐지?"

몇 번이고 협박조로 말을 한 남자가 문을 쾅 닫고 나갔다. 발소리가 멀어진 지 삼십 초쯤 지났을까. 희연이 혹시 잠갔을까 싶어 조심스럽게 문고리를 돌려 살짝 여니 그냥 문이 스르륵 열렸다.

'뭐야.'

문틈으로 바깥을 힐끗 쳐다봤지만, 단단히 닫힌 쇠문만 보였다. 희연은 저것도 열어 볼까 잠시 고민하다 그냥 다시 상자에 털썩 걸터앉았다.

그가 싸우는 걸 보고 싶기도 하고 보기 싫기도 했다. 그녀에게 그런 꼴을 보이고 싶지 않은 이규의 마음도 충분히 이해할 수 있었다.

발끝을 까닥이던 희연은 그가 협박한 대로 얌전히 이곳에 있기로 마음먹었다. 벽에 머리를 툭 기댔다. 먼지 냄새가 났다. 눈을 아프게 하는 형광등이 가끔 깜박거렸다.

얼마나 시간이 지났을까. 바깥이 조금 더 소란스러워지더니 고함이 벽을 타고 들어오기 시작했다.

"때리라고! 죽여 버려!"

"뭐 하냐!"

"꺾어! 꺾으라고!"

광기 어린 외침이었다. 때리고 맞는 소리가 들리지는 않았지만 사람들이 내지르는 말을 듣는 것만으로도 바깥 상황을 상상할 수 있었다. 어느 쪽이 이규일까. 소름이 오스스 돋았다.

'안 다쳤으면 좋겠는데.'

멍하니 그런 생각을 하면서 눈을 느리게 깜박였다. 깜박깜박. 형광등이 눈 아프게 번쩍였다. 발을 까닥거리면서 빨리 끝났으면 좋겠다고 생각하며 회색 콘크리트 벽을 멀거니 쳐다본 순간, 갑자기 요란한 사이렌 소리가 울렸다. 동시에 비명과 고함이 뒤섞였다.

'뭐지?'

희연은 망설이다가 문을 살짝 열고 고개를 내밀었다. 단단히 닫혀 있던 쇠문이 열려 있었다. 얼핏 보이는 바깥은 아수라장이었다.

"잡아!"

사람들이 뒤엉켜 몸부림치고, 몸싸움을 하는 소리가 났다. 문틈으로 살짝 내다본 것뿐이지만 무슨 일이 일어나고 있는 건지는 확실하게 알 수 있었다.

'경찰……'

경찰이 들이닥친 게 분명했다. 그 생각을 하기가 무섭게 경찰의 푸른 제복이 얼핏 지나갔다. 희연은 입술을 꽉 깨물었다.

'어떻게 하지?'

왜, 왜 하필 오늘 이런 일이 생긴단 말인가. 그녀는 눈을 질끈 감았다. 이규는 어떻게 됐을까. 도망쳐야 하는 걸까. 그는 어쩌고?

이러지도 저러지도 못한 채 좁은 골방을 서성거린 지 얼마 지나지 않아, 문이 벌컥 열렸다.

"여기도 한 명 있습니다!"

경찰이었다. 보고하듯 크게 외친 남자가 수갑을 꺼냈다.

"손 내미십시오."

그러곤 미란다 원칙을 읊어 주면서 그녀의 손목에 수갑을 철컹 채웠다. 희연은 입술을 꽉 깨물었다.

"나오세요."

"……."

경찰차에 올라타는 그 순간까지 이규의 모습을 찾아 주위를 몇 번이고 둘러봤지만, 온통 엉망진창인 이곳에서 그의 모습을 찾을 수는 없었다.

"전화 한 통만 쓸게요."

희연은 깊은 한숨을 내쉬었다. 그동안 피하고 또 피해 온 일인데 이런 식으로 부딪히게 될 줄이야. 거기다가 지금 수갑까지 차고 앉아 있으니 모두가 얼마나 화를 낼지는 쉽게 상상할 수 있었다.

경찰서는 난장판이었다. 수십 명의 사람이 동시에 잡혀 왔으니 시장통이 따로 없었다. 내가 누군지 아냐며 큰소리를 치는 사람, 한 번만 봐 달라고 비는 사람, 우는 사람 등등.

조폭들은 따로 전담 부서에서 데려가는 건지 줄줄이 끌려 가는 모습이 얼핏 보였다. 희연은 망설이다가 전화번호를 꾹꾹 눌렀다. 연결음이 몇 번 울리지 않아, 누군가가 전화를 받았다.

-여보세요.

남자의 차분한 목소리에 전화를 끊고 싶은 충동이 들었지만 그럴 수는 없었다. 상황이 이렇게 되었으니 수습은 해야 했으니까.

"송희연이에요."

최대한 아무렇지 않은 척 담담하게 대답하자 맞은편에서 가벼운 웃음소리가 흘러나왔다.

-희연 씨. 그동안 연락이 없어서 걱정했어요.

남자의 산뜻한 목소리에 한숨부터 터져 나왔다. 거의 두 달 만에 하는 연락이었다. 물론, 저번에 한 연락은 이규가 멋대로 통화 버튼을 누른 탓이었지만.

'결국 이 남자라니.'

부모님과 이 남자. 둘 사이에서 저울질을 한 끝에 이쪽을 선택한 자신을 비웃었다. 그래도 최악보다는 차악이 낫지 않은가. 그리고 이 남자라면 어쨌든 희연의 선에서 끝낼 수 있었다.

"잘 지내셨어요. 최 전무님."

-너무 딱딱하네요. 그냥 편하게 불러 주셔도 되는데요. 희연 씨.

최정우 전무. JD 그룹 오너 일가인 사람. 희연은 딱딱한 웃음소리를 한 번 흘리곤, 다른 말을 꺼냈다.

"저희 부모님은 뭐라고 안 하셨어요?"

-궁금하긴 한가 봐요?

"……."

-걱정 안 해도 돼요.

그럼 그렇지. 예상했던 그대로라 실망도 없었다. 아마 희연이 사라져 버린 것도 모르고 있었으리라.

'짜증 나는 남자.'

그녀는 주먹을 꽉 쥐었다가 폈다. 최정우. 저 남자가 알리려고 마음먹었으면 일찌감치 알렸을 텐데. 그는 그냥 기다렸다. 마치 이런 날이 올 거라는 걸 알았던 것처럼. 기다리고 있다 보면 언젠간 약점을 잡을 수 있을 거라고 확신한 것처럼.

-바닷가 구경은 잘했어요?

"……네. 뭐. 그럭저럭."

희연이 느리게 대답했다. 별 의미 없는 말로 근황을 주고받으며 속이 텅 빈 웃음소리를 냈다.

혼자만 빠져나가도 된다면 망설이지 않고 부모님에게 도움을 요청했겠지만, 지금 사건에는 이규도 얽혀 있었다. 얼굴을 보진 못했지만 링에 올라가 싸우는 입장이었으니 어디 도망가지도 못했을 거라고 쉽게 예상할 수 있었다.

정우에게 약점을 잘 포장해서 선물하는 꼴이 되었지만, 선택의 여지가 없었다. 부모님이 알게 되면 그냥 화를 내는 정도로는 끝나지 않을 테니까.

'최악의 경우에는…….'

거기까지 생각한 희연은 고개를 저었다. 최악의 경우가 아니라, 반드시 이규에게까지 영향이 미칠 게 분명했다. 이런 '흠'을 못 견뎌 하시는 분들이니까. 안 그래도 막내딸이 불량품이라 탐탁지 않아 하시는데, 이번 일을 알게 되면 어떻게 할지 상상하고 싶지도 않았다.

─재미있는 곳에 계시네요. 희연 씨.

정우가 본론을 꺼냈다. 찍힌 전화번호를 보고 어디인지 알아봤겠지. 그건 딱히 놀랍지 않았다.

"부탁이…… 있는데요."

부탁. 그 단어를 내뱉기가 왜 이리 힘든지. 희연은 입술을 꽉 깨물었다.

수갑을 푸는 건 오래 걸리지도 않았다. 정우와의 전화를 끊고 나서 십 분도 지나지 않아 반장이 어디론가 불려 갔다 와서는 풀어 주라고 한마디 툭 한 게 전부였다.

희연은 약간 붉은 자국이 남은 손목을 매만졌다. 썩 유쾌한 경험은 아니었으나 그것보다도 이규가 더 신경 쓰였다. 그녀가 갑자기 풀려난 것에 크게 관심을 두는 건 아닌지 다른 사람을 또 상대하느라 바쁜 형사에게 다가갔다.

"형사님. 혹시 잡혀 온 사람 중에 강이규라고 없었나요?"

"여기 없으면 전담반에 있을 겁니다."

고개 한 번 돌리지 않고 툭 던지는 대답에 희연이 입술을 꾹 깨물었다.

"강이규 씨는 조폭 아니에요."

"왜요. 강이규가 자긴 조폭 아니라고 했나 보죠?"

그가 피식 웃으며 빈정거렸다. 조금 화가 났다. 정말 아닌데. 어쨌든 이규가 어디 있냐며 재차 물으려던 순간, 반장이 성큼성큼 그녀에게 다가왔다.

"송희연 씨?"

"네. 제가 송희연이에요."

"곧 차를 보낸다고 했으니, 조금만 기다리시면 됩니다."

"그것보다도 지금 강이규를 만나고 싶은데요."

그 말에 그가 약간 떨떠름한 표정을 지었다.

"싸움꾼도 잡아 왔을 거 아니에요."

"아니, 그렇게 아무나 막 만나고 싶다고 다 만나게 해 주는 줄 압니까?"

형사가 아니꼽다는 듯 한마디 툭 던졌지만, 반장은 거절의 말을 내뱉는 대신 턱을 매만지며 고민에 빠졌다.

"강이규가 있긴 한데⋯⋯."

"만나고 싶어요."

"시간은 오래 못 드립니다."

"반장님!"

"시끄러워 인마."

손을 휘휘 내저으며 입 다물라는 신호를 보낸 남자가 희연에게 따라오라는 듯 손짓하곤 어디론가 성큼성큼 걸어갔다. 도착한 곳은 작은 취조실이었다.

"오 분. 더 이상은 안 됩니다."

"알겠어요."

순순히 고개를 끄덕였다. 굳이 여기서 난동 부리고 싶은 생각도 없고, 최 전무에게 전화해서 또 한 번 부탁을 하고 싶지도 않았으니까.

"거참. 기다려 봐요."

피곤한 얼굴로 머리를 벅벅 긁은 남자가 문을 닫고 나갔다. 잠시 후 돌아온 반장의 뒤편에는 이규가 서 있었다.

"오 분입니다."

다시 한번 말한 그가 고개를 푹 숙이고 있는 이규의 등을 가볍게 밀곤 문을 쾅 닫았다.

"강이규."

희연이 먼저 입을 열어 이름을 부르자 그가 당황한 표정으로 고개를 들었다. 그녀의 얼굴을 확인한 남자가 눈을 커다랗게 떴다.

"씨발, 네가 왜 여기⋯⋯ 하, 씨발. 씨발!"

그가 악을 쓰듯 욕을 내뱉었다. 분을 못 이긴 듯 수갑이 채워진 손목을 거칠게 비틀 때마다 철컹거리는 소리만 났다.

"아악!"

소리를 지른 남자가 벽에 머리를 쿵 박았다. 숨을 헐떡거린 이규가 화를 내기 시작했다.

"그러게 따라오지 말라고 했잖아! 씨발!"

"나는 괜찮아."

"괜찮아? 뭐가 괜찮아. 경찰서 잡혀 온 게 재밌냐? 어?"

목에 핏대가 설 정도로 거칠게 화를 낸 남자가 문을 쾅 걸어찼다.

"씨발, 이 새끼들아! 이 여자는 아니라고! 씨발, 씨발! 진짜 아무 상관 없다고! 씹, 이 개새끼들아!"

"내 말 좀 들어 봐."

"씨발 보면 모르냐? 눈깔은 장식이냐고!"

희연의 말은 들을 생각도 없는지 계속해서 화를 내고 있는 남자를 가만히 바라보다가 목소리를 높였다.

"이규야!"

그렇게 부르자마자 이규는 눈을 동그랗게 떴다. 그렇게 불렀다는 것 자체가 충격인 듯이. 드디어 조용해진 취조실에 희연이 낮은 한숨을 내쉬었다.

"네 걱정을 해. 내 걱정하지 말고."

"뭐 하자는 건데."

그가 손목을 움직이자 수갑이 철컹거리는 소리를 냈다. 희연은 남자의 얼굴을 가만히 쳐다봤다. 그래도 싸움이 많이 진행되기 전에 들이닥쳐서인지 크게 다치지 않았다는 게 그나마 다행이었다.

약이라도 가지고 있으면 조금 발라 주기라도 할 텐데. 주머니에 손을 넣어 봤지만, 잡히는 건 먼지뿐이었다.

그녀는 입술을 꾹 깨물었다. 만나야겠다고 생각했을 때는 하고 싶은 말이 산더미같이 많았는데. 막상 이렇게 마주하고 있으니 무슨 말부터 꺼내야 할지, 어떤 말을 건네야 할지 막막해졌다.

희연은 그에게 한 걸음 더 다가갔다. 아물지도 않은 상처 위에 또 새로운 상처가 덧씌워진 게 제일 먼저 눈에 들어왔다.

"이규야. 죽지 마."

싸우지 말라거나 그런 일은 더 이상 하지 말라거나 그런 말은 차마 할 수가 없었다. 당장 그가 하는 일이 그런 것이었고, 그걸로 평생을 살았다. 희연은 아직 그에게 평범하게 사는 걸 제대로 가르쳐 주지도 못했으니까.

그의 까만 눈이 거칠게 흔들렸다. 한 걸음 더 가까이 다가가자 그가 주춤거리며 뒷걸음질 쳤다.

"씹. 뭔데."

약간 두려운 듯 보이기도 했다. 어떤 일이 일어날지 이미 조금은 예상한 것처럼. 쓴웃음이 나왔다.

"약 꼭 바르고."

무슨 말을 더 해야 할까. 대체 어떤 말을 해야 그가 조금이라도 상처를 덜 받을 수 있을까. 정답 따윈 몰랐다. 희연은 한 걸음 더 가까이 다가갔다.

"뭐냐고."

그가 씹어 뱉듯 욕을 지껄였다. 그녀는 까치발을 들고 한껏 팔을 벌려 남자를 세게 끌어안았다.

"……."

순간 말문이 막힌 듯 이규가 숨을 들이마시는 소리가 들렸다. 언젠가는 한번 안아 주고 싶다고 생각했는데 이제야 처음으로 그를 안아 봤다. 희연은 있는 힘껏 팔에 힘을 줬다. 벗어나려는 건지 아니면 저도 안아 주려는 건지, 이규의 손목에서 철컥거리는 소리가 들렸다.

"……씨발. 이건 무슨 장난인데."

늘 그냥 불쌍한 거라고 생각했다. 그런데 그사이 정이 든 건지 조금 속이 쓰렸다. 잔여물처럼 남아 있는 감정들이 점점 크게 부풀어 올랐다. 희연은 입술을 꽉 앙다문 채 엉거주춤 허리를 숙인 남자를 필사적으로 안아 주었다.

'다시 만날 수 있을까?'

깊이 생각할 것도 없이 대답을 내놓을 수 있었다. 아니겠지. 이규를 다시 만날 수는 없겠지. 그것을 알고 있기에 지금 헤어지는 게 더 아프고, 힘들었다. 조금 더 같이 있었으면 좋았을까.

그의 품에서는 비릿한 피 냄새가 났다.

"왜 떠나는 것처럼 말하는데."

이규의 목소리가 잘게 떨려 왔다. 그의 어깨가 거칠게 들썩였다.

"내가 선택한 거니까 안 놓겠다며."

목소리에 금세 울음기가 가득 어렸다. 희연도 눈물이 날 것만 같았다. 변명할 말 따윈 없었다. 그렇게 말한 것도, 약속한 것도 전부 그녀였으니까. 그런 주제에 이제 와서 떠나겠다고 멋대로 말하다니.

"내가 너 구해 줬잖아! 씨발!"

이규가 악을 쓰듯 외쳤다. 고개를 들어 얼굴을 볼 자신이 없었다. 희연은 떨리는 숨을 내뱉으며 그의 어깨를 세게 끌어안고 눈을 감았다.

"송희연!"

그가 처음으로 그녀의 이름을 소리쳐 불렀다.

"씨발! 씨발!"

미친년. 사기꾼. 거짓말쟁이. 나쁜 년. 이규는 악을 쓰며 욕을 내뱉었다. 탁하게 갈라진 그의 목소리에 기어이 눈물이 가득 고였다. 헐떡이는 숨을 내뱉은 남자는 결국 참지 못하고 흐느끼기 시작했다.

"왜……."

희연은 그를 그냥 끌어안았다. 고개를 숙여 그녀의 어깨에 뺨을 비빈 남자의 눈물에 옷이 축축하게 젖어 들었다. 이규가 손으로 옷을 꽉 움켜쥐었다.

"이제 내가 안 불쌍해?"

"……."

무슨 말을 해야 할까. 그런 것이 문제가 아니라 떠날 수밖에 없는 거라고, 그렇게 말을 해 주는 게 좋을까. 어느 것이 그에게 더 좋을지 판단할 수 없었다.

"네가 나 불쌍하게 생각하는 거 좆같은데. 씨발, 존나 좆같은데……."

이제 울음을 참는 것조차 불가능해진 듯 이규가 헐떡이며 우는 소리를 냈다. 뜨거운 열기가 어깨로 스며들었다.

"네가 날 불쌍해했으면 좋겠어."

그 말을 한 남자가 어린아이처럼 울기 시작했다. 희연은 거칠게 들썩이는 그의 등을 천천히 다독였다. 숨을 들이쉴 때마다 이규의 몸이 덜덜 떨리는 게 느껴졌다.

"나, 난 정말 불쌍한 새끼야. 너도 알잖아. 응?"

떨리는 목소리를 듣고 있는 것만으로도 눈가가 뜨거워졌다. 희연은 울지 않기 위해 눈을 꾹 감았다.

"진짜 가진 것도 없고. 씨발. 배운 것도 없고. 아무것도 없는 새끼라고. 존나 불쌍한 새끼잖아. 응?"

"이규야."

"불쌍하잖아. 어? 나 씨발, 존나 불쌍한 새끼잖아. 네가 내 옆에 있는 거, 내가 불쌍한 새끼라서 그런 거라며. 이제 진짜 안 불쌍해?"

희연을 잡을 방법이 있다면 무릎을 꿇고 바닥이라도 기어다니는 것쯤은 할 수 있다는 듯 처절한 목소리였다. 그가 옷을 잡아당기는 게 느껴졌다.

"아니면 잠바도 못 사 줘서 그래? 영화, 너 영화 좋아하잖아. 맨날 맨날 보여 줄게."

웃으려고 했는데 그게 쉽게 되진 않았다. 희연은 떨리는 등을 천천히 쓰다듬다가, 숨을 크게 들이마시곤 고개를 살짝 돌렸다. 그리고 눈물로 엉망진창이 된 남자의 뺨에 살짝 입을 맞췄다. 짜디짠 맛에 입술이 얼얼해지는 것만 같았다.

"송희연. 희연아. 희연아."

함께했던 시간 동안 단 한 번도 그녀의 이름을 불러 준 적 없었으면서. 그동안 밀렸던 말을 다 쏟아 내겠다는 듯 이규는 욕 대신 희연의 이름을 계속 중얼거리며 엉엉 울었다.

"흐윽, 송, 희연. 송희연! 나 존나 불쌍한 새끼잖아. 희연아. 희연아……. 너 하고 싶다는 거 다 해 줄게. 야, 송희연……."

벌벌 떨리는 목소리에는 두려움이 가득했다.

"울지 마."

입술을 꾹 깨물고 그의 어깨를 천천히 다독였다. 끌어안아 주면 울 것 같았다.

어쩜 이렇게 예상을 빗나가지 않는 건지. 우는 방법조차 모르는 듯 숨을 제대로 쉬지도 못하는 이규가 꺽꺽거리는 소리를 냈다. 헐떡이면서 흐느끼다가 악을 쓰듯 그녀의 이름을 부르고 또다시 엉엉 울어 댔다. 이 방이 눈물에 떠내려가지 않을까. 그런 생각이 들 정도로 눈물을 쏟아 내는 남자의 모습은 너무 불쌍하고, 안타깝고, 슬펐다.

"송희연 씨. 나오세요."

바깥에서 반장의 목소리가 들려왔다. 문을 똑똑 두드리는 소리가 유독 컸다. 희연은 마지막으로 이규의 머리카락을 한 번 쓸어 넘겨 주곤 천천히 몸을 떼어 냈다.

마지막 말을 해야 할까. 무슨 말을 해야 할까. 그 어떤 말도 '마지막'이라 생각하니 적당하지 않은 것 같아 입이 떨어지질 않았다.

"희연아!"

악을 쓰는 듯한 목소리가 울리고, 문이 닫혔다.

"내려가시면 됩니다."

반장이 까닥까닥 고개를 움직였다. 그녀는 눈물이 날 것 같아서 고개를 빳빳하게 들었다. 우는 모습 따윈 보이고 싶지 않았으니까.

천천히 계단을 내려가자마자 고급 세단이 한 대 보였다. 경찰서와는 그다지 어울리지 않는 값비싼 차. 후줄근한 그녀의 옷차림과는 다르게 몸에 꼭 맞는 정장을 입은 남자가 친절하게 문을 열어 주기까지 했다. 가까이 다가가자 그가 싱긋 웃으면서 물었다.

"송희연 님 맞으십니까?"

"맞아요."

"타십시오."

어디로 가는지 굳이 묻진 않았다. 행선지를 듣지 않아도 알 것 같았으니까. 희연은 짙게 선팅이 된 창밖으로 경찰서를 다시 쳐다 봤다.

어쩐지 이규의 울음소리가 들리는 것 같기도 했다. 축축하게 젖 은 어깨를 손끝으로 한 번 쓰다듬고 조금 후회했다.

'마지막 인사라도 하는 게 좋았을까.'

너무 어설픈 끝이었나. 이대로도 괜찮은가. 바라는 것이 하나 있 다면 이규가 그녀 없이도 잘 사는 것뿐이었다. 다치지 않고 평범하 게. 더 이상 불쌍하지 않게.

금세 경찰서가 멀어지고, 두 달간 지냈던 작은 도시를 벗어나 면서 희연은 등받이에 몸을 푹 기댔다. 생각보다도 더 허무한 끝 이었다.

서울까지 내달리는 차 안에서, 희연은 창밖을 멀거니 바라봤다. 빠르게 뒤로 사라져 가는 것들을 보면 숨이 막혔다. 적막함에 귀가 먹어 버릴 것 같았다.

아무것도 묻지 않았다. 묻고 싶지도 않았고, 대답해 줄 거라는 생각도 없었다. 몇 시간을 내내 달리기만 했다. 밤이 되어서야 서 울에 도착한 차는 매끄럽게 호텔로 들어갔다.

커피 한 잔에 만 원이 넘는 비싼 카페로 들어서면서 희연은 쓴 웃음을 지었다. 커피 한 잔에 어떻게 오천 원이 넘냐며 구시렁거리던 이규의 목소리가 떠올랐다. '믹스커피나 마시면 되지.'라고 말하면서도 결국 구깃구깃한 돈을 내던 모습도.

"오랜만이네요. 희연 씨."

창가 쪽 자리에 앉아 있던 정우가 자리에서 일어나며 인사를 건넸다. 그가 정장 웃옷을 가볍게 툭툭 털면서 가다듬었다.

"네. 오랜만이네요."

희연이 고개를 꼿꼿하게 들어 올렸다. 이미 약점을 쥐여 주었다는 건 알고 있지만, 그래도 비굴하게 숙이고 싶지는 않았으니까. 그녀의 옷차림을 가볍게 훑어본 남자가 산뜻한 웃음을 지었다.

"못 본 사이에 스타일이 많이 달라졌네요."

"좀 파격적이긴 하죠."

희연이 담담하게 대답하곤 그의 맞은편에 앉았다. 고급 호텔과는 어울리지 않는 꼴이었다. 낡은 바지에 목이 늘어난 티. 그 위에 걸쳐 입은 후드 티에는 왜 났는지 모를 구멍이 하나 있었고, 늦가을용의 바람막이는 색이 조금 바래 있었다. 계절감도 엉망, 스타일은 더더욱 엉망이었다.

그렇지만 그녀는 잘 차려입은 사람인 양 등을 꼿꼿하게 폈다. 그러곤 정우의 시선을 똑바로 마주했다.

"부탁 들어줘서 고마워요."

"뭘 이 정도 가지고요."

"별것 아닌가요?"

"예의상 하는 말이죠."

남자가 매끄럽게 말하고는 낮은 웃음소리를 냈다. 이규와는 정말 정반대인 사람이었다. 평생 욕 한 번 안 해 봤을 것 같은 느긋하고 매끄러운 말투. 상처 따윈 입어 본 적 없을 듯한 말끔한 얼굴. 몸을 감싸고 있는 값비싼 정장.

그가 앞에 놓인 새 휴대폰을 손끝으로 밀어 주었다.

"휴대폰 잃어버렸다면서요."

"……아, 네. 고마워요."

희연은 그것을 집어 주머니에 대충 넣었다. 휴대폰이 새로 생기면 무슨 소용이란 말인가. 이규의 번호도 모르는데. 왜 그것을 물어보지 않았을까 잠시 후회했다.

그냥 그때는 평생 그렇게 지낼 수 있을 것만 같았다. 단칸방에서 서로의 체온에 기대어서 그렇게.

'어차피 언젠가는 끝날 생활이었는데.'

쓴웃음이 나왔다. 끝을 생각하고 싶지 않았던 걸지도 모르고, 아니면 끝이 나지 않길 바랐던 건지도 몰랐다. 그냥 그 끝을 상상한 적이 없었다. 막연히 머리로는 알고 있었으면서도 그렇게 외면했다.

"식사는 했어요? 여기 좋아했잖아요."

잠시 생각에 빠져 있는 그녀를 다시 현실로 끌어들인 건 정우의 차분한 목소리였다. 그가 손을 까닥여 메뉴판을 가져오게 하더니, 희연에게 그것을 내밀었다.

"속이 좀 안 좋아서요."

대충 대답했다. 그와 마주 앉아 식사를 하고 싶은 마음은 손톱만큼도 없었으니까. 그냥 피곤했다. 희연이 메뉴판을 손끝으로 밀어내자 정우가 가볍게 입꼬리를 끌어 올려 웃었다.

"뭐, 그래요."

잠시 침묵이 흘렀다. 희연이 입술을 꽉 다물었다. 솔직히 묻고 싶은 건 단 하나뿐이었다. 이규는 어떻게 되었는지. 약속은 지켰는지. 그러나 부탁한 입장에서 차마 말을 못 꺼내고 가만히 있으니 정우가 먼저 그것에 대해 대답했다.

"약속은 지켰으니 걱정할 것 없어요. 그렇게 신뢰 없는 남자는 아니니까."

"고마, 워요."

말이 뚝뚝 끊어졌다. 이 남자에게 빚을 만들었다는 것 자체가 참담한 기분이 들었다. 물론, 그 순간으로 돌아간다면 또다시 똑같은 부탁을 했겠지만 말이다. 희연은 테이블 밑으로 양손을 꽉 맞잡았다. 눈을 꾹 감고, 긴 숨을 내쉬었다.

'이제 아무 상관 없는 남자야.'

신경 쓰지도 않고 살아야 했다. 다시는 맞닿을 수 없는 사람이니까. 인생에 잠시 스쳐 지나간 인연조차 안 되는 그런 사이여야 했다.

"피곤할 텐데 우선 좀 쉬어요. 옷도 갈아입고."

"……"

웃는 얼굴이었지만, 정말 꼴 보기 싫다는 기색이 노골적이었다. 희연은 이규의 옷을 꽉 움켜쥐었다. 조금 화가 났다.

"내일 점심 식사라도 같이할까요?"

부드러운 권유였으나, 거절할 수는 없었다. 그럴 입장이 못 되었으니까. 고개를 살짝 끄덕이자 정우가 싱긋 웃었다. 여유로운 웃음이었다. 칼자루를 제가 쥐고 있다는 걸 확실하게 알고 있는 그런 웃음.

"차 보낼게요."

"알았어요."

고작 몇 분 마주 앉아 있던 것뿐인데 머리가 지끈거릴 정도로 피곤해졌다. 더 이상 마주하고 싶지도 않고, 대화를 나누고 싶은 마음도 없었다.

희연은 자리에서 일어나 성큼성큼 걸어 나갔다. 그녀를 데려온 차가 매끄럽게 앞으로 다가왔다. 조수석에서 냉큼 내린 남자가 다시 문을 열어 주었다.

"내 집 주소는 알고 있죠?"

"알고 있습니다."

매끄러운 대답에 주먹을 꽉 쥐었다가 폈다. 최 전무의 사람을 부리는 자신도, 당연하다는 듯 주소까지 알고 있는 사람도 전부 마음에 들지 않았다. 화가 났다가도 모든 것이 허무해졌다. 뒷좌석에 앉아 등받이에 등을 기대고 있으니 차가 천천히 출발했다.

문득 이규와 함께 살던 바닷가가 떠올랐다. 허름하지만 그래도 살고 싶다고 느껴지던 작은 도시와는 완전히 다른 풍경이 눈앞에서 번쩍였다. 높은 빌딩. 도로를 가득 채운 차. 밤인데도 마치 낮 같은 길거리.

희연은 눈을 느리게 깜박이다가 그냥 눈을 감아 버렸다.

근 두 달 만에 돌아온 집은 달라진 게 아무것도 없었다. 이틀에 한 번씩 오는 도우미가 청소를 꼬박꼬박 잘해 놓은 건지 먼지 하나 쌓여 있지 않아서 마치 아침에 나갔다가 저녁에 돌아온 듯한 기분이 들기도 했다.

그녀는 광활할 정도로 넓은 거실에 덩그러니 선 채 잠시 주변을 둘러봤다. 손만 뻗으면 무엇이든지 다 잡을 수 있었던 반지하방에 있다가 수십 평짜리 집에 오니 기분이 이상했다. 거기다가 밤인데도 달빛과 도시의 불빛으로 환한 방이라니.

희연은 불도 켜지 않은 채 희미한 어둠에 감싸인 집 안을 서성거렸다. 불을 켜지 않으면 코앞을 보는 것도 버겁던 작은 방과 달리, 이곳은 불을 켜지 않아도 모든 것들이 잘 보였다. 그녀는 이곳에 처음 온 사람처럼 천천히 주위를 두리번거렸다.

말끔하게 정리된 킹사이즈 침대가 있는 침실. 값비싼 옷들이 잘 수납되어 있는 드레스 룸. 커다란 책상과 책들이 가득 찬 서재. 손님용 방과 큼지막한 욕조가 있는 욕실. 동선을 잘 고려해서 만든 모던한 부엌. 영화 보기 좋은 커다란 벽걸이 티브이와 푹신한 소파.

마치 처음 오는 집인 양 방문을 하나하나 다 열어 본 그녀는 마지막으로 거실에 돌아와 소파에 풀썩 앉았다. 아득할 정도로 넓은 집에 혼자 있는 건, 세상에 홀로 남겨진 기분과 똑같았다.

"하아……."

푹신한 등받이에 파묻히듯 몸을 기댄 희연은 높은 천장을 멀거니 쳐다봤다.

약속을 지켰다면, 지금쯤 이규는 집에 돌아갔을 게 분명했다. 혼자. 또다시 가까운 이에게 버림받고.

"……씨발."

그가 입버릇처럼 달고 다니던 욕을 조심스럽게 내뱉으면서 양

손으로 얼굴을 가렸다. 눈을 감자 어린애처럼 헐떡이며 울던 소리가 귓가에 달라붙어 떨어지질 않았다.

조금, 외롭다고 생각했다.

희연은 예전처럼 말끔하게 옷을 차려입은 채 정우가 보낸 차에 올라탔다. 어디로 가는지는 굳이 묻지 않았다. 어차피 가격표가 없는 메뉴판을 주는 레스토랑 중 하나에 갈 테니까. 그리고 이제 와서 거긴 싫다 좋다 말할 처지가 아니기도 했다.

예상대로 비싸 보이는 레스토랑 앞에 차가 멈춰 섰다.

"송희연 님 맞으신가요?"

"맞아요."

"안내해 드리겠습니다."

반듯한 옷을 입은 종업원이 미소 지으면서 고개를 살짝 숙였다. 안내받은 룸으로 들어가자마자 싱긋 웃는 얼굴의 남자가 그녀를 맞아 주었다.

"스타일이 완전히 달라진 건 아닌가 보네요."

"어제가 더 마음에 드셨나 봐요."

"설마요."

빈정거리는 말을 익숙하게 주고받은 희연은 천천히 의자에 앉았다. 미리 주문을 해 둔 듯 바로 애피타이저가 나왔다. 예쁜 접시에 조금 올려진 음식을 보자마자 왠지 이규의 반응을 예상할 수 있어서 약간 기분이 풀렸다.

분명 욕을 하면서 이걸 먹으라고 준 거냐며 뭐라고 하겠지. 희연이 웃음을 꾹 참으며 포크를 살짝 집어 들었다.

"와인 주문할까요?"

"일하셔야 하는 거 아니에요?"

"희연 씨가 필요한가 해서요."

"됐어요."

그것보단 소주가 마시고 싶었다. 소주잔 말고 컵에 콸콸 따라서. 그리고 술 상대로는 정우보단 이규가 낫겠지. 안 되면 준혁도 괜찮고.

음식이 차례차례 나오는 동안 정우는 별다른 말을 하진 않았다. 네가 먼저 얘기해 보라는 듯이. 디저트와 커피가 나오고 나서야 희연은 미루고 미뤘던 말을 꺼냈다.

"부모님께는 뭐라고 말씀드렸어요?"

"제 별장에 있었다고 말씀드렸어요. 강원도 공기 좋은 곳에 있었다고 하면 됩니다."

"그리고요."

그것으로 끝이 아니었을 거라는 건 알고 있었다. 아무런 대가도 없는 호의는 없었으니까. 정우가 가볍게 미소 지었다. 이 말을 하는 순간만을 기다려 왔다는 듯이.

"희연 씨가 이제 마음을 잡은 것 같다고 말씀드렸습니다."

"……."

"제가 실언한 것으로 만들진 않겠죠. 희연 씨?"

"네."

희연은 쓰도록 달콤한 케이크 조각을 입에 넣었다. 이렇게 될 거 왜 그 난리를 쳤나 싶기도 하다가 그래도 이규를 만나서 다행이었다고 생각했다. 그저 이렇게 지나쳐 버릴 인연이지만. 살아온 날이나, 살아갈 날에 비하면 아주 찰나에 불과하지만. 그래도 닿아서 행복했다.

그와 함께 살던 그날은 행복한 줄 몰랐지만, 지나고 나니 깨달을 수 있었다. 어두운 반지하방에서 서로의 체온에 기대어 잠들던 그 순간들이 소중했던 거라는 걸.

"전화 한번 드려요. 아무리 그래도 딸인데 저 통해서 소식을 듣는 것보다는 좋아하실 테니까."

"별로 안 좋아하실 것 같은데요."

"자식이잖아요."

그녀는 포크를 내려놨다. 콕 찍어 부모님께 전화를 드리라고 말하는 건 다른 의도가 있어서가 분명했다. 안 그래도 꾸역꾸역 넘기던 것들이 목에 걸린 듯한 기분이었다.

"부탁할 게 있나 봐요?"

"뭐, 그리 노골적으로 말할 건 아니고. 한번 모시고 식사라도 했으면 해서 말한 겁니다."

"알았어요. 연락…… 해 볼게요. 내일쯤."

정우가 빙긋 웃었다.

"일정 정해 주시면 제가 맞출 수 있으니 편하게 말씀해 달라고 전해 주세요."

희연은 커피를 한 모금 마셨다. 이규의 집 근처 카페보다 훨씬 비싼 커피였지만, 그 카페의 커피가 더 맛있다고 생각했다.

처음 카페에 들어갈 때 도살장에 끌려가는 듯한 표정을 지었던 이규가 생각나서 웃음이 나올 뻔했지만 꾹 참아 냈다. 그녀는 정우의 얼굴을 물끄러미 쳐다봤다.

"그동안 왜 그냥 놔뒀어요?"

이규의 휴대폰으로 전화했었으니 그녀가 어디 있는지는 충분히 알아낼 수 있었다. 심지어 그곳까지 가는 표를 끊을 때도 신용카드를 사용하지 않았던가. 그런 작은 도시라면 뒤지는 것도 어렵지 않았을 게 분명했다.

그러나 그는 나타나지도 않았으며, 다시 전화를 걸어 찾지도 않았다. 당연히 협박 따위도 없었다.

'그래 봐야 결국 내 손으로 전화를 하게 됐지.'

희연이 씁쓸해하건 말건 정우는 당연하지 않냐는 듯 어깨를 으쓱이며 웃었다.

"재미있어 보여서요."

"……."

"뭐, 가끔 일탈도 좋죠."

일탈. 그녀는 시선을 내리깔았다. 그러니까 그냥 약점을 잡은 셈 쳤다는 뜻이었다. 증거 자료야 차고 넘치게 모아 뒀겠지. 입술을 꽉 깨물고, 양손을 꽉 움켜쥐었다.

"신경 안 쓰시나 봐요. 제가 일탈한 거에 대해서."

"사람이 살면서 실수도 좀 할 수 있죠."

너그러운 척하는 말투에 속이 울렁거렸다. 실수. 일탈. 이규에 대해 표현하는 단어에 속이 뒤틀렸다. 실수 따위가 아니었다. 그러나 희연은 정우에게 그 어떤 말도 할 수 없었다.

"참, 건강 검진 예약해 뒀어요."

"건강 검진이요?"

"그런 데서 지냈는데 괜찮은가 싶어서요. 그리고 그동안 희연 씨가 제 책임하에 있었던 셈인데 어디 아프기라도 하면 제가 고개를 들 수가 없지 않습니까."

수치스러워졌다. 희연은 얼굴이 벌겋게 달아오르는 느낌에 눈을 질끈 감고 크게 심호흡을 했다.

좋은 말로 포장했지만, 어쨌든 이규와 '실수'라도 저질렀을까 봐 건강 검진을 핑계로 살펴보겠다 이 말이 아닌가. 이것은 두 사람 모두에 대한 모욕이었다. 손 한 번 잡은 적 없었다. 경찰서에서 나오기 전에 딱 한 번. 그것도 희연이 일방적으로 끌어안은 것이 전부였다.

"필요 없어요. 전 아주 건강하니까."

무릎 위에 올려 둔 주먹을 꽉 움켜쥐었다.

"확실한 게 좋지 않겠어요? 저도 송 의원님 만나는 데 좀 더 당당할 수 있고. 희연 씨도 안심할 수 있고."

그녀를 믿지도, 물러나지도 않을 거라는 걸 알 수 있을 정도로 단호한 목소리였다. 눈을 질끈 감았다가 뜬 희연이 커피를 한 모금 더 마셨다.

"그리고 다음 주에 같이 갈 데가 좀 있어요."

"……."

거절할 수 없다는 걸 잘 알고 있는 저 말투가 싫었다. 매사에 자신만만하고 자기가 옳다는 것을 조금도 의심하지 않는 저 행동이 누군가에게는 아주 매력적이겠지만, 그녀에게는 그리 매력적인 부분이 아니었다. 평생을 저런 인간에게 둘러싸여 살아왔으니까.

"알았어요."

마지못한 대답을 내놨다. 희연을 완전히 제 뜻대로 움직일 수 있다는 걸 깨달은 남자는 싱긋 웃으면서 일정을 차근차근 알려 주었다.

며칠에는 어디서 선상 파티가, 며칠에는 만찬이, 며칠에는 오찬이, 며칠에는 자선 파티가. 끊임없이 이어지는 말에 그저 눈을 깜박이기만 했다. 할 수 있는 거라곤 그게 전부였다.

"아직 확정되지 않은 것들은 나중에 공유할게요. 당장 사흘 뒤인 십사 일 모임은 괜찮죠?"

'아니요. 안 괜찮아요. 싫어요.'라는 말이 목 끝까지 차올랐다. 하지만 입 밖으로는 단 한 마디도 내뱉을 수 없었다.

"괜찮아요."

싱긋 웃으면서 정해진 대답을 하는 수밖에. 희연은 꾸며 낸 미소를 익숙하게 얼굴에 띠었다. 또다시 도망치고 싶다는 생각을 했다.

그녀는 이규와 함께하며 잊고 있었던 일상으로 돌아왔다. 아니, 그 말은 맞지 않았다. 그때보다 조금 더 지옥 같아졌으니까. 이제는 거절할 만한 입장도 안 되고, 그것을 잘 아는 남자는 부드러운 말로 강요 아닌 강요를 해 왔다.

그가 부탁한 덕분에 부모님께도 다시 연락을 드려야 했다. 싸늘하고 익숙한 목소리에 괜히 전화했다는 생각이 들었지만, 언제까지고 피할 수만은 없는 일이라는 걸 알고 있었다. 평생 도망만 칠 수는 없었다.

딱딱한 목소리로 말을 이어 가던 아버지는 정우의 별장에서 지냈다고 얘기하자 조금 누그러진 목소리를 냈다. 몇 마디 나무라는 말에 희연은 그냥 죄송하다고 대답했다. 틀에 박힌 말로 궁금하지도 않은 서로의 안부를 묻고, 어색한 침묵을 몇 초간 유지한 뒤 겨우 전화를 끊었다.

"하……."

진이 다 빠졌다. 지친 표정으로 소파에 풀썩 누운 희연은 커다랗고 매끄러운 티브이 화면을 바라봤다. 까만 화면 안에 그녀의 모습이 비치고 있었다.

아버지와 통화를 하고 나니 정말 돌아왔다는 게 확실히 느껴졌다. 언니나 오빠처럼 대단한 꿈도 없는 집안의 문제아. 죽는다고 쇼나 하는 골칫덩어리.

'틀린 말도 아니긴 하지.'

희연은 팔로 눈 위를 꾹 눌렀다. 성인이 되고 나서는 한 달이 멀다 하고 어느 재벌집 2세, 3세들과 이어 주려는 노력이 이어졌다. 물론, 그 노력이 결실을 맺은 적이 없으니 서른이 다 된 지금까지 혼자 지내는 거지만.

반항이랍시고 난잡하게 산 적도 있었고, 애인이라며 엉뚱한 남자를 데려온 적도 있었다. 당연히 끝은 안 좋았다. 이런저런 사건에 휘말리기도 하고. 그럴 때마다 벼락같은 아버지의 분노를 직격으로 맞았다.

뭐가 문제인지는 모르겠지만, 희연은 스스로가 제일 큰 문제라는 걸 알고 있었다. 그녀만 제외하면 가족들은 아주 완벽했으니까. 아버지를 따라 정치에 발을 담그고 잘나가는 언니. 검사가 된 오빠. 이 집안에서 고장 나 있는 것은 오직 희연뿐이었다.

어디서부터 어긋났던 건지 짐작조차 가지 않았다.

'성적을 엉망으로 받았을 때부터였을까.'

부모님은 물론이고, 위로 있는 언니, 오빠 모두 공부는 아주 잘했다. 성적은 대부분이 만점이었고, 대학도 손꼽히는 곳으로 갔다. 그러나 희연은 아무리 노력해도 그만큼의 성과를 거둘 수 없었다.

애초에 그냥 흥미가 없었다. 과외 선생을 붙이고, 악착같이 시키니 그럭저럭 성적은 내긴 했으나, 부모님이 만족할 정도는 될 수 없었다. 그러다가 어느 순간 다 싫어져서 시험 당일 학교를 결석했다.

특별히 뭔가를 하진 않았다. 그냥 근처 놀이터에 앉아서, 하염없이 시간을 보냈던 건 똑똑히 기억하고 있었다. 그 순간만큼은 혼나는 것도, 부모님의 한심하다는 시선도 두렵지 않았다. 아무리 노력해도 높은 이상에 맞출 수 없다는 걸 깨달아서였을까. 사춘기의 반항이었을지도 몰랐다.

'그때 내가 다른 방식으로 반항했으면 나았을까?'

아니면 부모님이 다른 방식으로 대처했으면 이 꼴이 되진 않았을지도. 희연은 희미하게 웃었다.

최악의 성적을 낸 뒤, 부모님은 그냥 다 손을 놔 버렸다. 그제야 자기들의 기준에 절대 맞추지 못할 자식이라는 걸 깨달은 것일 수도 있었다. 그냥 적당히 대학에 가서, 결혼이나 하라며 그림을 시키기 시작했다. 그래도 대학 졸업장은 있어야 되지 않겠냐면서.

두 분이 무엇을 깨달았는지 정확히 알진 못했지만. 희연 역시 무언가를 깨달았다. 부모님은 그녀를 첫째나 둘째 같은 '잘나가는'

인간으로 만드는 걸 포기했고, 적당한 집안과 결혼시키는 것으로 써먹으려고 한다는 걸.

그 뒤로는 갈피를 잡을 수 없었다.

다시 부모님의 기대에 부응하고 싶다가. 이 악물고 다 망치고 싶다가.

어느 순간에는 얌전히 그림을 그리고 적당히 공부를 하면서 지내다가도, 더 이상 참기 힘들 때면 보란 듯이 악을 쓰며 모든 것을 엉망으로 만들었다. 그때마다 봤던 부모님의 얼굴은 아마 평생 잊을 수 없으리라.

한심하고, 덜떨어진 무언가를 보는 듯한 그 표정이라니.

희연은 양손으로 얼굴을 가렸다.

그다음은 뻔했다. 기다렸다는 듯이 계속해서 들어오는 선 자리들.

자신의 존재 가치는 그것뿐이냐고 악을 쓰고 싶었다. 그저 잘나가는 집안의 아들과 결혼해서 부모님과 언니, 오빠에게 또 하나의 든든한 뒷배가 되는 게 지금까지 살아온 의미냐고. 소리를 지르고 싶었지만. 그렇게 하지도 못했다.

'대답이야 뻔하잖아.'

무슨 말을 할지 너무 잘 알고 있어서. 그것을 직접 듣는 게 두려웠다.

그래서 차라리 이용하지도 못하게 만들겠다고 생각했다. 그것이 스스로를 망치는 길이라는 걸 알면서도 멈출 수 없었다. 아니, 멈추지 않았다. 부모님은 그런 것에도 저를 포기하지 않았으니까. 그녀의 반항과 일탈을 없었던 일처럼 무마시키고, 적당히 포장해서 또다시 결혼을 시키려 했다. '송희연'이라는 애를 낳고, 기른 이유가 그것뿐인 것처럼.

언니나 오빠처럼 바라던 것들을 훌륭하게 해내는, 잘난 인간이었으면 무언가 달라졌을까. 그랬으면 이렇게 실패작처럼 취급당하지 않았을까.

'어차피 실패작인걸.'

희연은 쓰게 웃었다. 누구 하나 포기하지 않아서, 모든 것이 점점 최악으로 치달았다. 특히 '송희연'의 인생이. 그녀가 망칠 수 있는 건 자기 자신뿐이었으니까.

어느 순간 멈춰야 했다고 생각하면서도 멈추지 않았다. 때를 놓쳐 버렸다는 건 그런 의미였다. 멈추는 것조차 뜻대로 하지 못한다는 것. 부모님도 마찬가지였으리라.

'죽고 싶다.'

멍하니 그런 생각을 했다. 사실 죽겠다고 한 것도 처음은 아니었다. 온갖 난동을 부렸지만, 정신 병원에 갇히지 않은 것이 다행이라고 해야 할까. 남들의 눈이 아니었다면 아마 희연은 지금쯤 정신 병원에서 몇 년째 썩고 있었을지도 몰랐다.

송 의원네 막내에게 약간의 '하자'가 있다는 얘기가 도는 건 금방이었다. 부모님이 가져오는 선 자리의 급이 조금 내려갔다. 그렇다고 해서 결혼하려는 남자가 없었다는 소리는 아니었다. 아버지는 꽤 영향력이 있었고, 어떻게든 연을 이어 보려는 사람은 많았으니까.

참 의미 없는 삶이었다.

당신들 뜻대로 살진 않겠다고 발악하다가도 백수로 있는 건 보기 싫다는 아버지의 뜻에 따라 대학원에도 가고, 어영부영 공부를 이어 가다가 박사 학위도 하나 땄다. 또 다른 공부를 시키려고 했지만, 도저히 싹이 안 보여서일까. 다행히도 아버지는 그녀를 다시 대학에 밀어 넣진 않았다. 대신 미술 전공이니 그림이나 몇 점 그리라는 명령 아닌 명령에 의미도 뜻도 없이 대충 몇 개를 그려다 드렸다.

그것으로 전시회를 열자 아버지와 어떻게든 해 보려는 이들이 바글바글 몰려들었고, 마음에도 없는 찬사를 늘어놓은 사람들이 희연의 그림을 몇 개 사 갔다. 그 뒤로는 작가님이라 불렸다. 그저 대충 물감을 뭉개 놓으면 그것이 다 작품이 되나.

변기에 이름만 써넣어도 작품이 되는 작가가 있지만, 그건 이미 그 사람이 명성이 있는 사람일 경우에나 가능한 일이었다. 희연은 아무것도 아니었다. 유명한 것도 아니고 사실 그림을 잘 그리는 것도 아니었으며, 그저 아버지의 도구일 뿐이었으니까.

그런 식으로 흘러가는 인생이었다. 반항하다가, 결국은 아버지 뜻대로 살다가, 또 어느 날엔가는 폭발해서 뛰쳐나가 떠돌다가 다시 질질 끌려와 인형 같은 삶을 반복하는 그런 인생.

그러다가 만난 게 최정우였다. 재벌 3세로 분류되는 남자.

그는 희연도 괜찮다며 순순히 받아들였고, 아버지는 골칫덩어리를 끌어안아 주겠다는 말에 그를 팔 벌려 환영했다. '하자' 있는 물건이라도 제값 쳐서 구매하겠다는 사람이 나왔으니 기뻐하지 않을 리가.

딸에 대해 안 좋은 소문이 돌 때마다 점점 더 마음에 안 차는 남자들과의 선 자리만 들어왔으니 이건 아버지의 입장에서 볼 때 일생일대의 기회나 다름없었다. 처음 생각했던 대로 급 높은 집안에 희연을 보낼 수 있었으니까.

멍하니 얼마나 있었을까. 탁자에 던져둔 휴대폰이 진동하기 시작했다. 나갈 시간이라는 뜻이었다. 정우와 가는 모임이었던가, 파티였던가. 아니면 식사였던가. 별로 상관은 없었다. 그곳이 어디든지 희연이 할 역할은 하나뿐이었으니까.

대충 준비하고 나가자 신데렐라의 호박 마차처럼 값비싼 차가 대기하고 있었다. 신데렐라와 다른 점이라면 그녀는 파티에 참석하고 싶지 않다는 것 정도.

"먼저 숍부터 들르겠습니다."

비서가 바쁘게 스케줄을 체크하면서 말했다. 희연은 아무런 대답을 하지 않았지만, 차는 정해진 곳으로 출발했다.

그렇게 몇 군데를 거치고 나서 정우와 만나기로 한 곳으로 가는 길에 차창을 멀거니 쳐다봤다. 전문가의 솜씨로 만져진 머리카락은 찰랑이며 매끄러운 윤기가 흘렀고, 얼굴에는 옅은 화장이 깔려 있었다. 거기다가 정우가 '가장 어울리는 것'으로 고르라 했다며 비서는 가격 한 번 묻지 않고 원피스를 결제했다. 거기다가 실용적인 목적이라고는 손톱만큼도 없는 예쁜 구두까지.

'이규가 이 모습을 보면 놀라겠지.'

턱이 빠질 정도로 입을 벌릴지도 몰랐다. 아니면 또 욕을 내뱉거나 또다시 귀 끝이 벌게진 채로 '볼만하네.'라고 말할 것 같기도 했다. 그런 생각을 하니 기분이 조금 나아졌다.

"도착했습니다."

생각에 잠겨 있던 희연은 담담한 목소리에 고개를 돌렸다. 비서

가 내려서 문을 열어 주고 있었다. 겨울의 찬 바람이 안으로 스며
들어 왔다.

"희연 씨."

딱 맞춰 기다리고 있었던 건지, 앞에 서 있던 정우가 손을 내밀
었다. 그것을 무시할까 잠시 생각했지만, 그럴 수 있는 입장이 아
니라는 것을 다시 한번 되새기는 꼴이 되었을 뿐이었다. 희연은 애
써 웃는 표정을 지으면서 그의 손을 잡았다.

"딱 맞춰 왔네요."

"비서가 칼 같았거든요."

"유능하다니 다행이네요."

빈정거림인지 아니면 서로를 공격하는 건지 모를 대화를 주고
받았다. 조금 나아졌던 기분이 다시 나락까지 떨어져 버렸다.

"송 의원님이 희연 씨와 함께 식사 한번 하자고 하시더군요."

부모의 소식을 이렇게 낯설게 듣는 사람도 없으리라. 그것도 매
번 다른 사람의 입을 통해서.

"굳이 저까지 가야 할 필요는 없을 것 같은데요."

"서울에 온 뒤로, 송 의원님 뵈러 간 적 없잖아요."

"아버지도 저 별로 안 보고 싶으실 거예요."

"어머님도 모시고 식사 자리 잡아 볼게요."

그 말에 희연이 눈썹을 치켜올렸다. 이 말이 뜻하는 건 딱 하나
뿐이었다.

"다음에는 제가 JD 부회장님과 식사를 해야 하나요?"

"순서는 잘 알고 있네요."

입술을 꽉 깨물었다. 언젠가는 이렇게 될 거라고 예상하고 있긴

했지만, 이건 버거울 정도로 너무 급하고 빨랐다. 게다가 아직 마음의 준비가 다 되지도 않았고 또…… 희연은 차근차근 생각하다가 고개를 살짝 흔들었다.

"우리 아직 약혼도 안 했어요."

"그런 절차가 꼭 필요하진 않죠."

그런 말을 할 거라고 예상이라도 한 것처럼 정우는 느긋하게 대답했다.

"어차피 희연 씨는 선택할 사람도 몇 없어요."

협박처럼 속삭이는 말에 소름이 오스스 돋았다. 정말 이런 것이 끔찍하게 싫었다. 어차피 제 뜻대로 다 될 거라는 이 태도. 이 상황. 이 모든 것들이.

입술을 꾹 다문 채 아무 대답도 하지 않으니 정우가 작게 속삭였다.

"아니면, 정말 그 남자와 같이 살 생각이었어요?"

비웃음이 담긴 물음이었다.

"그 지하방에서요?"

"……왜요. 그러면 안 되나요?"

"가능할 거라고 믿나 보네요."

충분히 가능했다. 아니, 오히려 그때가 더 좋았다.

검정고시 문제집을 뒤적이면서 이규를 기다리는 시간도 좋았고, 그와 등을 맞대고 잠드는 시간도 좋았다. 가끔은 영화를 보러 가고, 같이 길거리를 걷고, 그의 욕설을 들으면서 웃고.

희연이 이를 꽉 악물자, 정우가 어깨를 가볍게 으쓱였다.

"이제 희연 씨도 서른인데 더 이상의 추문은 곤란하지 않겠어요?"

"……."

"송 의원님이 곤란해지실 테니까."

"최 전무님도 곤란해지겠죠."

"그러네요. 저도 조금은 난처해지겠군요."

조금도 난처하지 않다는 듯한 목소리에 화가 났다. 희연은 예쁘고 높기만 한 구두를 벗어서 집어 던져 버리고 싶다는 충동에 휩싸였다. 필사적으로 자신을 억누른 그녀는 주먹을 꽉 쥐었다가 폈다.

"내년쯤에 결혼할까 생각 중인데, 언제가 좋겠어요?"

"결혼이요?"

"여자들은 보통 오월의 신부를 좋아하는 것 같던데."

"빨라요."

이제 막 돌아왔는데. 모든 것이 갑작스럽게만 느껴졌다. 일그러 지려는 인상을 애써 펴고, 숨을 크게 내쉬었다.

"결혼을 서두를 필요는 없잖아요."

"우리 그래도 삼 년은 사귀었는데요."

정우가 재미있다는 듯 쿡쿡 웃었다.

"아, 우리 사귀는 사이였어요? 몰랐네요."

희연이 빈정거렸지만, 그는 조금도 신경 쓰지 않았다. 애초에 그 녀의 의견 따윈 조금도 중요하지 않다는 것을 알고 있었으니까.

"그렇다는 것만 알아 두면 돼요. 우리가 뭐 손잡고 오늘부터 일 일 하면서 연애할 나이도 아니고."

"삼 년을 사귀었든 안 사귀었든 빨라요. 왜요? 결혼이 급하신가 봐요."

"급한 건 희연 씨 아닌가?"

최 전무가 느긋하게 말하면서 팔짱을 꼈다.

"송 의원님이 아직도 골칫덩어리로 생각하시던데요. 아버지의 마음도 신경 써 드려야죠."

"하루 이틀도 아니고. 이미 저 포기하신 지 오래일걸요. 결혼이 그렇게 급하시면 다른 여자 알아보세요."

"아깝잖아요."

난데없는 말에 그녀가 인상을 살짝 찌푸렸다. 정우가 그녀의 어깨를 감싸 안았다. 마치 다정한 연인 흉내라도 내려는 듯이.

"기껏 '가까워'졌는데."

약점을 단단히 쥐고 있는 여자를 또 마련하기 귀찮다는 뜻쯤 되려나. 희연은 짧은 한숨을 내쉬었다. 발버둥을 치든 울며 악을 쓰든 벗어날 수 없다는 것만 다시 확인한 꼴이었다.

'뭘 바란 거야.'

갑자기 인생이 그녀의 뜻대로 흘러가 줄 거라는 그런 기대? 쓴웃음이 나왔다. 정우의 손에 힘이 살짝 들어갔다.

"웃어요. 희연 씨. 그 정도는 할 수 있죠?"

그 말에 희연은 애써 입꼬리를 끌어 올려 웃었다.

몇 시간이고 이어진 자선 파티가 끝나고, 차에 올라탄 희연은 눈을 꾹 감은 채 이마를 손끝으로 눌렀다. 발도 아프고, 입꼬리에는 경련이 일어날 것만 같았다. 옆에 앉은 남자가 그녀의 집으로 가라는 말을 하는 걸 들으면서 등받이에 등을 푹 기댔다.

눈을 뜨자 환한 가로등 덕분에 밤인데도 눈이 부셨다.

"결혼하면 JD 쪽에서 갤러리 운영을 했으면 좋겠네요. 아무래도 '작가님'이시니 좀 더 보기에도 좋겠죠."

사무적인 목소리가 들려왔다. 희연이 창에 비친 정우의 모습을 힐끗 보곤 빈정거렸다.

"망해도 되는 사업인가 봐요?"

입꼬리를 비틀어 올리자, 그가 재미있다는 듯 하하 웃었다.

"어차피 경영 관리할 사람은 따로 있으니, 대표 자리에 웃으면서 앉아 있기만 하면 되는 일이에요. 적당히 그럴싸한 말 몇 마디 정도 하고요. 뭐, 그것도 필요하다면 대본을 써 줄 수 있고요. 그 정도는 할 수 있죠?"

이를 꽉 깨물었다. 수치스럽고 비참했다. 쌩쌩 달리는 차에서 뛰어내리고 싶은 충동이 들었다. 희연은 문손잡이를 천천히 매만지다가 창에 머리를 툭 기대고 눈을 감았다. 더 이상 말을 섞고 싶지 않다는 기색을 노골적으로 풍겼다.

정우는 말을 거는 대신 태블릿을 들어 보고서를 들여다보기 시작했다. 희연은 눈꺼풀 위로 스쳐 지나가는 가로등의 수를 세었다.

서울의 밤거리는 너무 밝고 정신없어서 도망치고 싶었다.

이규는 경찰서에서 내쫓겼다. 송희연 어디 갔냐고 난동을 부리다가, 공무 집행 방해로 잡아넣겠다는 반 진담의 협박을 듣고 경찰서 밖까지 내몰렸다. 분명 이번에는 꼼짝없이 감옥에라도 갈 거라 생각했는데, 이상하게도 경찰들은 진술서만 받고 대충대충 일을 처리하더니 그를 내보내 버렸다.

희연에 대한 건 아무것도 알 수 없었다. 그저 번지르르하고 비싼 차가 그녀를 싣고 갔다는 것 정도.

혹시나 설마 그때처럼 멍청하게 집 앞에 웅크리고 있을까 싶어 피 맛이 날 만큼 필사적으로 집까지 달려왔지만, 센서 등이 켜져도 보이는 건 텅 빈 자리뿐이었다.

"씨발!"

이규는 악을 썼다.

희연이 떠나고 남은 것은 거의 없었다. 처음 본 날 입고 있었던 원피스 한 벌과 그가 사다 준 옷이 몇 벌. 그리고 그녀의 글씨가 남은 문제집이 몇 권. 뭐가 더 없을까 싶어 신경질적으로 좁은 방 안을 헤집던 이규는 벽을 거칠게 걷어찼다.

처음 그녀를 억지로 떠밀어 보냈던 그날과 똑같았다. 아는 거라곤 송희연이라는 이름과 나이뿐.

"흐……."

속에서부터 무언가가 울컥 솟아오를 것 같아 이를 꽉 악물었다. 같이 지내는 동안 더 알게 된 거는 도움 안 되는 것들뿐이었다. 영화를 좋아한다는 거. 닭살 돋는 카페에 가서 커피 마시는 것을 즐긴다는 거. 새침하게 생겨서는 라면이 맛있다고 하는 거.

"악! 아악!"

화가 났다. 있는 힘껏 소리를 지르고 또 질러도 분이 풀리질 않았다.

또 강이규는 버려졌다. 멍청하게도 이번엔 다를 거라고 믿었는데. 버리지 않겠다고 말했으면서. 그가 가진 가장 좋은 것이 되겠다고 했으면서.

거짓말쟁이. 나쁜 년. 사기꾼. 그냥 죽어 버리지.

악을 쓰면서 욕을 퍼부은 이규는 눈에 들어온 옷을 손으로 집어

들었다. 같이 영화 보러 갈 때만 입을 거라 말하면서 곱게 접어 올려 둔 원피스였다. 그것을 있는 힘껏 집어 던졌다. 목에서 피가 날 정도로 소리를 지른 그는 헐떡이면서 어깨를 들썩였다.

"씨이발······."

갈 거면 그냥 사라져 버리지. 왜 끌어안아 주었을까. 왜 쓰다듬어 주었을까.

그딴 여자 때문에 눈물을 흘리는 것이 우습다고 생각하면서도, 흐르는 눈물을 막을 수가 없었다. 피딱지가 앉은 주먹으로 눈가를 벅벅 문질렀다. 상처에 짜디짠 눈물이 스며들어 쓰라렸다.

"흐윽······."

울고 있다는 걸 뒤늦게 깨달았다. 어떻게든 멈추려고 했지만, 이미 한번 터져 버린 눈물은 주체할 수가 없었다.

엄마가 떠났을 때도, 형이 떠났을 때도, 이렇게 슬프지는 않았다. 그딴 여자가 뭐라고. 뭐가 그리 특별하다고. 고작 두 달 동안 같이 지낸 것뿐인데 무엇이 그렇게 안타까워서.

희연이 없을 때도 그는 잘 살았고, 앞으로도 잘 살 수 있었다.

"하······."

그럴 리가 없었다. 다신 그때처럼 즐겁게 살지 못할 거라는 걸 이규도 알고 있었다. 그녀와 함께했던 두 달이 인생에서 제일 행복한 시간일 거라고 생각하자, 누군가가 망치로 가슴을 있는 힘껏 두들기는 것만 같았다. 이규는 무릎을 꿇고, 바닥에 엎드리며 웅크렸다.

"으, 흐으······."

뚝뚝 눈물 떨어지는 소리가 들렸다. 울고 있는 스스로가 비참해졌다. 주먹으로 바닥을 마구 내리쳐 봐도 그 어떤 고통을 가해도 가슴을 내리치는 것만 못했다. 이렇게 아픈 고통이 있구나. 이규는 처음으로 '견딜 수 없는' 고통이 무엇인지 깨달았다.

주섬주섬 바닥에 엉망으로 널브러진 희연의 옷을 끌어안았다. 코를 박아도 그녀의 냄새는 너무 희미하기만 했다. 남아 있는 흔적이라도 어떻게든 찾아내려는 자신이 우스웠지만 눈물을 멈출 수가 없었다.

차라리 끌어안아 주지 말지. 그냥 말없이 떠나 버리지. 그랬으면 완전히 질려서 떠난 거라고 생각할 수 있었을 텐데.

원망하는 마음이 들다가 모든 것을 그녀의 탓으로 돌리는 스스로가 끔찍해졌다.

"아악!"

이규는 목이 터져라 소리를 질렀다. 그렇게 악을 쓰다 보면 희연이 들을 것처럼.

다 그의 탓이었다. 처음 만났을 때, 그냥 바다에 버려두고 왔어야 했다. 집에 들였으면 안 됐다. 일요일까지 있겠다는 말을 거절해야 했다. 희연이 있는 삶에 익숙해지면 안 됐다. 그런 여자를 이쪽 세계에 조금이라도 끌어들이면 안 됐다. 그때, 추워도 밖에 있으라고 잘라 말했어야 했다.

모든 순간순간을 후회하다가 비참해졌다.

겨울 잠바라도 사 줬어야 하는데 아직 못 사 줬다는 게 마음에 남았다. 커피를 마시러 가자고 할 때마다 그냥 믹스커피나 마시면 되지 않냐고 짜증 내지라도 말 것을. 이규는 희연의 옷가지에 고개를 파묻은 채 울다가 쓰게 웃었다.

자신이 얼마나 구질구질하고 쓸모없는 인간인지 생각했다.

"씨발. 만나지, 않았으면…… 좋았, 잖아……."

숨을 헐떡이면서 중얼거린 그는 체온이라곤 조금도 남아 있지 않은 옷가지를 끌어안았다.

아니, 만나지 않았으면 좋았을 거라는 건 거짓말이었다. 희연을 만나서 즐거웠으니까. 시궁창 같은 인생에서 '아, 좋은 순간이었지.' 하면서 되새길 수 있는 순간이 세 가지 이상 생겼으니까.

그녀는 지옥 같았을지 몰라도 이규는 행복했다. 떠나고 나니 그 순간이 얼마나 반짝이고 예뻤던 건지 뼈저리게 느낄 수 있었다.

그는 결국 끝까지 희연을 한 번도 안아 보지 못했다는 걸 깨달았다. 수갑 때문에 그 가느다란 어깨에 팔을 둘러 보지조차 못했다. 할 수 있는 거라곤 고작 그녀의 어깨에 기대어 추하게 우는 것뿐이었으니까.

딱 한 번만 안아 볼 수 있으면, 깨끗하게 보낼 수 있을 것 같았다. 아니, 거짓말이었다. 끌어안으면 절대 놓고 싶지 않을 테니까.

이규는 악을 쓰면서 몸부림쳤다.

그렇게 얼마나 시간이 지났을까. 온몸의 물이 다 눈물이 되어 빠져나간 듯 입 안이 바짝 말라 왔다. 늘 어두컴컴한 방 안이 유독 지옥 같았다.

희연이 없었을 때는 어떻게 살았는지 기억조차 나지 않았다. 숨은 어떻게 쉬었더라. 언제 일어났더라. 무엇을 했더라. 잠을 자려고 침대에 누워 봤지만, 잠이 오질 않았다. 빛 한 점 들어오지 않는 반지하방은 너무 추웠다.

멍하게 눈을 끔벅이고 있으니, 삐삐 소리가 나고 문이 열렸다.

이규는 튕기듯 일어나 문으로 달려갔다.

"와 씨발, 놀래라……."

준혁이 뒷걸음질 치면서 걸쭉한 욕을 뱉어 냈다. 친구의 얼굴을 확인한 순간 온몸을 휩쓸고 지나가는 그 감정을 대체 무어라고 표현해야 할까. 머리끝까지 차올랐던 기운이 한 번에 쭉 빠져나가는 것만 같았다. 욕을 할 생각도, 의욕도 없어진 이규는 말없이 침대에 걸터앉았다.

"친구가 왔는데 반겨 주지도 않냐."

'개새끼', '씹새끼' 하면서 구시렁댄 준혁이 부스럭거리며 편의점 봉투를 내려놨다. 술병이 덜그럭거리는 소리를 냈다.

"너 경찰서에서 무사히 나왔다며."

"……."

"누나는 어느 순간 명단에서 빠져 있었다더라."

경찰서를 나온 뒤 처음으로 듣는 희연의 얘기에 이규가 눈썹을 까닥 움직였다. 그 반응에 친구는 눈치를 한번 쓱 살피더니 쓴웃음을 지었다.

"야. 새끼야. 정신 차려."

소주의 병뚜껑을 딴 채 내민 준혁이 한숨을 푹 쉬었다.

"그 누나, 끗발 장난 아닌 집안 여자라고 하더라."

"……누군데."

"씨발 새끼야, 내가 그거까지 어떻게 알아. 나도 그냥 주워들은 거야."

"자세히 말해!"

희연에 대한 일이었다. 알아야만 했다. 이규가 멱살을 꽉 움켜쥐자 남자가 캑캑거리는 소리를 냈다.

"무슨 말을 들었냐고! 개새끼야!"

"나도 몰라! 이 새끼가 왜 지랄이야! 너도 몰랐던 걸 내가 어떻게 알아!"

짜증을 내며 준혁이 그를 퍽 밀쳐 냈지만, 이를 악물고 버텼다.

"그냥 존나 잘나가는 집 딸이라잖아. 그래서 아예 조서도 안 쓰고 나갔다며."

이규는 눈을 천천히 깜박였다. 처음 듣는 얘기였지만, 그리 놀랍지는 않았다. 희연의 삶을 캐물은 적은 없어도 잘산다는 말은 들었으니까. 그리고 무엇보다도 경찰서에서 아무것도 안 하고 나갔다는 점이 그랬다.

"그리고 네놈도 누나가 빼 준 거라는 얘기가 파다하던데. 연락 없었어?"

"……."

그제야 그녀에게 연락처도 가르쳐 준 적 없다는 것을 깨달았다.

그냥 늘 같이 있었으니까. 집에 오면 언제나 희연이 있었으니까. 떨어질 거라는 생각조차 해 본 적 없었다. 무심코 이런 삶이 평생 계속될 거라 믿었다. 너무 행복해서, 언젠가는 끝날 거라는 걸 상상조차 하지 않았으니까.

"너 이 새끼……."

엉망진창이 된 얼굴을 가만히 보던 준혁이 한숨을 크게 내쉬었다.

"야. 너도 누나 때문에 곤란해졌어. 씨발."

곤란해지든 말든 그게 무슨 상관이란 말인가. 희연이 없는데. 그 어떤 것도 의미가 없었다.

"누나랑 관련 있나 보다고 존나 의심하는 거, 내가…… 불알친구라고 네 인생사 줄줄 풀면서 얼마나 좆 빠지게 설득했는지 아냐."

이규는 소주병을 그대로 들어 입에 술을 들이부었다. 쓰다는 생각조차 들지 않았다. 취하는 것 같지도 않았다. 가슴에 느껴지는 통증이 잦아들지 않았으니까.

"좆쳐질 뻔한 거 구해 줬더니. 새끼가 고마워할 줄도 모르고. 씨발……."

욕을 중얼거린 준혁이 컵에 술을 콸콸 붓더니 단번에 컵을 비웠다.

"하여간 그 누나 실제로도 너랑 존나 관련 없는 인간 맞잖아."

관련 없는 인간. 고작 그 정도 사이. 입술 사이로 메마른 웃음이 나왔다. 가까이 있을 때는 그 누구보다도 가깝게 느껴졌는데, 헤어지고 나니 남은 것은 아무것도 없었다. 마치 귀신에 홀렸던 것은 아닐까 싶을 정도로 아무것도 없는 끝이었다.

"어쨌든 떠나 줘서 잘됐지 뭐. 그런 인간이랑 우리는 엮이면 안 돼."

고개를 절레절레 저은 준혁이 소주를 벌컥벌컥 들이켜곤 인상을 팍 찌푸렸다. 머리로는 알고 있었지만, 마음은 그렇지 못했다. 이규가 사는 이 세상에서는 손조차 뻗으면 안 될 걸 알고 있었지만, 다시 한번 만난다면 꽉 붙잡고 끌어안고 절대 놓지 않을 것만 같았다.

준혁이 두 번째 병을 따면서 피식 웃었다.

"야. 그 누나가 너 생각이나 할 것 같냐?"

"씨발……."

생각조차 안 하겠지. 아무 일도 없었다는 듯 살겠지. 아니면 전에 생각했던 대로 재미있는 경험을 했다며 웃음거리로 넘기든지.

반쯤 남은 소주를 단번에 마셔 버린 이규는 지끈거리는 머리를 손으로 짚었다. 희연이 아무렇지 않게 살길 바라면서도, 그렇게 아무렇지 않을 거라는 걸 생각하자 또다시 속에서 불길이 치솟아 올랐다. 눈가가 뜨거워졌다.

"꿈 깨. 새끼야."

"꿈 안 꾸니까 닥쳐."

어차피 손 한번 뻗어 보지 못한 여자였다. 제대로 닿아 본 적조차 없는 별이었다. 어떻게 생겼는지조차 모르는, 곁에 있었지만 멀고 먼 사람이었다.

이규가 빈 병을 쾅 내려놓자 준혁이 말없이 그의 어깨를 툭 쳤다.

"야. 이틀 뒤에 시합 있는데. 나갈 거지?"

"……"

"거절하기만 해 봐. 개새끼…… 안 그래도 다들 너 의심스럽게 보는데. 찍힐 거 아니면 그냥 나가."

새 소주병을 따서 절반 가까이 꿀꺽꿀꺽 마셨지만, 여전히 가슴의 고통은 잦아들질 않았다. 아니, 오히려 술을 들이부을수록 더 거세지는 것 같기도 했다.

"알았어."

이규가 낮게 대답하자 준혁이 안심한 듯한 한숨을 길게 내쉬었다. 친구의 얼굴을 멀거니 보면서 희연을 생각했다. 그래도 이놈이 송희연을 기억하고 있어서 꿈이 아니라는 것을 깨달았다. 꿈이었구나, 라고 생각하고 넘기기엔 그녀와 함께 있었던 시간이 너무나도 깊이 남아 있었다.

'송희연…….'

그 이름을 입 밖으로 내보지도 못한 이규는 술을 다시 입 안에 쏟아 넣었다. 아예 정신도 못 차릴 정도로 취하고 싶은데 그럴수록 희연의 웃는 얼굴이 선명히 떠올랐다. 머리가 어지러워지며 흐려질 때마다 '야.'라고 부르던 목소리가 환청처럼 들려왔다.

"야. 꺼져."

그는 준혁을 발로 걷어차곤 침대에 풀썩 누웠다.

"개새끼가…… 그래, 더러워서 간다. 씨발 놈이 위로해 줘도 지랄이야."

구시렁거리는 소리가 멀어지더니 문이 닫히는 소리가 났다. 늘 희연과 함께 누울 때는 좁아서 불편하다는 생각밖에 하지 않았는데, 막상 그녀가 없으니 침대가 쓸데없이 크다는 생각이 들었다. 이규는 돌돌 뭉쳐 놓은 희연의 옷가지를 끌어안고 눈을 감았다.

"씨발."

송희연. 송희연. 그 이름을 속으로 중얼거렸다. 입 밖으로 내뱉으면 흐려질까 두려웠다. 이미 냄새라곤 손톱만큼도 남아 있지 않은 천 뭉치에 뺨을 기댔다. 혹시라도 남아 있을 체온을 찾는 것처럼.

눈을 감고 가만히 희연을 생각했다. 그녀가 돌아왔으면 좋겠다고 생각했고, 다시는 눈앞에 나타나지 않기를 바랐다.

자신도 어쩌고 싶은 건지 몰라 혼란스러웠다. 그냥 한번 끌어안아 볼 수 있으면 좋을 텐데. 죽어도 좋을 텐데. 이규는 이를 악물었다. 또다시 눈가가 뜨거워졌다. 속이 너무 아파서 진통제를 찾아 먹었지만, 고통은 조금도 줄어들지 않았다.

괴로움 속에 몸부림치다가 겨우 눈을 감으면서 희연이 꿈에 한 번 나왔으면 하고 간절히 바랐지만, 그녀는 매정하게도 그의 꿈에 찾아오지 않았다.

희연은 살짝 눈을 내리깐 채, 깨작거리면서 밥알을 하나하나 집어 입에 넣었다.

"그래. 별장은 편했고?"

"……네. 최 전무님 아니, 정우 씨가 잘 챙겨 줘서 덕분에 편하게 지냈어요."

"다행이구나."

잠시 어색한 침묵이 흘렀다. 먹은 것도 없이 체할 것만 같았다. JD 부회장 부부가 그녀를 얼마나 탐탁지 않게 생각하는지는 잘 알고 있었다.

송 의원의 골칫덩어리 막내딸. 온갖 추잡한 소문의 여자.

'언니였다면 좋아했겠지.'

지금 이 자리에 있는 게 그녀가 아니었다면, 분명 생글생글 웃으면서 사근사근하게 대해 줬겠지만, 안타깝게도 그들의 바람과 달리 이 자리에 앉아 있는 건 희연이었다.

불편해 죽을 것만 같은 식사 자리였다. 희연은 모래알을 먹는 기분으로 음식을 겨우겨우 삼켰다. 속이 꽉 막혀 왔다.

"그래. 내년에 결혼할 생각이라고."

"……"

"네. 오월이 좋지 않을까 싶어요."

대답 없는 희연 대신 정우가 싱긋 웃으면서 느긋하게 대답했다.

그녀는 시선을 살짝 내리깐 채, 하얀 밥알을 하나하나 세면서 입에 넣고, 씹고, 또 씹었다. 별다른 맛이 느껴지진 않았다.

"식장은 생각해 둔 곳이 있니?"

말이 그냥 귓가를 스쳐 지나갔다. 멍하니 밥그릇만 바라보며 아무 대답도 안 하고 있으니 정우가 그녀를 가볍게 툭 쳤다. 흠칫 놀라 고갤 번쩍 든 희연이 불쾌한 기색을 드러내는 부회장 부부를 바라봤다.

"아직…… 알아보고 있는 중이에요."

적당히 둘러대듯 대답했다. 온통 가시방석이었다. 정우가 너무 좋아서 이 자리에 왔다고 해도 정이 떨어질 만한 시선이었다. 그나마 아들이 너를 선택해서 봐주겠다는 노골적인 기색이 느껴져서 속이 답답해졌다.

너 아니면 더 좋은 여자를 만날 수 있는데. 우리 아들이 뭐가 부족해서. 그것을 대놓고 말로 하지는 않았지만, 삐죽삐죽 가시가 돋친 말들은 그런 뜻을 은연중에 드러내며 희연을 쉴 새 없이 찔러댔다.

두 시간가량에 걸친 식사 자리가 끝날 때까지 희연은 밥그릇을 반의반도 비우지 못했다. 다과 역시 마찬가지였다. 차도 한두 모금밖에 마시지 않았는데 체한 것같이 속이 답답했다. 갑갑한 가슴을 툭툭 두드리면서 겨우 차에 올라타자 정우가 피식 웃었다.

"불편한가 봐요?"

"그럼 편하겠어요?"

날카로운 물음에도 남자는 눈썹 하나 까닥하지 않았다. 아니, 오히려 그녀를 나무랐다.

"어쩌겠어요. 익숙해져야죠. 이제 시어머니, 시아버지 되실 분들인데."

그가 느긋하게 말하면서 태블릿을 톡톡 두드렸다. 희연은 그 말을 곱씹었다. 시어머니. 시아버지. 너무나도 낯선 단어였다. 그런 말로 JD 부회장 부부를 부르고 싶지 않을 정도로.

"정말 나로 괜찮겠어요?"

갑작스러운 질문에 정우가 재미있다는 듯 웃으면서 고개를 돌렸다.

"왜요. 부족한 것 같아요?"

"적어도 JD 부회장 사모님께서는 그렇게 생각하시는 것 같네요."

"하하. 그래도 희연 씨가 본인을 객관적으로 평가하는 편이라 다행이네요."

나쁜 새끼. 재수 없는 놈. 희연이 이를 꽉 깨물었다. 빈말로라도 칭찬을 받길 바란 건 아니었지만, 이런 식으로 대답하니 화가 치미는 것은 어쩔 수 없었다. 애써 속을 가라앉힌 그녀는 입꼬리를 억지로 끌어 올려 웃었다.

"부족한 저 대신 넘치는 여자분을 만나시는 게 어때요?"

"뭐, 부족하지만 희연 씨 정도가 딱 좋은 것 같네요."

"저한테 최 전무님이 과분해서 그래요."

"그러면 좀 더 잘해 봐요."

남자가 쿡쿡 웃었다. 희연은 속에서 울컥 치미는 것들을 꾹 내리눌렀다. 정말 한 마디도 안 지는 인간이었다. 빈말로라도 자신을 낮추지도 않고, 스스로가 잘난 것을 너무 잘 아는 재수 없는 인간.

입을 꾹 다물고 있으니 정우가 가볍게 말했다.

"이건 진심인데."

그가 고개를 살짝 숙여 가까이 다가왔다. 슬쩍 뒤로 몸을 빼 피해 봤지만, 차 안에서 도망칠 곳 따윈 없었다.

"희연 씨 부족한 점이야 잘 알고."

긴 손가락이 뺨을 천천히 쓸어내렸다. 소름이 오스스 돋았다. 조금 더 구석에 바짝 붙었지만, 손길을 피할 수는 없었다.

"무슨 일을 저지르고 다녔는지는 희연 씨 본인보다 더 잘 아는데."

정우의 입꼬리가 뒤틀리듯이 올라갔다. 웃는 것 같기도 하고, 비웃는 것 같기도 했다. 손끝이 턱을 살짝 매만지는 게 느껴졌다. 속이 꽉 막혔다.

"그걸 다 감안해도 희연 씨가 제일 나은 것 같아서요."

엄지가 입술 위를 천천히 쓰다듬었다. 희연이 고개를 살짝 젖히자 그가 조금 더 가까워졌다.

"왜요?"

왜. 왜 하필 그녀란 말인가. 정우가 원한다면 수많은 여자를 줄 세워 놓고 마음껏 고를 수도 있었다. 그런데 왜. 도무지 이해할 수 없었다. 그에게서 낮은 웃음소리가 흘러나왔다.

"마음에 들거든요."

"제가요?"

"네. 왜 그런 표정이에요?"

엄지가 파르르 떨리는 입꼬리를 쓰다듬었다. 지금 무슨 표정을 짓고 있을지 스스로도 알 수 없었다. 끔찍하다는 얼굴? 아니면 소름 끼친다는 눈빛일까.

"마음에 들어 하면 안 되나 보죠?"

빈정거리듯이 묻는 말에 희연이 그의 손을 살짝 밀어냈다.

"취향이 독특하시네요."

"그런 편이죠."

정우가 피식 웃었다. 손이 닿았던 부분에 벌레가 기어다니는 것만 같아서 손등으로 입가를 벅벅 문질렀다. 매끄럽게 발라 놓은 립스틱이 엉망으로 번지는 게 느껴졌다.

그대로 그냥 고개를 돌렸다. 창에 비친 엉망으로 번진 입가가 우스웠다.

"내려 줘요."

속이 안 좋았다. 옆에 앉은 남자도, 이 상황도 전부 다. 희연이 입가를 틀어막았다.

"얼마 안 남았어요."

다시 반듯하게 앉은 남자가 차분하게 대답했다.

"내려 줘요."

희연이 목소리를 조금 높였지만, 정우는 아예 그녀를 무시해 버렸다.

"씨발, 내려 달라고!"

악을 쓰듯 외치자 남자의 눈썹이 까닥 움직였다. 운전석에 앉은 기사가 백미러로 뒤를 힐끔 쳐다보는 게 느껴졌다. 숨을 헐떡이면서 발로 바닥을 걷어찼지만, 그 누구도 그녀에게 반응하지 않았다.

"얌전히 앉아 있어요."

정우가 차분하게 말하곤 팔짱을 꼈다. 그 순간 신호에 걸린 차가 멈춰 섰다. 희연은 더 생각할 것도 없이 잠금장치를 풀고, 문을 벌컥 열었다.

문이 반쯤 열린 순간 커다란 손이 손잡이를 세게 잡아당겼다. 쾅 하는 소리와 함께 차 문이 거칠게 닫혔다. 반쯤 내밀었던 어깨가 창에 세게 부딪혀 신음이 저절로 흘러나왔다.

"읏……."

"가만히 있어요. 송희연 씨. 우리 좋게 갑시다."

정우가 싱긋 웃더니 다시 그녀의 안전벨트를 당겨 매 주었다. 어깨가 욱신거렸다. 아픈 곳을 손으로 문지르면서 옆을 노려본 순간 차가 다시 달리기 시작했다.

"희연 씨 장점은 주제를 잘 아는 거잖아요."

담담한 목소리가 조용한 차 안을 울렸다.

"아니면, 제가 뭘 쥐고 있는지 확인이라도 하고 싶은 거예요?"

"……."

"사이좋게 지내요. 우리, 사귀는 사이잖아요."

웃는 얼굴에 주먹이라도 한 번 휘둘러 주고 싶었다. 희연은 이를 꽉 깨물고 양손을 무릎 위에 가만히 얹었다. 어깨에서 느껴지는 아픔이 사라지질 않았다. 차가 아파트 앞에 부드럽게 멈춰 섰고, 그녀는 천천히 차에서 내렸다.

"내일 봐요. 희연 씨."

안쪽에서 살짝 고개를 숙이고 손을 까닥인 정우가 멀어졌다. 고개를 살짝 숙인 채 가만히 선 그녀는 멀어지는 차를 멀거니 바라봤다.

누군가는 배부른 소리라 할지도 모르지만, 희연은 자신의 인생이 쓰레기 같다고 생각했다.

도망치고 싶었다. 그 바닷가에서 만났던 이규가 생각났다. 그래서 도망칠 수 없었다. 이규가 생각났다. 보고 싶었다. 이규를 떠올렸다. 만나서는 안 됐다.

그녀는 가방을 꽉 움켜쥔 채 그 자리에 한참이나 서 있었다.

3. 지상

이규는 살아가는 방법을 다시 하나하나 배워 갔다. 혼자 잠을 자고, 혼자 밥을 먹고, 주먹질을 하고. 엉망진창이 된 채 집에 돌아오면 눈물이 났다.

잠들 때보다도, 텅 빈 집에 들어올 때보다도, 몸이 아플 때 희연을 제일 많이 생각했다.

'다쳤잖아.'라고 말하고 그가 차라리 졌으면 좋겠다는 헛소리를 해 대면서도 조심스러운 손길로 연고를 발라 주곤 했다. 그 손길이 생각나고 그리웠다. 그 조그만 입으로 종알종알 잔소리를 해 대면서도 그의 상처를 닦아 주던 그 가느다란 손이 왜 이렇게 생각나는 걸까.

어릴 적 떠난 엄마는 그립다고 생각한 적이 한 번도 없는데, 이상하게도 희연은 계속 생각나고 보고 싶었다. 기억이 남아 있어서일까, 아니면 그렇게 '끌어안아 주고' 떠났기 때문일까.

순간순간마다 무심코 그녀가 있다는 듯이 행동할 때도 있었다.

245

빌라 계단을 내려오기 전에 새까맣게 물든 계단 아래쪽을 볼 때마다 희연이 앉아 있을 것만 같았고, 눈을 뜨면 서늘한 등에 이를 악물었다. 한구석에 엉망으로 뭉쳐진 그녀의 옷을 볼 때마다 욕을 삼킨 것이 몇 번인지 기억도 나지 않았다.

시합에서 이겨도 같이 영화 보러 갈 사람 하나 없었다. 차가운 바람이 불 때면 외투 하나 못 사 준 것이 마음에 걸렸다.

그가 사 주는 싸구려 옷 따윈 성에 차지도 않을 만한 사람이라는 걸 머리로는 알고 있었지만, 그렇지만. 해 주지 못한 것들이 너무나도 안타깝고, 눈물 나게 슬펐다.

"옷……."

심하게 수십 번 가격 당했던 옆구리가 욱신욱신 아파 왔다. 이규는 몸을 웅크리고 이를 악물었다. 희연의 옷 뭉치를 끌어안았다. 그 위에 고개를 파묻어도, 그녀의 냄새는 고사하고 체온 한 조각조차 남아 있지 않다는 게 비참해졌다.

그가 내쫓았을 때는 제 발로 다시 오더니. 어디 사는지 알고 있으니까 올 수 있다더니. 스스로 떠나고 나서는 그림자조차 보이지 않았다.

"멍청한 새끼……."

이규는 자신을 비웃었다. 오지 않을 거라는 걸 알면서도 문을 열 때마다 희연이 있지 않을까 들뜨는 마음을 내리누를 수가 없었다. 그리고 그때마다 실망했고, 절망했다. 지옥에 빠지는 듯한 감각을 매 순간마다 다시 느꼈다.

송희연은 오지 않았다. 제 발로 이규를 떠난 이들이 그랬듯이. 그가 아버지를 떠나고 나서 다시 찾지 않았듯이.

인생에 특별한 의미가 있다고 생각한 적도 없지만, 그녀가 떠나고 난 뒤의 삶은 더욱 쓰레기 같아졌다. 색도 없고 의미도 없고 냄새도, 소리도 없었다.

"흐윽……."

이를 악문 채 낮은 신음을 애써 삼켰다. 가슴이 더 아픈 건지 아니면 맞은 곳이 더 아픈 건지 알 수 없었다. 그저 고통뿐이었다.

예전에는 그래도 이겨서 지폐 몇 장이라도 더 들어 있으면, 준혁에게 술 한잔하자고 낄낄대며 전화했는데. 이제는 이기는 것도 아무런 감흥이 들지 않았다. 아니, 더 슬퍼졌다.

무심코 희연에게 겨울옷을 사 줘야겠다고 생각하며 옷 가게에 갔다가 돌아 나온 적도 있었다. 어느 날엔가는 망설이고 망설이다가 혹시라도 그 여자가 돌아오면 어쩌나 싶어 보송보송한 옷을 사 들고 집에 왔다가 여전히 텅 비어 있는 방에 화를 내며 바닥에 사 온 것을 내팽개친 적도 있었다.

지는 날, 죽겠다 싶을 정도로 맞을 때면 차라리 이렇게 죽었으면 하고 바라기도 했다.

입 안 가득 고인 피를 뱉으면서 차가운 바람을 맞다가 골목에 주저앉을 때면 그냥 다 포기하고 쉬고 싶다고 생각하다가도, 혹시 집 앞에 희연이 와 있을까 봐 악착같이 기어서라도 돌아와 또 멋대로 실망했다.

그 감정은 왜 수십, 수백 번을 반복해도 익숙해지거나 무뎌지질 않는 건지.

평생 겪어 온 그 어떤 겨울보다 비참하고 추운 겨울이었다.

희연은 주먹을 꼭 쥔 채 한참이나 그 자리에 서 있었다. 값비싼 코트를 입고 있었지만, 계속 찬 바람을 맞으며 서 있으니 온몸이 벌벌 떨려 왔다. 한겨울이었다.

문득, 이규의 반지하방 화장실이 생각났다. 이 날씨에도 차가운 물로 씻을까. 감기에 걸리진 않았을까. 몸 하나 믿고 사는 남자인데 몸은 잘 챙기고 있을까. 하고 싶은 말도 많았고, 정말 잘 있는지 보고 싶기도 했다.

그녀는 파르르 떨리는 입술을 손등으로 세게 문질렀다. 이미 엉망진창으로 번져 있던 립스틱이 손등에 발갛게 묻어 나왔다. 스스로가 어떤 꼴인지는 조금도 신경 쓰지 않았다. 그저 정우가 닿은 부분이 불쾌하기만 했으니까.

높은 구두와 찬 바람 때문에 발이 얼얼했고, 코트로는 한겨울의 바람을 다 막아 낼 수 없었다. 희연은 차게 얼어붙은 얼굴을 마구 문질렀다.

'엉망진창이겠지.'

그렇지만 그녀의 인생보다 더 엉망일 리가 없었다.

뻣뻣하게 얼어붙어 버린 듯한 다리를 겨우겨우 움직였다. 엘리베이터 버튼을 누르고 멍하니 숫자를 바라보던 희연은 딱딱 부딪히는 이를 꽉 깨물었다.

몸을 돌려 도로로 뛰어가 지나가는 택시를 바로 잡아탔다. 버스 터미널까지 오는 건 생각보다 그리 오래 걸리지 않았다. 늦은 시간이라 사람들이 별로 없는 그곳에 도착한 그녀는 이규가 있는 그 바닷가로 가는 버스의 시간표를 멍하니 바라봤다.

막차가 남아 있었다.

"어디 가세요?"

마이크를 통해 판매원의 목소리가 들렸다. 희연은 입술을 달싹였다. 어려운 것도 아니었다. 그냥 말 한마디면 그가 있는 곳까지 갈 수 있었다. 몇 시간만 버티면 말이다.

"……."

"고객님?"

빨리 말하라는 듯이 재촉하는 목소리에 주먹을 꽉 움켜쥐었다. 희연은 머뭇거리다가 천천히 옆으로 비켜섰다. 하루 종일 높은 구두를 신은 데다가, 뛰기까지 한 덕분에 발이 쓰라렸다. 실용성이라고는 눈곱만큼도 생각하지 않은 듯한 예쁜 구두는 아스팔트 바닥에 갈려 조금 엉망이었다.

그녀는 다른 사람들이 티켓 사는 것을 멍하니 바라봤다. 이규가 있는 바닷가로 가는 막차가 떠나는 것을 멍하니 쳐다봤다. 저 안에 탈 수 있으면 얼마나 좋을까. 하지만 그럴 용기 따윈 없었다.

불이 꺼지고 조용해진 터미널에서 비틀거리며 나온 희연은 다시 집으로 돌아갔다. 침대에 풀썩 엎드렸다. 온몸이 아팠다. 어깨도, 발도, 가슴도. 전부 다. 눈을 질끈 감고, 울음을 참았다.

"……."

한참이나 그렇게 가만히 모든 것을 내리누르기만 했다.

진통제를 입에 털어 넣은 이규는 엉망인 방 안을 바라보다가 손에 잡히는 외투를 걸쳐 입었다. 정신을 놓은 채 한참 걷고 나서야 계절에 맞지 않게 얇은 잠바를 입었다는 걸 깨달았다.

차게 식은 손을 주머니에 찔러 넣자 무언가가 만져졌다. 꺼내 보지 않아도 그것이 뭔지 알 수 있었다.

연고와 반창고. 희연이 그를 위해 사 왔던 것들.

"하……."

이를 꽉 악물었다. 왜 모든 순간마다 희연의 흔적이 남아 있는 건지 알 수 없었다. 정작 그녀를 찾으려고 하면 어디서도 찾을 수 없는데.

방심할 때마다 강렬한 주먹에 얻어맞듯 희연의 흔적에 상처를 입었다. 연고와 반창고. 그것을 손에 꽉 움켜쥔 이규는 홀린 듯 바닷가로 달려갔다.

겨울의 바닷바람은 너무 추웠다. 혹시라도, 혹시라도 희연이 있을까 싶어, 또 죽으려 하진 않을까 싶어 주위를 둘러봤으나 해변은 텅 비어 있었다.

그는 모래사장에 풀썩 앉아, 바다를 멍하니 바라봤다. 끝을 알 수 없을 정도로 깊고 넓은 바다가 희연의 모든 것을 집어삼킨 것만 같았다. 그가 찾을 수 없도록.

"씹……."

온몸이 얼어붙는 것 같았지만, 이규는 꼼짝도 하지 않은 채 한참이나 바닷가에 앉아 오지 않을 여자를 기다렸다.

또 한 번 주머니에 든 것들을 던져 버리려고 했지만, 결국 버리지 못했다. 몇 안 되는 희연의 흔적이었으니까. 그녀가 그를 위해 사 온 것이었으니까.

차게 얼은 손으로 연고와 반창고를 다시 주머니에 쑤셔 넣은 그는 한참이나 바다를 바라보기만 했다.

한겨울이 지났다. 겨울이라기엔 포근하고, 봄이라기엔 추운 그런 계절이 돌아왔다.

희연은 그동안 차근차근 결혼 준비를 했다. 사실 그녀의 뜻은 별로 중요하지 않았다. 부모님과 시부모님들이 상의해서 모든 것을 결정했으니까.

시키는 대로 드레스를 입어 보고, 식장을 정하면 가서 좋다고 고개를 몇 번 끄덕였다. 부모님은 골칫덩어리를 생각지도 않게 좋은 곳에 보낸다는 사실에 기뻐했고, 시부모님은 희연의 존재 자체는 좋아하지 않았지만 그녀의 집안은 좋아했다.

사나흘에 한 번씩 정우와 함께 파티며 모임에 참석하고, 곧 결혼할 거라는 사실을 알렸다. 모든 것이 정해진 대로 흘러가고 있었다. 희연의 의지나 생각과는 아무 상관 없이. 그저 남들이 원하고 바라는 대로.

"이번 설에는 장인어른 댁에 찾아갈 건데, 같이 가죠."

정우가 평이한 어투로 말했다. 그녀는 옆에 앉은 남자를 힐끔 쳐다봤다.

이 남자는 모든 것을 다 돈과 숫자로만 봤다. 이득이 될 건지 안 될 건지. 상대와 어떻게 관계를 맺어야 플러스가 될지. 어떤 식으로 행동해야 상대가 자신에게 호감을 가질지.

희연은 옆으로 고개를 돌렸다.

"최 전무님은 나와 결혼하는 게 이득이 없어도 결혼할 건가요?"

"이득이 없을 수 없으니 그건 의미 없는 가정이군요."

쓸데없는 것을 묻는다는 듯한 말에 그를 살짝 노려보다 다시 한 번 입을 열었다.

"그러니까 만약에."

"만약이라는 건 없어요. 희연 씨."

더 이상은 들어 주는 것조차 시간 낭비라는 듯 정우가 말을 뚝 끊어 냈다.

"일어나지도 않을 일을 가정하는 건 쓸모없는 낭비예요."

짜증 나는 인간. 희연은 이를 꽉 깨물었다.

이런 질문을 던지는 게 아무런 의미가 없다는 것 정도는 알고 있었다. 이런 질문을 하면서 무슨 대답을 바라고 있는지 자신도 알 수 없었다. 번지르르하게 꾸민 말? 아니면 솔직한 대답? 무엇이 나오든 물어봐야만 했다.

"최 전무님."

"말해요."

"……날 좋아하긴 해요?"

그 말에 그가 태블릿에서 시선을 돌려 희연을 바라봤다. 두 사람의 시선이 마주쳤다.

"음. 꽤 좋아하는 편이라고 생각하는데요."

"내 부모님을 좋아하는 거겠죠."

빈정거리듯이 한마디 붙였다. 그녀에게 '송 의원'이라는 아버지가 없어도, 언니나 오빠가 없어도, 정말 '송희연'이라는 인간만을 선택할 리가 없는 인간이었다.

"난 송희연 씨도 좋아해요."

설렘이라고는 찾아볼 수 없이 평이한 목소리의 대답이 돌아왔다. 결혼할 여자니까 이 정도로 대답해 주는 것이 좋다는 그런 계산이 아래에 깔린 답변이라고 해야 할까.

"희연 씨에게 호감이 아예 없었다면, 결혼을 진행하지도 않았겠죠. 아무리 그래도 살 맞대고 살 사람인데, 짜증 나는 여자를 고를 수는 없잖아요?"

카탈로그에서 물건을 고르는 듯한 반응에 속이 울렁거렸다. 그래도 덕분에 정우가 그녀에게 품은 생각을 확실히 알 수 있었다.

나쁘지 않은 상대. 자기 뜻대로 움직일 수 있는 여자. 외모도 적당하고, 집안은 꽤 좋고. 약간의 하자가 있기는 하지만, 그 정도는 적당히 무시할 수 있을 만큼 가성비 좋은 물건.

'살 맞대고 살 사람이라니.'

그 말에 정말 토할 것 같았다. 옛날에 난잡하게 놀아났을 때, 하룻밤 스쳐 지나갔던 남자가 덜 역겨울 것 같았다.

입을 꾹 다물고 있으니 정우가 그녀의 턱을 잡아 돌렸다.

"안 믿는 표정이네요."

"달라지는 거 없잖아요. 내가 믿든, 안 믿든."

"글쎄. 마음이라도 좀 편하지 않겠어요? 내가 희연 씨를 좋아한다고 하면."

다 계산이었다. 결혼할 거니까 호감을 가지는 게 이득이니 호감을 가져야 한다. 딱 이 정도의 생각이었을 거라고 장담할 수 있었다. 희연이 삐뚜름한 웃음을 지었다.

"나는 최 전무님이 그렇게 좋진 않은데요."

"좋아하도록 노력해 봐요."

"노력했는데 잘 안 되네요."

"끔찍하게 생각해 봐야 희연 씨만 손해예요."

그가 재미있다는 듯 웃었다. 희연이 턱을 단단히 붙잡고 있는 손을 뿌리치려고 하자 남자가 고개를 숙여 입을 살짝 맞췄다. 물

컹한 입술이 가볍게 닿았다 떨어지는 감각에 정신이 번쩍 들었다. 손을 치켜올린 순간 정우가 먼저 그녀의 손목을 잡아 아래로 내렸다.

"이것도 익숙해지도록 하고요."

"……."

이 기분을 대체 뭐라고 설명해야 할까. 온갖 마이너스적인 감정이 엉망으로 뒤엉켰다. 희연이 이를 꽉 깨물고 그를 노려보자 남자가 피식 웃었다.

"억지로 하는 취미는 없으니까 받아들여요."

"끝까지 싫다고 하면요?"

그가 단단히 붙잡고 있던 손목을 그녀의 무릎 위에 얌전히 내려놓고 손바닥으로 꾹 눌렀다.

"글쎄요. 희연 씨만 손해라니까."

어린애를 타이르는 듯한 목소리에 기분이 나락으로 떨어졌다. 희연은 눈을 질끈 감았다. 최 전무와 함께 있는 순간순간마다 전부 도망치고만 싶었다.

겨울이 다 지나는 동안 희연은 결국 오지 않았다.

다음 달이면 올 거다. 해가 지나면 올 거다. 눈이 녹으면 올 거다. 봄이 되면 올 거다. 매일매일 무슨 이유를 붙여서든 희망을 가져 봤지만, 이규의 바람이 이루어진 날은 단 하루도 없었다.

매일 실망하고 실망하고 또 실망하고. 속이 뒤집히는 듯한 이 느낌은 어째서 익숙해지질 않는 건지.

이쯤 되면 오지 않을 거라는 걸 외워야 하는데 대가리가 나빠서 돌아서면 희연이 없다는 사실을 또 잊어버리곤 했다.

정말 많이 아프고, 희연이 보고 싶은 날이면 그녀가 가장 처음 사다 주었던 연고를 조금 짜서 발랐다. 너무 아파서 견딜 수 없는 날에는 조심스럽게 밴드를 하나 붙였다. 그럴 때면 왠지 희연의 생각이 나서 조금 덜 아픈 것 같기도 했으니까.

혼자 보내는 하루는 끔찍할 정도로 길었는데 어찌저찌 살아가다 보니 어느새 겨울이 끝이었다.

오지 않을 거라는 걸 알면서도 희연에게 줄 옷을 사고, 그녀가 차근차근 설명해 줬던 문제집을 꾸역꾸역 들여다봤다. 물론 이해가 되진 않았다. 그냥 그렇게 지내면 언젠가는 돌아올 것 같아서. 어떻게든 함께 살았을 때의 일상을 유지하려고 애썼다.

그저 자신의 상상일 뿐이라는 걸 알면서도 멈출 수가 없었다. 거의 끝까지 차 있던 연고는 이제 쥐어짜서 써야 했고, 한 통 가득 차 있던 밴드는 이제 하나밖에 남아 있지 않았다.

피 끓는 가래를 세면대에 퉤 뱉은 이규가 거울을 멍하니 쳐다봤다. 엉망진창이라는 말로는 표현할 수 없는 몰골이 눈에 들어왔다. 희연이 봤으면 또 종알거렸겠지만, 안타깝게도 이 어두운 방에 있는 건 그 하나뿐이었다.

"씨발."

죽어도 상관없다고 생각해서 그런지 승률은 더 좋아졌다. 진심으로 죽어도 된다고 생각하면서 덤볐으니까. 그는 쿨럭거리면서 핏덩이를 몇 번 뱉어 내곤 늘 주머니에 가지고 다니는 작은 연고를 꺼냈다.

아파서 죽을 것 같았다. 죽었으면 좋겠다고 생각하다가 또 죽고 싶지 않아졌다.

예전에는 행복한 기억이 하나도 없는 게 억울해서 죽고 싶지 않았는데 이제는 희연이 올지도 모른다는 생각에 죽을 수가 없었다.

그러다가 또 문득, 어차피 오지 않을 여자라는 걸 깨닫고 죽고 싶다가 죽고 싶지 않다가.

이규는 손끝이 얼어 버릴 정도로 차가운 물에 세수를 했다. 피섞인 벌건 물이 뚝뚝 떨어졌다. 수건으로 물기를 대강 닦아 낸 그는 연고를 조심스럽게 조금 짜서 상처 위에 발랐다. 진통제를 몇 알 삼키는 것보다 이 별것 아닌 연고가 아픔을 더욱 잘 없애 주었다.

"씨발. 씨발!"

이제 거의 다 쓴 연고를 꽉 움켜쥔 이규는 고개를 푹 숙이고, 숨을 크게 들이마셨다가 내뱉었다.

딱 하나가 남은 밴드를 물끄러미 바라보던 그는 망설이다가 그것을 그냥 주머니에 넣었다. 마지막 남은 하나는 정말, 정말, 정말 꼭 필요할 때에 써야 했다. 물에 대강 씻어도 지워지지 않는 핏자국으로 벌건 손이 세면대를 꽉 움켜쥐었다.

이규는 천천히, 아주 천천히 허리를 숙이고 차디찬 바닥에 무릎을 꿇으며 무너졌다.

"으……. 아악! 악!"

차가운 타일 바닥에 웅크린 그는 주먹으로 바닥을 세게 내리쳤다. 시간이 지날수록 희미해지는 희연의 모든 것들이 원망스럽다가 화가 났다가 슬퍼졌다. 아무리 소리치고 발버둥 쳐도 이규의 등을 쓰다듬어 주는 사람은 없었다.

딱 한 번이었다. 희연이 그를 안아 준 것도. 등을 쓸어 준 것도. 머리를 만져 준 것도. 그런데 왜 고작 한 번뿐인 그 손길이 이렇게도 그립고 간절한 건지.

이규는 쾅 소리가 날 정도로 머리를 바닥에 세게 들이받았다. 머릿속이 온통 진탕이 되는 느낌이 들었다. 아예 잊을 거라면 전부 다 잊어버리면 좋을 텐데. 왜 그 여자의 웃는 얼굴만 기억이 나서 이렇게 심장을 아프게 하는 건지.

그는 자신에게 벌을 주듯 이미 터진 입술을 잘근잘근 깨물면서 주먹으로 바닥을 계속 내리쳤다. 쾅. 쾅. 상처가 벌어지고 핏물이 타일을 적셨다.

오늘도 희연이 오지 않는 하루가 지나가고 있었다.

봄의 끝에 결혼식 날짜가 잡혔다. 오월의 제일 좋은 날, 값비싼 호텔 예식장에서 수천만 원짜리 드레스를 입을 예정이었다. 신혼여행은 유럽으로. 이건 정우가 정한 일정이었다. 유럽에 출장 가야 했는데 마침 잘됐다며, 신혼여행도 겸하자는 말에 그냥 고개를 끄덕였다.

어쨌든 잠시도 일 생각을 놓지 않는 사람이었다. 딱히 실망은 하지 않는다. 애초에 최정우라는 인간에게는 아무런 기대도 없었으니까.

희연은 아직 조금 쌀쌀한 바람이 부는데도 불구하고 활짝 꽃이 핀 바깥을 바라봤다. 휴대폰이 울리고, '최 전무'라는 세 글자가 떴다.

"……."

시끄럽게 울리는 벨 소리를 애써 무시했지만, 그는 다시 전화를 걸었다. 음악을 한 번 끝까지 다 들은 그녀가 마지못해 전화를 받았다.

-늦게 받네요.

"조금 바빠서요."

되지도 않는 거짓말이라는 걸 두 사람 모두 잘 알고 있었지만, 정우는 별다른 말을 하지 않았다. 잠시 이어지는 침묵에 희연이 조금 짜증스럽게 물었다.

"뭐 때문에 전화했어요? 오늘은 일정 없잖아요."

-일 없으면 예비 신부에게 전화도 못 합니까?

"우리 그런 사이 아니잖아요."

딱 잘라 내는 말에 가벼운 웃음소리가 들렸다.

-그런 식으로 생각하면 희연 씨만 손해예요.

"최 전무님만 손해 안 보면 됐잖아요. 내가 손해를 보든 말든 무슨 상관이에요."

담담한 말투로 서로를 푹푹 찔러 댔다. 물론, 늘 지는 것은 희연이었지만. 그녀는 인상을 살짝 찌푸렸다. 정우는 아무렇지도 않을 거라는 점이 더욱 싫었다.

-여권 있죠?

그녀의 뾰족한 말을 그냥 무시하려는 듯 그가 태연하게 물었다.

"그건 왜 물어요."

-출장 가야 하는데 같이 갈까 해서요.

"싫어요."

수화기 건너편에서 픽 웃는 소리가 들렸다.

-어느 나라인지 듣지도 않고 싫다고 하는 거예요?

"들어 보니 제가 싫어하는 곳이네요."

잠시 침묵이 흘렀다.

-뭐, 좋아요. 결혼하기 전이니까.

그 말은 결혼하고 나서는 거부권 따위 없다는 뜻인 걸까. 희연은 눈을 천천히 깜박였다. 세상은 온통 봄인데 따뜻한 느낌 따위는 조금도 들지 않았다.

-필요한 거라도 있어요?

정우가 차분하게 물었다. 그에게 무언가를 바라고 싶지도 않았고, 바랄 생각도 없었다. 희연이 눈을 꾹 감았다가 뜨고 차분히 대답했다.

"없어요."

-그래요.

뚝뚝 끊기는 대화를 애써 이어 붙이려는 의지조차 생기지 않았다. 제법 오랫동안 이어지는 침묵에 그녀는 망설이다가 조심스럽게 물었다.

"출장이 언제인데요?"

-갑자기 배웅이라도 하고 싶어졌어요?

"……."

남자의 웃는 소리가 들려왔다.

-아니면 엉뚱한 짓이라도 하려고 그러시나.

비웃는 것 같기도 했고 빈정거리는 것 같기도 했다. 희연이 입술을 꽉 깨물었다.

"무슨 말이에요."

-행동 조심하라고요.

협박이나 다름없는 말에 주먹을 꽉 움켜쥐었다. 저번에 터미널까지 갔던 걸 알고 있다고 넌지시 말해 주는 걸까. 아니면 그녀의 머릿속을 뜯어보기라도 한 걸까. 두렵다기보다는 그냥 조금 슬퍼졌다.

역시 이규를 볼 수는 없겠구나 싶어서. 희연은 그 어떤 말도 할 수 없었다.

-선물 사 올게요.

정우가 담담하게 말하곤 전화를 끊었다. 깜박이다가 툭 꺼지는 화면을 물끄러미 바라보던 그녀는 화를 이기지 못하고 휴대폰을 있는 힘껏 벽에 집어 던졌다. 얼마 쓰지도 않은 새 휴대폰의 화면에 금이 쩍 갔지만, 머리끝까지 차오른 감정은 쉽사리 가라앉지 않았다.

도망치고 싶다는 충동이 목 끝까지 차올랐다.

결혼하고 나면 어디론가 도망칠 수 있기는 할까. 얼마 남지 않은 결혼을 생각하니 속이 울렁거렸다. 주먹으로 가슴을 내리쳐 봐도 조금도 나아지질 않았다.

"흐윽……."

바다에 뛰어들었던 것처럼 숨을 쉬기가 힘들었다. 희연은 몸을 웅크린 채 헉헉거리면서 겨우 숨을 들이마시다가 벌떡 일어나 집 밖으로 뛰쳐나갔다.

몇 시간 동안 버스 안에서 희연은 멍하니 이규를 생각했다.

가서 만날 생각은 없었다. 그래서도 안 됐고, 그럴 수도 없었다. 그냥 그곳에 가면 조금 마음이 편해질까 하는 생각만 들었다. 숨이라도 제대로 쉴 수 있을까. 죽을 것만 같은 이 감정이 조금은 옅어질까. 그런 작은 희망만을 가졌다.

몇 시간 동안 달린 버스에서 내려 서울과 달리 바다 냄새가 섞인 공기를 들이마신 순간, 희연은 고작 이 개월 정도를 살았던 이곳에 '돌아왔다'는 것을 느꼈다. 얇은 카디건을 하나 걸치고 있을 뿐이지만, 그리 춥지 않았다.

그녀는 천천히 걸어갔다. 그를 처음 만났던 그 바닷가로.

그곳에 뛰어들면, 다시 그 남자가 나타날까. 혹시라도 멍청하게 그곳에서 나를 기다리고 있는 건 아닐까. 만약에, 혹시나.

정우가 말했던 것처럼 아무 쓸모 없는 가정을 하면서 해변에 도착한 희연은 텅 빈 모래사장을 바라봤다. 아무도 없어서 마음이 선득해졌고, 그래서 다행이라고 생각했다. 적어도 이규가 멍청하게 그녀를 기다리고 있진 않다는 뜻이었으니까.

"하하……."

희연은 마른 웃음을 터뜨렸다. 보지는 못했지만, 그래도 잘 살고 있는 것 같아 다행이라고 생각했다.

"바보 같아."

작게 중얼거린 그녀는 바닷가에 멍하니 섰다. 쌀쌀한 봄바람이 머리카락을 엉망으로 헝클어뜨렸다.

고작 두 달. 그 시간에서 벗어나지 못한 건 희연뿐이었다.

이규는 죽고 싶다고 생각했다. 그러다가도 희연이 올지도 모르니 살아야겠다고 생각했다. 미친놈처럼 이랬다가 저랬다가. 문득 그녀가 바다에 뛰어들었던 그날이 생각났다. 그도 깊은 바다에 빠지고 싶었다.

그 안에 들어가면 희연이 있을까 싶어서.

이규는 한 번도 쉬지 않고 바다로 달려갔다. 끝없는 물속으로 걸어 들어갈 생각이었다. 그녀가 했던 것처럼.

그리고 그는 바닷가에 서 있는 한 여자를 발견했다. 고작 뒷모습뿐이었지만 그것이 희연이라는 걸 알았다.

"……씨발."

꿈이라면 끌어안고 죽어도 좋다고 생각했다. 이규는 필사적으로 달려가 그 여자를 있는 힘껏 끌어안았다.

"송희연. 송희연. 송희연. 송희연!"

악을 쓰듯 송희연이라는 이름을 몇 번이고 외친 그는 가느다란 어깨에 고개를 파묻고 떨리는 숨을 내뱉었다.

희연은 천천히 눈을 깜박였다. 옴짝달싹할 수 없을 정도로 그녀를 세게 끌어안은 남자의 뜨거운 숨이 어깨에 느껴졌다. 필사적일 정도로 세게 끌어안은 탓에 온몸이 욱신욱신 아파 왔지만, 그런 것은 조금도 신경 쓰이지 않았다.

"희연아. 송희연. 희연아. 희연아. 희연아."

희연은 그동안 꽉꽉 눌러 왔던 말은 그것뿐이라는 듯 수십 번도 더 그녀의 이름을 부르면서 흐느끼는 남자의 떨리는 어깨를 멀거니 바라봤다. 희미한 피 냄새와 비누 냄새, 그리고 이규의 살 냄새가 났다.

마치 꿈같아서 멍하니 눈을 깜박였다. 손을 뻗어 만지면 그대로 부스러질 환상 같아서 이 상황이 무섭기도 했다.

"이, 규야."

몇 번 불러 주지도 못했던 그의 이름을 작게 내뱉었다. 커다란 손이 그녀의 등을 세게 당겨 안아서 숨을 쉬기 곤란할 정도였다. 이규가 헐떡이며 울음 섞인 목소리를 내뱉다가 결국 또다시 울어 버렸다.

안아 주면 올 것 같다고 처음에 생각한 대로, 그는 제 손으로 희연을 안고도 또 울었다.

"씨발. 씨발! 송희연……."

감정을 표현할 말이 욕밖에 없다는 듯 그는 울면서도 악을 쓰듯 외쳐 댔다. 욕과 그녀의 이름 두 개만 들렸다. 희연은 입술을 꽉 깨물고 눈을 감았다. 가만히 이규의 가슴에 이마를 툭 기댔다.

어깨가 축축하게 젖는 동안 이규는 어린애처럼 울었다. 숨이 넘어갈 듯 꺽꺽거리면서, 제대로 우는 방법조차 모르는 아이처럼. 그렇게 엉엉 소리 내어 울었다.

얼마나 그렇게 울었을까. 몸에 남아 있던 마지막 기운까지 전부 쥐어짜 내듯이 울어 댄 남자는 다리가 풀린 듯 천천히, 아주 천천히 주저앉았다. 엉겁결에 같이 무릎을 꿇은 희연이 그의 뜨끈뜨끈해진 머리 위에 뺨을 기댔다.

"이규야."

왜 왔냐고 화를 내고 싶었지만 그보다 먼저 눈물이 울컥 솟아 올랐다. 그녀를 끌어안고 있던 이규가 무너지면서 아이처럼 희연의 품을 파고들었다. 손을 들어 땀으로 축축하게 젖은 머리카락을 쓰다듬었다.

날 기다렸느냐고. 왜 멍청한 짓을 했냐고. 여기에 자주 오는 거냐고. 왜 그런 쓸데없는 짓을 하느냐고. 하고 싶은 말들이 전부 울음에 짓눌렸다.

그녀는 눈을 감고, 어깨를 들썩이며 우는 남자의 머리를 끌어안았다. 입술을 꾹 깨물고 눈물을 참았다. 밀려온 파도가 두 사람의 무릎을 축축하게 적셨다.

그저 서로를 끌어안은 채 얼마나 있었을까. 아직 서늘한 봄의 바닷물이 허벅지까지 찰랑이고 나서야 두 사람은 겨우 일어섰다. 눈가가 벌게진 이규가 꽉 말아 쥔 주먹으로 얼굴을 벅벅 문지르더니, 말없이 희연의 손목을 잡아끌었다.

"이규야."

가지 않으려고 했지만 잡아끄는 힘을 당해 낼 수는 없었다. 비틀거리며 몇 걸음 걷던 그녀가 소리를 질렀다.

"강이규!"

"……."

아직도 숨을 다 고르지 못했는지 이규가 어깨를 들썩이면서 그녀를 돌아봤다. 새빨갛게 물든 눈가에 온갖 감정이 뒤엉켜 뚝뚝 떨어졌다.

"나…… 난 못 가."

"왜?"

입술을 꾹 다물었다. 어디서부터 어떻게 말을 해야 할까. 희연의 집안부터? 아니면 최정우와의 얘기부터? 입술을 달싹이던 그녀는 눈을 내리깔았다. 파도 소리가 귀를 먹먹하게 울렸다.

"영화 보러 가자."

"……."

"커피도 사 줄게. 씨발. 팝콘도 사 준다고. 옷도 사 주고. 또……."

"이규야."

"다 사 줄게! 다 해 준다고!"

그의 벌게진 눈에서 눈물이 흘러내렸다. 아이가 떼를 쓰듯 발을 구르며 악을 쓰는 모습에 오히려 더 슬퍼졌다. 떠나지 말라고, 제발 가지 말라고 애원하는 거였으니까. 다 줄 테니까, 다 해 줄 테니까, 제발 가지 말라고 비는 것과 같았다.

희연은 입술을 꽉 깨물었다.

"……이규야. 왜 여기 왔어."

"씹. 그게 중요해?"

"이규야. 나 기다렸어?"

그가 입술을 달싹였다. 남자가 씨근덕거리면서 거친 숨을 내뱉더니 또다시 주먹으로 눈가를 벅벅 문질렀다. 얼마나 울어 댄 건지 이규의 코끝이 새빨갰다.

"씨발. 그래. 기다렸다. 왔잖아. 왔으면 된 거잖아! 존나 맨날맨날 기다렸다고! 맨날! 맨날…… 맨날."

이를 악문 그가 원망 가득한 눈으로 그녀를 바라봤다. 눈물이 그렁그렁 고인 눈을 깜박일 때마다 상처가 난 뺨으로 눈물이 뚝뚝 흘러내렸다.

"네가 문 앞에 앉아 있을까 봐 하루에도 수십 번씩 문을 열어 보고. 씨발 또 죽을까 봐, 또 바다에 뛰어들까 봐 여기까지 달려오고. 씨발. 씨발!"

목이 터져라 고함을 지른 남자가 가쁜 숨을 내뱉었다.

"몰라. 왔으면 됐잖아. 송희연이 온 걸로 됐잖아."

"왜 그런 멍청한 짓을 해!"

소리를 치며 그의 손을 뿌리치려고 했다. 하지만 이규는 절대 놓지 않겠다는 듯 오히려 그녀의 손목을 강하게 붙잡았다. 희연이 숨을 몰아쉬었다.

"놔. 너 만나러 온 거 아니야."

그 말에 남자가 상처받은 얼굴을 하더니 도리어 화가 난 표정을 지었다.

"상관없어."

밀어내는 손을 무시하고 오히려 성큼 다가온 이규가 희연을 번쩍 들어 올렸다.

"이거 놔!"

숨이 머리끝까지 차오를 정도로 힘껏 버둥거렸지만, 그에게서 벗어날 수는 없었다. 꽉 말아 쥔 주먹으로 남자의 등을 힘껏 때렸다. 하지만 이규는 아프다는 소리 한번 없이 성큼성큼 걸음을 옮겼다.

잘 아는 길이었다. 집으로 가는 그 길.

"강이규. 멍청한 짓 하지 마."

희연이 헐떡이면서 몸을 비틀었다.

"대가리가 존나 나빠서 그래. 씨발."

"너는 이해 못 해!"

멍청이. 바보. 돌머리. 희연은 입에서 나오는 대로 외치면서 손 닿는 대로 그를 마구 때렸다. 그러나 맞는 데 이골이 난 남자는 아예 그녀의 손길을 무시해 버렸다.

"이러면, 안 된다고."

악을 쓰던 그녀는 울음 섞인 말을 내뱉으면서 양손으로 얼굴을 감싸 쥐었다. 휴대폰도 집에 내버린 채 왔지만, 정우가 이 사실을 모를 거라는 생각은 들지 않았다. 어떤 방식으로든 이 상황이 그의 귀에 들어갔으리라.

희연은 애써 눈물을 참아 냈다.

"이규야. 제발⋯⋯."

그렇게 말하면서 이규의 어깨에 고개를 파묻었다. 눈을 꼭 감자 애써 꾹꾹 억눌러 왔던 눈물이 뚝 떨어졌다. 희연은 그의 목을 끌어안고, 떨리는 숨을 내뱉었다.

"제발."

그 말이 놔 달라는 것인지 아니면 더 세게 끌어안아 달라는 것인지 자신도 알 수 없었다.

집 문을 열고 들어오고 나서도, 이규는 희연을 꼭 끌어안은 채 놔주질 않았다. 그냥 이대로 시간이 멈췄으면 좋겠다고 생각했다.

익숙하고 좁은 방에서 희연은 그의 무릎 위에 앉은 채 가만히 목을 끌어안고, 고개를 파묻었다.

언제까지고 이렇게 있을 수 없다는 건 알고 있었다. 바깥이 어두워지고, 안 그래도 까만 반지하방이 한 치 앞도 볼 수 없을 지경이 되고 나서야 그녀가 입을 열었다.

"이규야."

"나 요즘 더 자주 이겨."

무슨 말이 나올지 두렵다는 듯 이규가 재빨리 말을 끊어 버렸다.

"……."

"너 맛있는 것도 사 줄 수 있어. 그때 말한 잠바도 사 줄게. 내년 겨울에 입으면 되잖아. 영화도 맨날 보러 가자."

"강이규."

"그래도 시합에 따라오는 건 안 돼. 씨발…… 집에 있으면, 내가 올게. 안 죽고 올게. 그러니까."

희연은 입술을 꽉 깨물었다. 그녀의 어깨에 뺨을 비비면서 낮게 중얼거리는 목소리를 가만히 들어 주고 싶었지만 그럴수록 더 말하기 힘들어질 거라는 걸 알고 있었다.

"이규야. 나 결혼해."

작은 목소리에 조그마한 방이 완전한 암흑으로 물들었다. 씩씩거리는 숨소리가 거칠었다. 희연은 이규를 밀어내지도 못하고 그렇다고 다시 끌어안지도 못한 채 작게 떨리는 어깨 위에 가만히 손을 얹었다.

욕을 할 거라고 생각했지만, 의외로 그는 조용했다. 무슨 생각을 하는지 알고 싶어 어둠 속의 얼굴을 애써 눈으로 더듬었지만, 새까만 방 안에서 그의 흐릿한 윤곽을 더듬는 것만으로도 버거웠다.

희연이 떨리는 손으로 천천히 그의 어깨를 쓰다듬고 목을 더듬어 올라왔다. 유독 도드라진 목젖이 아래위로 울렁였다. 파르르 떨리는 뺨에 손바닥을 대자 축축하게 젖은 피부가 만져졌다.

"언, 제."

낮게 가라앉은 목소리가 뚝뚝 끊기듯 들렸다. 화를 내거나, 울 거라고 생각했는데. 이규는 뜻밖에도 침착했다.

"다음 달에."

오히려 희연의 목소리가 잘게 떨려 왔다. 속에서부터 무언가가 울컥 치밀어 올랐다.

고작 이 말을 하려고 여기까지 달려왔던 걸까. 결혼한다는 이 말을 하려고. 떨리는 손끝으로 그의 눈가를 더듬었다. 뜨겁고, 축축했다. 단단히 힘이 들어간 턱이 만져져서 이를 악물고 있다는 걸 알았다.

씨발, 하고 낮게 욕을 속삭이는 신음이 들려왔다. 차라리 화를 냈으면 싶었다. 왜 결혼하냐고, 소리라도 지르면 조금 나을 것 같은데. 희연은 자꾸만 치미는 눈물을 삼켰다.

"좋은, 새끼지?"

그녀는 쓴웃음을 지었다. 뭐라고 대답해야 할까. 그녀는 한참이나 망설이다가 고개를 천천히 끄덕였다. 차마 제 입으로 최정우가 '좋은' 남자라고는 말할 수 없었다.

"……그럼 됐어."

담담하려고 노력하는 목소리가 잘게 떨렸다. 애써 울음을 꾹꾹 참아 내고 있다는 걸 알 수 있었다.

"이규야."

"너 잘산다며. 씨발. 그럼 그 새끼도 잘살 거 아냐."

"……."

"맨날 맛있는 것도 사 주고. 예쁜 옷도 사 주고. 따뜻한 물에 샤워도 할 수 있을 거고. 그리고…… 그리고."

그가 생각하는 '행복'이라는 건 너무나도 사소해서 오히려 희연이 더 울고 싶어졌다. 이규의 생각대로라면 그녀는 아주 행복해야만 했다. 하지만 정우는 눈앞의 남자가 말하는 모든 것을 주고도, 그녀를 불행하게 만들었다.

"……맞아 뒤질까 봐 걱정하진 않아도 되는 새끼일 거 아냐."

희연은 더듬거리면서 그의 목을 끌어안았다. 울지 않으려고 했는데 입술 사이로 가느다란 흐느낌이 새어 나왔다.

"읏……."

온몸을 세게 끌어안는 팔이 느껴졌다. 진짜 이게 마지막이라는 듯 힘껏 희연을 안은 이규가 숨죽여 울었다. 그녀의 앞에서 우는 것조차 스스로 용납할 수 없는 것처럼.

"씨발. 나는 존나 멍청한 새끼라. 다른 거는 아무것도 몰라."

그가 이를 악물었다. 애써 떨림을 억누른 채 한 글자 한 글자 또박또박 내뱉기 시작했다.

"그런데 그거 하나는 이 빡대가리로도 알아."

"……그게 뭔데."

좋아한다고. 그렇게만 말하면 뭐든지 다 할 수 있을 것 같기도 했다. 손을 잡고 멀리 떠날까. 아니면 정우에게 무릎 꿇고 빌기라도 해 볼까. 그 어떤 일이라도 할 수 있을 것만 같았다. 희연은 숨을 멈춘 채, 그의 뒷말을 기다렸다.

"송희연. 네 인생에. 씹…… 내가 존나 도움 안 되는 새끼라는 거."

"나는, 너한테 도움 같은 거. 안, 바라."

그래서 뭐 어쩌라는 것인지 자신도 알 수 없었다. 결혼하지 말라고 울며 매달려 달라고? 아니면 같이 도망치자는 말이라도 해 달라고? 그녀도 차마 하지 못하는 말들을 그에게 바라고 있다는 점이 우스웠다.

굳은살이 박인 긴 손가락이 잘게 떨리며 피부에 조심스럽게 닿더니 머리카락을 쓸어내렸다. 귓바퀴를 조심스럽게 쓰다듬고, 매끄러운 머리카락을 만지고 만지고 또 만졌다. 한 올 한 올의 감촉을 단단히 새겨 두겠다는 것처럼.

"내가 좀 덜 좆같은 인생을 살았으면."

낮은 혼잣말이 흘러나왔다. 뒷말을 흐린 이규는 그녀의 동그란 뒷머리를 쓰다듬곤 제 품으로 바짝 끌어당겼다. 희연은 쿵쾅거리며 뛰는 심장 소리를 듣다가 눈을 감았다.

'나는 그런 거 신경 안 써.'

그 생각은 차마 말이 되지 못하고 그녀의 속에서 흩어졌다.

바닷물에 푹 젖었던 치마 끝이 버석버석하게 말랐다. 반지하방의 창밖으로 희미한 빛이 보일 때까지, 새벽 내내 둘 다 잠들지 못하고 서로를 끌어안고만 있었다.

입술 한 번 맞대지 않았다. 희연은 곧 결혼할 예정이었고, 이규에게 비참함이 예정된 희망 같은 건 주고 싶지 않았으니까. 그가 숨을 크게 들이마셨다. 그녀의 어깨를 단단히 쥐었다가 천천히 손을 뗀 남자가 더듬거리며 희연의 뺨을 매만졌다. 시선이 마주쳤다.

이규의 눈에 비친 그녀도, 희연의 눈에 비친 그도. 둘 다 차마 흘릴 수 없는 눈물이 눈에 가득 고여 있었다.

"가자."

꽉 잠긴 목소리로 말한 남자가 벌떡 일어나더니 희연을 잡아끌었다. 바닷물에 푹 젖어 아직도 질퍽거리는 신발을 신고 멍하니 그 뒤를 따라 걸었다. 단단히 붙잡힌 손이 욱신거리며 아파 왔지만, 놔 달라는 소리는 하고 싶지 않아 묵묵히 입을 다물었다.

성큼성큼 걸어간 그가 도착한 곳은, 버스 터미널이었다.

"다시는 오지 마."

"……."

"나도, 너 안 기다릴 거니까."

버석버석하게 말라비틀어질 것 같은 목소리에 희연은 입술을 꾹 깨물었다. 다신 오지 말라고 말하는 남자의 손이 잘게 떨리고 있었다.

거짓말. 그 말이 혀끝까지 치밀어 올랐다. 희연은 그냥 쓰게 웃었다. 그런 말을 해 봐야 달라지는 건 아무것도 없다는 걸 잘 알고 있었으니까.

길을 건너서 터미널 근처에 가는 그 순간이 왜 이리 힘든지. 희연은 아직도 벌벌 떨리는 이규의 손을 물끄러미 바라봤다. 겨우 터미널 근처에 도착한 순간, 그녀는 눈을 사로잡는 차 한 대를 발견할 수 있었다.

"아……."

입술 사이로 얕은 신음이 흘러나왔다. 상대도 희연을 발견한 듯차 문이 매끄럽게 열리더니 말끔하게 정장을 차려입은 남자가 내렸다.

"희연 씨."

최정우. 그가 싱긋 웃으면서 고개를 까닥 움직였다. 이규가 흠칫 놀라더니 희연을 등 뒤로 끌어당겼다.

"데리러 왔어요."

그런 행동을 아예 무시한 남자가 느긋하게 말했다.

"씨발. 아는 새끼야?"

이규가 날카롭게 물었다. 희연은 입을 꾹 다물었다가 긴 한숨을 내쉬었다.

"데리러 오실 필요까지는 없는데요. 최 전무님."

"예비 신부가 걱정돼서."

산뜻한 표정으로 개소리를 지껄인 남자가 한 걸음 더 성큼 다가왔다. 놓칠까 두렵다는 듯 그녀의 손을 단단히 붙잡고 있던 이규의 손이 스르륵 풀려나갔다. 예비 신부. 그 말이 뜻하는 건 하나뿐이었으니까.

희연은 정우와 시선을 똑바로 마주쳤다.

"여기가 마음에 드나 봐요?"

"……."

그는 마치 처음 오는 곳이라는 얼굴로 주변을 바라봤다. 그 모습이 가증스럽다고 생각했다. 한산하고 작은 도시를 별 감흥 없는 눈으로 훑은 남자가 이규에게 시선을 돌렸다.

"소개는 안 해 줄 건가요, 희연 씨?"

누구인지는 이미 알고 있으면서 모르는 척한 정우가 싱긋 웃으면서 손을 내밀었다.

"JD 그룹 최정우 전무입니다."

"……씨발."

욕을 낮게 중얼거린 이규가 망설이는 낯으로 내밀어진 손을 바라봤다. 그와 비슷하게 커다랗지만 상처 하나 없이 깨끗하고 고운 손이었다. 애써 뒤로 감춘 상처투성이 손과 확실히 비교가 될 만큼. 그 반응에 정우는 가볍게 웃기만 했다.

그가 한 걸음 더 성큼 다가오더니 아직도 약하게 붙잡고 있던 두 사람의 손을 가볍게 끊어 놓았다. 그러곤 파티장이나 모임에서 했던 것처럼 그녀의 허리에 손을 감고, 바짝 끌어당겼다.

"놔, 요."

희연이 작게 중얼거렸지만 정우는 오히려 재미있다는 듯 웃음소리를 냈다.

"그렇지. 이제 청첩장 인쇄가 마무리됐는데, 이분께도 한 장 드리면 좋을 것 같네요."

얼굴이 확 달아올랐다. 청첩장. 그 말에 이규는 지울 수 없는 큰 상처를 받은 듯했다. 손마디가 하얗게 불거지도록 주먹을 꽉 쥔 그가 고개를 숙였다. 갑자기 나타나서는 결혼한다고 말한 걸로도 모자라, 약혼자까지 데려오다니. 희연은 파르르 떨리는 그의 입술을 바라보다가 정우를 세게 끌어당겼다.

"필요 없어요!"

그렇게 외쳤지만, 조금 뒤에 서 있던 비서가 반듯하게 접힌 하얀 청첩장을 내밀었다. 그것을 집어 든 정우가 다시 이규에게 하얀 종이를 건넸다.

"희연 씨 지인분인 것 같은데, 시간 되면 참석해요."

희연은 얼굴에 꽂히는 시선을 외면했다. 무슨 표정을 지어야 할지, 무슨 말을 해야 할지, 아무것도 알 수 없었다. 알 수 있는 거라곤 그저 그에게 상처를 주었다는 것뿐.

"자, 사양하지 마시고."

정우가 싱긋 웃더니 이규의 낡은 잠바 품에 청첩장을 반쯤 끼워 넣고, 가슴을 툭툭 두드렸다.

"자리를 빛내 주시면 희연 씨도 기뻐할 것 같네요."

"……."

그 어떤 순간보다 지금이 제일 비참했다.

"자, 타요. 희연 씨. 서울까지 가는 데만도 한참이니까."

정우가 그녀를 가볍게 차 안으로 밀어 넣었다. 희연은 문이 닫히기 직전, 살짝 뒤를 돌아봤다. 이규의 슬픈 눈과 시선이 마주쳤다. 차가 출발하는 그 순간까지 그는 그 자리에서 꼼짝도 하지 않았다.

뒤를 돌아보고, 또 돌아보고. 멀거니 서 있는 이규의 모습이 보이지 않게 될 때까지 계속 뒤를 돌아본 희연은 눈을 꾹 감았다. 눈물이 쏟아질 것만 같았다.

차가 고속 도로로 올라가고 얼마나 달렸을까. 크게 심호흡을 하면서 애써 울음기를 몰아냈다.

"선 넘은 짓이에요."

그녀가 딱딱하게 굳은 목소리로 말했다. 비난과 다름없는 말에 정우가 삐뚜름한 미소를 지었다.

"선은 희연 씨가 먼저 넘었죠."

할 말이 없었다. 이곳에 무작정 달려온 것도 그녀였고, 이규를 만난 것도 그녀였으니까. 희연은 입술을 달싹이다가 변명하듯 중얼거렸다.

"만날 생각은 없었어요."

"제가 신경 써야 할 만한 일이 있었나요?"

"그런 일, 없었어요."

수치스러웠다. 그녀는 한 글자 한 글자 이를 악물고 내뱉었다.

"제가 희연 씨를 믿어야 하나요?"

"······믿고 싶지 않으면 병원에 가든지요."

처참한 기분으로 그렇게 말하자 정우가 가벼운 웃음소리를 냈다.

"믿을게요. 부부 사이에 신뢰라는 건 중요한 거니까."

한 번은 너그럽게 넘어가 준다는 듯한 말에 희연은 이를 꽉 악물었다. 이규의 표정이 잊히질 않았다. 얼빠진 듯한, 상처받은 듯한, 또다시 버려진 어린애 같았던 그 얼굴.

"휴대폰은 챙겨서 다녀요."

정우가 고개를 까닥 움직이자 조수석에 앉아 있던 비서가 몸을 돌려 새 휴대폰을 내밀었다. 희연은 말없이 그것을 꽉 움켜쥐었다.

이게 대체 무슨 의미가 있다고. 어차피 가장 연락하고 싶은 사람은 연락할 수도 없었다. 이번에도 번호 따윈 주고받지 않았다. 그래야만 했으니까.

어떤 마음으로 그녀에게 다시는 오지 말라고 말했을까. 어떤 생각으로 최정우를 마주했을까. 그런 것을 생각할수록 가슴 안쪽이 저릿하게 아파 왔다.

평생이 상처뿐이었던 남자에게 계속해서 상처만 주는 자신이 한심했다.

'가지 말았어야 했어.'

아니, 밀어냈어야 했다. 그것도 아니라면 정이 떨어질 말이라도 했어야 했다. 정말로 다신 기다리지 않도록. '씨발년, 나쁜 년.' 하면서 욕하고 잊어버릴 수 있게.

"행동 조심하라고 말한 게 어제인데. 희연 씨 정말 골칫덩어리네요."

"……그럼 파혼해요."

"지금까지 진행해 놓고 파혼하자고요?"

"이혼보다는 파혼이 쉽다잖아요."

그 말에 정우가 낮은 웃음소리를 냈다.

"하하. 걱정 마요. 이혼할 생각도 없으니까."

희연은 입술을 꽉 깨물었다. 대체 무엇이 그의 마음에 든 건지, 왜 그녀여야 하는지, 여전히 알 수 없었다. 좋아한다는 말은 믿을 수 없었고, 진심인 것 같지도 않았으니까.

"지금 와서 파혼하거나 이혼하기엔 너무 멀리 왔죠."

"최 전무님은."

옆에 앉은 남자를 똑바로 바라봤다.

"좋아하는 사람 없어요?"

"희연 씨 좋아한다고 말했던 것 같은데 그새 잊었나 보네요."

"……나 사랑해요?"

"사랑하죠."

선뜻 내뱉는 말. 딱 그 정도의 무게만이 느껴졌다. 이규와는 좋아한다거나 사랑한다거나 하는 말을 나눈 적은 없었지만, 그가 희연을 사랑하고 있다는 것쯤은 느낄 수 있었다. 말로 할 수 없을 정도로 아주 무겁게. 너무 무겁고 깊어서 숨조차 쉬지 못할 정도로.

"그런 말로 꼭 확인을 하고 싶은가 보네요. 희연 씨, 생각보다 더 감성적인 예비 신부였네요. 아니면 메리지 블루예요?"

헛웃음이 나왔다.

"최 전무님의 말을 듣고 나니 아무 의미도 없는 단어의 나열일 뿐이라는 걸 깨달았어요."

"그 단어조차 없는 것보다는 있는 게 낫죠."

정우가 느긋하게 말하고는 태블릿에 뜬 보고서를 넘겼다.

"제가 출장 가 있는 동안 괜한 짓 하지 않았으면 좋겠네요."

"그래서 데리러 왔어요?"

메마른 목소리가 흘러나왔다.

"내가 어디 있는지 뭐 하는지 다 알고 있다고 협박이라도 하려고?"

"약혼녀를 위해 새벽부터 기다렸으니 감동의 눈물이라도 흘릴 줄 알았는데요."

"제가 그 정도로 감성적인 인간은 아니라서."

희연은 환하게 밝아진 하늘을 올려다봤다. 머리카락을 쓸어 올린 남자가 아무렇지 않게 물었다.

"마지막 인사는 잘 끝낸 거죠?"

"……집까지 찾아오지 않아서 감사하다고 말해야 할 타이밍인가요?"

"희연 씨라면 고마워할 줄 알았어요."

빈정거리는 듯한 말에 입술을 꾹 다물었다. 쓰레기 같은 인간. 속으로 그 말을 곱씹으며 눈을 감고, 등받이에 푹 기댔다.

이규의 모습이 머릿속에서 사라지질 않았다. 멀거니 서서 멀어지는 차를 한참이나 바라보기만 하던 그 표정, 그 눈빛.

밤을 꼬박 새웠지만, 잠들 수 없었다.

이규는 청첩장을 멀거니 바라봤다. 그가 지내는 반지하방과는 조금도 어울리지 않는, 깨끗하고 새하얀 종이였다. 거기에 박힌 '송희연'이라는 이름이 눈에 들어왔다. 그저 글자뿐이었지만 이규는 손끝으로 그 이름을 천천히 쓰다듬고, 또 쓰다듬었다.

지긋지긋할 정도로 울었다고 생각했는데, 가슴 속에서 또 무언가가 울컥 치밀 것만 같아서 이를 꽉 악물었다.

"씨발……."

차에서 내린 남자는 그가 보기에도 번듯하고, 괜찮은 사람이었다. 밑바닥 인생을 사는 '강이규'라는 인간과는 완전히 반대인 그런 남자. 차에 대해 잘 모르는 그가 보기에도 비싸 보이는 차에, 몸에 딱 맞는 옷, 반듯하게 맨 넥타이. 말끔하게 빗어 넘긴 머리카락에 상처 따윈 없는 뽀얀 얼굴.

내미는 손에도 굳은살 하나 박여 있지 않았다. 긴 손가락은 매끄러웠고, 정장 웃옷 밑으로 보이는 셔츠 소매는 새하얗기만 했다.

"……다행이다."

이규는 침대에 웅크리고 앉아 무릎에 고개를 파묻었다.

희연이 결혼한다는 남자는 생각보다도 더 대단해 보여서 안심할 수 있었다. 그녀가 좋아하는 영화도 매일매일 보여 줄 수 있을 것 같았고, 겨울이면 춥지 않게 따뜻한 외투도 사 줄 수 있을 것 같았다.

여기서 좆같이 지내던 두 달 동안 얼마나 힘들었을까. 그 생각을 하자 피식 웃음이 나왔다.

"존나 다행이라고."

그는 자신을 윽박질렀다. 자꾸만 '그래도 함께하면 어땠을까.'라고 희망을 품는 자신에게 욕을 퍼부었다.

그 여자는 금방 그를 기억에 묻어 두고 살 수 있을 게 분명했다. 행복하고 재미있는 시간을 보내다 보면 이곳의 구질구질함 따위는 금방 잊을 테니까. 이규가 그랬던 것처럼 말이다.

궁상맞고 쓰레기 같은 인생에서 고작 두 달이 행복했다고 그 순간을 잊지 못한 채 질척거리는 그와 달리, 희연의 인생에서는 그 두 달이 유일하게 지옥 같은 날이었을 테니까.

이규는 눈을 질끈 감았다. 빛 한 점 들어오지 않았다.

'내 주제에 빛은 무슨.'

그는 쓴웃음을 지었다.

희연은 하루하루 다가오는 결혼식 날짜를 세었다.

몇 번이고 이규가 있는 그 바닷가에 달려가고 싶다는 충동에 휩싸였지만, 터미널까지도 갈 수 없었다. 그가 오지 말라고 했으니까. 기다리지 않겠다고 했으니까.

속으로 무슨 생각을 하든 아무 상관 없었다. 시간은 흐르고, 해야 할 것들은 많았다. 웃고 웃고 또 웃고.

그렇게 아무런 의미도 없는 하루하루를 흘려보내고 나니 어느새 결혼식 날이었다. 머리부터 발끝까지 완벽한 신부의 모습이 된 희연은 거울을 멀거니 바라봤다. 몇몇 사람들이 대기실에 들어와 알은체를 하며 인사를 했고, 그녀는 인형처럼 가만히 웃었다.

영화 같은 일이 생기지 않을까. 그런 헛된 기대를 하기도 했다. 갑자기 들어온 이규가 그녀의 손을 잡고 뛰쳐나간다거나, 아니면 이 결혼을 반대한다고 외치거나.

"신부님 표정이 안 좋네요."

말끔하게 정장을 차려입은 남자가 문가에 기대서면서 말을 꺼냈다.

"이 정도면 꽤 좋은 편 아닌가요?"

희연의 가시 돋친 말에 그가 천천히 팔짱을 끼고 그녀를 평가하듯 바라봤다.

"뭐 즐겁지 않은 것치고는 꽤 훌륭한 편이라고는 생각합니다."

피식 웃은 정우가 성큼성큼 다가왔다. 희연은 그를 가만히 올려다봤다. 원망하거나 짜증을 내거나 화를 낼 기운조차 남아 있지 않았다. 그냥 전부 체념했으니까. 그녀는 눈을 천천히 깜박였다. 속눈썹이 버겁게 위아래로 움직였다.

"앞으로 넉넉히 이십 년 정도면 JD 그룹 부회장 사모님이 될 텐데, 좀 더 기뻐할 수는 없어요?"

"……기쁜 셈 쳐요."

"남들은 못 가져서 안달인데."

정우가 고개를 삐뚜름하게 기울였다.

"왜 나예요."

"좋아한다고 말했잖아요."

"거짓말이잖아요."

그는 부정하지 않았다.

"사랑한다고도 말해 줬던 걸로 기억하는데요, 희연 씨. 그새 잊으셨나?"

아무런 의미도 없었다. 좋아한다거나 사랑한다거나, 눈앞에 있는 남자의 입에서 나오는 말이 대체 어떤 무게가 있단 말인가.

"어차피 거짓말이잖아요."

그 말에 정우가 놀랍다는 표정을 잠깐 지었다.

"희연 씨, 성격 특이하네요."

그 말에 희연이 인상을 찌푸렸다.

"그냥 곧이곧대로 들으면 안 됩니까? 나는 희연 씨에게 거짓말한 적 없는데."

"내가 최 전무님을 다 믿어야 하나요?"

"신뢰가 중요하다고 했잖아요. 그것도 잊으셨나 보네요."

"……."

"나는 희연 씨를 믿어 줬잖아요. 그럼 이제 날 믿어 줄 차례죠. 사랑한다거나, 좋아한다는 말로 이런 언쟁을 하는 것 자체가 우습네요. 내가 그렇게 신뢰가 없는 남자였나 봐요?"

사랑한다거나, 좋아한다는 말을 이런 식으로 가볍게 내뱉는 모습에 조금 화가 났다. 어차피 그녀를 손톱만큼도 아끼지 않으면서. 사랑하지 않으면서. 이건 기만이고, 조롱이었다.

"왜 나였는지 궁금한 것뿐이에요. 결혼식장까지 왔잖아요. 그 정도는 이제 솔직히 말할 수 있지 않아요?"

"말했잖아요."

"그걸 믿으라고……!"

희연이 자리에서 일어섰다. 드레스의 무게가 묵직하게 온몸을 눌러 왔다.

"그냥 그런 거예요. 왜요? 재수 없게 걸린 것 같은가 보죠?"

"잘 아네요. 그래요. 재수 없게 내가 걸렸다고 생각해요. 아니에요?"

정우가 재미있다는 듯 쿡쿡 웃었다.

"목소리 낮춰요. 좋은 날인데. 식도 올리기 전부터 싸우는 모습 보이고 싶진 않으니까."

"……그냥, 왜 나왔는지만."

그냥 알고 싶었다. 이유라도 알아야 이규를 버려 두고 온 것이 조금이라도 덜 쓰릴 것 같았으니까. 거기까지 말한 순간 성큼성큼 남자가 고개를 숙여 바짝 다가왔다. 숨이 맞닿았다. 소름이 끼쳤다.

"좋아해서요."

그가 한 글자 한 글자 또박또박 내뱉곤 싱긋 웃었다. 거짓인지 진실인지 고민해 봤지만, 희연은 그것을 믿을 수 없었다.

이규는 아무 말 하지 않았음에도 불구하고 그녀를 사랑하고 있었는데, 눈앞의 남자는 사랑한다고 말하면서도 사랑하지 않았다.

산뜻한 미소와 함께 고개를 든 정우가 옷을 가볍게 툭 털면서 평온하게 말했다.

"곧 식 시작하니까 준비해요."

희연은 이를 꽉 깨물었다. 영화 같은 일 따윈 벌어지지 않았다.

이규는 청첩장에 쓰인 '송희연'이라는 이름이 흐릿하게 닳아 없어질 정도로 그녀의 이름을 만지고 또 만졌다. 멍청한 머리로도 결혼식이 언제인지, 어디서 열리는지 외워 버릴 만큼 청첩장을 보고 또 봤다.

희연이 결혼하는 이날은 평생 잊을 수 없을 거라고 생각했다. 자신의 생일조차 잊고 살지만, 이날만큼은 죽을 때까지 잊지 못할 거라고 몇 번이고 생각했다.

약혼자라던 남자. 청첩장에 희연과 나란히 적힌 '최정우'라는 그 남자가 진짜로 결혼식에 오라는 뜻으로 이것을 준 게 아니라는 것쯤은 이규도 알고 있었다. 머리를 굴리며 사는 건 못해도 눈치는 보면서 살았으니까.

'송희연도 그리 기뻐하진 않겠지.'

울 것 같은 표정을 지을지도 몰랐다. 아니면 진짜 울어 버릴지도. 그는 가만히 생각하다가 침대에 누워 눈을 감았다. 사실 입고 갈 만한 옷도 없었다. 그래도 한번 가 보고 싶은 마음이 들다가도 속이 뒤집힐 것 같아서 고개를 흔들었다.

희연이 웨딩드레스를 입은 모습을 한 번쯤 보고 싶기도 했다. 어차피 이규의 삶에서 그 모습은 평생 보지 못할 것이었으니까. 그냥 한 번이라도 눈에 담으면 평생 그 순간을 기억하면서 살 수 있을 것 같기도 했다.

"씨발······."

그는 낮게 욕을 중얼거렸다.

그저 같이 있었던 두 달의 기억도 이렇게 반짝거리는데 그건 얼마나 눈부시게 예쁜 기억으로 남을까. 그런 생각을 하면, 희연이 다른 남자의 아내가 된다는 것도 잊고 슬며시 웃음이 새어 나오곤 했다. 물론, 금세 현실을 깨닫고 턱이 아플 정도로 이를 악물어야 했지만.

겨울보다 더 차게 얼어붙은 그의 마음과 달리 봄은 점점 더 따듯해지고 꽃이 환하게 피었다. 세상 모든 것들이 희연의 결혼을 축하하는 것 같아서 속이 뒤틀렸다.

"하하."

이규의 입술 사이로 메마른 웃음이 새어 나왔다. 속 좁고 쓰레기 같은 남자라 행복 하나 제대로 빌어 주지 못하는 자신이 한심하기도 했다.

다시는 오지 말라고, 만나지 말자고, 기다리지 않겠다고 단단히 말해 두었으면서. 그는 아직도 희연을 기다렸고, 보고 싶었고, 달려가고 싶었다.

결혼식 전날, 밤새 내내 뒤척이던 이규는 저도 모르게 가장 첫차를 잡아타고 서울로 향했다.

"씨발."

멍청해서. 이런 것 저런 것 생각할 대가리가 없어서. 무작정 이렇게 가는 스스로가 우습고 한심했다. 만날 생각은 없었다. 살짝, 아주 살짝 희연을 엿볼 수만 있다면 좋겠다는 생각뿐이었다.

많이 바라지도 않았다. 욕심낼 생각 따윈 없었다. 눈에 담을 정도면 된다. 그냥 단 한 번 보고 기억에 남길 정도면 충분했다. 이규는 그렇게 자신을 달래면서 결혼식장으로 향했다.

너무 일찍 도착해서 근처를 서성이며 한참이나 시간을 보낸 그는 결혼식 시간보다 조금 늦게 호텔로 들어갔다.

문을 열고 들어간 순간, 이곳에 자신이 어울리지 않는다는 걸 바로 깨달았다. 그 누구도 낡은 청바지에 늘어난 티를 입고 있진 않았으니까. 청첩장에 적혀 있는 곳으로 향하니 점점 더 자신이 초라하게 느껴졌다.

식이 시작된 뒤에 도착해서 그런지 사람들이 우글우글해야 할 곳은 텅 비어 있었다. 화려하고 커다란 문은 꽁꽁 닫혀 있고, 안쪽에서 음악 소리가 희미하게 흘러나왔다.

"존나 좋네……."

그래도 그 남자가 진짜 좋은 놈이긴 한 모양이었다. 그냥 보기에도 돈을 처바른 티가 나는 것을 보면.

이규는 잘 보이게 걸어 둔 사진들을 멍하니 쳐다봤다. 사진 속의 희연은 참 예뻤다. 새하얀 옷을 입고 환하게 미소 짓는 얼굴을 한참이나 쳐다보다가, 밝은색의 한복을 입고 있는 사진도 구경했다. 희연이 나온 부분만 찢어서 가져가고 싶은 충동이 들었다.

하나하나 놓치지 않고 그녀가 나온 사진을 살피던 이규는 쓴웃음을 지었다.

'멍청한 새끼.'

같이 살 때 사진이라도 몇 장 찍어 놓을걸. 그런 생각을 한 그는 조심스럽게 문을 열고 살짝 고개만 내밀었다. 모두 결혼식에 집중해 있어서 그 누구도 이규를 돌아보지 않았다. 안쪽을 둘러 본 남자는 터져 나오려는 욕을 꿀꺽 삼켰다.

그가 알고 있는 평범한 결혼식장이 아니었다. 둥그런 탁자에 하얀 식탁보. 그리고 각자 앞에 놓인 식기와 접시들까지. 대체 무슨 결혼식을 이렇게 한단 말인가. 신기한 기분으로 주위를 두리번거린 이규는 가장 밝은 빛 아래 서 있는 두 사람을 금방 발견할 수 있었다.

"……하."

멀찍이서 보는 것뿐이지만, 마치 확대라도 한 듯 희연의 모습이 눈에 하나하나 다 들어왔다.

살짝 올라간 입꼬리. 하얀 드레스 위로 드러나 있는 가느다란 어깨. 무거워 보일 정도로 길게 늘어진 천. 살짝 움직일 때마다 별이 우수수 떨어지듯 희연이 온통 반짝였다.

이규는 차마 들어가지도 못한 채, 고개만 내밀어 결혼식을 가만히 지켜봤다. 굉장히 넓은 결혼식장을 가득 채운 꽃 향기에 정신이 어지러울 지경이었다.

'존나 예쁘네.'

입이 얼어붙을 정도였다. 그는 멀거니 희연을 눈에 담고, 또 담았다. 반투명한 면사포 밑으로 보이는 가느다란 목덜미. 꽃다발을 든 손. 살짝 내려갔다가 천천히 올라오는 속눈썹.

정우와 희연은 손을 잡고 있었고, 차분한 목소리의 주례가 이어졌지만 아무 소리도 들리지 않았다. 평생을 기억해야 할 모습이니까. 손끝 하나, 머리카락 하나 잊을까 봐. 이규는 희연만을 바라봤다.

조용한 분위기 속에서 결혼식은 차분하게 진행됐다. 반지를 교환하라는 말에 두 사람이 마주 보고 섰다.

머릿속이 멍해졌다. 씨발 존나 예쁘네. 그 말밖에 떠오르지 않았다. 못 배워 먹었다는 게 부끄러운 적은 없었는데, 지금은 후회됐다. 희연에 대해서 좀 더 여러 가지 말로 표현할 수 있으면 좋았을 텐데.

세상에 태어나 그가 본 것 중에 오늘의 송희연이 제일 예뻤다.

"씨발⋯⋯."

거의 들리지 않을 정도로 작게 속삭인 이규는 문손잡이를 꽉 움켜쥐었다. 잘된 일이었다. 결혼식만 봐도 최정우라는 남자는 그가 해 주지 못하는 모든 것들을 다 안겨 줄 수 있는 그런 사람이었으니까.

멀리서도 반짝임이 잘 보일 정도로 커다란 보석이 달린 반지를 집어 든 정우가 희연의 손을 잡아 들었다. 내내 바닥만 바라보고 있던 그녀가 고개를 살짝 들어 올렸다. 화면에 커다랗게 잡힌 눈동 자가 살짝 흔들렸다.

먼 데다가 어둑하게 조명을 낮춘 곳이라 제대로 볼 수는 없었지 만 그것은 분명 이규였다. 희연은 순간 손가락을 움츠렸다.

들어올 용기조차 없다는 듯 살짝 고개만 내민 남자. 모든 것이 화려하고 비싼 이곳에 어울리지 않는 단 한 사람.

"희연 씨."

저도 모르게 주먹을 움켜쥐고 있었다. 정우가 낮게 그녀의 이름 을 부르면서 손을 단단히 붙잡았다. 평온한 얼굴로 손가락을 강제 로 편 그가 반지를 밀어 넣으려고 했다. 차가운 링이 손끝에 닿은 순간, 희연은 남자의 손을 뿌리치고 뒤로 주춤 물러섰다. 사람들이 웅성거리는 소리가 들렸다.

명청한 짓이었다. 그렇지만 이규 역시 명청한 짓을 했다.

'왜 왔을까.'

머릿속이 엉망으로 헝클어졌다. 무슨 좋은 꼴을 보려고 여기까 지 왔을까. 멋지게 들어와 그녀를 낚아채 갈 생각도 아니면서. 스 스로 무슨 상처를 받으려고 식장까지 온 걸까. 희연은 드레스 자락 을 꽉 움켜쥐었다. 부케를 내던지고, 새하얀 카펫이 깔린 길을 내 달렸다.

"강이규!"

얼어붙은 남자의 얼굴이 점점 가까워졌다. 문을 거칠게 열어젖 혔다. 희연은 그다음을 생각하지도 않고 이규의 품에 뛰어들었다.

온몸으로 달려든 그녀를 받아 든 남자가 울음인지 신음인지 모를 낮은 소리를 흘리면서 등을 세게 끌어안아 주었다.

불길할 정도로 싸늘한 정적이 흘렀다. 희연은 필사적으로 이규의 목을 끌어안았다. 꿈일까 봐. 미쳐서 만든 환상일까 봐. 화장이 엉망으로 뭉개지는 것도 상관하지 않고 그의 품에 고개를 박은 그녀가 울음을 터뜨렸다.

"흐윽, 윽……."

어깨를 들썩이며 눈물을 흘린 순간, 이규가 거친 손길로 희연을 확 떼어 내더니 떨리는 목소리로 버럭 외쳤다.

"송희연. 너 대가리가 비었냐? 씨발!"

눈물이 뺨을 타고 흐르다가 턱 밑에서 뚝 떨어졌다.

"저 새끼랑 결혼해야 할 거 아냐. 응?"

달래듯이 혹은 화내듯이 외치는 목소리에 울음이 가득 담겨 있었다. 그의 눈에도 눈물이 가득 담기고 눈동자가 거칠게 흔들렸지만, 희연의 모습만큼은 똑바로 담아내고 있었다.

"그래야, 그래야…… 씹. 잘살 거 아니냐고. 씨발. 나랑 있더니 멍청해졌어? 어?"

어깨를 붙잡은 손에 힘이 꽉 들어갔다. 희연은 서러운 울음소리를 내며 손 놓고 흐느껴 울었다. 그런 말을 하는 이규의 마음을 이해할 수 있어서. 차마 붙잡는 말 한마디 할 수 없는 처지를 너무도 잘 알고 있어서. 눈물을 참을 수가 없었다.

"……송희연. 저 새끼랑 결혼하라고. 들어가. 들어가라고. 씨발!"

그렇게 말하면서도 이규는 그녀를 세게 밀어내지 못했다. 어린애처럼 엉엉 울고 있는 희연을 바라보던 그가 상처투성이인 손으로 제 눈가를 벅벅 문질렀다. 엉망으로 일그러진 표정을 한 남자가 이내 고개를 푹 숙이더니 눈물을 뚝뚝 떨어뜨렸다.

"송희연……."

흐느낌 섞인 목소리로 그녀의 이름을 속삭인 이규는 모래성이 무너지듯 천천히 무릎을 꿇었다. 어깨에서부터 느리게 미끄러진 그의 손이 희연의 손을 단단히 붙잡았다.

수천만 원짜리 드레스가 망가지는 것도 개의치 않고 그를 따라 주저앉은 희연은 목 놓아 서러운 울음소리를 냈다.

왜 와서는 그녀를 무너지게 만든단 말인가. 왜, 왜. 애써 모든 것을 받아들이려고 했는데. 어째서 이규는 제 발로 이곳에 찾아왔단 말인가. 다신 나타나지 말라고 했으면서, 어째서.

싸늘한 정적이 내려앉은 결혼식장에 두 사람의 울음소리만이 울렸다. 결혼식은 결국 엉망진창인 채로 중단됐다.

희연은 죄인이 된 기분으로 고개를 깊이 숙였다. 후회하지는 않지만 잘못한 건 맞았으니까. 기자들까지 온 결혼식장에서 그 난리를 쳤으니 무슨 말을 들어도 할 말이 없었다.

그나마 JD 그룹 쪽에서 수치스럽다고 기사를 막은 덕분에 대서특필되지는 않았지만, 기사가 나는 것 자체를 완전히 막을 수는 없었다.

JD 부회장 부부에게 죄송하다는 말을 백 번도 넘게 하며 고개를 숙이고, 부모님께는 아무 말도 하지 못했다. 그저 침묵을 견뎠을 뿐. 차라리 불같이 화를 냈으면 덜 무서웠을 텐데 싸늘한 반응에 속이 더 쓰렸다.

그리고 마지막으로 정우를 마주한 희연이 시선을 내리깐 채 고개를 숙였다.

"미안해요."

"미안하다는 말로 넘어가기엔, 너무 큰일을 벌인 거 아니에요?"

어제 결혼식장에서 창피를 당한 남자라고는 생각할 수 없을 정도로 무덤덤한 말이 돌아왔다. 희연은 입술을 꽉 깨물고, 다시 한번 같은 말을 내뱉었다.

"미안해요."

"앵무새처럼 미안하다는 말만 되풀이하면 전부 해결될 거라고 생각하나 봐요."

"……."

무릎 위에 놓인 손을 꽉 움켜쥐었다. 이것으로 충분하지 않다는 것쯤은 알고 있었다. 어떤 말을 해도 갚을 수 없는 짓을 저질렀다는 것쯤은 알고 있었지만, 희연이 할 수 있는 건 이것뿐이었다.

"미안해요."

"그 남자는, 희연 씨가 어떤 사람인지 알고 있나?"

그녀는 담담한 물음에 고개를 들어 눈앞의 남자를 노려봤다.

"희연 씨. 나는 송 의원님이 문제없이 지내셨으면 좋겠어요."

"이번 일은 내가 저지른 거예요. 다른 사람은 상관없잖아요."

"그런 식으로 딱 자를 일은 아니죠. 그리고 아무리 사이가 별로여도 부모님인데. 송 의원님이 들으시면 섭섭하시겠어요."

"미안해요. 다 내 잘못이에요. 그러니까……."

"그러니까 그냥 이대로 끝내 달라는 부탁이라도 하려는 셈이에요?"

"······네."

정우가 짧은 웃음소리를 냈다.

"송희연 씨 생각보다도 더 뻔뻔한 사람이네."

뻔뻔하다 해도 상관없었다. 세상에 다시없을 나쁜 년이라거나, 죽을죄를 지은 인간이라 해도 괜찮았다. 후회하는 건, 그저 결혼을 진행했다는 것뿐이었으니까. 차라리 이렇게 될 거라는 걸 알았다면 처음부터 어떻게든 결혼을 깼을 테니까.

"나에 대해서 뭐라고 말하든 상관없어요. 내가 바람을 피웠다거나······."

"아. 그건 사실이죠."

매끄럽게 말한 정우가 싱긋 웃었다. 희연은 입술을 꽉 깨물었다.

"날 어떤 여자로 만들든 신경 안 써요."

"그럼 정신 병동에라도 들어갈래요?"

여상하게 묻는 말에 소름이 오스스 돋았다. 그렇지만 차라리 그게 나을지도 모른다고 생각했다. 그렇게 이 모든 것을 끝낼 수만 있다면 오히려 좋을지도 모르겠다고.

"그렇게 해서 최 전무님 화가 풀린다면, 갈게요."

"희연 씨 생각보다 뻔뻔하고, 재미있는 사람이었네요."

"뭐든지 할 테니까 나 하나 망가지는 걸로 끝내요."

희연은 다시 고개를 숙였다. 그의 앞에서 뻔뻔하게 고개를 들 처지가 안 된다는 건 그 누구보다도 희연이 제일 잘 알고 있었다.

"부탁할게요."

무슨 표정을 짓고 있을까. 비웃고 있을까? 고개를 숙인 채 가만히 있으니 정우가 천천히 다리를 꼬는 게 느껴졌다.

"무릎이라도 꿇고 빌어야 하는 거 아닌가?"

피식 웃는 말에 이를 꽉 깨물었다. 무릎을 꿇어야 한다면 얼마든지 할 수 있었다. 다리 사이로 기어가라 해도 그렇게 하리라. 그렇게 해서 이규에게 아무런 해도 없고, 부모님께도 폐를 안 끼칠 수만 있다면 말이다.

희연이 망설이지 않고 바닥에 무릎을 대려던 순간, 정우의 목소리가 들려왔다.

"다시 결혼할래요? 뭐든지 한다면서요."

희연이 눈을 질끈 감았다가 떴다.

"불가능하다는 건 최 전무님이 더 잘 알고 계시잖아요. 그것만 빼고 다 할게요."

좋은 대답은 별로 기대하지 않은 듯 그가 하하, 하고 짧게 웃었다.

"그 남자랑 있으면 행복할 것 같아요?"

"……네."

"쓰레기 같은 인간이에요."

담담한 목소리로 이규를 사정없이 깎아내리는 말에 울컥 화가 치밀었다. 무릎을 꿇으려던 희연이 고개를 들고 그를 노려봤다.

"당신이 그렇게 아무렇게나 말해도 되는 사람이 아니에요. 그런 식으로 말하지 마세요."

등을 꼿꼿하게 폈다. 이규는 정우 같은 인간이 하찮게 여겨도 괜찮은 사람이 아니었다. 그보다 훨씬, 훨씬 더 나은 사람이었으니까. 오히려 쓰레기 같은 건 당신이라고 말을 하려던 희연은 입술을 꾹 다물었다.

"무릎을 꿇으라고 하면 꿇을 거고, 빌라고 하면 빌게요. 욕을 해도 상관없어요. 그러니까."

"그냥 혼자서 짊어지게 해 달라?"

"부탁할게요."

희연은 고개를 숙였다. 매달릴 수 있는 건 오직 정우뿐이라는 사실이 더욱 참담해졌다.

호텔 방 번호를 확인한 그녀는 애써 웃는 표정을 만들어 보였다가 한숨을 깊이 내쉬었다. 그냥 다 잘됐다고 웃어 주고 싶었지만, 그리 간단하지 않다는 게 문제였다. 잠시 망설이던 희연이 문을 똑똑 두드리자마자 문이 벌컥 열리고, 이규가 말없이 그녀를 끌어안았다.

"들어가자."

숨이 턱 막힐 정도로 세게 끌어안은 채 꼼짝도 안 하는 남자의 등을 가볍게 톡톡 두드리고 남자를 떠밀면서 방 안으로 들어갔다. 절대 떨어지지 않겠다는 듯 계속 끌어안고 있는 덕분에 두 사람은 뒤뚱뒤뚱 펭귄처럼 걸어야 했다.

"……뭐 한 거야, 송희연."

그녀의 목덜미에 뺨을 비비면서 묻는 말을 못 들은 척 넘겨 버렸다.

"호텔은 처음이지? 어때, 지낼 만해?"

"씹. 몰라. 씨발, 잠만 처자면 됐지 뭐 이런……."

"기자들이 너 찾으려고 하는데 아무 데서나 있을 수는 없잖아."

"그 새끼들이 날 왜 찾아."

희연은 구구절절 설명하는 대신 그냥 쓰게 웃었다. 그녀는 이규

294

의 머리카락을 천천히 쓰다듬었다.

이대로 '모든 것이 잘 해결되었습니다.' 하고 끝나면 얼마나 좋겠냐마는 그렇게 끝나지 않을 거라는 걸 잘 알고 있었다.

'그렇게 끝낼 수 없기도 하지.'

결혼식이 그런 식으로 깨졌으니 희연을 천하의 나쁜 년으로 만들든지 해야 할 테니까. 그래야 정우의 앞날에 아무런 걸림돌이 없을 테니, JD 쪽에서 이를 악물고 그녀의 모든 것을 털어 댈 게 뻔했다.

한참이나 서로의 체온에 기대어 있다가 희연이 조용히 입을 열었다.

"이규야. 왜 왔어?"

"……너. 배운 것도 많다더니 다 구라였어?"

"……."

"그 새끼랑 결혼했어야 할 거 아냐. 씨발……."

결혼식까지 와 놓고. 문 뒤에 숨어서 바라봐 놓고. 지금 이렇게 놓기 두렵다는 듯 끌어안아 놓고.

"내가 최정우 씨랑 결혼했으면 좋겠어?"

그 질문에 한참이나 숨을 헐떡이던 이규가 이를 악물고 천천히 내뱉었다.

"……내가 존나 무식한 새끼라고 무시해? 씨발. 그게 정답이라는 것 정도는 나도 알아."

"내가 너랑 같이 있으면 그건 '틀린' 답이야?"

"어. 그것도 모르냐? 나 같은 새끼랑 뭘 하겠다고. 씨발. 씨발!"

악을 쓰듯 욕을 내뱉은 남자가 그녀를 더욱 세게 끌어안았다.

온몸이 으스러질 정도로.

"지금이라도 그 최정우인가 뭔가 하는 새끼한테 다시 결혼해 달라고 해."

그가 억지를 부렸다. 희연은 쓴웃음을 지었다. 그렇게 말하면서도 그녀를 끌어안고 있는 팔은 더욱 단단하게 몸을 조여 왔다. 목덜미에 느껴지는 이규의 숨결에 울음이 뒤엉켰다.

이 남자는 안아 주면 늘 울었다. 그래서 더 안아 주고 싶었다. 더 이상 울지 않을 때까지.

"너는 존나 예쁘게 생겼으니까 그 새끼도 다시 결혼하자고 할 거야."

진지하기 짝이 없는 목소리에 웃음이 터져 나왔다.

"내가 예뻐?"

"……존나 이상한 걸 처묻고 지랄이네."

"이규야."

"눈깔이 삐었냐? 씹. 거울도 안 보고 사나."

그런 말을 하고도 민망한지 목덜미까지 벌겋게 달아오른 남자가 욕을 중얼거렸다. 희연은 그의 널찍한 어깨를 끌어안았다.

폭풍 전야라는 건 알고 있었다. 절대 이대로 끝날 일이 아니다. 하지만 이 순간만큼은 너무 평온하고 행복해서 뒤에 닥쳐올 것들은 아무것도 생각하고 싶지 않았다.

"이규야."

"……씨발, 왜."

"이규야."

"왜. 송희연."

좋아한다거나, 사랑한다는 말 따윈 하지 않았다. 두 사람은 그저 서로를 끌어안고, 이름을 부르면서 이 시간을 깊이 새겼다.

바로 다음 날부터 희연에 관련된 온갖 것들이 튀어나왔다. '송희연의 난잡했던 사생활'이라는 제목으로 그녀조차 잊고 있었던 과거가 끌어 올려졌고, 이규를 이니셜로 언급하며 두 사람의 사이를 추측하는 기사가 난무했다.

게다가 사실은 조폭과 관련이 있다든지. 희연이 그런 불법 도박장에서 몇 번이나 잡혀 온 적이 있었다든지. 조폭 쪽에 커넥션이 있어서 약쟁이었다든지. 거짓과 진실이 뒤섞인 내용이 수도 없이 쏟아졌다.

심지어 언제 찍은 건지 불법 투기장에서 경찰에 연행되었을 때의 사진도 실려 있었다.

물론, 그 모든 후폭풍은 희연 혼자 감당할 만한 것이 아니었다. 아버지도 당연히 역풍을 맞았고 딸 때문에 곤욕을 치러야 했다.

두 달이라는 시간 동안 정우의 별장이 아니라 어느 작은 도시에 있었다는 건 아주 사소한 일이 될 정도로 많은 것들이 정신없이 쏟아졌다. 희연은 가지 않겠다며 쌍욕을 내뱉는 이규를 억지로 버스에 태워 보냈다.

이런 여론전에서 강이규라는 존재가 도움이 되지 않을 거라는 건 아주 잘 알고 있었으니까. 정신없이 들이닥치는 기자들을 피해 움직이는 동안, 희연은 이번엔 잊지 않고 받은 이규의 번호로 전화를 걸 틈조차 없었다. 과거를 낱낱이 드러내는 기사들을 보면서 희연은 이규가 이것을 몰랐으면 좋겠다고 생각했다.

정신없는 하루하루가 지나갔다. 경찰서에 몇 번 오가야 했고, 기자들이 바글바글 몰려들어 그녀의 사진을 찍기도 했다.

그렇게 얼마나 지났을까. 완전히 지쳐 버린 희연은 또다시 도망치고 싶다는 생각을 했다.

잘나가던 아버지는 못난 막내딸 때문에 공격받을 빌미가 몇 개나 생겼고, 그것은 정치에 몸담고 있는 언니도 마찬가지였다. 예전에는 그저 집안의 골칫덩어리였다면, 지금은 집안의 역적쯤이 되었을까. 희연은 쓴웃음을 지었다. 정말 무슨 말을 들어도 할 말이 없었다.

휴대폰이 울려 무심코 전화를 끊으려고 했는데 화면에는 '최 전무'라는 세 글자가 떠 있었다.

"……최 전무님."

그녀는 지친 목소리로 전화를 받았다.

-잘 지내고 있어요?

이 난리가 나는 것에는 그의 입김이 많이 작용했을 텐데 그렇게 묻는 게 우스웠다. 괴롭히려고 작정했으면서 모르는 척하는 것이 가증스럽기도 했다.

"최 전무님 덕분에 잘 지내고 있어요."

빈정거림을 최대한 꾹 내리눌렀지만 그 기색을 알아챈 듯 그가 하하, 하고 짧게 웃었다. 희연은 입술을 꽉 깨물었다.

"이쯤 하면 되지 않았어요? 아직도 화가 안 풀렸어요?"

-화낸 적 없어요.

정우가 담담하게 말했다. 정말로 화난 적도 없다는 듯이.

-아무리 그래도 송 의원님이랑 척을 질 수는 없죠.

'그럼 이쯤 하는 게 어때요.'라는 말이 목 끝까지 차올랐다. 그러나 그것을 먼저 말할 처지가 되지 않는다는 건 자신도 잘 알고 있었다. 용서는 비는 입장에서 하는 게 아니라 듣는 입장에서 하는 거니까.

-뭐든지 한다고 했죠.

"……네."

-그 말, 송 의원님이 대신 지켜 주실 거예요.

희연은 눈을 꾹 감았다. JD 쪽에서 작정하고 털고 있으니 적당히 덮으려면 무엇이든 하긴 해야 했다. 물론, 아무것도 아닌 골칫덩어리에 평범한 희연 대신, 힘 있는 아버지가.

-희연 씨. 정말 후회 안 하겠어요?

"최 전무님은 오히려 지금이 더 좋은 거 아닌가요? 송 의원님에게서 뭐든지 들어주겠다는 약속을 얻었으니까."

-희연 씨랑 결혼했다면, 좀 더 많은 기회가 생겼겠죠.

그녀는 대답하지 않았다. 미안하다고 해야 할까 잠시 고민했지만, 다른 말을 꺼냈다.

"고마워요."

고맙다는 말은 어울리지 않았다. 하지만 적어도 미안하다는 말보다는 낫다고 생각했다.

-송희연 씨.

"말씀하세요."

-끝까지 안 믿는 것 같은데. 나 송희연 씨 꽤 좋아했어요.

"……."

-우리가 결혼했으면 아마 제법 잘 살았을 거예요.

"쓸모없는 생각이네요."

예전에 정우에게서 들었던 말을 고스란히 돌려주었다. 가벼운 웃음소리와 함께 전화가 끊겼다.

그리고 다음 날부터 신나게 희연과 그 가족들을 두드려 대던 것들이 조금씩 잦아들었다. 그로부터 이 주일 정도 더 지나 또 다른 이슈로 관심이 옮겨 가고, 송 의원 일가에 대한 말이 거의 다 사그라들었을 때쯤 희연은 말 그대로 집에서 쫓겨났다.

에필로그

"죄송한데 전화 한 통만 써도 될까요?"

카드도 죄다 정지되어서 있는 지폐 몇 장을 겨우겨우 끌어모아 버스 터미널에 도착한 희연은 지나가는 사람을 붙잡고 말했다. 두 번 거절당하고 세 번째가 되어서야 겨우 전화를 빌린 그녀는 처음으로 이규의 번호를 꾹꾹 눌렀다.

"……."

연결음이 한 번 다 울리기도 전에 전화를 받은 남자는 말이 없었다. 인상을 팍 찌푸리고 있을 그의 얼굴을 쉽게 상상할 수 있어서 피식 웃음이 나왔다.

"이규야."

-송희연? 씨발. 손가락이 부러졌냐?

대뜸 그가 욕을 퍼부었다. 그도 그럴 게 '연락할게.' 하면서 전화 번호를 받아 놓고, 한 달이 훌쩍 지난 지금까지 연락 한번 안 했으니

화가 날 만도 했다. 게다가 희연의 번호는 안 알려 주지 않았던가.

희연은 이규의 목소리를 잠시 듣고 있다가 천천히 말했다.

"나 좀 데리러 와."

순간 거세게 얻어맞기라도 한 듯 이규가 말을 멈췄다. 전화 저편에서 우당탕하는 소리가 들렸다.

-거기 가만히 있어. 근데 이 번호는 뭐야. 이거 네 거야?

"잠깐 빌렸어."

-어딘데. 터미널이야?

"응."

-씨발, 너 가만히 있어.

문을 덜커덕 여는 소리가 들렸다.

"이규야, 빨리 와."

-…….

"보고 싶다."

-……존나 뛰어갈게.

희연은 웃으면서 전화를 끊었다. 그리고는 대기실 의자에 앉아 하염없이 그를 기다렸다. 이규에게 처음 말했던 것처럼 이제는 정말로 갈 데가 없었다. 그와 함께 살았던 단칸방을 제외하고는.

바쁘게 오가는 사람들을 멍하니 쳐다보던 희연은 천천히 눈을 깜박이다가 꾸벅거리며 저도 모르게 잠들었다. 그리고 문득 눈을 떴을 때, 그녀는 이규의 어깨에 기대 잠들어 있었다.

말없이 손을 살짝 뻗어 그녀의 무릎 위에 놓인 그의 손을 단단히 붙잡았다. 상처투성이의 손가락이 단단히 얽혔다.

"우리, 집에 가자."

"그래. 집에 가자."

이규는 그렇게 말하면서 가만히 그녀의 머리에 제 뺨을 기댔다.

다시 바닷가의 작은 도시로 돌아가는 내내 희연은 이규의 손을 꼭 붙잡고 있었다.

그녀에 대해 수많은 얘기가 나왔다는 걸 알고는 있을까. 그 어떤 내색도 하지 않는 걸 보면 모르든가, 아니면 신경을 안 쓴다는 것일 수도 있어서 먼저 말을 꺼내진 않았다.

가만히 이규의 어깨에 기대 깜박 잠이 들었다가 눈을 뜨고 가만히 체온을 느끼곤, 또다시 잠들었다.

그는 아무것도 묻지 않았다. 왜 나왔냐거나 이제 다 끝났냐거나 하는 그 어떤 말도.

두 사람은 작은 방에 함께 들어왔다. 불을 켤 새도 없이 이규가 성급하게 그녀를 꽉 끌어안았다. 이번에 그는 울지 않았다. 희연이 있는 힘껏 끌어안아 주었는데도 불구하고.

"송희연. 송희연⋯⋯."

그가 중얼거리면서 더 이상 도망치지 못하도록 온몸으로 그녀를 꽁꽁 옭아맸다. 늘 등을 붙이고 자던 침대에서 처음으로 서로를 끌어안았다.

"이규야. 나 진짜 아무것도 없어."

"씨발. 그딴 게 무슨 상관인데."

이규가 그녀의 머리카락에 코끝을 비볐다. 희연이 배시시 웃으면서 그의 품에 이마를 꾹 눌렀다.

"그래. 그딴 게 무슨 상관이야."

배운 것도 없고, 가진 것도 없고, 아무것도 없는 이 남자를 선택했는데.

"너는 내가 가진 거 중에 제일 좋은 거야. 네가 어떤 인간이어도."

아주 예전에 그에게 했던 말이 기억났다. 두 사람은 서로를 세게 끌어안으면서, 가만히 체온에 기댔다.

몇 달이 지났지만 두 사람은 떨어진 날 따윈 없었다는 듯 그때의 일상을 이어 갔다. 체육관에 다녀오고, 문제집을 조금 풀고, 가끔은 카페에 갔다.

이제 추위 따윈 없었지만, 서로의 몸을 끌어안고 잠들었다.

여전히 따뜻한 물은 나오지 않았다. 그러나 희연이 씻으려고 할 때마다 이규는 커다란 냄비에 물을 가득 끓여 주었다. 자기는 여전히 얼음장같이 차가운 물로 씻었으면서.

싸움을 하는 건 싫었다. 그는 경찰이 들이닥쳤던 것이 아직도 무서운 건지 싸우러 가는 날이면 근처에 있는 카페에 그녀를 앉혀 놓고 갔다. 여전히 엉망으로 맞고 오는 날도 있었고, 별로 안 다치고 기분 좋게 오는 날도 있었다.

한여름이 되니 에어컨 하나 없는 집은 찜통처럼 더워졌지만, 두 사람은 코딱지만 한 창가에 붙어 앉아 서로에게 기대곤 했다. 더우니 찬물로 씻어도 된다고 말해도 이규는 억지를 부리면서 여전히 물을 끓여 주었다.

너무 더워서 진이 빠지는 날이면 버스를 타고 영화관에 가서 시원한 에어컨 바람을 맞으며 시간을 보내기도 했다.

그렇게 계절 하나를 온전히 함께하고, 다시 가을이 왔다. 두 사람이 처음 만났던 가을.

희연은 체육관에 간 이규를 기다리며 침대에 엎드려 책 한 권을 보고 있었다. 물론 도서관에서 빌린 거였지만. 선선해진 날씨에 흥얼거리며 팔랑팔랑 책장을 얼마나 넘겼을까. 문을 두드리는 소리가 났다.

"……."

이 집에 올 사람은 둘뿐이었다. 이규 아니면 이규의 친구 준혁. 그러나 둘 다 노크를 하는 타입은 아니었다. 희연은 조금 불안한 표정으로 아무도 없는 척하며 입을 꾹 다물었다. 곧 또 한 번 노크 소리가 들려왔다. 조심조심 일어나 문 앞으로 간 그녀는 작게 물었다.

"누구, 세요?"

문구멍으로 밖을 내다봤지만, 커다란 남자의 몸만 보일 뿐 얼굴이 보이진 않았다. 말끔하게 차려입은 정장은 어딘가 익숙한 느낌이기도 했다.

망설이던 희연이 조심스럽게 문을 열고, 커다란 남자의 얼굴을 확인한 순간 그녀는 눈을 동그랗게 떴다.

"……오빠?"

"오랜만이다."

몇 년 만에 제대로 보는 얼굴이었다. 말끔한 정장에 머리를 반듯하게 빗어 넘긴 남자는 늘 그랬듯이 서류 가방을 들고 있었다.

"어쩐 일이야."

목소리가 잘게 떨려 왔다. 오빠를 만나는 일 중에 좋았던 일은 별로 없었으니까. 열린 문안으로 반쯤 들어와 안쪽을 엿본 그는 조금 불쾌한 얼굴로 인상을 찌푸렸다.

"들어와."

"됐어."

희연이 입을 꾹 다물었다. 할 말도 마땅히 없어 손끝으로 옷만 만지작거렸다. 어색한 침묵이 흐르는 동안 그는 제법 두툼해 보이는 서류 봉투를 꺼내 내밀었다.

"일은 해결됐다."

"고마워."

물론, 오빠만의 능력은 아니겠지만. 이렇게 찾아온 걸 보면 대표 격으로 온 게 뻔했다. 가족의 대표, 이쯤 되려나. 희연은 고개를 꾸벅 숙였다.

"저, 오빠. 아버지랑 언니는……."

"네가 걱정하는 건 우습지 않겠니."

희연은 '미안해.'라는 말을 몇 번이고 중얼거렸다. 가만히 사과를 듣고 있던 남자가 짧은 한숨을 내쉬었다.

"앞으로 조용히 살자. 희연아."

딱딱하게 굳은 얼굴로 말한 그가 얼른 받으라는 듯 서류 봉투를 살짝 까닥였다. 희연이 망설이다가 그것을 받았다.

"이건 뭐야?"

"어머니가 주는 마지막 선물이야."

마지막 선물이라는 말에 쓴웃음이 나왔다. 그동안 이런저런 사고를 많이 치긴 했지만 단 한 번도 이런 식으로 내치려고 한 적은 없었다.

'이번 일이 크긴 컸지.'

정재계 인사들을 모아 놓고 부모님 얼굴에 먹칠을 한 걸로도 모자라, JD 그룹과도 완전히 틀어질 뻔했으니까.

"잘 지내고."

마지막이라기에는 너무나도 덤덤한 인사말이었다. 희연은 할 말을 고르고 또 고르다가 겨우 한마디를 꺼냈다.

"잘, 지낼게."

"그래."

오빠는 잠시 그녀를 물끄러미 내려다보더니 손을 들어 긴 머리카락을 한 번 쓰다듬어 주었다. 아주 옛날, 어렸을 적에 그랬던 것처럼. 나이 차이가 제법 나는 언니, 오빠라 희연이 성인이 되기 전까지는 그럭저럭 괜찮은 관계를 유지하고 있었다.

문밖으로 나온 그녀는 그가 계단을 올라가는 뒷모습을 멀거니 쳐다봤다. 얼핏, 고급 세단이 대기하고 있는 게 보였다.

"오빠. 잘 지내! 언니랑 부모님에게도 전해 주고."

목소리를 높여 외치자 대답 대신 손을 한 번 까닥인 오빠가 차에 올라탔다. 애초에 오래 있을 생각도 없었던 건지 시동조차 끄지 않았던 차가 빠르게 골목을 빠져나갔다.

희연은 두툼한 서류 봉투를 꼭 끌어안으며 문을 닫고 침대에 걸터앉았다.

'마지막 선물이라니.'

그 말을 곱씹은 순간 바쁜 발소리와 함께 다급하게 비밀번호를 누르는 소리가 들렸다.

"씨발!"

잘못 눌렀는지 삑삑거리는 경고음이 울리고, 문을 쾅 치는 소리가 웅웅 울렸다. 그리고 다시 한번 번호를 누른 남자가 숨을 헐떡이면서 안으로 뛰어 들어왔다.

"하······."

이규가 성큼성큼 오더니 욕을 내뱉으면서 희연을 세게 끌어안았다. 그 차를 보고 또 어디론가 가 버렸을 거라고 생각한 걸까. 희연은 거칠게 오르내리는 등을 가만히 끌어안았다.

"나 이제 정말 아무 데도 안 가. 이규야."

"씨발······ 그 말에 속은 게 한두 번인 줄 알아?"

그가 화를 내면서 온몸을 세게 끌어안아 주었다.

"진짜야."

이제 정말 갈 데가 없거든. 그 말을 귓가에 속삭인 희연이 웃음을 터뜨렸다. 슬프지만 오히려 후련하다고 생각했다. 아예 버려진 게 다행이라고 느낄 정도로.

어디서부터 뛰어온 건지 거친 숨을 쌕쌕 내쉰 이규는 한참이나 그녀를 끌어안고 있었다.

겨우 그를 진정시키고 희연이 두툼한 서류 봉투를 열었다. 그 안에 들어 있던 것은 아파트 계약서와 통장 등, 희연의 명의로 된 것 몇 개였다. 통장에는 생각보다 넉넉한 돈이 들어 있었다.

어머니와 그리 살갑게 지낸 것은 아니지만, 그래도 막내딸이라 조금은 안쓰러웠던 걸까 싶기도 했다.

아파트는 주소로 찾아보니 이 작은 도시에 있는 곳이었다. 지방이라 집값이 엄청 비싸진 않았지만, 꽤 넓은 평수에 좋은 층이었다. 아마 바다가 보이는 곳이 아닐까 생각했다.

"그게 뭐야."

이규가 어깨너머로 기웃거리면서 물었다. 희연은 하나하나 꼼꼼히 살펴보고는 살짝 웃었다.

평생 풍족하게 살지는 못하겠지만 둘이서 소박하게 살 정도는 됐다. 새로운 인생을 시작해 볼 기회를 잡을 수 있을 정도는.

"이규야. 우리 이사 가자."

난데없는 말에 그가 눈을 동그랗게 떴다.

"이사? 그래. 가자."

거칠게 떨리는 그의 눈에 웃음이 나왔다. 호기롭게 가자는 목소리가 흔들리고 있었다.

"어디로 가고 싶은데? 너 좋은 데로 가자. 씨발. 내가 너한테 그것도 못 해 주겠냐."

이규가 큰소리를 쳤다. 그러더니 대뜸 말했다.

"다 필요 없고 따듯한 물 펑펑 나오는 데로 가자."

"그래. 따듯한 물 나오는 데로 가자. 햇볕이 드는 곳으로."

희연은 그의 어깨에 머리를 툭 기대면서 숨을 크게 들이마셨다가 내쉬었다.

"밝은 데서 살자, 우리."

그녀는 상처투성이인 커다란 손을 꽉 움켜쥐었다. 손바닥만 한 창으로 들어온 햇살이 두 사람의 사이에 작게 내리쬐었다.

외전. 반지하를 벗어나서

이사를 하는 건 간단했다. 낡아 빠진 이규의 옷을 모조리 갖다 버리고 나니 짐이라고 할 만한 건 두 박스가 고작이었으니까.

"이 옷 버리라니까."

널찍한 아파트에 어울리지 않는 박스를 턱 내려놓고 물건을 정리하고 있으니 이규가 희연의 원피스를 돌돌 말아 뭉쳤다. 그의 얼굴이 조금 벌겋게 달아올라 있었다.

"왜? 아직 멀쩡한데."

"내 옷은 다 버리고. 니 옷은 다 챙겨 오냐?"

"네 옷은 다 늘어나서 그렇지. 그리고 그 옷 다 네가 사 준 거잖아."

그녀가 구겨진 원피스를 빼앗아 탁탁 털자 쑥스러운 얼굴로 씨 발 하고 중얼거린 남자가 고개를 홱 돌렸다.

'욕도 줄여야 하는데. 담배도 완전히 끊게 하고.'

기왕이면 술도 이제 그만 마시고. 그런 생각을 하면서 희연은 옷걸이에 옷을 걸었다. 어머니가 마련해 준 집은 이규의 반지하방에 비하면 대궐 같았다. 그녀는 이런 집에 처음 들어온다는 표정으로 주변을 두리번거리는 남자의 뒷모습을 물끄러미 바라보다가 터져 나오는 웃음을 애써 참았다.

희연이 원래 살던 곳은 이것보다 더 넓었다고 말하면 어떤 표정을 지을까 상상하니 귀엽게 느껴지기도 했다.

"존나게 넓네."

어디에 있어야 할지 모르겠다는 얼굴로 서성거리는 이규를 두고, 방을 살폈다. 침실이 두 개. 옷방이 하나. 서재가 하나. 화장실이 총 세 개. 그리고 용도가 정해지지 않은 방이 두 개. 널찍한 거실에 부엌까지. 그나마 다행인 건 집만 덜렁 있는 게 아니라, 가구까지 다 갖춰 주었다는 점이었다. 옷방에는 희연이 집에 놓고 온옷들이 가득 걸려 있었다.

"이규야. 넌 이 방 써."

희연이 두 개의 침실 중 살짝 작은 곳을 가리키자, 그가 불만 가득한 얼굴로 성큼성큼 걸어오더니 안쪽을 흘깃 쳐다봤다.

"너는?"

"나는 이 방 쓸게."

맞은편에 있는 침실을 가리키자 이규가 인상을 와락 구겼다.

"따로 잔다고?"

당연한 것 아닌가? 그 물음에 오히려 할 말이 없어진 그녀가 눈을 느리게 깜박였다.

"왜?"

"……나랑 같이 자고 싶어?"

차분한 설명을 하는 대신 그렇게 물었다. 그 말에 눈을 데구루루 굴린 남자가 얼굴을 확 붉혔다.

"누가 너랑 같이 자고 싶대?"

"그럼 그 방 써."

"그."

제 머릿속에 있는 말을 조리 있게 내뱉을 수 없는 듯 입술을 삐 끔거리면서 더듬거리던 이규가 버럭 외쳤다.

"그래! 같이 자고 싶다. 왜!"

"왜 성질이야."

"내가 언제 성질을 냈는데!"

"지금 성질내고 있잖아."

화가 나기보다는 그냥 웃겼다. 터질 것같이 벌게진 얼굴로 같이 자고 싶다고 바락바락 외치는 모습이라니. 웃음을 애써 꾹 누른 희 연은 곰곰이 생각하는 척했다.

사실 따로 자기 싫은 건 그녀도 마찬가지이긴 했다. 좁은 싱글 침 대에서 떨어질까 봐 서로를 꼭 끌어안고 자는 건 기분 좋았으니까.

"음……."

이규가 씩씩거리면서 거친 숨을 내뱉었다. 제가 한 말이 쪽팔린 줄은 아는 모양이었다. 고개를 푹 숙인 남자의 목덜미까지 벌겋게 달아오른 걸 확인한 다음에야 희연이 어쩔 수 없다는 듯 어깨를 가볍게 으쓱였다.

"그래. 알았어. 같이 자자."

"가, 같이 안 자도 돼. 누가 꼭 그러자고 했어?"

"싫으면 말고."

"싫은 건 아, 아니고."

말을 무를까 무서웠는지 이규가 얼른 넓은 침실로 들어왔다. 약간의 실랑이 끝에 어쨌든 퀸 사이즈 침대에 누운 두 사람은 천장을 멀거니 쳐다봤다.

"……."

천장을 보고 잔다는 게 이렇게 어색한 일일 줄이야. 싱글 침대에 성인 남녀가 똑바로 누워서 잘 수는 없었기에 늘 모로 누워 서로의 얼굴을 쳐다보다 잠들었다. 희연이 옆을 힐끔 쳐다보니 이규역시 멀뚱멀뚱 천장을 바라보고 있는 것이 보였다.

"더럽게 넓네."

그렇게 말한 남자가 슬금슬금 다가왔다. 그것을 알고 있었지만 제지하지 않았다. 슬쩍 베개 밑으로 팔을 집어넣은 그가 늘 그랬던 것처럼 그녀의 몸을 세게 끌어안았다. 커다란 침대에서 아주 작게 웅크린 두 사람은 서로의 체온을 찾으며 천천히 잠들었다.

"와, 집 존나 넓네."

준혁이 현관에서 감탄하며 눈을 동그랗게 떴다. 희연은 이규와 비슷한 반응을 보이는 남자를 보곤 소리 죽여 웃었다.

"들어와요."

"이거 참, 내가 들어가도 되나 모르겠는데요."

"괜찮아요."

그가 두루마리 휴지를 내밀었다. 둘이 쓰면 반년은 족히 쓸 만한 양이었다.

"새집 갈 때 빈손으로 가는 거 아니라면서요."

"고마워요."

"소주 사 올까 했는데 좀 아닌 거 같아서."

준혁이 낄낄 웃었다. 희연은 피식 웃었다.

"왔냐?"

씻고 나온 이규가 머리카락을 털면서 퉁명스럽게 물었다.

"새끼. 친구가 이렇게 선물까지 사 왔는데 왔냐가 뭐냐. 개새끼."

"뭐 어쩌라고. 끌어안아 주기라도 할까."

"우웩."

"더러운 새끼."

"이 씨발 놈이."

유치찬란한 투닥거림을 막은 희연은 그를 식탁으로 이끌었다.

"오, 이거 누나가 다 한 거예요?"

"그럴 리가. 난 요리 못해요."

"주는 대로 처먹어. 새끼야."

"개새끼가. 누가 안 처먹는대?"

"자자, 그만하고 먹어요. 맛있다는데 나도 안 먹어 봐서 모르겠네."

이규가 냉장고에서 소주병을 꺼내 왔다.

셋이서 술을 먹은 적은 제법 있어도 이렇게 호화로운 식탁을 두고 마신 건 처음이었다. 늘 과자 한 봉지에, 소주를 몇 병씩 비우곤 했으니까. 그래서인지 안 그래도 술고래인 두 사람은 평소보다도 잔을 더 잘 비워 냈다.

"개새끼야. 넌 복받은 줄 알아."

구시렁거리던 준혁이 딸꾹질을 한 번 하더니 이규의 잔을 다시 채워 줬다. 희연은 약간 뜨거워진 뺨을 꾹 누르면서 찌개를 조금 떠먹었다. 평소에는 어지간히 마셔도 취한 티도 안 나더니. 오늘 과음을 하긴 했는지, 두 사람 모두 약간 혀가 꼬부라지기 시작했다.

"야, 너랑 나랑 부랄 친구잖아. 어? 내가 너 뒤처리를 얼마나. 딸꾹…… 해 줬는지 알아?"

"뭐래…… 누가 해 달랬냐? 존나 별 거지 같은……."

희연은 물을 마시면서 두 사람의 대화를 가만히 듣기만 했다. 늦은 오후부터 시작된 술자리는 거의 열한 시가 되어서야 끝났다. 다른 때라면 적당히 마시라거나, 아니면 다음에 또 오라거나 하면서 말렸겠지만 오늘은 그냥 됐다. 어려운 말을 해야 했으니까.

"너무, 늦게까지 있었네요. 누나."

술이 오른 얼굴로 히죽 웃은 준혁이 뒷머리를 벅벅 긁었다. 약간 비틀거리긴 했지만, 그래도 별문제는 없어 보였다.

"잠깐 할 얘기가 있는데. 요 앞까지 데려다줄게요."

그 말에 남자가 눈을 느리게 끔벅이더니 고개를 끄덕였다.

"어디 가……."

이규가 흐느적거리며 다가와 희연의 어깨에 푹 기댔다. 갑작스러운 무게에 휘청인 그녀가 비틀거리는 남자를 다급히 붙잡았다.

"이규야. 너 많이 취했다. 그냥 자."

"나도 가……."

"이래서 가긴 어딜 가. 앞에서 준혁 씨 택시만 잡아 주고 올게."

"나도 가."

고집을 부리면서 어깨를 꽉 끌어안은 그가 목덜미에 얼굴을 비볐다. 집이라고 맘 놓고 마구 마신 건지 비틀거리는 꼴이 확실한 만취였다.

"준혁 씨, 잠깐 기다려요. 이규 좀 눕혀 놓고 올게요."

"예에."

희연은 이규를 질질 끌고 가 침대에 풀썩 눕혔다.

"가지 마……."

웅얼거림에 가까운 말을 한 남자가 뜨거운 손으로 희연의 손목을 붙잡았다.

"그냥 자. 금방 올게."

"……씨발, 가 버리려고."

눈을 감고 잠꼬대처럼 중얼거리는 말에 약간 가슴이 쓰렸다. 그녀는 뜨거운 그의 뺨을 가볍게 다독였다.

"잠깐만 자고 있어."

결국 술기운을 이기지 못했는지 색색거리며 잠든 이규의 손을 풀어낸 희연은 준혁과 함께 집을 나섰다.

엘리베이터가 오는 걸 기다리는 동안 조금 어색한 침묵이 흘렀다. 주머니에 손을 찔러 넣고 괜히 바닥을 툭툭 차던 남자가 먼저 말을 꺼냈다.

"이제 이규 싸움질 안 시킨다면서요."

"……언제까지 그렇게 살 수는 없잖아요."

"그 새끼."

준혁이 낮은 소리로 웃었다.

"누나를 만나서 다행이에요."

진심이 느껴지는 말이었다. 이규가 경기를 관두겠다고 한 이후, 어떤 식으로든 보복을 당할 줄 알았건만 뜻밖에도 조폭들은 순순히 그를 놔주었다. 조폭에 한없이 가깝지만 확실히 조직원이 된 게 아니라서 그런지, 아니면 희연이 연관되어 있어서인지는 알 수 없었다. 그저 무사히 넘어갔다는 사실에 감사할 뿐.

엘리베이터에서 내릴 때까지 희연은 어떻게 말을 꺼내야 할지 고민하고, 또 고민했다. 이규를 위한 일이라고는 하지만, 두 사람의 관계에 멋대로 이래도 되는 걸까. 그런 생각을 떨쳐 버릴 수가 없었다.

"누나."

"응?"

"강이규 그 새끼, 잘 부탁해요."

"걱정 마요."

준혁이 씩 웃었다. 마치 그녀가 무슨 말을 하고 싶은지 아는 것처럼.

"전부 그만두게 할 생각인 거죠?"

정곡을 찌르는 말에 희연이 입술을 꾹 다물었다. 이것은 이규에게도, 그리고 준혁에게도 잔인한 일이었다.

"나도 일반인이 된 새끼랑은 어울릴 생각 없으니까 안심해요."

"……미안해요."

"밝은 데서 사는 사람은, 거기서 살아야죠."

입술을 꽉 깨물었다.

"마지막으로 잘 얻어먹었어요."

"정말 미안해요. 준혁 씨."

그녀는 고개를 꾸벅 숙였다. 미안하다는 말로 대신할 수 없다는 건 알고 있었다. 준혁이 말했듯이 두 사람은 어릴 적부터 하나뿐인 친구가 아닌가. 그런데 한순간에 그 친구마저도 끊어 버리게 하다니. 희연이 시선을 아래로 내렸다.

"하하, 그런 표정 하지 마요. 누나."

"미안하고, 고마워요."

"대신. 강이규 그 새끼한테는 말하지 마요. 멍청한 놈이라 이해 못 할 수도 있으니까."

"……알았어요."

"앞으로 잘 살아요. 멀리 나오지 마요."

평범한 이별을 하듯 손을 휘적거린 남자가 작게 휘파람을 불면서 성큼성큼 걸어갔다. 희연은 그 모습이 눈앞에서 사라질 때까지 한참을 쳐다보다가 다시 집으로 돌아갔다.

미안함과 안도감이 뒤섞였다. 준혁이 마지막으로 남은 '과거'였다. 이규가 알면 화를 낼까. 아니면 욕 한마디를 하고 넘길까.

침실로 들어가자 이규가 벌떡 일어나 비틀거리며 다가왔다.

"안 자고 있었어?"

"잠이 안 와."

잠투정을 부리는 어린애처럼 웅얼거린 남자가 그녀를 세게 끌어안더니 어깨에 고개를 푹 파묻었다.

"무거워."

비틀비틀 침대까지 간 희연이 그대로 그와 함께 쓰러졌다. 잠이 안 온다고 말한 게 십 초 전인 건 까맣게 잊은 듯, 이규는 금세 작게 코를 골며 잠들었다. 희연은 피식 웃으면서 세상모르게 잠든 남자의 코끝을 꾹 눌렀다.

"……이규야. 미안해."

작게 속삭인 그녀는 술 때문인지 평소보다 더 뜨끈한 그의 품을 파고들었다. 이제 정말 단둘뿐이었다.

이사한 집에서 사는 것도 어느 정도 익숙해지고 나서, 희연은 검정고시 학원을 찾아 이규를 등록해 줬다. 욕을 내뱉으며 죽을 것 같은 표정을 한 그를 학원에 밀어 넣은 희연은 그날 저녁 강사에게서 전화를 한 통 받아야 했다.

"여보세요."

-여보세요? 강이규 씨 보호자…… 송희연 씨 맞습니까?

"네. 맞아요."

-○○학원 강이규 씨 담당 강사입니다.

"무슨 일 있나요?"

공부하기 싫다고 난리라도 쳤나 싶어 바짝 긴장한 그녀의 목소리가 딱딱하게 굳자 강사가 긴 한숨을 푹 내쉬었다.

-강이규 씨가 욕을 너무 많이 합니다.

"……네?"

-분위기에도 영향을 미치고, 다른 학생들에게도 항의가 제법 들어왔습니다. 주의 부탁드립니다.

"아…… 아. 네. 알겠습니다. 죄송합니다."

-만약 계속 이러시면 저희도 다른 방법이 없습니다.

"주의시킬게요. 죄송해요."

-꼭 좀 부탁드립니다.

"네. 알겠습니다."

전화를 끊은 희연은 벌겋게 달아오른 얼굴에 손부채질을 했다.

제발 욕 좀 줄여 달라는 항의 전화를 받을 줄이야.

"어휴. 어휴!"

부끄러워서 얼굴을 들 수가 없었다. 양손에 얼굴을 파묻고 한참이나 숨을 고르던 그녀는 문을 열고 들어오는 소리에 천천히 고개를 들었다. 나가 보니 죽을상을 한 이규가 불만 가득한 눈빛을 숨기지 않고 욕하는 목소리가 들렸다.

"학원 재미있었어?"

희연은 우선 그렇게 운을 뗐다. 그 말만을 기다렸다는 듯 그가 빠르게 말을 쏟아 냈다.

"존나 엿같이 가르치던데. 뭐라고 하는지 하나도 모르겠고……."

어쩌고저쩌고 속에 쌓인 게 많았던 건지 이규는 계속 종알거렸다. 물론 추임새처럼 욕을 섞어서.

결론은 어쨌든 학원에서 가르치는 걸 하나도 이해하지 못하겠으며, 희연이 가르치는 게 더 쉬웠다는 내용이었다. 돈이 아깝다는 둥, 이래서는 늙어 뒤질 때까지 시험에 통과할 수 없을 거라는 둥. 계속 불평불만을 터뜨리는 남자를 멀거니 쳐다보던 그녀는 잠시 고민하다가 말을 끊었다.

"이규야."

"왜."

학원에 보냈다는 사실에 시위라도 하듯 잔뜩 골이 난 표정으로 있던 그가 거칠게 물었다.

"우리 결혼할까?"

난데없이 결혼 얘기가 나올 줄은 몰랐는지 이규가 멍청한 얼굴로 눈을 끔벅였다.

"결혼?"

세상에서 그런 단어는 처음 듣는 것처럼 눈을 똥그랗게 뜬 얼굴이 조금 귀엽다고 생각했다.

"씨, 씨발. 그러니까 네가 나, 나랑 결, 결, 결혼하겠다고?"

이렇게 더듬거린 적이 있던가. 혀가 자꾸 꼬이는지 허우적거리면서 겨우 말을 마친 남자가 고개를 바짝 들이댔다. 희연은 당당히 고개를 끄덕였다.

"그럼 언제까지나 그냥 동거만 할 생각이었어?"

이규가 입술을 뻐끔거리다가 얼굴을 확 붉혔다. 목덜미까지 달아오른 그의 눈이 거칠게 흔들렸다.

"그, 그…… 존나 하얗고 커다란 옷 입고?"

드레스를 말하는 걸까. 그 단어를 모르는 건지 아니면 기억이 안 나는 건지 더듬거리며 손발을 허우적거리는 모습에 웃음이 새어 나왔다.

"음. 그때만큼 화려한 건 못 입겠지만."

희연이 담담하게 대답했다.

"결혼식에 부를 사람이 없긴 하다."

이규의 부모님은 생사도 모르고, 그녀의 부모님은 연을 끊자는 뜻을 전한 상태였다. 그렇다고 끊어 냈던 준혁을 부를 수도 없지 않은가. 그리고 희연에게는 이 상황에서도 연락할 만한 친구가 한 명도 없었다.

그녀가 나름대로 현실적인 생각에 잠긴 동안 그는 안절부절못하며 엉덩이를 들썩였다.

"언제 하는데? 내일? 하자. 할래. 하고 싶어."

결혼하자는 말을 무를까 봐 걱정이 되는지 이규가 다급한 손길로 희연의 어깨를 잡아 흔들었다. 그녀는 참지 못하고 크게 웃어 버렸다.

"결혼식을 어떻게 그렇게 빨리해. 준비할 것도 많은데."

"뭘 준비해야 하는데?"

그게 뭐든 할 준비가 되어 있다는 표정에 속으로 싱긋 웃었다. 결혼 생각이 아예 없었던 건 아니지만, 이렇게 팔딱거리면서 잘 반응할 줄이야.

'당분간은 잘 써먹을 수 있겠다.'

나쁜 버릇도 좀 고치고 의욕도 심어 줄 수 있으니 일석이조가 아닌가. 희연은 얼른 말하라며 재촉하는 이규를 애써 진정시켰다.

"진정하고 앉아 봐. 조건이 있어."

"다 할게. 말만 해 봐. 뭔데?"

그가 고개를 바짝 들이밀었다. 흥분해서인지 뺨이 붉은 게 조금 귀여웠다. 희연은 부담스러울 정도로 가까워진 남자의 이마를 꾹 밀어냈다.

"첫 번째는 네가 검정고시에 통과하는 거."

그 말에 이규가 얼굴을 와락 구겼다.

"씨발! 나랑 결혼하기 싫은 거지?"

"왜 못 한다고 생각해? 문제도 쉽던데."

"어렵다고!"

"학원에 열심히 다니자. 모르는 거 있으면 나도 가르쳐 줄게."

그가 배신당한 아이처럼 그녀를 노려봤다. 희연이 고개를 절레 절레 저었다.

"아무리 그래도 21세기에 중졸인 남자랑 결혼하기는 좀."

짐짓 인상을 찌푸리며 한숨을 쉬자 이규의 널찍한 어깨가 움찔 떨렸다. 힐끔 그를 쳐다보자 치열하게 고뇌하고 있는 표정이 눈에 들어왔다.

"하면 될 거 아냐. 하면! 씨발……."

뒤에 '어쩌지?'라는 말이 붙어 있는 것 같아 웃음을 꾹 참아 냈다. 희연은 씩 웃으면서 두 번째 조건을 입에 올렸다.

"두 번째로, 담배 끊어."

"……그건 왜. 줄이래서 줄였잖아."

물론 처음 만났을 때를 생각하면 지금은 엄청나게 줄인 셈이긴 했다.

'그래도 여전히 많이 핀다는 게 문제지.'

그리고 담배 그게 뭐 그리 좋은 거라고. 희연이 팔짱을 끼며 차분하게 말을 꺼냈다.

"난 너랑 오래, 오래, 오래, 아주 오래 살고 싶어. 그런데 네가 담배 피우다가 폐암으로 죽으면 어떻게 해."

"뒤지면 뒤지는 거지 뭘……."

시큰둥한 반응에 울컥한 그녀가 코웃음을 쳤다.

"너 죽으면 다른 남자 만나야지."

"송희연!"

"그런 꼴 보기 싫으면 오래 살아. 담배 끊고."

"씨발……."

길게 늘어진 욕을 내뱉은 이규가 테이블에 머리를 쿵 박았다. 안 봐도 울상을 짓고 있다는 걸 알 수 있었다. 어깨가 축 늘어졌다.

그러나 쇠뿔도 단김에 빼라고 하지 않았던가.

"담배 내놔."

희연이 손을 내밀자 그가 죽을 것 같은 얼굴을 하더니 정말 싫다는 얼굴로 담뱃갑을 내밀었다. 커다란 손이 살짝 떨리고 있었다.

그것을 빼앗아 안에 있는 담배를 보란 듯이 하나씩 꺼내 뚝뚝 부러뜨렸다. 이규가 탄식하면서 눈을 질끈 감았다가 떴다. 담배를 전부 못 쓰게 만든 희연이 손을 탁탁 털었다.

"세 번째."

"세 개나 있어. 씨발……."

그가 긴 한숨을 내쉬었다.

"욕하지 마."

"씨발……."

희연은 웃음이 나올 것 같아 재빨리 입 안을 깨물었다. 아무래도 세 번째가 제일 힘들 것 같다는 예감이 들었다.

그날 이후, 이규는 나름대로 피나는 노력을 했다. '씨발!'이라고 할 걸 '씨…….' 정도로 줄이는 노력이었다. 물론, 그때마다 그녀는 '욕'이라며 지적했고, 그는 죽을 것 같다는 표정을 지었다.

"송희연."

"응."

"나 열나는 거 같아."

이규가 갑자기 소파에 드러누우면서 앓는 소리를 냈다. 희연은 어이없는 웃음을 짓곤 시간을 확인했다. 학원 차가 올 시간이었다.

"일어나."

"진짜 열난다니까. 야. 씨…… 만져 봐."

그가 힘없는 표정을 꾸며 내며 다급히 손짓했다. 속아 준다는 기분으로 가까이 다가가니, 이규가 재빨리 그녀의 손을 잡아 제 이마에 올렸다. 딱 적당한 정도의 온도가 느껴졌다.

"음. 괜찮은데?"

"괜찮다고? 씨발, 그럴 리가……."

"욕!"

"……어쨌든 나 아픈 거 같아. 감기 걸린 거 같아."

"약 줄까?"

"응."

"약 먹고 학원 가자."

"아프다니까!"

"알았어. 학원 차 시간 다 됐다. 일어나."

희연이 그를 잡아끌었다. 꾀병이 안 먹혔다는 사실에 절망적인 표정을 지은 남자가 발을 질질 끌면서 가방을 들었다.

"다녀와. 이규야."

"……나 진짜 아파서 뒤질 거 같아."

"모르는 거 있으면 선생님한테 꼭 물어보고."

"아프다니까!"

"알았어. 알았어."

그녀는 서랍장에서 약을 꺼내 그의 가방에 넣어 주었다.

"아프면 약 먹고."

"야. 씨…… 너는 내가 아프다는데 걱정도 안 되냐?"

"걱정해서 이렇게 약도 챙겨 줬잖아. 학원 버스 지나가겠다. 빨리 가."

"씨……."

매일 학원 갈 시간만 되면 아프다고 드러눕는데 속아 주려야 속아 줄 수가 없지 않은가. 씩씩거린 이규가 도살장에 끌려가는 것처럼 발을 질질 끌면서 나갔다.

그녀는 베란다 창으로 고개를 내밀고 학원 버스를 타러 가는 남자를 가만히 쳐다봤다. 그가 원망스러운 얼굴로 위를 쳐다봤다. 웃으면서 손을 흔들자 이규는 토라진 얼굴로 고개를 확 돌려 버렸다. 쿡쿡 웃고 있으니 빠른 속도로 아파트 단지 앞으로 다가오는 차가 눈에 들어왔다.

"어, 어? 이규야! 학원 버스!"

거의 다 도착한 버스를 본 희연이 크게 외치자 그가 허둥지둥 뛰어갔다. 아슬아슬하게 버스를 잡아타는 것까지 본 그녀는 기지개를 쭉 켰다.

이규가 이런 '일반인'의 삶에 조금씩 적응하는 동안 희연도 나름대로 적응하기 위해 애쓰고 있었다. 청소기도 돌려 보고 인터넷으로 요리법도 찾아보고. 사실 집안일 자체를 두 사람 다 안 하고 산 덕분에, 처음 며칠은 정말 엉망진창이었다.

그나마 이규가 요리를 좀 하는 것이 다행이었다. 물론, '요리'라고 부르기보다는 그냥 '생존을 위한 조리'에 가까웠지만 말이다.

"흐음. 그냥 뿌려 두고 한 시간?"

희연은 세제의 설명서를 꼼꼼하게 읽었다. 물론 어설프게 집안일을 해 놓기 때문에 사흘에 한 번씩은 도우미를 불렀지만, 목표는 도우미 없이도 잘 사는 거였다.

그녀는 설명서가 시키는 대로 세제를 뿌려 놓고, 요리 동영상을 틀었다. 누구나 쉽게 할 수 있는 카레라는 말에 이끌려 정한 메뉴였다. 대충 감자와 당근, 양파를 썰고 고기도 넣었다. 냄비를 휘적거리다가 세제를 뿌려 놓은 곳에 물도 뿌리고, 빨래를 했다가 이염이 되어 울상을 짓다 보니 어느새 저녁이었다.

희연은 들어오자마자 냄새를 맡는 소리를 들을 수 있었다.

"카레 했어?"

"응."

"요리 같은 거 안 해도 되는데."

"우리 둘 중에 한 명은 음식다운 음식을 할 줄 알아야 하잖아."

가방을 대충 던져둔 남자가 성큼 다가왔다. 그러곤 냄비 뚜껑을 열었다.

"맛있겠다."

"앉아. 밥 먹자."

희연은 기대된다는 표정으로 앉은 남자에게 카레와 밥을 퍼 주었다.

'아. 맛을 한 번도 안 봤는데.'

설마 카레가 실패하겠어. 동영상에서는 요리를 처음 하는 사람도 충분히 성공할 수 있는 음식이 바로 카레라고 말했다. 그녀는 숟가락을 들기 전에 이규를 힐끔 쳐다봤다. 그가 노란 카레를 한 스푼 가득 떠서 입에 넣었다.

"······어때?"

"······."

미묘한 표정으로 우물거리다가 입에 있는 것을 꿀꺽 삼킨 이규가 잔기침을 하며 물을 벌컥벌컥 마셨다.

327

"송희연."

"응?"

"너 요리하지 마."

"……별로야?"

"씨…… 그, 별로라는 게 아니라. 그냥, 어, 너 힘드니까 하지 말라고."

희연은 앞에 놓인 카레를 휘적거리다가 한 스푼 입에 넣었다.

"……."

카레를 덜 푼 듯 가루 덩어리가 설컹설컹 씹혔다. 그리고 방금 만든 카레인데 뭘 잘못한 건지 고기고 양파고 감자고 당근이고 전부 다 흐물흐물해서 그냥 아무 맛도 안 났다. 그리고 대체 왜 느끼한 건지.

그녀가 말없이 일어나 음식물 쓰레기통에 카레를 부어 버렸다. 그 모습에 이규가 안절부절못하더니 나름대로의 위로를 내뱉었다.

"넌 예쁘니까 요리 못해도 돼."

난데없는 말에 방심해서인지 큰 웃음소리가 터져 나왔다.

"그게 뭐야."

"예쁘면 됐지 뭐. 씨발."

"욕!"

"아 씨…… 예쁘다고 해 줘도."

"내가 예뻐?"

"그래! 존나 예쁘다!"

"욕하지 말랬지."

"아, 몰라. 요리 못해도 돼. 그러니까 하지 마."

"먹기 싫어서가 아니고?"

"씨이……."

정곡을 찔린 듯 이규가 인상을 팍 찌푸렸다. 요리에 실패했지만 즐거웠다. 예쁘다는 소리를 해 놓고 자기가 더 쑥스러워하는 이규의 얼굴도 귀여웠고.

미련 없이 그릇에 남은 카레와 밥을 버린 두 사람은 꽤 자주 그랬던 것처럼 배달 음식을 시켰다. 평범한 하루가 또 지나가고 있었다.

주말이 되면 희연과 이규는 함께 놀러 나가거나 집에서 느긋하게 뒹굴었다. 반지하방에 살 때는 집에 아무것도 없어서 그저 서로 손을 잡고 있는 것밖에 할 수 없었는데, 이 집에는 티브이도 있고 할 일도 많아서인지 시간이 눈 깜박할 새 지나가곤 했다.

커다란 소파에 앉아 이규의 어깨에 머리를 기댄 희연이 느리게 눈을 깜박였다. 늘 서로를 끌어안고 잠들어서 그런지 그에게 이렇게 닿아 있을 때면 저도 모르게 마음이 사르르 풀렸다.

'졸려…….'

작게 하품을 하면서 깜박 잠들었다가 깨길 몇 번. 졸린 건 이규역시 마찬가지인지 그는 그녀의 어깨를 끌어안고 소파 등받이에 늘어져라 기댔다.

티브이에서 계속 흘러나오는 영화를 멍하니 쳐다봤다. 희연이 손으로 눈을 쓱쓱 비빈 순간, 남자 주인공과 여자 주인공이 서로를 끌어안더니 열정적으로 키스를 나누기 시작했다.

"……."

그제야 깨달았다. 그녀는 이규와 키스를 한 적이 한 번도 없었다.

'거짓말……'

설마 싶어 그동안의 기억을 전부 뒤집어 봤지만, 정말 한 번도 없었다. 매일 밤 서로를 끌어안고 잠이 들면서도 그 이상의 일이 일어나지 않는다니. 그녀는 가물가물한 눈으로 반쯤 졸고 있는 이규를 힐끔 쳐다봤다.

그저 서로를 끌어안는 것만으로도 충분히 만족스럽긴 했다. 그 이상을 굳이 해야겠다는 생각을 한 적이 없었으니까. 그러나 동시에 의문도 들었다.

'이규는 아무런 욕구도 없는 건가?'

그러고 보니 그가 야한 걸 찾아본다거나, 아니면 몽정으로 속옷을 더럽힌다든가 하는 것도 한 번 못 봤다. 신체가 과하게 건강한 이십 대 중반이 성욕을 품지 않을 수가 있긴 한 걸까. 잠이 확 달아났다.

희연이 그를 멀뚱히 쳐다보고 있으니 이규가 눈을 억지로 떴다.

"씨발, 왜?"

"또 욕한다."

"왜에?"

그가 툴툴거리면서 늘어지는 대답을 했다.

'아예 관심이 없는 건 아닌 거 같은데.'

서로 끌어안고 잘 때면 가끔 그의 욕구를 느낄 때가 있긴 했다. 굳이 그것에 대해 두 사람 모두 얘기한 적은 없지만 말이다.

올해 스물네 살. 한창 혈기 왕성할 때가 아닌가. 생각에 생각이 꼬리를 물고 이어지다가 어떠한 결론에 도달한 순간, 희연은 인상을 팍 찌푸렸다.

'설마 고…… 는 아니겠지.'

육체적인 관계 때문에 이규와 함께 사는 건 아니지만, 그래도 '사랑'에 있어 그런 에로스적인 부분도 상당히 중요하긴 했다. 지금까지는 잊고 살았지만 말이다. 눈앞의 남자가 고자일지도 모른다는 끔찍한 상상을 한 희연이 재빨리 고개를 저었다.

"왜 그러는데?"

"……흐음."

그와 시선을 맞춘 채 한참이나 노려보기만 하니 이규가 인상을 찌푸렸다. 그녀는 조금 더 고개를 내밀었다. 두 사람의 입술이 가까워졌다. 서로의 숨결이 섞일 만큼 다가가자 그의 입술이 파르르 떨렸다.

무슨 생각을 하는 건지 모를 까만 눈을 데구루루 굴리는 모습에 희연이 눈을 가늘게 떴다. 이 정도로 가까워졌으면 키스 한번 할 만하지 않나? 그런데 이규는 꼼짝도 하지 않았다. 그저 어깨를 세게 끌어안기만 할 뿐.

"강이규."

"씨…… 왜."

둘러 둘러 물을 말이 생각나지 않았다.

"나랑 키스 같은 거, 안 하고 싶어?"

"하고 싶지."

뭐 그런 개소리를 다 묻느냐는 듯 인상을 팍 찌푸린 남자가 욕을 내뱉으며 거칠게 대답했다. 욕을 지적할까 잠시 생각한 희연은 조금 더 고개를 가까이 가져다 댔다. 코끝이 닿기 직전이었다.

"그런데 왜 안 해?"

그 말에 이규가 머뭇거렸다. 어깨에 닿아 있는 손이 살짝 떨리는 게 느껴졌다. 천천히 팔을 쓰다듬은 손바닥이 뺨에 닿았다. 긴 손가락이 귓가를 간지럽히며 머리카락을 쓸어내렸다. 한참이나 망설이던 그는 조금 두려운 목소리로 물었다.

"해도 나 안 싫어할 거야?"

순간 짓궂은 마음이 불쑥 치밀었다. 희연이 작게 웃음소리를 냈다.

"잘하면 좋아하지."

"잘하는 게 어떻게 하는 건데."

"잘할 자신 없어?"

그 말에 남자의 얼굴이 벌겋게 달아올랐다.

"해 본 적 없는데 잘하는 게 어떤 건지 어떻게 알아!"

민망함과 쑥스러움이 가득 담긴 목소리에 오히려 희연이 더 놀랐다. 세상 밑바닥에서 온갖 일을 다 했을 것같이 살아 놓고 키스도 안 해 봤다니.

"진짜 안 해 봤어?"

"왜. 다른 여자랑 하고 올까?"

"그러고 싶어?"

"……누가 그런대?"

웅얼거리며 시선을 슬쩍 피하는 모습에 슬쩍 웃었다. 팔을 뻗어 이규의 목을 끌어안자 널찍한 어깨가 움찔거리다 뻣뻣하게 굳었다.

"눈 감아. 이규야."

"……으, 씨발."

"욕하지 말고."

킥킥 웃은 희연이 조심스럽게 그의 입술에 키스했다. 부드러운 입술을 비비고, 혀를 내밀어 핥아 올렸다. 이규에게서 끙끙거리는 신음이 흘러나왔다. 그는 손을 어떻게 해야 할지 모르겠다는 듯 온몸을 으스러져라 끌어안았다가 희연의 뒷머리를 세게 움켜쥐었다.

"아, 읍."

성급한 키스에 숨이 막혔다. 어찌나 세게 안고 있는지. 몸이 욱신욱신 아파 올 지경이었다. 그녀는 간신히 팔을 움직여 이규의 등을 툭툭 두드렸다. 그런데도 불구하고 그는 첫 키스에 흥분했는지. 별다른 반응이 없었다.

오히려 더 깊이 들어올 뿐.

"으음, 음."

희연이 고개를 흔들어 벗어나려고 했지만, 그것조차 그리 쉽지 않았다.

'힘만 세 가지고.'

그녀가 인상을 찌푸렸지만 이규는 그것조차 눈치채지 못한 듯했다. 온몸으로 버둥거리고 있으니, 그가 가쁜 숨을 내쉬면서 천천히 입술을 떼어 냈다.

"좀 살살 안아. 아파."

"아파?"

아프다는 말에 남자가 더 놀란 표정을 지었다. 그 모습마저도 조금 귀엽게 보였다.

우물쭈물하던 이규가 조심스럽게 말을 꺼냈다.

"더 키스해도 돼?"

그 말에 그녀는 천천히 손을 내렸다. 파르르 떨리는 복근을 매만진 희연이 그의 바지춤을 살짝 당겼다. 뜨거운 숨을 내쉰 그녀가 작게 속삭였다.

"침대로 가자."

이미 흐물흐물 풀린 얼굴로 고개를 든 이규가 몽롱한 눈빛으로 눈을 깜박이더니 고분고분 고개를 끄덕였다.

침실로 들어온 두 사람은 서로를 세게 끌어안았다. 이렇게 몸을 맞대고 있는 것만으로도 충분히 만족스럽다는 생각이 들 정도였다.

"아, 음……."

성급한 움직임으로 입을 맞춘 남자가 부드러운 입술을 비벼 댔다. 희연은 널찍한 등을 세게 끌어안았다. 푹신한 침대에 온몸이 푹 잠기는 것조차 기분 좋았다. 피부가 맞닿은 면적이 점점 넓어질수록, 쾌감이 손끝까지 번져 나갔다.

약간 서툰 키스조차도 짜릿했다.

'아니, 오히려 서툴러서 더 좋은 걸지도.'

경험이 없다는 증거나 다름없지 않은가. 그녀는 눈을 살짝 감고 그의 모든 것을 온몸으로 받아들였다. 약간 거친 숨소리. 거칠게 쿵쿵 뛰는 심장 박동. 어떻게 해야 할지 모르겠다는 듯 희연의 이곳저곳을 더듬거리는 손.

그녀 역시 이규의 등을 천천히 쓰다듬었다. 꽉 짜인 근육이 꿈틀거리는 게 느껴졌다. 평소보다 조금 더 뜨거워진 체온에 델 것 같다는 생각마저 들었다.

"송희연."

"응?"

"……기분 좋아?"

입술을 떼어 낸 남자가 머뭇거리다가 조심스럽게 물었다. 눈을 천천히 깜박였다. 좋아하는 사람과 하는 키스인데. 기분 나쁠 리가. 하지만 이규의 얼굴에는 걱정이 희미하게 깔려 있었다. 별로면 어쩌나 하는. 그런 걱정 말이다.

'아. 아까 잘하면 좋아한다고 해서 이러는 건가.'

괜한 웃음이 새어 나왔다. 애써 그것을 숨기려고 노력했지만, 남자의 근심 가득한 표정을 보고 있으니. 끝까지 참을 수가 없었다. 희연은 결국 소리 내어 웃어 버렸다.

"왜 웃는 거야."

인상을 찌푸린 이규가 불만 가득한 목소리로 말했다.

"아무것도 아니야. 기분 좋아."

그 말에 그가 무언가를 생각하듯 잠시 멈췄다. 남자의 얼굴이 점점 더 벌겋게 달아오르더니 이내 귀까지 붉어졌다. 입술을 달싹이다가 겨우 꺼낸 말이 이거였다.

"씨발…… 나, 자…… 잘해?"

아까 장난삼아 꺼냈던 말이 신경 쓰여 견딜 수 없는 모양이었다. 희연은 이규의 머리카락을 쓱쓱 쓰다듬었다.

"솔직히?"

"솔직히!"

"잘 못해."

"씨발."

"또 욕한다."

"어떻게 해야…… 자, 잘하는 건데."

그녀는 싱긋 웃으면서 달아오른 그의 뺨을 감싸 쥐었다. 키스를 얼마나 능숙하게 잘하는지는 상관 없었다. 이규이지 않은가. 그것 말고 무엇을 더 바랄까.

"그냥 너라서 좋아."

담담하게 내뱉은 그 말에 남자가 멍하게 눈을 깜박이더니 쑥쓰러운 얼굴로 시선을 슬쩍 피했다.

"너는 내가 키스 못하면 싫어?"

"아니."

"키스 조금 못하면 어때."

웃으면서 그렇게 속삭이자, 그가 고개를 끄덕였다. 다시 입술이 꾹 맞닿았다. 여전히 서투른 입맞춤이었지만. 그것만으로도 만족스러웠다.

그렇게 오래도록 서로를 끌어안고 있다가 마침내 처음으로 하나가 되었다.

"읏, 윽……."

온몸으로 느껴지는 충족감에 기뻐할 새도 없이, 낮은 신음을 흘린 남자가 눈을 질끈 감았다. 갑작스러운 상황에 눈을 동그랗게 뜬 희연은 뒤늦게 모든 것을 이해하곤 웃음을 터뜨렸다.

이제 시작인가 했더니 이미 끝인 건 살면서 처음이었다.

당황스럽긴 했지만, 오히려 즐거웠다. 그의 서툰 행동 때문일까.

"아하하, 그렇게 기분 좋았어?"

"씨발! 다시 해! 다시! 이건, 이건 아니야! 다, 다시 하자고!"

그가 버럭 화를 내며 고개를 마구 흔들었다.

"지금 건 없는 일이야!"

"무효로 하자고?"

"그래! 무효! 무효야! 인정 못 해!"

"왜. 귀여운데."

"다시 해. 처음부터!"

시뻘건 얼굴의 이규가 억지를 쓰더니 고개를 숙여 성급하게 키스하려고 했다. 어찌나 서둘렀던지 두 사람의 이마가 빡 소리를 내며 세게 부딪혔다.

"아야!"

"윽!"

동시에 이마를 감싸 쥔 순간 짧은 정적이 흘렀다. 희연은 참지 못하고 헐떡이면서 웃어 버렸다. 이런 경험이 처음이기도 하거니와, 흥분에 이기지 못하고 시작하자마자 끝나 버린 것이 웃기고 귀여웠다. 그녀는 한참이나 웃다가 겨우 진정했다.

아직도 얼굴이 시뻘건 남자가 울 것 같은 얼굴로 희연을 바라보고 있었다. 그녀는 민망함과 부끄러움이 뒤섞인 그의 뺨을 토닥였다.

"알았어. 다시 하자."

하지만 얼굴을 보니 웃음이 또다시 터졌다.

"우, 웃지 마. 송희연. 씨발. 실수라고. 씨발!"

"알았어. 이규야. 이규야! 아, 그만해!"

그가 골이 잔뜩 난 얼굴로 희연의 옆구리를 간지럽혔다. 바둥거리면서 벗어나려고 했지만, 이규는 집요하게 그녀를 간지럽혔다. 진이 빠지게 웃어서 흐느적거릴 때가 되어서야 그가 간지럽히는 것을 멈췄다.

"하아, 하……."

너무 웃은 탓에 찔끔 흘러나온 눈물을 닦아 냈다. 숨을 헐떡이면서 침대에 널브러져 있으니 이규가 다시 고개를 숙여 가까이 다가왔다.

"응, 아읍……."

이마가 부딪힌 게 충격이었는지, 이번에는 접근이 조심스러웠다.

아직도 얼얼한 머리가 닿지 않도록 신경 써서 고개를 옆으로 살짝 기울인 남자가 천천히 입을 맞췄다. 희연이 작은 소리로 웃으면서 그의 이마를 문질러 주자, 인상을 찌푸린 이규가 손을 잡아 내렸다. 방금 전 있었던 일은 생각조차 하지 말라는 듯이.

"아."

푹신한 침대에 등이 푹 잠겼다. 몸을 살짝 누르는 무게가 느껴졌다. 그녀는 다시 그의 등을 천천히 끌어안았다. 뜨거울 정도로 강렬하게 달아오른 피부가 느껴졌다. 그리고 남자의 몸에 가득 남아 있는 흉터의 감각도.

희연은 손끝으로 이규를 아프게 했을 그 흔적들을 천천히 더듬었다. 그래도 이제는 더 이상 아플 일 없어서 다행이었다.

"씨발, 왜 그런 표정이야."

"내가 무슨 표정을 지었는데?"

불만 가득한 얼굴로 툴툴거린 남자가 인상을 팍 찌푸렸다.

"씨발. 딴생각하고 있잖아."

그녀는 눈을 깜박였다. 잠시 다른 생각을 했다고 질투라도 하나. 뚱한 표정을 보고 있으니, 또다시 웃음이 나왔다.

"네 생각 했는데."

"……내 무슨 생각."

"그냥. 네 생각."

"씨……. 거짓말이지."

"진짜야."

이규가 다시 그녀의 옆구리를 간지럽히기 시작했다.

"아, 그만해. 그만!"

희연이 발버둥 치면서 그를 밀어냈다. 그러나 커다란 몸은 꿈쩍도 하질 않았다.

숨을 쉬기가 곤란할 정도로 웃다가, 남자의 목을 세게 끌어안았다. 그녀가 웃음기 가득한 목소리로 속삭였다.

"그만해. 강이규."

이마를 살짝 맞댔다. 그제야 간지럽히던 손이 멈췄다. 두 사람의 시선이 마주치고, 누가 먼저라고 할 것도 없이 다시 입술을 맞댔다.

오늘따라 이규의 상태가 영 이상했다. 고개를 갸우뚱 기울인 희연은 달력을 물끄러미 쳐다보다가 일정을 깨닫고 작게 웃었다.

"이규야."

"왜."

"합격자 발표 났겠다."

그 말에 남자의 눈이 크게 흔들렸다. 역시나. 오늘이 발표 날이었구나. 그녀는 얼른 확인해 보자 재촉하는 대신 태연한 표정을 지었다. 이규는 나름대로 열심히 공부했지만, 한 번에 전 과목을 통과하진 못했다.

'뭐, 그건 어쩔 수 없지.'

희연은 뻣뻣하게 굳은 채 앉아 있는 남자의 등 뒤에 툭 기댔다.

"있다가 볼 거야."

"응."

담담하게 대답하곤 머리를 기댔다. 쿵쿵 뛰는 심장 박동이 고스란히 느껴졌다.

"야."

"왜?"

"그…… 그."

무슨 말을 할지는 이미 알고 있었다. 매번 합격자 발표 때마다 그는 똑같은 것을 묻고, 또 물었으니까. 몇 번 물어봤음에도 불구하고, 이규는 또 말하기 민망하다는 듯 더듬거렸다.

희연은 소리 죽여 웃곤 고개를 돌려 그의 등에 뺨을 기댔다.

"나 검정고시 통과하면 결혼한다며."

"응."

"진짜냐?"

"거짓말 같아?"

"그건 아닌데……."

뺨에 닿아 있는 남자의 등이 조금 따끈따끈해졌다. 고개를 들어 확인하지 않아도 그의 귀가 벌겋게 달아올라 있을 거란 걸 알았다.

"걱정 마. 살다 보면 검정고시 정도는 통과하겠지."

그녀는 위로인지 아닌지 모를 말을 중얼거렸다. 사칙 연산도 겨우 하던 남자를 여기까지 끌어온 것만 해도 꽤 뿌듯하긴 했다. 물론, 이규가 포기하지 않고 따라와 준 덕분이었지만 말이다.

결혼이라는 미끼에 이 악물고 제 나름대로 열심히 한 결과니 칭찬해 줘야 마땅했다. 이규가 살짝 꼼지락거리는 게 느껴졌다. 희연은 쿵쾅거리는 심장 소리를 세면서 느리게 눈을 감았다가 떴다. 그의 등이 거칠게 떨렸다.

"송희연."

"응."

"씨…… 결혼은 언제 해?"

떨리는 목소리에 고개를 들었다. 어깨너머로 슬쩍 휴대폰을 들여다보니, 합격했다는 글이 보였다. 이번 시험으로 드디어 전 과목을 통과한 셈이었다.

스물여섯 살이 되기 전에 검정고시에 통과하다니. 길게는 스물일곱 살까지도 생각했건만. 희연이 기쁘게 웃으면서 이규를 끌어안았다.

"축하해!"

대학 합격 발표를 들었던 그날보다, 오늘이 더 기뻤다. 희연이 고개를 숙여 남자의 뺨에 가볍게 입을 맞추자, 그가 그녀를 세게 당겨 제 다리 위에 앉혔다.

비틀거리다 이규의 품에 폭 안긴 희연이 들뜬 표정을 도저히 감추질 못하고 있는 얼굴을 물끄러미 쳐다봤다. 아무리 봐도 '고등학교 졸업'이라는 것보다 미끼에 더 관심이 있는 눈빛이었다.

"그래서 결혼은 언제 하냐고."

"이제부터 준비해야지."

"그럼 언제 하는데?"

성급한 물음이 돌아왔다. 아무래도 그가 생각하는 '결혼식'은 그냥 하루 만에 뚝딱 해낼 수 있는 것인 모양이었다. 희연은 당장이라도 들이받을 것처럼 가까워진 이규의 이마를 꾹 밀어냈다.

"글쎄. 지금부터 준비하면 반년쯤 뒤에는 할 수 있을걸."

"뭐? 씨발! 왜?"

그동안 꾹꾹 억누른 욕이 튀어나왔다. 희연이 인상을 찌푸리자 그가 찔끔한 표정으로 입을 삐죽거렸다. 숨이 막힐 정도로 세게 끌어안는 팔의 힘에 버둥거렸지만 빠져나올 수는 없었다. 이규의 가슴에 머리를 기댄 희연이 천천히 손가락을 꼽았다.

"장소도 정해야 하고. 드레스도 골라야 해. 사진도 찍어 둬야지. 그나마 상견례 같은 건 안 해도 되겠지만…… 참, 신혼집도 이미 있네. 그래도 해야 할 게 많이 줄었다. 그리고 신혼여행지도 알아보고. 또……"

구구절절 말하고 있는 내내 아무 말도 없는 그가 이상해서 고개를 들어 보니, 넋이 나간 얼굴을 하고 있는 남자가 눈에 들어왔다. 그녀가 웃음을 터뜨렸다.

"그 표정은 뭐야."

"씨발. 결혼하는 데 뭐가 그렇게……"

"또, 또! 욕!"

희연이 손바닥으로 이규의 입술을 찰싹 때리자 그가 골이 난 표정을 지었다.

"……뭐가 그렇게 할 일이 많아."

"네가 진짜 할 일 많은 결혼식을 안 겪어 봐서 그래."

"빨리해."

"빨리?"

"그냥, 대충 하자고."

"대충 하자니……."

어이없는 마음에 중얼거렸지만, 이규는 떼를 썼다.

"제일 빠른 걸로 해."

"혼인 신고만 하고 살자고?"

그것도 나쁘진 않았다. 희연 역시 '결혼식' 자체에 큰 욕심은 없었으니까. 아니, 오히려 결혼식에 대해 남은 건 나쁜 기억뿐이었다. 그녀가 고개를 젖혀 시선을 마주쳤다. 그가 고개를 숙여 입술에 가볍게 키스했다.

"드레스 입고."

"왜. 드레스가 좋아?"

이규가 고개를 격렬히 끄덕였다. 희연이 피식 웃었다.

"그럼 드레스 빌려 입고, 우리 둘이서만 작게 하자."

어차피 두 사람의 결합을 축하해 줄 사람은 없었다. 세상에 단둘밖에 없지 않은가. 누군가에게 보여 줄 의식을 치르는 것도 아니고, 두 사람만 좋으면 됐다. 희연은 간단히 생각하기로 했다.

단출하게 하는 결혼식은 이규의 바람대로 빠르게 일정을 잡을 수 있었다.

드레스를 빌리러 갔을 때는 좀 피곤했다. 희연보다 더 흥분한 그가 이것도 입어 보고 저것도 입어 보라며 졸라 대서 예상했던 것보다 두 배는 더 옷을 입었다 벗길 반복해야 했다.

그녀는 축축 늘어지는 팔다리를 겨우 움직이면서 아직도 들뜬 표정을 짓고 있는 이규를 노려봤다.

"그렇게 좋아?"

"응 씨…… 존나 좋아."

"뭐가 그렇게 좋아?"

"예뻐서."

거리낌 없는 말에 희연이 눈을 느리게 깜박이다 얼굴을 살짝 붉혔다. 몇 번 예쁘다는 말을 하더니, 이제는 능숙하게 그런 말을 한다는 게 조금 얄미워지기도 했다.

드레스가 그렇게 좋은가. 쓴웃음이 나왔다. 그녀가 드레스를 입은 모습을 처음 본 건 다른 남자와 결혼하는 도중이었는데. 그런 것 따윈 신경 쓰지 않는 듯 드레스에 열광하는 이규가 조금 황당하고, 귀엽기도 했다.

"나 힘들어."

희연이 한숨을 푹 쉬었다. 드레스를 몇 번이나 갈아입었던 덕분에 정말 그냥 널브러져서 눕고만 싶었다. 다음엔 차를 한 대 사야겠다고 생각했다. 이규에게 면허도 따게 하고.

'운전면허 시험 정도는 가볍게 통과하겠지. 설마.'

그런 생각을 하면서 남자의 팔에 매달렸다. 발을 질질 끌면서 걷는 그녀를 물끄러미 보던 그가 대뜸 앞에 쪼그리고 앉았다.

"뭐야?"

"업히라고."

"뭐? 갑자기?"

"힘들다며. 싫어?"

"시, 싫은 건 아닌데."

남들 보기 좀 부끄럽지 않나? 희연은 주위를 힐끔 쳐다봤다. 애매한 시간대라 그런지 다니는 사람이 몇 없긴 했다.

"무거울 텐데."

"맨날 들어서 알아."

얼른 업히라는 듯 손을 까닥거리며 뒤를 돌아보는 머리에 꿀밤을 먹였다. 얼굴이 화끈거렸다. 거의 매일같이 침대에서 들고, 엎고, 난리 난리를 치는 것이 생각나 부끄러워졌다.

머리에서 딱 소리가 경쾌하게 울리자마자 이규가 버럭 소리를 질렀다.

"아! 왜! 씨⋯⋯."

"그럴 땐 안 무겁다고 하는 거야. 바보야."

"엄청 가볍지도 않은 걸 어쩌라고! 빨리 업혀."

"⋯⋯미워 죽겠어."

희연이 작게 웅얼거리면서 이규의 목을 끌어안았다. 어렵지 않게 그녀를 번쩍 든 남자가 성큼성큼 걸어가기 시작했다. 약간 부끄럽기도 하고, 기분 좋기도 했다.

그녀의 다리가 달랑달랑 흔들렸다. 그의 어깨에 뺨을 기대고 있으니, 솔솔 졸음이 쏟아졌다. 목을 꼭 끌어안고 목덜미에 코끝을 파묻자, 이규가 천천히 입을 열었다.

"송희연."

"응. 왜?"

"결혼하자."

난데없이 이건 또 무슨 말인지. 희연이 고개를 갸우뚱 기울였다.

"결혼하기로 했잖아."

"그러니까."

쑥스러운 모양인지 그의 귀 끝이 벌겋게 달아오르기 시작했다.

"결혼, 하자고."

"……"

"나랑 결혼해 달라고!"

이규가 답답한지 버럭 소리를 질렀다. 한참이나 생각한 끝에 그녀는 겨우 그 뜻을 이해할 수 있었다.

"지금 프러포즈하는 거야?"

"그래! 프러포즈하는 거야!"

"……이 상황에서?"

"이 상황이 뭐 어때서."

희연은 삐죽거리는 그의 입술을 힐끔 쳐다봤다. 이규의 얼굴은 완전히 새빨개져 있었다. 고개를 푹 숙인 그가 반쯤 뛰듯이 걸었다.

"어지러워. 천천히 가."

"씨……"

또 한 번 욕을 간신히 삼킨 남자가 얌전히 걸음을 늦췄다. 희연은 달아오른 남자의 귀를 만지작거리다가 그의 눈앞으로 손을 불쑥 내밀었다.

"반지는?"

"나중에 사 줄게."

"뭐야. 반지도 없이 프러포즈하는 거야?"

그 말에 이규가 그녀를 추슬러 업었다.

"나중에 돈 벌면 진짜 예쁜 걸로 사 줄게."

"……"

"네가 하라는 거 다 할 테니까."

그의 목소리가 낮아졌다. 반지 따위 없어도 괜찮았다. 지금 하는 말이 전부 진심이라는 게 온몸으로 느껴졌으니까.

"공부하라면 공부하고, 일하라면 일하고, 네가 하라고 하는 거 전부 다 할 테니까."

희연은 그의 목을 꼭 끌어안았다.

"그러니까 나랑 살아."

프러포즈라기보다는 애원에 가까웠다.

"나중에 내가 돈 벌면, 그러니까. 싸움질로 번 돈 말고 진짜 돈 벌면."

"하하……."

그녀는 짧은 웃음소리를 냈다. 그동안 함께하면서 이규의 목숨을 깎아 가며 돈 버는 것에 대해 질색하는 모습을 몇 번이고 보였더니 그도 머릿속에 인이 박인 모양이었다.

다른 것보다도 이제 몸 망쳐 가며 살지 않겠다는 말이 마음에 들었다.

"그때 다 사 줄게. 꽃도 사 주고, 반지도 사 주고, 영화도 보여 줄게."

"응."

손가락이 묵직해질 정도로 커다란 다이아몬드가 박힌 반지보다 이규의 담담한 말이 더 기뻤다.

"결혼하자, 송희연."

두 사람의 시선이 마주쳤다. 희연은 배시시 웃으면서 그의 머리에 입술을 꾹 눌렀다.

"그래. 결혼하자."

이미 결혼 준비도 하고 있었으면서. 이규는 그 말을 처음 들은 사람처럼 기쁘게 웃었다. 그의 걸음이 조금 빨라졌다.

"천천히 가."

"싫어."

"강이규. 나 멀미 날 거 같아."

거의 날듯이 집에 도착한 그가 성급한 손길로 비밀번호를 꾹꾹 눌렀다. 문을 벌컥 연 남자가 희연을 내려 주더니 정신을 차릴 틈도 없이 다급히 입을 맞췄다.

"으읍, 응⋯⋯."

업고 온 게 힘들지도 않았는지 그녀를 다시 번쩍 들어 올린 이규가 침실까지 성큼성큼 걸어갔다. 등에 푹신한 침대가 닿았다.

"희연아."

그가 신음 섞인 목소리로 속삭이며 입술을 아래로 미끄러뜨렸다. 옷 속으로 들어오는 손가락이 차가웠다.

"읏⋯⋯."

흠칫 놀라자 손이 차가운 것을 깨달았는지 이규가 제 몸에 손을 갖다 댔다. 그가 피식 웃더니 희연의 서늘해진 손을 자신의 목덜미로 끌어당겨 눌렀다. 따듯한 체온에 손끝이 녹아내렸다.

"안 차갑지?"

미지근하게 달아오른 손이 옷 속으로 다시 들어왔다. 살짝 고개를 끄덕이자 그가 안심한 듯 웃었다. 천천히 피부를 만지는 손길이 간지럽게 느껴졌다. 희연은 작게 웃으며 이규의 어깨를 끌어당겨 안았다.

그녀를 온몸으로 끌어당겨 안은 남자가 품속에 고개를 파묻고 거친 숨을 쌕쌕 내뱉었다. 아직도 찬 기운이 남아 있는 그의 머리카락을 살짝 쓰다듬어 주었다.

"진짜 결혼하는 거지."

"왜. 거짓말 같아?"

그 말에 이규가 고개를 들었다.

"씨발, 결혼하려고 내가 얼마나 노력했는데."

희연이 소리 내어 웃었다. 무사히 초등학교부터 고등학교까지 나왔다면. 아니, 공교육이라도 제대로 받았다면 검정고시가 그렇게까지 어렵진 않았을 텐데. 공부와는 완전히 담을 쌓고 지냈던 이 남자에게 시험이 얼마나 버거웠을지 쉽게 상상조차 되질 않았다.

'확실히…… 초등학교 수준에서부터 버벅거렸으니까.'

기특하다고 몇 번을 칭찬해 줘도 모자랐다. 그녀는 뿌듯한 감정이 고스란히 드러난 얼굴을 가만히 바라봤다.

"고생했어. 이규야."

그가 칭찬받은 어린아이처럼 해맑게 웃었다.

"그런데 방금 욕한 거 알지."

"지금 그게 중요해?"

"욕 안 하기로 했잖아."

"……거의 안 하잖아."

"그래도 가끔 하더라."

"씨…… 그래도 많이 줄였어."

남자의 꽉 찌푸려진 눈썹을 천천히 더듬었다.

"응. 알아. 많이 노력한 거."

희연은 이규의 뺨을 감싸 쥐고 당겼다. 그러곤 굳게 닫힌 입술

에 천천히 키스했다. 따듯하고 말랑한 감각이 느껴졌다. 쪽 소리를
내며 가볍게 입을 맞추고 떨어진 그녀가 웃으면서 속삭였다.

"참 잘했어요."

"내가 애야?"

투덜거리는 말과 달리. 그리 싫어하는 눈치는 아니었다. 남자가
고개를 숙여 다시 입을 맞췄다. 그의 목을 끌어안고, 눈을 감았다.
입맞춤이 길게 이어졌다. 두 사람의 몸이 바짝 달라붙었다.

"후아……."

겨우 입술이 떨어진 순간. 희연이 숨을 크게 들이마셨다. 이규가
그녀를 가만히 내려다보기만 했다.

"왜?"

"아까 한 말 다 진심이야."

"어떤 말? 애냐는 거?"

쿡쿡 웃으면서 묻자, 그가 또다시 부루퉁한 표정을 지었다.

"뭐든지 하겠다는 거."

"공부도, 일도, 내가 시키는 거 다 하겠다는 그 말?"

"어."

희연은 진지해진 남자의 뺨을 천천히 쓰다듬었다. 처음부터 거
짓말이라고 생각하지도 않았다. 지하방을 나온 이후. 그는 그녀가
바라던 대로 정말 착실하게 살았으니까.

엄살도 부리고, 투덜거리기도 했지만. 이규는 학원도 열심히 다
녔고, 도장에는 더 부지런히 나갔다. 착실히 승단 시험도 보고.

"이규야."

"……."

"넌 이미 잘하고 있어."

그 말에 눈을 천천히 깜박인 그가 살짝 미소 지었다. 안심한 것 같기도 했다. 희연은 머리카락을 천천히 만져 주다가, 아까 나눴던 대화를 다시 떠올렸다.

"반지 사 주겠다고 한 것도 진심이지?"

"씨발. 제일 예쁜 걸로 사 줄게."

"진짜 일해서 번 돈으로."

"그래. 진짜 일해서 번 돈으로."

이규가 뭐 그런 당연한 것을 묻느냐는 듯 당당하게 대답했다.

"반지가 뭐라고……."

"나름대로 중요한 거야."

희연은 납득하지 못한 것 같은 얼굴을 가만히 바라봤다. 반지가 없다고 그와 결혼하지 않을 건 아니지만. 그래도 기분상의 문제가 아닌가. 어떻게 설명해야 할지 잠시 생각한 그녀는 고개를 갸우뚱 기울이면서 물었다.

"너랑 결혼했다는 증거인데. 안 중요해?"

"씨…… 사 줄 거야. 사 줄 거라고."

그의 반응에 웃음이 나왔다.

"기대할게."

쿡쿡 웃은 희연에게 고개를 숙인 이규가 키스했다. 더 이상 할 말은 없었다. 몸을 세게 끌어안는 손길에, 그녀 역시 그의 등을 안 아 주었다.

"으……."

희연이 인상을 살짝 찌푸렸다. 손이 간질간질했다. 무엇 때문일까 생각하는 대신 잠을 방해하는 그것을 뿌리치려고 했지만, 그 '무언가'는 그녀의 손을 놔주지 않았다.

손을 흔들던 그녀는 작게 하품을 하면서 눈을 떴다. 평소에도 늘 그랬듯 이규의 얼굴이 보였다. 그리고 그 입에 물려 있는 손가락도.

"뭐 하는 거야."

어제 밤새 헐떡인 탓인지 탁하게 갈라지는 목소리에 흠칫 놀란 희연이 작게 헛기침을 했다. 그는 말을 듣는 둥 마는 둥 하면서 그녀의 손가락에 열중하고 있었다. 입술이 손가락 위에 꾹 닿고, 숨결이 손끝을 간지럽혔다.

멍하니 눈을 깜박이면서 남자가 하는 걸 쳐다보고 있으니 그녀의 손가락을 먹을 것처럼 입술에 대고 계속 우물거리던 이규가 뒤늦게 정신을 차렸다.

"일어났어?"

"……뭐 하는 거야?"

희연이 손을 빼냈다. 인상을 찌푸리면서 손을 바라본 그녀는 헛웃음을 지었다. 양손의 엄지를 제외한 여덟 손가락이 모두 엉망진창이었다. 벌겋게 남아 있는 잇자국과 키스 마크라니. 손가락 위에 키스 마크를 남기는 건 또 처음이라 어떻게 반응해야 할지 알 수 없었다.

"씨…… 예쁘게 안 돼."

"대체…… 이게 뭔데?"

뭔지 알아야 반응을 해 주든 말든 할 게 아닌가. 그녀는 붉게 남은 자국을 손끝으로 문질렀다. 이규가 변명하려는 표정을 짓더니 입술을 우물거렸다.

"반지……."

"뭐?"

"반지, 있어야 한다며."

그러니까 그게 무슨 상관이란 말인가. 희연이 이해하지 못하자 그의 얼굴이 벌겋게 달아올랐다.

"씨발! 반지 모양이 잘 안 만들어져서……."

"아."

그제야 희연은 손가락 둘레에 새겨진 붉은 자국이 얼추 반지를 흉내 내려고 했다는 사실을 깨달았다. 물론, 모르고 보면 그냥 키스 마크와 잇자국이었지만 말이다. 손에 새겨진 벌건 자국을 물끄러미 보던 희연은 피식 웃었다.

"고마워. 많이도 줬네."

엉뚱하다 못해 어이가 없는 행동이었다. 자신도 괴상한 행동을 했다는 걸 알고 있는지 이규는 터질 듯이 벌게진 얼굴로 그녀의 품을 파고들었다.

"나중에 진짜 반지로 줄게."

"알았어."

"빨간 게 좋겠어."

"뭐가?"

"빨간 반지……."

"루비?"

"그래. 루비."

희연은 부드러운 가슴에 입술을 비비는 남자의 머리카락을 쓰다듬었다. 살냄새가 나는 머리카락에 뺨을 갖다 댄 그녀가 장난스 럽게 물었다.

"너…… 루비가 뭔지는 알아?"

"알아, 씨발. 보석이잖아."

"욕하지 말랬지."

"담배는 끊었잖아."

"참 잘했어요."

킥킥 웃으면서 그의 등을 끌어안았다. 그녀의 옆구리를 쓰다듬 으면서 살짝 간지럽히던 이규가 몸을 빙글 돌려 위로 올라왔다. 입 술 위에 쪽쪽 하고 입을 맞추던 남자가 혀를 밀어 넣었다.

"아, 읍……."

희연은 그를 밀어내는 대신 바짝 끌어안았다. 다시 침대가 삐걱 삐걱 흔들렸다.

결혼식은 조촐하다 못해 간단하게 치러졌다. 하객도 없고, 주례 조차 조금 성의 없이 간단한 식이었지만 그건 상관없었다. 희연이 하얀 드레스를 입고 나타났다는 사실만으로도 이규는 환하게 웃 었으니까.

세상에서 제일 행복한 남자라는 표정을 짓고 있던 그는 나중에 드레스를 벗을 때가 되니 살짝 울먹이기까지 했다. 평생 드레스를 입고 살라고 말하고 싶은 얼굴이어서, 희연은 크게 웃으며 그의 등 을 다독여 주었다.

자꾸만 도망치려는 이규의 팔을 꽉 붙잡고, 팔짱을 낀 채 사진 은 많이 찍었다.

신혼여행지는 가까운 곳으로 정했다. 의미 있는 장소면 그것으로 충분했다.

처음 만났던 그 바닷가. 모래사장 위에 나란히 선 두 사람은 서로의 손을 꼭 붙잡고, 새파란 바다를 한참이나 바라봤다. 거친 바람에 머리카락이 엉망으로 헝클어졌다.

얼마나 그러고 있었을까. 옅은 어둠이 깔리기 시작하자 서늘한 바람이 불어왔다. 이규가 그녀를 품에 꼭 끌어안았다.

"행복하게 잘 살자."

두 사람은 서로가 이 세상에서 겨우 찾은 삶의 의미였다.

"응."

이제 혼자가 아니라 둘이 함께. 아니. 희연은 그의 귓가에 작게 속삭였다.

"셋이서 행복하게 살자."

그 말에 이규는 멍한 얼굴로 눈을 느리게 깜박였다. 뒤늦게 그 뜻을 깨달은 남자는 그녀를 더욱 세게 끌어안으면서 행복한 웃음소리를 냈다.

바닷소리가 두 사람을 부드럽게 감싸 주었다.

외전. 휴대폰

희연은 휴대폰을 만지작거리는 남자를 물끄러미 쳐다봤다.

준혁에게서 받았던, 명의가 누구 것인지도 모를 2G폰을 버리고 새 스마트폰을 사 준 게 방금 전이었다. 최신 기종에, 화면도 큼직한 걸로.

스마트폰을 한 번도 안 써 봤다던 이규는 집에 오자마자 외투만 벗고 앉아서 한 시간째 조그만 기기에 푹 빠진 중이었다.

'그렇게 재밌나.'

하긴. 기능이라고는 문자와 전화밖에 없는 낡은 2G폰을 쓰다가, 모든 게 다 되는 최신폰을 쓰니 얼마나 신기할까. 처음 그의 휴대폰을 봤을 때 '이런 게 아직도 쓰이다니?' 하면서 놀란 만큼 그 역시 스마트폰이 놀라울 게 분명했다.

'이러다가 스마트폰 중독되는 건 아니겠지?'

너무 자극이 컸나. 공부에 집중하게 어린애들이 쓰는 기종을

사 주는 게 나았을까. 약간 고민하고 있으니, 남자가 희연을 돌아
봤다.

"송희연."

부르는 소리에 고개를 돌려 쳐다본 순간. 찰칵, 하고 사진 찍
는 소리가 들렸다.

"뭐야."

그녀가 인상을 살짝 찌푸리거나 말거나. 계속해서 사진 버튼
을 누르는 듯 찰칵거리는 소리가 쉴 새 없이 울려 퍼졌다.

"잠깐만, 강이규. 그만!"

그에게 다가가는 도중에도 계속해서 사진을 찍어 대는 바람에
손으로 얼굴을 가리자, 이규가 불만 가득한 표정을 지었다.

"왜 가려?"

"봐 봐. 엉망으로 나왔을 것 같은데."

희연의 말에도 굴하지 않은 남자가 계속해서 찰칵거리는 소리
를 냈다.

"찍을 거면 제대로 찍어!"

참다못해 카메라를 손으로 가려 버리자, 그가 인상을 찌푸렸
다. 손에서 휴대폰을 빼앗은 그녀가 사진첩에 들어가자, 말 그대
로 엉망진창인 사진이 눈에 들어왔다.

초점이 제대로 맞지도 않고, 흔들린 데다가, 간혹가다 그나마
알아볼 만하게 찍힌 얼굴은 보기 싫을 정도로 망가져 있었다. 희
연이 미련 없이 전부 삭제를 누르자 이규가 기겁하며 목소리를
높였다.

"뭐 하는 거야!"

"이런 걸 왜 찍는데! 못생기게 나왔잖아!"

"씨발, 누가 너 못생겼대?"

"아니! 사진이 이상하게 찍혔잖아."

"난 상관없어."

"내가 상관있어."

그가 다시 폰을 빼앗아 갔다. 그러곤 사진이 정말 지워졌다는 걸 믿고 싶지 않은 듯 액정을 몇 번이고 문지르더니, 다시 카메라를 켜서 들이댔다. 불쑥 코앞까지 다가온 휴대폰에 희연은 다급히 고개를 푹 숙이면서 얼굴을 가렸다.

"아씨, 왜!"

"잠깐. 잠깐만 이규야. 멈춰 봐."

그러거나 말거나. 그는 계속 사진을 찍었다. 그녀는 고개를 푹 숙인 채 휴대폰을 빼앗으려고 더듬거리던 걸 포기하고, 아예 이규의 품으로 파고들었다. 두 사람의 얼굴이 닿을 듯 가까워지자, 남자의 뺨이 살짝 달아오르고, 찰칵거리는 소리가 멈췄다.

"강이규."

희연이 콧잔등을 찌푸리며 그의 뺨을 세게 꼬집었다. 그러곤 또박또박 말했다.

"누가 안 찍어 준대?"

"……씨발. 그럼 왜 지우는데."

"못생기게 나왔다니까."

"안 못생겼어."

"너는 아무렇지 않은지 몰라도, 내 마음에 안 들어. 그리고 너. 사진 찍어 본 적 없지."

"씹, 내가 사진 못 찍는다고 무시하냐?"

"무시 안 하려고 했는데. 무시해야겠다. 너 사진 진짜 못 찍어."

반박할 수 없는지, 남자가 인상을 찌푸리더니 입을 꾹 다물었다.

그동안 누가 이규를 찍어 주는 일도 없었을 거고. 그 역시 찍을 일이 없었을 게 분명했다. 2G폰을 가지고 사진 찍고 놀 수는 없었을 테니까.

"이리 줘 봐."

희연은 몸을 돌려 그의 허벅지에 걸터앉으면서 휴대폰을 다시 빼앗았다.

사진첩에는 또 엉망진창인 사진이 가득 쌓여 있었다. 그것들을 말끔히 지운 그녀는 다시 카메라를 켜고, 셀카 모드로 전환했다. 그 뒤 이규의 어깨에 팔을 두른 채, 휴대폰을 들어 올렸다.

"자, 웃어. 이규야."

"……."

그가 딱딱하게 굳은 얼굴로 어색하기 짝이 없는 웃음을 지었다. 찰칵- 하는 소리와 함께 두 사람의 사진이 찍혔다. 희연은 그걸 보면서 피식 웃었다.

"웃으라니까. 사진 처음 찍는 사람처럼 완전히 얼었네."

"씨발…… 그냥 네 사진이나 찍어."

"왜. 같이 찍기 싫어?"

화면에 다시 두 사람이 비추어졌다. 이규가 뭐라고 하든 말든 몇 번 더 사진을 찍었지만, 그의 표정은 여전히 딱딱하기만 했다.

"너 혼자 나온 사진 갖고 싶어."

그 말에 고개를 살짝 기울였다. 왜 굳이 혼자 나온 사진을 갖고 싶다는 걸까. 기왕이면 같이 찍는 게 좋지 않나?

"사진 찍는 거 싫어해?"

"……너 혼자 나온 거 갖고 싶어."

희연은 짓궂게 웃으면서 다시 커플 사진을 한 번 더 찍었다.

"이유를 말해 주면 내 사진 찍게 해 줄게."

이규가 입술을 달싹이더니, 눈을 질끈 감았다가 떴다.

"씨발 그래야 나중에 볼 수 있을 거 아냐."

무슨 말일까. 같이 찍은 것도 나중에 볼 수 있는 거 아닌가. 당최 이해할 수가 없는 대답이었다.

"같이 찍은 거 보면 되잖아."

"나중에, 호, 혹시라도 네가 없어지면. 같이 나온 사진은 못 볼 거 같아."

"……."

희연은 어둡게 가라앉은 남자의 얼굴을 물끄러미 쳐다봤다.

"씨발, 그때도 사진 하나 없었는데."

그때가 언제를 말하는지는 바로 알 수 있었다. 정우와 약혼하기 위해 그를 떠났던 순간을 말하는 거겠지. 기대 있는 어깨가 살짝 떨리는 게 느껴졌다.

"결혼식 사진 보고, 사진이라도 있었으면 하고. 생각했어. 그런데 같이 찍으면. 씨발, 씨발!"

같이 찍으면 행복했던 순간이 떠오를 테니, 괴로울 것 같다는 뜻일까. 희연은 이규를 세게 끌어안았다. 만약 또다시 떠나는 일이 생긴다면. 그래서 같이 찍은 사진을 보는 것도 괴로워진다면. 그녀 혼자 나온 사진을 보는 것도 고통스러울 텐데. 그런 말을 하는 대신 약간 열이 오른 머리를 쓰다듬었다.

"이규야."

"왜."

단단한 팔이 온몸을 숨 막히도록 조여 왔다.

"이제 네 곁에서 아무도 안 떠날 거야."

희연은 차분하게 말했다. 이규의 주변에서 많은 사람이 떠났다는 건, 그녀도 잘 알고 있었다. 그렇기에 누군가가 떠나는 것에 트라우마가 있는 거겠지. 심지어 희연은 한 번 그를 떠난 적이 있지 않았던가.

"……거짓말."

남자가 울음 섞인 목소리로 퉁명스럽게 말했다. 가만히 그의 머리를 쓰다듬으면서, 뭐라고 해야 할지 고민했다. 믿어 달라고 해도. 완전히 마음을 놓을 수 있을까. 아닐 것 같았다.

"나는 다시 너한테 돌아왔잖아."

그 말에 이규가 팔에 힘을 꽉 줬다. 다시는 놓치지 않겠다는 걸 표현하는 것처럼.

"내가 돌아올 곳은 너뿐인걸."

"씨발……."

"아니야?"

살짝 웃으면서 묻자, 그가 그새 한층 더 낮아진 목소리로 대답했다.

"맞아."

어깨를 짚고 고개를 들자, 약간 눈가가 벌게진 얼굴이 보였다. 뜨끈하게 열이 오른 눈을 손등으로 문지르니, 남자가 떨리는 숨을 내쉬었다.

"그런 생각 하지 마. 강이규."

"무슨 생각."

"언젠간 내가 떠날 거라는 생각."

그런 생각을 하게 된 데에는 희연의 책임도 조금 있긴 했지만. 그래도 더 이상 괴로워하지 않았으면 했다. 적어도 그녀는 정말 이규를 떠날 생각이 없었으니까. 울 것 같은 표정을 가만히 쳐다 보다가, 일부러 더 밝게 웃은 희연이 그의 뺨을 살짝 꼬집었다.

"그리고 이제 서로 번호도 알고 있으니까. 보고 싶으면 언제든 지 연락해."

"……."

"영상 통화라는 좋은 기술도 있어."

"그건 어떻게 하는데."

쓸데없는 생각으로 가라앉은 와중에도 영상 통화에는 솔깃했 는지. 그가 바로 관심을 보였다.

"이거 누르고, 응. 그렇게. 하면 돼."

방에 놔둔 그녀의 휴대폰이 울렸다. 방으로 달려간 희연이 바 로 영상 통화를 받아 주자, 이규가 카메라에 얼굴을 들이댔다.

"이규야. 좀 뒤로 가."

손짓을 하자, 남자가 슬금슬금 카메라와의 거리를 벌렸다. 손 을 흔들자, 그가 다시 고개를 바짝 들이댔다. 피부결이 보일 정도 로 가까워진 것을 보고 있으니, 웃음이 터져 나왔다.

"그렇게 바짝 들이댈 필요 없어."

"들려?"

"엄청 잘 들려. 스피커폰 되니까 그렇게 크게 말하지 않아도 돼."

"스피커폰이 뭔데."

"멀리 두고도 전화 통화 가능하다는 뜻이야."

희연은 거실이 울릴 정도로 크게 말하는 이규에게 다가가며 영상 통화를 종료했다. 영상 통화라는 신문물에 기분이 풀린 건지. 아니면 언제든 원할 때 연락할 수 있다는 것에 기분이 풀린 건지. 그는 그새 약간 들뜬 얼굴을 하고 있었다.

"내 사진 찍는 건 괜찮은데. 나도 너 찍을래."

그렇게 말하며 옆자리에 앉자, 남자가 바로 카메라를 들이댔다. 그녀는 급히 카메라를 손으로 가리면서 덧붙였다.

"우선 너한테 사진 찍는 법부터 가르쳐 주고."

"씨발. 그냥 찍으면 되지."

"안 돼. 난 내가 예쁘게 나왔으면 좋겠어."

"……존나 예뻐."

퉁명스럽게 말하면서도, 얼굴이 약간 벌게진 것을 보니 웃음이 새어 나왔다.

"잘 찍게 될 때까지는 금지야."

희연은 그렇게 말하며 그의 팔짱을 꼈다. 그러곤 다시 휴대폰을 빼앗아 두 사람을 비췄다. 꽤 자연스럽게 웃는 그녀에 비해, 이규의 딱딱한 얼굴은 풀릴 줄을 몰랐다.

"좀 웃어 봐."

"웃고, 있잖아. 씨발."

남자의 입꼬리가 파르르 떨렸고, 희연은 그것을 발견한 뒤 숨이 넘어갈 정도로 웃었다.

그렇게 한참이나 사진을 찍은 뒤. 그녀는 그가 원하는 대로 독사진도 몇 개 찍어 주었다. 물론 셀카로.

그리고 스마트폰을 만지작거리던 이규는 이번에 찍은 사진을 배경 화면으로 설정했다.

두 사람이 같이 나온 사진이었다.

희연은 활짝 웃으며 카메라를 보고 있었지만, 그는 그녀가 있는 옆으로 시선이 돌아간 상태였다.

"왜 이 사진이야? 너는 옆에 보고 있잖아."

"나랑 눈 마주치기 싫어."

"그게 뭐야."

웃음을 터뜨리자, 남자가 웅얼거리듯이 덧붙였다.

"씨발. 너 보고 있는 거잖아. 바로 옆에서."

"내가 바로 옆에 있었던 게 실감 나서 그래?"

이규가 고개를 확 돌렸다. 희연은 그의 벌겋게 달아오른 귀를 보다가, 카메라를 켜서 그것을 찍었다.

"야. 너는 못 찍게 하면서 나는 찍어?"

"나는 잘 찍으니까."

"아씨. 나도 찍을 거야."

남자가 바로 카메라를 켰다. 서로 피하면서 한참이나 진을 뺀 다음, 지쳐서 드러누운 희연은 이규의 붉어진 귀 사진을 물끄러미 쳐다봤다. 고개를 들이밀고 그녀의 화면을 본 그가 인상을 찡그리면서 물었다.

"씨발, 그런 게 좋냐?"

"응. 귀엽잖아."

희연은 카메라를 켜서 두 사람을 화면에 담았다. 남자가 다 포기한 얼굴로 어색하게나마 브이를 그렸고, 그녀는 웃으면서 사진을 찍었다.

사진 속의 두 사람은 꽤 자연스럽게 웃고 있었다.

외전. 남친 갔어 챌린지

"흐음……."

남친 갔어 챌린지? 희연은 인터넷을 보다가 발견한 챌린지를 물끄러미 쳐다봤다. 이것저것 집안일에 대해 찾다가 우연찮게 발견한 내용이지만, 은근히 재미있어 보이기도 했다.

'반응이 좀 궁금하기도 하고.'

화낼까? 아니면 울까? 당장 달려오기라도 할까.

지금 당장 보내면 학원을 빠질 것 같았다. 그래서 그녀는 챌린지를 잘 기억해 놓고 있다가, 이규가 학원을 마칠 때쯤에 맞춰 문자를 보냈다.

사실 이성적으로 생각하면 말이 안 되는 상황이었다.

'남친 갔어. 와도 돼.'라고 말하는 타이밍이 그 '남친'이 집에 오기 직전인 건 좀 우습지 않은가. 그러나 이규가 그 정도로 이성적인 사고를 할 것 같진 않았다.

[남친 갔어. 와도 돼.]

고작 일곱 글자. 그것을 보내고 난 뒤 잠시 답장을 기다렸다. 분명 메시지를 읽었다는 표시는 되어 있는데. 아무런 말이 없었다.

"뭐지……"

메시지 본 거 맞느냐고 전화를 해 볼 수도 없고. 인상을 찌푸린 채 한참이나 화면을 보고 있던 희연은 고개를 갸우뚱 기울이곤 집 안일을 마저 하려고 자리에서 일어섰다.

그렇게 두 시간 가까이 지났음에도 불구하고 이규는 여전히 감감무소식이었다. 학원에서 돌아올 시간이 한참 지났는데. 대체 어디서 뭘 하나. 학원에서 사귄 친구와 커피라도 마시면 꼭 전화해서 보고하던 남자였는데, 이렇게 아무 말 없이 들어오지 않은 건 처음이라 조금 걱정되기도 했다.

희연은 남친 갔다는 문자를 보냈다는 것도 잊은 채 먼저 전화를 걸었다.

그러나 신호음이 몇 번 가다가 전화가 뚝 끊겼다.

"어?"

전화를 끊어? 인상을 팍 찌푸린 그녀가 다시 통화 버튼을 눌렀다. 이번엔 신호음이 길게 이어지더니 전화를 받는 소리가 들렸다.

-…….

"강이규. 어디야."

-…….

"뭐 해. 너 술 마셨어?"

-나, 집에 가도 돼?

"뜬금없이 그게 무슨 말이야?"

예상과 다른 반응에 고개를 갸우뚱 기울였던 희연은 뒤늦게 보냈던 메시지를 기억해 냈다. 그것에 대해 설명할까 잠시 고민하다가, 차라리 얼굴을 보고 얘기하는 편이 나을 거라는 생각이 들었다.

"집에 와. 어디서 뭐 하고 있어?"

그 말이 끝나기가 무섭게 문밖에서 발소리가 들리더니 삑삑 번호키 누르는 소리가 들렸다. 이규가 무겁게 가라앉은 얼굴로 천천히 집 안에 들어왔다. 그는 바로 들어오지 않고 현관에 가지런히 놓인 신발을 물끄러미 보기만 했다.

"어디 있었어?"

"복도에."

"복도에서 뭐 했는데."

"……"

"우선 들어와."

"그 남자는? 언제 나갔어?"

이규가 낮은 목소리로 물었다. 희연은 어디서부터 설명해야 할지 잠깐 고민했다.

"어떤 남자야? 부자야? 고등학교도 졸업했어? 너 사랑한대?"

"이규야."

"어떤 새끼인데. 말해 봐."

"그거 그냥 챌린지였어."

"씨발 챌린지가 뭔데."

"그러니까……"

챌린지가 뭐냐는 근본적인 질문에 희연이 입술을 달싹였다. 그 어느 때보다도 무서운 얼굴로 묵묵히 서 있던 이규가 주먹을 꽉 움켜쥐었다.

"그 새끼가 더 좋은, 그러니까 나보다 훨씬 나은 남자면."

거기까지 말한 남자가 입술을 꽉 깨물더니 고개를 푹 숙였다. 분명히 분노로 엉망이 된 표정을 짓고 있는데도, 눈에서는 눈물이 뚝뚝 떨어지고 있었다.

"그, 그 새끼 만나. 씨발 나 같은 새끼보다 나은 남자면, 윽."

더듬더듬 말하던 이규가 닭똥 같은 눈물을 떨어뜨리더니 참지 못하고 우는 소리를 냈다.

희연은 서럽게 우는 남자에게 다가가 등을 끌어안아 주었다. 잠시 머뭇거리던 그가 조심스럽게 그녀의 어깨에 고개를 파묻고 뺨을 비볐다.

"챌린지였다니까. 그러니까 챌린지라는 게 뭐냐면……."

너무 서럽게 우는 바람에 약간 당황한 희연이 조금 횡설수설하며 챌린지에 대해 설명해 줬다. 한참이나 그 얘기를 가만히 듣고 있던 이규가 화난 얼굴로 고개를 들었다.

"그러니까 그냥 장난이다 이거야?"

"……그, 그런 셈이지."

양심이 콕콕 찔렸다. 이렇게 대성통곡할 줄 알았으면 하지 말걸 그랬나. 그가 벌게진 눈가를 주먹으로 벅벅 문지르더니 떨리는 숨을 토해 냈다.

"복도에 서서 별생각 다 했어."

"팰 생각은 아니었지?"

일부러 가볍게 물었지만, 진지하기 짝이 없는 대답이 돌아왔다.

"죽을 만큼 패 줄까 생각했는데. 네가, 좋아…… 흐윽."

좋아하는. 그 말을 못 해서 다시 한번 눈물을 벅벅 문질러 닦은 남자가 겨우 뒷말을 이었다.

"좋아하는 남자면, 모, 못 때릴 거 같았어. 그래서……."

"자꾸 문지르지 마."

희연은 아직도 눈물이 퐁퐁 솟아오르는 이규의 눈가를 손바닥으로 꾹 눌렀다. 너무 화가 나서인지, 아니면 울어서인지. 온몸이 뜨거웠다.

"그런데 아무리 기다려도 아무도 안 나와서, 씨발. 씨발!"

그가 제 감정을 못 이긴 듯 악을 썼다. 이규의 얼굴이 벌겋게 달아올랐다. 안에서 무슨 일이 일어나는지 온갖 생각을 다 했다는 게 그의 표정에 고스란히 드러나 있었다.

"미안해."

희연은 구구절절한 변명 대신 그냥 사과했다.

"씨발……."

"욕은 하지 말고."

"넌 이 와중에 그 말이 나와?"

이규가 인상을 찌푸렸다. 이제 조금 진정한 듯 그가 신발을 벗고 안으로 성큼성큼 들어왔다. 눈가가 벌겋게 부어오른 채 화난 표정을 짓고 있으니, 어쩐지 조금 귀엽게 보이기도 했다. 괜한 장난을 해서 몇 시간 마음고생시킨 게 미안하기도 했고.

"이규야."

"왜."

"이리 와 봐."

희연이 손을 까닥까닥 움직이자 그가 여전히 약간 골이 난 표정으로 슬금슬금 다가왔다. 가까이 온 남자의 목을 끌어안고, 가볍게 입술을 맞댔다.

"화 많이 났어?"

"……어."

그렇게 말하는 목소리는 가벼운 키스 한 번에 이미 사르르 풀려 있었다. 웃음이 터질 것 같아 재빨리 혀를 꽉 깨문 그녀는 최대한 미안한 표정을 지으려 노력했다.

"어떻게 해 줄까."

그 말에 이규가 희연의 뺨을 감싸 쥐었다. 대답 대신 입술이 다시 꾹 맞닿았다.

"음."

간지러운 감각에 살짝 눈을 감으면서 웃음을 삼켰다. 커다란 손이 얼굴을 조금 거칠게 더듬었다. 여기 있다는 걸 다시 확인하고 싶은 것처럼. 그녀의 뺨을 만지작거린 남자가 깊은 한숨을 내쉬면서 어깨를 축 늘어뜨렸다.

"나 진짜 화났어."

"또 울지는 말고."

눈가가 벌게진 이규가 눈을 질끈 감았다 뜨더니 희연을 있는 힘껏 끌어안았다.

"다른 남자를 더 좋아하면."

"그럴 일 없어."

그녀의 어깨에 이마를 비빈 남자가 한 글자 한 글자 씹어뱉듯이 말했다.

"죽을 만큼 패 줄 거야."

"누굴 때리려고?"

"그 남자."

"너 범죄자 안 되게 내가 조심해야겠다."

일부러 가볍게 대답했다. 많이 놀랐는지 아직도 등이 살짝 떨리고 있었다.

"거짓말이야."

"응?"

"네가, 진짜 좋아하는 남자가 생기면……."

충격이 커서인지 아니면 그녀에게 다른 남자가 생길 수도 있다는 가능성을 깨달은 건지. 이규가 천천히 말을 이어 갔다. 희연은 있는 힘껏 이규의 뺨을 꼬집으며 말을 잘라 냈다.

"쓸데없는 소리 하지 마."

그가 버려진 아이가 된 듯한 얼굴로 그녀를 물끄러미 쳐다봤다. 희연이 입을 열었다.

"나 사랑해?"

"……어."

"그럼 사랑해 달라고 해."

"……."

"엉뚱한 소리 하지 말고."

남자가 눈을 꾹 감았다가 떴다. 눈가가 아직도 발갛게 달아올라 있었다.

"사랑해."

사랑해 달라는 소리마저도 이규다웠다. 그가 사랑한다고 말하는 것 같기도 했다. 희연은 배시시 웃으면서 머리카락을 헝클어뜨렸다.

"잘했어요."

"다른 건 더 잘해."

"뭘?"

대답 대신 그녀를 번쩍 들어 올린 남자가 고개를 내밀어 다시 입을 맞췄다.

'쓸데없이 자극하지 말아야지.'

희연은 그렇게 다짐했다. 괜한 챌린지로 이규를 자극한 대가는 생각보다 더 혹독했다.

외전. 직업

"이규야. 이리 와 봐."

"왜?"

학원에 다녀와 샤워까지 마친 남자가 수건으로 젖은 머리카락을 벅벅 문지르면서 고개를 기울였다.

"앉아."

희연이 맞은편 자리를 가리키자, 그가 눈을 데구루루 굴렸다. 자신이 뭔가 잘못한 게 있었나 고민하는 표정에 피식 웃은 그녀가 말을 덧붙였다.

"혼내는 거 아니니까 앉아 봐."

"……."

약간 미심쩍은 얼굴을 한 이규가 천천히 맞은편에 앉았다.

"씨발, 뭔데."

"욕."

"뭔데."

지적하는 말에 말꼬리를 길게 늘린 그가 인상을 찌푸렸다.

"검정고시 학원도 다니고 있으니까. 슬슬 미래를 준비해야 하지 않나 싶어서."

"미래?"

그런 단어는 생전 처음 듣는다는 듯 되물은 남자가 젖은 수건을 내려놨다.

"그래. 나중에 뭐 하면서 먹고살지는 생각해 봐야지."

"아아."

이규가 대충 고개를 끄덕이더니 건성으로 대답했다.

"회사 다니면 되는 거 아냐?"

"너 회사 다닐 수 있어?"

"대충 다니면 되지 뭘."

"회사에서 뭐 하는지 알아?"

그 물음에 눈을 끔벅인 그가 웅얼거리듯 말했다.

"컴퓨터 하고. 뭐…… 출퇴근하고."

"……."

어디서부터 지적해야 할지 몰라, 말문이 막혔다. 희연은 회사라는 게 무엇인지 설명하는 대신 생각해 둔 것을 꺼냈다.

'뭐. 나라고 회사 생활을 잘 아는 것도 아니니까.'

회사를 다녀 본 적이 있어야 말이지. 게다가 가족 모두 일반적인 '회사'와는 거리가 먼 인간들뿐이라. 대중 매체나 글 같은 것을 통해 아는 정도였다.

"내가 생각해 봤는데. 회사 다니면 네가 못 견딜 거 같아."

"왜?"

"네가 아르바이트하는 거 보니까 알겠던데 뭘."

그나마 말없이 몸 쓰고 일하는 건 그럭저럭 잘 하는데. 사람들과의 관계가 썩 매끄럽질 못했다. 회사는 단체 생활이었다. 안에서 정치를 하기도 하고, 어울려야 하고. 이규가 그런 것을 잘할 수 있을 것 같지 않았다.

'나중에 달라질 수도 있긴 하지만……'

하지만 나중에 괜찮아질 거라는 막연한 기대에 모든 것을 맡길 수는 없지 않은가. 적성에 안 맞는다면 최대한 빨리 다른 길을 찾는 게 제일 좋았다.

사람들과 부대끼는 일을 오래 못 했다는 것을 스스로도 잘 알고 있는 남자가 입을 꾹 다물었다.

"그래서 대안을 고민해 봤어."

"뭔데."

"운동을 하는 게 어때?"

"……운동?"

"응. 체육관 같은 걸 하는 거지."

그런 건 생각해 본 적 없다는 듯 인상을 찌푸린 이규가 아직도 젖어 있는 머리카락을 쓸어 넘겼다.

"이 주변에 찾아보니까 별게 다 있더라. 유도, 합기도, 주짓수, 태권도, 복싱. 그 외에도 몇 개 더 있어. 그중에 하나 배우면 좋을 거 같아."

"내가 싸우는 거 싫다며."

"그렇긴 하지만. 너는 몸 쓰는 걸 해야 할 거 같아서. 그리고 경기 같은 데 많이 나가기보다는, 체육관 운영을 목표로 할 거니까."

희연은 아까 뽑아 둔 체육관 리스트를 건넸다. 이규가 그것을 천천히 읽더니 그녀에게 다시 내밀었다.

"뭐가 좋은데?"

"네가 하고 싶은 건 없어?"

"네가 고르는 거 할게."

무엇이 되든 상관없다는 태도였다.

"그럼, 태권도 어때?"

이것저것 검색하다가 제일 가능성 있다고 찍어 뒀던 것을 말했다. 다른 것도 괜찮지만…… 유도는 주변에 메달도 딴 사범이 있는 체육관이 두 개나 있었고. 복싱 역시 아마추어나 프로로 경기를 뛰어서 메달이라도 따야 이름 걸고 할 만했다. 그 외의 것 중에 '메달' 없이도 할 만한 게 뭐가 있나 고민하다가 결정한 게 태권도였다.

'나중에 체대에 들어갈 수 있으면 더 좋고.'

정말 들어갈 수 있을지는 모르겠으나, 태권도 학과라도 가면 금상첨화였다. 그게 아니더라도 꾸준히 십 년 정도 하면 사범 자격증을 얻을 수도 있고. 십 년이라 하면 굉장히 멀 것 같지만 이규가 검정고시를 보고, 대학도 가고, 군대도 갔다 오는 기간을 생각하면 그리 긴 것도 아니었다. 대충 대학 졸업쯤에는 사범 자격에 가까워져 있겠지.

"그래. 그거 할게."

그가 깊이 생각하지도 않고 고개를 끄덕였다.

"정말 태권도 할 거야?"

"응."

"평생 하게 될지도 몰라."

"할게."

"배우는 거만 한 십 년 해야 돼."

"십 년씩이나?"

"길어 보이지만, 그렇게 길진 않아."

이규가 콧잔등을 찡그렸다가, 어깨를 으쓱였다.

"하지 뭐."

너무 시원스럽게 말해서 조금 어이가 없었지만, 싫다 하는 것보단 나았다.

솔직히 태권도장을 한다고 해서 모든 것이 잘 될 거라 생각하는 건 아니었다. 표면적으론 어린애들 상대로 운영하는 거라 해도 학부모들을 상대해야 했으니까.

'그건 내가 좀 도와주고 하면 되겠지.'

도와주는 게 쉬울 거라는 생각은 안 들었지만. 그래도 이규가 아이들과 잘 지내기만 하면 그 정도는 그녀가 커버할 수 있을 것 같았다.

"그럼 다녀 보고, 아니다 싶으면 바로 말해. 알았지?"

남자는 주억거렸다.

희연은 약간의 불안함을 담은 채 미리 찾아 둔 태권도장에 전화를 걸었다.

태권도장을 끊어 주면서, 관장님에게는 미리 얘기를 다 했다. 사범 자격증을 따는 게 목표니 잘 부탁드린다고.

매일 아침부터 이른 오후까지 검정고시 학원에 갔다가 집에서 조금 쉰 뒤 오후부터 저녁 시간까지는 태권도장에 다녔다. 그러길 삼 개월.

못하겠다고 할 줄 알았는데, 의외로 이규는 태권도장에 다니는 걸 재미있어했다. 몸을 움직이는 일이라서 그런 건지. 아니면 거기 다니는 사람들과 잘 어울리는 건지.

오히려 검정고시 학원만 다닐 때보다 스트레스를 덜 받는 것 같았다. 역시 몇 시간 동안 책상에 앉아 공부하는 게 버겁긴 했던 모양이었다.

검정고시 준비에 태권도까지 병행하는 게 힘들지 않을까 싶을 때도 있긴 했지만, 어쩔 수 없었다. 사범이 되려면 하루라도 일찍 시작하는 편이 좋았으니까.

주말 아침. 희연은 옆자리가 빈 것을 느끼고 눈을 떴다. 그녀는 기지개를 쭉 켜곤 천천히 일어섰다. 현관에 이규의 신발이 있는 것을 보고 공부방 문을 열자, 남자가 기척을 느꼈는지 고개를 돌렸다.

"오늘은 도장에 안 갔네."

"다음 주에 모의시험 있다고 하니까 관장님이 오지 말래……."

약간 풀 죽은 목소리에 희연은 웃음을 삼켰다. 이규의 모든 상황을 다 말한 건 아니지만 사정이 있어서 검정고시 준비도 같이하고 있다고 말한 이후로, 관장님은 나름대로 그의 성적에도 신경을 썼다. 토요일에도 별일 없으면 도장에 다녔는데, 시험이 있다 하니 공부나 하라 한 모양이었다.

"밥은 먹었어?"

"아니. 너 일어나면 먹으려고."

그 말에 그녀는 작게 하품을 했다. 집에 먹을 게 뭐가 있었나. 냉장고를 생각하다가, 다 귀찮아졌다.

"나가서 사 먹을까?"

그 말에 남자가 눈을 빛내면서 벌떡 일어섰다. 공부를 쉴 핑계가 필요했다는 노골적인 표정에 희연은 참지 못하고 웃음을 터뜨렸다.

"뭐 먹지?"

"커피도 마시자."

"공부해야지. 커피는 무슨 커피."

최대한 밖에서 시간을 끌려는 걸 눈치챈 그녀가 짓궂게 웃으면서 대답하자, 이규가 서러운 얼굴을 했다.

"알았어. 커피도 마시고 오자."

그렇게 대충 준비하고 밖에 나오니, 따가울 정도로 뜨거운 햇살이 느껴졌다.

"아직 한여름도 아닌데 덥네."

"아이스크림 먹을까?"

"아이스크림 먹고 밥 먹게?"

희연의 어이없는 물음에도 그는 아이스크림 전문점을 가리켰다. 그냥 나왔다는 사실만으로도 너무 좋은 것 같았다. 책상에 앉아서 공부하는 게 그렇게까지 싫었던 걸까. 그래도 아침에 일어나자마자 얌전히 공부를 하는 요즘이 기특하긴 했다. 그렇게 싫어하면서도, 어쨌든 하려고 하지 않나.

이규의 손에 이끌려 걸음을 옮기고 있는데 아이 세 명이 둘을 보고 눈을 동그랗게 뜨더니 다다닥 달려왔다.

"형이다!"

"형!"

"형, 누구예요?"

앞을 가로막고 삐약삐약 외쳐 대는 말에 희연은 고개를 옆으로 돌렸다. 아는 애들인가. 그녀가 의문을 드러내기도 전에, 그가 먼저 말을 꺼냈다.

"뭐야. 너네. 어디 가?"

이규가 허리를 숙이고 아이들에게 물었다. 열 살이나 열한 살쯤 되었을까. 아직 조그만 애들이었다.

"형, 누구예요?"

"손잡고 있어!"

"형 왜 태권도장 안 왔어요?"

"형 공부해야 돼서 바빠. 도장은 월요일에 갈 거야."

그가 웃으면서 대답하더니, 그녀의 손을 더욱 세게 잡았다. 그러곤 뺨을 살짝 붉히더니 비밀 얘기를 하듯 아이들에게 속삭였다.

"이 사람은 형 애인이야."

"헉! 형 여자 친구예요?"

"여자 친구!"

"데이트구나!"

세 명이 계속 떠들어 대는 게 꽤 정신없었다. 희연은 조금 낯선 기분으로 이규를 물끄러미 바라봤다.

'이래서 태권도장에 잘 다녔구나.'

애들과 너무 잘 어울리고 있었다. 뜻밖이면서도, 생각보다는 놀랍지 않았다. 뭐라고 해야 할까. 이규에겐 좋은 말로 순진한 면이 있고 나쁜 말로는 어린애 시절에서 크게 성장하지 않은 면이 있는 것만 같았으니까.

애들이랑 이렇게 잘 놀아 준다면, 나중에 도장을 차리는 것도 꽤 좋은 선택이 될 것 같았다. 그녀가 옆에 있다는 것도 잠시 잊은 것처럼 아이들과 신나게 떠들던 남자가 약간 머뭇거리면서 물었다.

"애들한테 아이스크림 사 줘도 돼?"

희연이 눈을 반짝이고 있는 네 사람을 발견하곤 헛웃음을 지었다. 그러곤 가게 쪽으로 걸음을 옮기면서 말했다.

"그래. 아이스크림 먹자."

"와아!"

"아이스크림!"

"누나! 아무거나 먹어도 돼요?"

"응. 아무거나 먹어."

아이들이 먼저 날 듯이 아이스크림 가게 안으로 들어갔다. 두 사람도 뒤따라 들어가니, 셋은 곧 시끄럽게 떠들면서 아이스크림을 골랐다.

희연까지 전부 사이좋게 아이스크림을 하나씩 들고 가게에서 나오자 이규가 짐짓 엄한 목소리로 말했다.

"감사합니다, 해야지."

"누나 감사합니다."

"감사합니다!"

"잘 먹겠습니다!"

"응, 그래. 맛있게 먹어."

"너네 너무 늦게까지 놀지 말고 집에 가. 알았지?"

"형, 월요일에 도장 꼭 와요!"

"응. 그래. 월요일에 봐."

아이들이 어찌나 열심히 손을 흔드는지. 엉겁결에 그녀도 손을 흔들어 줬다.

그가 배시시 웃으면서 아이스크림을 한입 크게 베어 물었다. 애들이 떠드는 소리가 한참 들리다가 안 들리니, 오히려 허전하게 느껴지기도 했다.

"애들이 형이라고 부르네?"

"응. 왜?"

"아니. 그냥 신기해서."

희연이 피식 웃었다.

"도장 다니는 거 재밌어? 다른 애들이랑도 친해?"

잠깐 생각하던 이규가 고개를 끄덕였다.

"다른 애들도 나한테 형이라고 해."

"잘 다니는 것 같아서 다행이다."

도장 얘기를 듣긴 했지만. 뭘 배웠다거나, 어떤 일이 있었다거나, 그런 것들 위주로만 말해서, 애들과 어떻게 지내는지는 정확히 알 수 없었다. 그런데 이렇게 직접 눈으로 확인하니, 마음이 놓였다.

형이라 부르면서 따르는 덕분인지, 이규도 제법 의젓한 척하고 있지 않나.

너무 늦게까지 놀지 말라고 잔소리도 하고. 나름대로 성장해 가고 있는 게 느껴졌다. 역시 사람은 주변의 영향을 받는다더니 더 어린 애들이 종알거리면서 달라붙자 저도 무언가 책임감 같은 걸 느끼는 모양이었다.

　"왜 그렇게 웃어?"

　그녀의 얼굴을 본 남자가 고개를 기울이면서 물었다.

　"기특해서 그래. 기특해서."

　희연은 웃음을 터뜨리며 그의 머리를 쓱쓱 쓰다듬었다. 눈을 끔벅이던 남자가 쑥스러운 듯, 입술을 삐죽이더니 아이스크림을 와구와구 먹어 버렸다.

　"배고파."

　그렇게 말한 이규가 손을 잡아끌었다.

　"천천히 가."

　그녀는 그렇게 말하면서 그를 따라 걸음을 옮겼다. 약간의 걱정으로 뒤덮여 있던 마음이 놓이는 날이었다.

외전. 결혼식

'드레스를 두 번 입게 될 줄이야.'

재혼도 아닌데 인생에 결혼식을 두 번이나 하는 경우가 얼마나 있을까. 희연은 드레스를 만지작거렸다. 신부 대기실에 앉아 있긴 하지만, 오는 손님은 없었다.

당연한 일이었다. 이규가 결혼식은 꼭 해야 한다고 우겨서 하긴 하지만 누군가를 초대하진 않았으니까. 그래도 사진은 남겨야겠다 싶어 고용한 사진사분이 와서 사진은 몇 장 찍어 갔다.

손님 한 명, 부모님 한 분 없는 휑한 결혼식장에 조금 놀란 듯했지만 사진사는 프로답게 티 내지 않고 할 일을 이어 갔다.

"나, 들어가도 돼?"

문밖에서 머뭇거리는 목소리가 들렸다. 희연이 가볍게 웃음을 터뜨렸다.

"들어와. 밖에서 뭐 해."

"들어가도 돼?"

"안 될 게 뭐 있어."

그 말에 문이 끼익 하고 열리더니 이규가 쭈뼛거리면서 들어왔다. 어색하기 짝이 없는 표정. 뻣뻣한 몸짓에 벌건 얼굴까지. 총체적으로 얼어붙어 있는 모습에 희연이 어이없이 웃어 버렸다.

"이규야. 긴장했어?"

그가 그녀를 똑바로 보지 않고 곁눈질로 힐긋 보더니 고개를 반대로 확 돌렸다.

"강이규."

"으, 음."

이규가 난데없이 벌을 서는 것처럼 벽을 보고 섰다. 희연이 인상을 슬쩍 찌푸렸다. 또 무슨 생각을 저렇게 하는 건지. 어차피 생각해 봐야 그녀의 손바닥 안일 텐데. 열심히 머리 굴리는 소리가 여기까지 들리는 듯했다.

"거기 서서 뭐 해. 여기 앉아."

그녀가 의자 옆을 탁탁 두드렸다. 그가 슬금슬금 게걸음으로 움직이며 다가오더니 옆자리에 얌전히 앉았다. 여전히 시선은 저 먼곳을 향해 고정되어 있었다.

"강이규."

"왜."

"나 안 볼 거야?"

"볼 거야. 볼 건데."

웅얼거리면서 말끝을 흐린 남자가 손으로 뒷머리를 벅벅 문질렀다. 기껏 말끔하게 정리해 놓은 머리카락이 엉망이 되었지만, 그는 신경도 안 쓰는 듯했다. 희연이 작게 한숨을 쉬면서 손가락으로 헝클어진 머리카락을 다시 쓱쓱 쓰다듬어 주자 이규의 어깨가 움찔 떨렸다.

"왜 그래."

문득 정우와의 결혼식이 생각났다. 드레스 입은 건 무척 좋아했었는데. 막상 결혼식장에 오니까 그 남자와의 결혼식이 생각나는 걸까. 희연은 차마 더 캐묻지 못하고 딱딱하게 굳은 어깨를 가볍게 두드렸다.

"송희연."

여전히 고개를 돌린 남자의 목덜미와 귀가 벌겋게 달아오르기 시작했다.

"왜."

"이제 못 물러."

그 순간 이규를 한 대 쥐어박고 싶다고 생각했다. 여기가 결혼식장이 아니었으면 딱밤을 한 대 날려 줬을 텐데.

"무르고 싶어? 배 속에 아기는 어떻게 하고."

"내, 내가 언제 무르고 싶댔어?"

지가 말해 놓고 자기가 더 성질을 내다니. 화들짝 놀란 이규가 경악한 얼굴로 그녀를 돌아봤다.

"네가 먼저 말해 놓고 왜 네가 놀라."

"우리 애기야!"

"그래. 우리 애기야."

희연은 벌겋게 물든 그의 뺨을 가볍게 다독여 주었다. 화장을 옅게 했는데도 불구하고, 얼굴이 잘 익은 토마토 같았다.

"난 무를 생각 없는데."

자꾸만 시선을 피하는 그의 눈을 똑바로 바라보면서 천천히 말해 주자, 이규가 우물쭈물하면서 고개를 숙였다.

"나, 나한테는 송희연, 너밖에 없어."

"알아."

"씨발 아무것도 없는 거지새끼야."

"내가 있잖아."

"그러니까…… 너밖에 없다고."

표현이 서투르긴 했지만 말하고 싶은 게 뭔지는 충분히 알 수 있었다. 가진 것도 없고, 배운 것도 없고, 아무것도 없는 남자라고. 그래도 자길 선택해 줄 거냐고 매달리고 있었다. 울 것 같이 벌겋게 물든 눈가를 손끝으로 살짝 쓸어 주었다.

"그래서 좋아."

희연이 조금 더 가까이 다가갔다. 화장이 조금 신경 쓰이긴 했지만, 닿지 않고는 못 견딜 것 같았다. 이마를 조심스럽게 맞대고, 그의 뺨을 감싸 쥐었다.

"너한테는 나밖에 없으니까. 그래서 좋아."

"송희연."

"나한테도 너밖에 없어."

그 말에 남자의 입술이 살짝 떨렸다. 이규가 눈을 질끈 감고 숨을 크게 들이마시더니 갑자기 울기 시작했다.

"소, 송희연. 내, 내가. 내가 진짜. 대학도 가고, 돈도, 많이 벌게. 우리 애기도 예뻐해 줄게. 씨발. 다 해 줄게. 뭐든지 다 해 줄 테니까."

더듬더듬 말을 하던 남자가 희연을 세게 끌어안았다. 어깨에 뜨거운 눈물이 닿는 것이 느껴졌다.

"나랑 결혼해."

"응."

그녀에게도 이규뿐이고 그에게도 희연뿐이었다. 온몸이 욱신거릴 정도로 세게 끌어안는 팔 때문에 숨이 막혔지만 희연은 말없이 널찍한 등을 다독여 주었다.

'아. 화장 지워졌겠다.'

그녀는 파르르 떨면서 울고 있는 남자를 쓸어 주면서 그런 생각을 했다.

식은 간단하게 진행됐다. 하객도 없고, 양가 부모님도 없고. 두 사람을 지켜봐 주는 건 오로지 주례와 도우미, 그리고 사진사뿐이었다. 반지는 그냥 밋밋한 실반지로 마련했다.

본식이 시작하기 전까지 엉엉 운 탓에 이규의 눈가는 아직도 살짝 벌겋다. 화장을 손봐 줬지만 울었던 흔적을 다 감출 수는 없었다.

마지막으로 두 사람이 사진을 찍을 때 이규가 손을 꽉 움켜쥐었다.

"송희연."

"응?"

"내가 살면서 봤던 거 중에…… 송희연이 제일 예뻐."

난데없는 말에 뺨이 살짝 달아올랐다. 안 그래도 예쁘다는 말이 꽤 인색한 남자인데. 나름대로 감성적인 이 대사는 뭐란 말인가. 눈을 동그랗게 뜨고 그를 올려다보자, 이규가 또다시 얼굴을 벌겋게 붉혔다.

"예전에, 이 말을 하고 싶었어."

"예전에? 언제?"

"몰라. 어쨌든 네가 제일 예뻐."

"신부님. 이쪽 봐 주세요."

사진사의 말에 희연이 고개를 돌렸다. 어쨌든 기분이 좋았다. 강이규가 살면서 봤던 거 중에 그녀가 제일 예쁘다지 않은가.

"이규야. 너도 귀여워."

"왜 멋있어가 아니야?"

"귀여우니까."

"야. 송희연."

그가 볼멘소리를 냈다. 두 사람의 밝은 웃음이 사진에 남았다.

외전. 데이트

"그러고 보니 곧 OT 가겠네."

희연은 달력을 보다가 눈을 깜박였다. 검정고시 통과에, 수능에, 대학 입시. 거기다가 합격 발표까지. 일 년이 어떻게 지났는지 정신이 하나도 없었다. 거기다가 결혼식도 하고, 임신한 덕분에 병원도 다니고. 별것 아닌 일인데 눈 깜박할 새 시간이 훌쩍 지나 벌써 이규는 신입생 OT를 앞두고 있었다.

그녀는 덥수룩하게 자란 머리를 하고 있는 남자를 떠올렸다. 돈 주면서 자르고 오라고 하면 또 저번처럼 빡빡 깎은 꼴로 돌아올 게 분명했다.

'그건 좀…… 최악이었어.'

그래도 두상이 예쁜 편이라서 그렇게 못나 보이진 않았는데. 무슨 까까머리 운동부 아이들처럼 짧게 밀고 올 줄은 상상도 못 했다. 적어도 무난한 커트를 해서 올 줄 알았는데. 경악한 희연의 표정을 본 이규는 뭐가 잘못됐는지 짐작도 못 한 얼굴로 고개를 갸우뚱 기울였다.

왜 그렇게 짧게 잘랐냐고 묻자, 늘 그렇게 잘랐다는 대답이 돌아왔다.

그래야 오랫동안 머리 자르러 가지 않아도 되니까. 참 실용적이고 그다운 이유에 할 말을 잃었다. 그런 의미에서라도 이규를 절대 혼자 보낼 수는 없었다.

"옷도 좀 사고. 머리도 자르고……. 가방도 새로 사 줘야겠네."

희연은 작게 중얼거리면서 메모를 작성했다. 기왕 가는 대학. 때 빼고 광내서 멋지게 보내 놓으면 좋지 않은가. 다른 여자들이 살짝 신경 쓰이긴 하지만 이규가 한눈팔 성격도 아니고, 그럴 만한 인간도 못 됐다. 거기다가 늦깎이 대학생이라 나이 차이도 제법 날 텐데. 나이 들었다고 괜히 꿀리면 희연이 더 서운할 것 같았다.

"다녀왔어."

도복을 돌돌 말아 띠로 꽉 매서 달랑달랑 들고 온 이규가 들어오자마자 희연의 어깨를 꽉 끌어안았다. 그녀는 축축한 남자의 등을 툭툭 두드렸다.

"땀 냄새나."

"씻을 거야."

그 말에 입술을 삐죽 내민 남자가 익숙하게 도복을 세탁기에 넣고, 욕실로 들어갔다. 희연은 외출복으로 옷을 갈아입었다. 그나마 다행인 건 첫 임신이라 그런지 배가 많이 나오지 않았다는 점이었다. 배가 많이 부르면 다니는 것도 꽤 힘들어진다 들어서, 기왕이면 좀 오랫동안 이 상태를 유지하고 싶었다.

금세 욕실에서 나온 남자가 젖은 머리카락을 털면서 고개를 갸우뚱 기울였다.

"어디 가?"

"나가자."

"어디 가는데?"

"너 머리도 자르고. 옷도 좀 사고, 가방도 사고. 신발도 새 거 하나 더 사고. 손목시계도 하나쯤 하는 게 좋을까?"

"나 머리 아직 자를 때 안 됐는데."

이규가 제 머리카락을 쓸어내렸다. 저번에도 희연이 뭐라고 할 새도 없이 '이발하고 올게.' 하고 혼자 털레털레 나가더니 짧게 빡빡 밀어 온 악몽이 되살아났다. 그나마 다행인 건 그렇게 짧은 기간이 그리 길지 않았다는 것 정도일까. 결국 일 년의 대부분은 덥수룩하게 자란 머리로 살았다.

"다시는 그 빡빡머리 하지 마."

"왜? 짧게 자르면 머리 자르러 자주 안 가도……."

"자주 가도 되니까 제발 그렇게 하지 마."

그가 콧잔등을 찌푸리면서 불만스러운 표정을 지었다.

"이제 곧 OT도 가야 하는데. 신경 좀 써야지."

"그게 뭐라고……. 어차피 OT 가면 술 마신대."

"그건 그렇지만! 어쨌든 처음으로 선배 동기들 만나는 자리잖아. 멀끔하게 보여서 나쁠 게 뭐 있어."

희연은 여전히 필요성을 이해하지 못하겠다는 표정을 하고 있는 남자를 재촉해 집을 나섰다.

"괜찮아? 걸어도 돼?"

"임신했다고 누워만 있는 거 아니거든."

"그래도 조심해야 한다고 했잖아."

"너무 집에 있는 것도 안 좋대."

그런 사소한 얘기를 나눈 그녀는 전에 지나가면서 봐 둔 미용실로 이규를 밀어 넣었다. 바깥에 쓰인 가격표를 본 남자가 앞에 버티고 섰다.

"저기 남자 전용 가면 육천 원이던데."

"됐으니까 그냥 들어가."

"그냥 어차피 머리 자르는 거 다 똑같지 않아?"

"달라."

"하지만."

두 사람이 실랑이를 벌이고 있으니 안쪽에서 미용사가 웃으면서 문을 열어 주었다.

"어서 오세요."

"송희연."

"어느 분이 자르실 거예요?"

"이쪽이요."

엉거주춤 의자에 앉은 이규가 눈을 가늘게 떴다. 그의 목에 능숙하게 천을 두른 여자가 방긋 웃으면서 물었다.

"어떤 스타일로 하실 거예요?"

"그냥 짧게……."

"요즘 뭐가 유행해요?"

"요즘 유행하는 거요? 음. 여기 이 스타일이랑……."

남자에게 묻는 것보다 여자의 의견이 더 중요하다는 걸 눈치챈 미용사가 스크랩북을 가져와 보여 주었다. 희연은 개중에 좀 산뜻해 보이고 이규도 적당히 덜 불편해할 만한 스타일을 가리켰다.

"이걸로요. 옆에는 좀 짧게 쳐 주세요. 뒷머리 선 올려 주시고요."

"네."

"혹시 염색하면 이상할까요?"

"음, 검은 머리가 잘 어울리실 것 같아요."

"그럼 됐어요."

"내 머리인데……."

그가 작은 소리로 웅얼거렸지만 그것에 신경 쓰는 사람은 아무도 없었다.

"앞머리가 좀 긴데. 넘기실 거예요? 아니면 내려 드릴까요?"

"음, 내려 주세요."

매일 그거 손질하라고 하면 안 하겠지. 희연은 점점 더 산뜻하게 변해 가는 이규를 뿌듯하게 바라봤다. 드라이까지 마치고 나니 누가 봐도 대학생다운 풋풋함이 느껴지기도 했다. 그는 이렇게 모양내어 머리를 자른 게 처음인 듯, 어색한 표정으로 연신 머리를 만지작거렸다.

"이 스타일 유지하려면 언제 또 와야 해요?"

"음, 한 달마다 오시면 좋죠."

"네. 계산해 주세요."

"한 달마다 이발을 하러 온다고?"

이규가 화들짝 놀라며 희연의 팔을 잡았다.

"그 정도는 투자해."

그녀는 눈이 땡그래진 남자를 쳐다봤다. 하도 만지작거린 탓에 벌써 머리카락이 살짝 헝클어져 있었다. 그것을 손가락을 쓸어 주면서 빙긋 웃었다.

"잘생겼다. 강이규."

그 말에 그의 뺨이 확 달아올랐다. 잘생겼다는 말 한마디에 모든 마음이 풀린 듯 군말이 쏙 들어간 이규의 손을 잡아 당겼다. 그 다음에는 봄에 어울리는 새 옷을 사줬다.

키가 큰 데다가 계속 운동을 한 덕분인지 어깨가 벌어져서 대부분의 옷이 마치 마네킹에 씌운 듯 잘 어울렸다. 심지어 희연이 장난 삼아 입힌 체크 남방도 말이다.

"옷을 이렇게 많이 사?"

"학원 다닐 때처럼 매일 똑같은 거 입지 말라고 사 주는 거야."

"왜?"

"그때야 공부하니까 놔뒀지만. 대학 가서 비자발적으로 아싸 되는 건 내가 못 참아."

"대학도 공부하는 곳이잖아."

"공부도 하지만 대학생활도 해. 동기랑 놀고, 술도 마시고, 과모임도 가고, 동아리도 하고."

"안 할래."

양손에 쇼핑백을 든 남자가 불만 가득한 얼굴로 대답했다. 셔츠를 그의 몸에 대보던 희연이 고개를 갸우뚱 기울였다.

"왜?"

"놀고 술 마시고 모임하면 집에 언제 와."

"나 심심할까 봐 그래?"

"그것도 그렇고…… 우리 애기도 곧 태어날 텐데."

"그렇다고 해서 다 관두는 것도 싫어."

희연은 잘 어울리는 색의 셔츠 사이즈를 확인했다.

"네가 평범하게 살았으면 좋겠어. 물론 애기 아빠가 되는 건 남들에 비해 조금 빠르긴 하지만. 나중에 애들한테 대학 시절 얘기도 해 주고……. 그런 추억 정도는 남겼으면 해."

"하지만."

약간의 불안과 불만이 뒤섞인 뺨을 손바닥으로 꾹 눌렀다.

"그렇게까지 싫으면 강요 안 해. 그래도 난 네가 대학 생활을 좀 즐겼으면 좋겠어."

중, 고등학생 때도 제대로 된 학창시절의 추억이라고 할 게 없는 남자니까. 대학에서라도 남들이 맛보는 평범한 학교생활을 해 봤으면 싶었다.

"……."

"이번에 OT도 가기로 했잖아. 지금은 별로일 거 같아도 가서 어울려 놀다 보면 생각보다 괜찮을 거야."

"임신도 했는데."

"걱정하지 마. 애기가 갑자기 쑥 나오는 것도 아니고. 예정일도 멀었어."

"애기 태어난 다음에는 어떻게 해."

벌써부터 서러움이 가득 담긴 목소리에 희연이 피식 웃었다.

"그렇게 애기랑 못 떨어지겠으면 학교에 업고 가."

"진짜 그래도 돼?"

"되겠어?"

그녀가 인상을 팍 찌푸렸다. 이규의 어깨가 약간 늘어졌다.

옷을 몇 개 더 결제한 다음 새로 백팩을 사고, 그다음에는 운동화도 말끔한 것으로 골랐다.

'그러고 보니 정장도 한 벌 사야 할까?'

아직 정장을 입을 일은 별로 없으려나. 그런 생각을 하면서 걷고 있는데, 이규가 희연의 손을 잡아당겼다.

"저기 가 보자."

"저기가 어디인데?"

"위층에 아기 용품이 있대."

제 옷을 살 때는 입술을 삐죽거리던 남자가 눈을 반짝였다. 피식 웃으면서 그의 뒤를 천천히 따라가자, 아기 옷과 장난감을 늘어놓고 파는 가게가 나왔다. 이규는 그 앞에 우뚝 멈춰 섰다.

"송희연. 이거 너무 귀엽다."

그가 쇼핑백을 툭 내려놓곤 손바닥만 한 아기 옷을 집어 들었다. 샛노란 색에 곰돌이 귀가 달려 있었다. 이규가 틈만 나면 아기 용품 매장을 뻔질나게 드나든 덕분에, 입힐 옷은 꽤 많았지만 굳이 말리진 않았다.

'완전히 크기 전에 다 입혀 볼 수는 있겠지.'

"신발 하나 더 사도 돼?"

"신발은 안 돼. 걷지도 못하는 애한테 신기는 신발인데 너무 많아."

그 말에 그가 조금 풀 죽은 얼굴로 조그마한 신발을 만지작거렸다. 제 옷을 고를 땐 그냥 아무거나 사면 된다는 식으로 귀찮아하던 남자가, 아기 인형은 하나하나 만져 보고 돌려 보며 지극정성이었다.

기어이 인형과 옷을 하나씩 산 남자가 싱글벙글하면서 다시 짐을 가득 들었다. 앉아서 쉴 수 있는 곳을 발견한 이규가 의자에 그녀를 앉혔다.

"나 잠깐 화장실 갔다 올래."

"응? 그래."

희연이 대수롭지 않게 고개를 끄덕였다. 그러고 얼마나 있었을까. 이규가 숨을 가쁘게 내쉬면서 달려왔다. 그의 손에는 쇼핑백 하나가 들려 있었다.

"뛰지 마. 공공장소잖아."

"이거……."

"이게 뭔데?"

뭔지 짐작이 가질 않아 쇼핑백을 열어 보니, 아까 전에 이규의 옷을 골라 주다 한번 입어 봤던 여자 옷이 안에 들어 있었다. 피식 웃음이 나왔다.

"나 곧 배 많이 나와서 못 입을 텐데."

"아기 낳고 입으면 되지."

"돈은 어디서 났어?"

"용돈."

용돈 그거 쥐꼬리만큼 주는데 그걸 모아서 이걸 샀단 말인가. 조금 어이없기도 하고, 기특하기도 했다. 희연이 활짝 웃자 살짝 눈치를 보던 남자가 배시시 웃었다. 문득 전에 그가 울면서 했던 말이 떠올랐다. 영화도 보여 주고, 옷도 사 준다고 하지 않았던가.

그 순간이 되살아나자 왠지 속에서 뜨거운 무언가가 울컥 솟아오르는 것 같았다. 그때 다시는 못 볼 줄 알았는데. 이렇게 만

나서 결혼하고, 배 속에 아이도 생기고…… 같이 미래를 그리고
있었다.

"이규야."

"응?"

"너랑 만나서 정말 다행이야."

그 말에 이규가 눈을 깜박이더니 말없이 그녀를 꽉 끌어안았
다. 지나가던 사람들이 힐끔 쳐다보는 게 느껴졌지만, 아무래도
좋았다.

둘이, 아니. 이젠 셋이 있어 행복했다.

외전. 대학 MT

이규가 MT에 간 지 열두 시간째. 희연은 유독 조용히 느껴지는 집을 둘러보곤 작게 한숨을 내쉬었다. 소파에 풀썩 앉은 그녀는 어느새 볼록하게 불러 있는 배를 내려다봤다.

"아가야. 아빠는 잘하고 있을까?"

손으로 배를 쓰다듬었다. 이규가 집에 있는 내내 껌딱지처럼 들러붙어 배를 만지고 있을 땐 세상 귀찮기만 하더니. 정작 없으니까 조금 허전해졌다. 아기가 안에서 꾸물꾸물 움직이는 게 느껴졌다.

걱정이 태산이었다. MT에 가서 사고는 안 칠까. 체대인데 선배들이 기합이라도 주면 어쩌나. 그런 일이 있으면 분명 못 참고 들이받을 남자인데. 술 주는 대로 다 마시고 뻗으면 어쩌나. 희연은 TV를 보면서도 집중을 못 하고 계속 휴대폰을 만지작거렸다.

그렇지만 전화를 하고 싶진 않았다. 잘 놀고 있는데 괜히 눈치

주는 꼴이 될까 봐.

"휴······ 강이규."

희연이 한숨을 쉬면서 등받이에 몸을 푹 기댔다. 제 딴엔 MT에 가기 전에 다니는 태권도장 관장님께 이것저것 캐묻고 간 것 같은데. 정말 사고는 안 쳤을지. 싸움을 하진 않았을지.

이게 바로 물가에 애를 내놓은 심정일까. 그녀는 양손으로 얼굴을 덮었다. 어디 가서 맞고 오진 않을 남자라는 걸 아는데, 그래서 더 걱정됐다.

열 시가 넘은 시각. 갑자기 휴대폰이 울리기 시작했다. '이규'라는 이름이 떠 있는 걸 본 희연은 아무 생각 없이 전화를 받았다. 심지어 영상 통화였다.

"이규야."

-송희여언.

늘어지는 목소리가 들렸다. 얼마나 퍼마신 건지. 어지간해서는 취하지도 않는 남자의 얼굴이 벌겋게 달아올라 있었다.

-아녕하쎄요.

-혀어엉수님.

이규의 뒤로 옹기종기 모여 선 남자들이 반쯤 혀가 풀린 발음으로 정신없이 말을 쏟아 내기 시작했다. 가장 가운데 있는 이규가 배시시 웃었다.

-뭐 해?

"뭐 하는 거야?"

희연이 어이없는 물음을 던졌다.

-송희연이야. 송희연. 내 부인. 나랑 결혼했어.

"강이규."

-애기도 있어. 아가야아아아! 아빠야아아악!

이규가 소리를 질렀다. 그녀는 단단히 취한 게 분명한 남자의 행동을 멀거니 보다가 천장을 잠시 쳐다봤다. 주변 남자들이 더 난리를 쳐 댔다.

-우와아아아 형 아기도 있대!

-형 쩐다아아!

-우리 애기⋯⋯ 우리 애기 보고 싶어.

"아직 안 태어났잖아."

-소, 송희연이 우리 애기. 낳았어.

갑자기 그가 울먹거리더니 훌쩍, 하고 우는 소리를 냈다.

"아니, 아직 안 태어났다니까."

정말 끔찍하게 취했구나. 희연이 헛웃음을 지었다. 주변에 있는 남자들이 '축하해요 형!', '애기 태어난대.' 하면서 헛소문을 퍼뜨려 댔다. 취한 사람들을 붙잡고 뭐라고 해야 할까. 그녀는 아직 아기가 배 속에 있다는 사실을 정정해 주는 걸 포기했다.

"너 취했구나."

-안 싸웠어.

"잘했어."

희연이 피식 웃었다.

"많이 취했다. 이만 자고 내일 와."

-희연아. 송희여언.

"너 얼마나 마셨어?"

-음, 음.

손가락을 꼽으면서 열심히 세던 남자가 포기했는지 히죽 웃었다.

-몰라.

"그래 모를 정도로 마시긴 했다."

-이규 형 진짜 결혼했어?

-우와아아…….

화면에 사람들의 머리가 불쑥 들어왔다가 밀려나길 반복했다. 다들 희연의 얼굴을 구경하는 모양이었다. 다들 하나같이 취해서는 진짜 유부남이냐, 애기 보여 달라, 형수님이라고 외치는 등 난장판이었다. 그냥 끊어 버릴까 잠시 고민한 희연은 얕게 한숨을 쉬곤 싱긋 웃었다.

그래. 신기하긴 하겠지. 이규 나이는 이십 대 중반이지만, 어쨌든 아직 일 학년이고. 결혼해서 애까지 있는 일 학년이 흔하진 않을 테니까.

"이규 잘 부탁해요."

-형, 혀엉, 잘 부탁한대.

-송희연…….

이규가 부담스러울 정도로 얼굴을 가까이 들이밀었다.

-우리 애기 재워 줘야 하는데.

"……아직 안 태어났대도."

제 아빠 목소리를 들은 건지, 배 속의 아기가 발길질을 했다. 희연은 늘 이규가 그랬던 것처럼 배 위를 쓰다듬었다. 말없이 벌건 얼굴로 그녀를 멀뚱히 보고 있던 남자가 갑자기 벌떡 일어났다. 화면이 크게 흔들렸다.

"이규야?"

-이거 봐. 내, 내 부인이야. 나 결혼했어! 내 가족이야!

카메라에 숙소 내부가 적나라하게 보였다. 바닥을 구르는 초록 병 수십 개와 맥주 피처, 널브러진 안주와 종이컵들이 가득이었다.

"뭐 하는 거야, 강이규!"

-와아아, 형 축하해요!

-우리 애기도 있어!

-애기도 있대!

-형수님이래!

-안녕하세요!

"강이규!"

어째서 부끄러움은 희연의 몫인 건지. 술 한 모금 마시지 않았는데도 얼굴이 벌겋게 달아올랐다. 과 사람들에게 화면을 보여 주는 건지 카메라에 수많은 얼굴이 휙휙 지나갔다.

-내 가족이야. 송희연이랑 나랑 결혼했어!

-와아아!

-형!

그 말에 호응이라도 하듯 학생들이 박수를 쳐 줬다. 결혼식 당일보다 더 많은 축하에 정신이 아득해졌다. 희연은 진짜 부끄러워 죽을 지경이었다. 화끈거리는 뺨을 손등으로 꾹 누르자, 어딘가 뿌듯해 보이는 이규의 얼굴이 다시 화면 가득 비춰졌다.

-나랑 결혼한 여자야. 송희연이야. 예쁘지. 우리 애기도 예쁜데.

아직 태어나지 않았다는 점을 다시 지적해 주는 대신 눈을 질끈 감았다가 떴다.

-내 가족이야. 나랑 결혼했어.

"이규야. 너 진짜 많이 취했으니까 이만 끊을게."

그 말에 어째서인지 이규보다 주변의 학생들이 더 난리였다. 애기 보여 달라느니, 형수님이라느니. 희연은 가볍게 웃으면서 인사하곤 통화를 종료했다.

뺨이 화끈거렸다. 엉망으로 취해서는 계속 가족이라고, 자기 부인이라고 자랑하던 이규를 떠올리자, 조금 부끄럽고 마음이 조금 울렁거렸다. 그렇게 가족이 간절했던 건가 싶어서.

"휴……."

그녀는 작게 한숨을 쉬며 얼굴을 가렸다.

"으……."

작은 신음소리와 함께 옆을 파고드는 감각에 희연이 잠에서 반쯤 깼다.

"왔어?"

"응. 피곤해……."

"밤새 마셨어?"

그 말에 이규가 고개를 끄덕였다. 그가 등 뒤에서 그녀를 끌어안으며 배에 손을 얹었다. 아기가 깬 듯 발길질을 해 댔다. 그 움직임을 느꼈는지 작게 웃은 남자가 그녀의 목덜미에 고개를 파묻었다. 희미하게 술 냄새가 났다.

"송희연 없으니까, 못 자겠어……."

웅얼거리는 말이 끝나기가 무섭게 이규가 곯아떨어졌다.

희연은 피식 웃곤 그의 품에 고개를 파묻곤 다시 눈을 감았다.

외전. 설날

"설날이네."

희연의 말에 이규가 무심히 고개를 끄덕이곤 다시 아기와 놀기 시작했다. 그 모습을 물끄러미 보고 있던 그녀는 작게 한숨을 내쉬었다. 설이라고는 해도 딱히 갈 곳은 없었다. 연락할 가족도 없고.

'뭐. 부모님도 딱히 반기진 않으실 테고.'

애초에 설이랍시고 무언가를 할 생각도 없긴 했다. 그렇지만 설날을 이렇게 아무 일 없이 보내는 건 조금 섭섭했다.

"이규야."

"응?"

"너, 설날에 뭐 하고 지냈어?"

"……."

눈을 데구루루 굴린 남자가 어깨를 으쓱였다.

"아무것도 안 했는데."

그럼 그렇지. 희연은 짧게 한숨을 내쉬었다. 같이 살기 시작하고 몇 년은 둘 다 적응하느라 정신없이 지내서 명절이나 기념일을 특별히 챙긴 적이 거의 없었다. 이규는 공부하느라 바빴고, 그녀도 나름대로 평범하게 사는 것에 익숙해져야 했으니까. 거기다가 몇 달 전부터는 미술 학원 준비를 하느라 다른 데 신경 쓸 틈이 없었다.

"나가자."

갑작스러운 그녀의 말에 이규가 인상을 살짝 찌푸리더니 아기의 손을 잡아 흔들었다.

"추운데 어딜 나가. 우리 애기도 춥대."

"아우웅……."

그가 귀찮게 굴어서인지 아이가 팔다리를 휘적이면서 짜증을 냈다.

"전이라도 사러 가자. 떡국 떡도 사고."

"전은 왜?"

"설날이잖아."

"설날이 전이랑 무슨 상관이야."

그 말에 새삼스럽게 생각했다. 아, 이 남자는 평범한 명절을 보낸 적이 없었겠구나. 그동안은 바빴다는 핑계로 단 한 번도 챙긴 적 없지만 이제는 둘 다 자리 잡기 시작했으니 제대로 평범한 하루하루를 보내고 싶었다.

설날에는 떡국을 먹고. 어린이날에는 아이에게 선물을 사 주고. 추석이 되면 송편을 먹고. 크리스마스에는 트리를 장식하는 그런 날 말이다.

"원래 다 전 부쳐 먹어. 나가자."

이규는 여전히 이해하지 못한 눈치였지만, 별다른 말 없이 옷을 챙겨 입고 나왔다. 희연이 아이에게 도톰한 옷을 입히는 동안 그가 익숙하게 아기띠를 매고 나왔다.

"유모차는 뒀다가 국 끓여 먹을 거야?"

"그걸 왜 끓여 먹어?"

"……아니, 됐어."

희연이 그의 품에 따뜻하게 싸맨 아기를 안겨 주었다.

"춥지 않을까?"

"괜찮아."

털모자에 귀마개, 장갑까지 꼼꼼하게 챙긴 희연이 겉옷을 입었다. 이규는 아이를 안고 다니는 걸 좋아했다. 언제까지 저렇게 끌어안고 다닐지는 모르겠지만.

'어려서 그런가 튼튼하네…….'

희연은 싱거운 생각을 하곤 그와 함께 시장으로 향했다. 설 전날이라 그런지, 사람들이 꽤 많았다. 어찌 보면 유모차를 끌고 나오지 않은 게 다행이었다.

"송희연."

이규가 그녀를 부르더니 자연스럽게 손을 꼭 붙잡았다. 엄마를 잃어버릴까 봐 걱정하는 애 같다는 생각이 들었지만, 그 말은 꾹 참았다. 분명 이 생각을 입 밖으로 내면 하루 종일 입이 불퉁하게 나와 있을 테니까.

"무슨 전 좋아해?"

"아무거나……."

물어봤을 때 '아무거나'라고 말하는 경우의 대부분은 제대로 먹어 본 적이 없다는 뜻이었다.

"종류별로 다 사자."

"애기도 먹을 수 있어?"

"아직 이유식도 못 먹는 애한테 뭘 먹이려는 거야."

"넌 못 먹는대."

그가 고개를 숙이곤 아기에게 비밀 얘기를 하듯이 소곤거렸다. 다양한 전을 산더미같이 쌓아 놓고 파는 가게에서 종류별로 전을 사고, 떡국 떡도 샀다. 고기도 조금, 그리고 아기 간식도 하나. 지나가다 잡채도 보이길래 한 팩 사고, 떡이며 뭐며 이것저것 사고 나니 이규의 손에는 짐이 한가득이었다.

"이거 다 먹을 수 있어?"

"내일도 먹고, 모레도 먹으면 되지."

"으앵……."

쿨쿨 자고 있던 아이가 뭔가 마음에 안 드는 게 있는지 갑자기 깨서 울음을 터뜨렸다. 이규가 얼른 등을 토닥거려 줬지만, 우는 소리가 그치질 않았다. 그가 아기의 엉덩이를 톡톡 두드리더니 희연의 손을 잡아끌었다.

"기저귀는 아닌데. 배고픈가 봐."

"먹일 거 챙겨 왔어?"

"응."

언제 그걸 또 챙겼대. 요즘 들어 보면 그녀보다 이규가 아이를 더 잘 챙겼다. 가끔 보면 동네의 다른 아기 엄마들과 오며 가며 인사도 하는 것 같던데. 이 남자에게 그런 사회성이 있다는 걸 아기를 낳고 나서야 처음 깨달았다.

"응, 알아. 배고프지. 조금만 참아."

아기를 얼러 주면서 차에 도착한 그가 짐을 싣고 얼른 아기 가방을 꺼냈다. 보온병과 분유를 꺼내 익숙하게 착착 흔든 이규가 젖병에 그것을 담곤 아기띠를 풀었다.

"내가 먹일까?"

"내가 할래."

희연이 손을 뻗었지만 남자는 넘겨줄 생각이 없는 것 같았다.

익숙하게 아이를 안아 든 그가 아직도 반쯤 울음을 머금고 있는 작은 입술에 젖병을 물려 주었다. 배고픈 게 맞았는지 열심히 입을 오물거리는 모습을 가만히 보고 있던 희연이 통통한 뺨을 손끝으로 살짝 쓰다듬었다.

"이규야."

"응?"

세상에서 제일 행복한 표정으로 아기를 내려다보고 있던 남자가 고개를 들었다. 자기가 어떤 표정을 짓고 있는지 알기는 할까. 처음 만났을 때의 분위기로는 상상조차 할 수 없었던 얼굴이었다.

"행복해?"

난데없는 말에 그가 눈을 동그랗게 뜨더니 금세 웃었다.

"응."

아기를 안고 있는 손으로 젖병을 잡은 남자가 희연의 손에 깍지를 꼈다.

"세상에서 제일 좋은 걸 가졌잖아."

그에게 했던 말이 떠올랐다. 조금 감성적이 되어 살짝 고개를 숙이자, 이규가 고개를 내밀어 가까이 다가왔다.

"아직 못 해 본 것도 많고, 앞으로 새로운 것도 많이 접하게 되 겠지만. 그래도 나한테 제일 좋은 건 송희연이야."

"우리 아기는?"

피식 웃으면서 묻자, 이규가 조금 더 가까워졌다.

"음, 제일 좋은 거."

"제일이라는 건 하나뿐이야."

"멍청해서 숫자에 약해."

그가 배시시 웃더니 가볍게 키스했다. 희연이 살짝 눈을 감은 순간, 으앵 하는 소리가 났다.

"……이럴 때는 조금 얄미워."

아쉬운 듯 입술을 뗀 이규가 손끝으로 조그만 코를 톡 두드렸 다. 능숙한 손길로 아이의 등을 가볍게 두드려 주는 걸 물끄러미 보다가 그냥 웃어 버렸다.

"이규야. 내일은 떡국 해 먹자."

평범한 한 해의 시작이었다.

외전. 아이

희연은 잠결에 옆을 더듬다가, 무언가 허전해 눈을 반쯤 떴다. 멍한 얼굴로 주위를 살폈지만 그 어디서도 이규의 모습을 찾을 수가 없었다.

'애가 울었나.'

우는 소리는 못 들었는데. 너무 피곤했던 탓일 수도 있었다. 곧 그가 돌아올 거라고 생각한 그녀는 이불을 조금 더 끌어당기면서 다시 눈을 감았다.

그리고 또 얼마나 지났을까. 얕은 잠에서 깬 희연은 다시 옆자리를 바라봤다.

여전히 이규가 없었다.

"……."

천천히 눈을 깜박인 그녀는 작게 하품을 하며 머리카락을 쓸어넘겼다. 시간이 얼마나 지났는지는 모르겠지만, 이렇게 오랫동안

413

돌아오지 않는 게 조금 이상했다. 이불을 젖히고 일어난 희연은 가장 먼저 아이가 있는 방문을 열었다.

"뭐 해. 이규야."

어둠 속에서 아기 침대를 향해 한껏 허리를 숙이고 있는 남자의 뒷모습이 바로 눈에 들어왔다. 그녀의 목소리에 그가 흠칫 놀라더니 고개를 돌렸다.

"일어났어?"

"왜 여기 있어. 애가 울었어?"

희연은 속삭이듯 말하며 그에게 다가갔다. 반듯하게 누운 아이는 새근새근 잘 자고 있었다.

태어나고 산후조리원을 거쳐 집에 온 뒤. 두 사람은 정말 정신없는 하루하루를 보내야 했다. 아기는 뭐 이리 신경 쓸 게 많고, 시도 때도 없이 울어 대는지. 허둥지둥거리다가 겨우 정신을 차려 보니 집에 온 지 반년이 다 되어 가고 있었다.

'진짜 어떻게 키웠는지 기억도 안 나.'

그녀는 살짝 웃으면서 아이의 따끈한 뺨을 살짝 만지고. 조그마한 몸을 다독여 주었다. 팔다리를 꼬물거리는 게 귀여웠다.

"가서 자자. 벌써 새벽 다 됐어."

희연은 그의 팔을 잡아끌었다. 이규가 아무 말 없이 걸음을 옮겼다. 침대에 누워서도 입을 꾹 다물고 있던 남자가 그녀를 물끄러미 보더니 뒤척거리면서 반대로 돌아누웠다.

이런 경우는 처음이라, 눈을 깜박이던 희연은 단단한 어깨를 세게 잡아당겼다.

"뭐야. 왜 그래."

"……아무것도 아니야."

"나 봐 봐."

그 말에 이규가 꾸물거리며 다시 그녀를 향해 누웠다. 한껏 내리깐 시선에, 딱딱하게 굳은 얼굴이 보였다.

"무슨 일 있어?"

그가 눈을 꾹 감았다가 뜨더니 고개를 세게 흔들었다.

"뭔데. 잘못한 거 있으면 솔직히 말해 봐. 화 안 낼게."

남자가 희연의 눈을 힐끔 쳐다보더니. 다시 시선을 돌렸다.

'뭐지?'

짐작 가는 게 없었다. 이규는 뭔가를 감추는 데 썩 재능이 없기에, 그냥 보면 대충 모든 것을 알아챌 수 있었는데. 지금은 정말 아무것도 떠오르지 않았다.

무슨 일이 있었다면 이미 티가 났을 텐데. 아이 때문에 너무 정신없이 지내서 눈치채지 못했던 걸까. 희연은 그를 재촉하는 대신 가만히 답을 기다렸다.

한참이나 곰곰이 생각하던 남자가 낮은 한숨을 토해 내더니 천천히 말을 꺼냈다.

"지금 와서 이런 말 늦은 거 아는데."

"……."

"애기…… 낳아도 됐던 걸까."

그 말에 눈을 깜박였다. 예상하지 못했던 내용이었다. 그녀는 이규의 뺨에 손을 얹었다. 따듯한 체온이 닿자, 그가 신음 섞인 한숨을 내쉬었다.

"아기 가지면 안 됐던 거 아닐까."

415

"왜 그렇게 생각해?"

희연의 물음에 한참이나 대답이 없던 남자는 눈을 꾹 감았다.

"씨발…… 미안해. 송희연. 씹, 이런 말 하면 안 되는 거 아는데. 후회돼. 후회돼서 미치겠어. 씨발. 희연아. 나 진짜 너무 후회돼서. 미칠 거 같아."

그가 울 것 같은 목소리로 헐떡였다. 그녀의 손을 세게 붙잡은 이규가 손바닥에 제 얼굴을 비볐다. 희연은 조금 더 다가가서, 남자를 끌어안았다.

"송희연."

예전이 생각났다. 그때도 안아 주면 울 것 같았는데. 그는 지금도 안아 주면 울었다. 그녀의 등을 세게 당겨 안으면서 어깨에 뺨을 비빈 이규가 거친 숨을 몰아쉬었다. 희연은 가만히 남자의 머리카락을 쓰다듬었다.

그렇게 얼마나 있었을까. 희미한 떨림이 겨우 잦아들고 나서야 그녀가 입을 열었다.

"이규야. 많이 힘들어?"

작은 목소리로 물었다. 수능 공부에, 태권도장에, 집에 오면 쉬지도 못하고 그녀와 같이 밤낮으로 아기를 돌보지 않았던가. 심지어 집에서 공부할 때는 등에 아이를 업고, 온 집 안을 돌아다니면서 책을 보기도 했다. 그러니 이제 지쳤다 해도 이해할 수 있었다. 운 탓인지, 약간 뜨끈뜨끈해진 머리를 만져 주고 있으니 이규가 고개를 흔들었다.

"안 힘들어."

"그럼?"

왜 이러는 건지 짐작이 가질 않았다. 후회된다는 건 아이 얘기가 맞는 것 같은데. 대체 왜 후회된다는 걸까. 떨리는 숨을 크게 들이마셨다가 내뱉은 남자가, 천천히 입을 열었다.

"내가."

"……."

"내가, 저 애를 때리면 어떻게 해?"

그 말에 희연은 눈을 깜박였다.

"씨발, 그 인간처럼. 내가…… 내가."

이규의 목소리에 두려움이 가득했다. 그녀는 무작정, 그러지 않을 거야 라든지 걱정 말라는 말을 하는 대신 그를 똑바로 마주 봤다.

어둠 속에서도 남자가 공포에 질려 있다는 걸 알 수 있었다. 아버지에게 맞았던 그때가 떠올라서일까. 아니면 폭력을 대물림할지도 모른다는 생각 때문일까. 희연은 잘게 떨리는 이규의 손을 꽉 붙잡았다.

"그래서 아이 낳지 말걸, 하고 후회한 거야?"

그가 고개를 세차게 끄덕였다.

"그 남자처럼 때릴까 봐."

아버지라는 말은 굳이 하지 않았다. 그런 인간을 이규의 '아버지'라 말하는 것조차 폭력을 휘두르는 것처럼 느껴졌으니까.

"씨발……."

대답 대신 욕이 흘러나왔다. 그녀는 차분하게 말을 이어 갔다.

"때릴까 봐 두려워?"

"응."

이규의 목소리가 떨리고 있었다.

"이규야. 지금까지 우리 애기, 왜 안 때렸어?"

"우리 아이니까."

"또?"

그 물음에 그가 눈을 끔벅거렸다. 입술을 달싹이던 남자가 애써 이유를 쥐어 짜냈다.

"너무 조그마해서."

"또."

"너무 어려서."

"또."

"너무 약해서."

"또."

"귀엽고. 예뻐서."

"또."

"내가, 지켜 줘야 할 거 같아서."

"또."

"그냥 때린다는 생각도 안 해 봤어."

"그런데 왜 그런 걸 걱정해."

희연은 이규의 눈가를 더듬었다. 어둠 속인데도 불구하고, 그가 울 것 같은 얼굴을 하고 있다는 것쯤은 알 수 있었다.

아무렇지 않은 척 살아가고 있지만 과거의 상처가 사라진 건 아니었다. 이것 또한 이규를 이루는 것 중 하나겠지.

"너는 그 남자랑 달라."

"……."

아니라고 말하고 싶은 듯 남자가 입술을 달싹였다. 그 사람의 아들이라는 것조차 입에 담기 싫은 것처럼. 이를 꽉 악문 그가 눈을 질끈 감았다.

"이규야. 그 사람이 너를 때릴 이유가 있었다고 생각해?"

"······내가, 나쁜 애라서."

그 말에 씁쓸한 웃음이 나왔다. 그런 말을 늘 들었던 걸까. 전부 네 탓이라고. 네가 잘못하니까 맞는 거라고. 그 순간을 쉽게 상상할 수 있어서, 속이 조금 쓰렸다.

"나는 그 인간이 더 나쁜 새끼라고 생각하는데."

희연은 담담하게 말했다.

"우리 아이가 조금 더 큰다 해도, 때릴 수 있겠어?"

"아니······."

"그 남자는 너를 자식으로 생각한 것도 아니야."

그가 그녀를 가만히 바라봤다.

"정말 너를 자기 아이처럼 생각했으면 그런 짓 못 해. 아이가 있어 보니까 알겠잖아."

이규가 말없이 입을 꾹 다물었다.

"너는 우리 아이를 제대로 받아들이고 있으니까. 그런 걱정 할 필요 없어."

한참이나 생각하던 남자가 낮은 목소리로 말을 꺼냈다.

"내가. 그 새끼한테 배운 게 없어서, 우리 아이에게도 아무것도 못 해 주면 어떻게 해?"

희연이 희미하게 웃었다.

"나도 어떻게 해야 하는지 잘 몰라."

그의 머리카락을 헝클어뜨리면서 조금 더 바짝 다가갔다. 이규가 기다렸다는 듯 그녀의 허리를 세게 끌어안으면서 목에 고개를 푹 파묻었다. 약간 축축하게 젖은 숨이 느껴졌다. 희연은 가만히 남자의 등을 쓰다듬었다.

"그러니까. 같이 배우자."

"으…….."

"많이 안아 주고. 많이 사랑해 주고. 많이 아껴 주자."

"씨발……."

낮은 욕설이 잘게 떨리고 있었다.

"아기 앞에서 욕은 하지 말고."

일부러 가볍게 웃으면서 말하자, 남자가 그녀의 목에 뺨을 비볐다.

"안 해."

울어? 라든지 괜찮아, 라든지. 그런 말을 군이 내뱉진 않았다. 조금 더 뜨거워진 체온을 온몸으로 느끼면서, 등을 다독여 주었다. 우는 소리를 내진 않았지만 어쩐지 울고 있는 것 같았다.

이 남자의 속에 깊이 새겨져 있던 커다란 상처가 조금이나마 나아졌으면 했다. 아이가 사랑받는 걸 보면서. 자신도 사랑받아 마땅한 존재였다는 것과 나쁜 건 '아버지'였다는 걸 깨달았으면 했다.

"이규야."

"왜."

"너는 착한 아이야. 옛날에도. 지금도."

"내가 애냐."

퉁명스러운 대답이었지만, 그 안에 온갖 감정이 녹아 있다는 것 정도는 알 수 있었다.

"내가 그때 너를 만났으면, 착하다고 해 줬을 텐데."

희연은 작게 웃으면서 아이를 쓰다듬어 주듯. 남자의 머리를 쓰다듬었다.

'아기가 생겼다는 걸 알았을 때 이런 얘기를 했어야 하는데.'

지금에서야 이런 대화를 하고 그 속에 있는 응어리를 마주하다니.

정신없이 살았던 탓이라고 스스로 변명해 봤지만, 말 그대로 변명일 뿐이었다. 과거를 알고 있었으니 한 번쯤은 이런 얘기를 나눴어야 했다.

그의 팔에 힘이 세게 들어가는 게 느껴졌다. 한참이나 말없이 그녀의 어깨에 기대고 있던 이규가 애서 떨림을 억누르며 중얼거렸다.

"……씨발 나이 많다고 유세 부리냐?"

그 말에 웃음을 터뜨렸다.

"나이 많은 취급이나 해 주고 그런 말을 해."

"아 그래. 나이 많이 처먹어서 좋겠다."

"강이규."

"씹, 왜. 나이 존나 많이 처먹은 송희연."

그가 툴툴거리면서 대답했다.

"그 사람을 완전히 잊을 수는 없겠지만 생각날 때마다, '나는 그 사람과 달라.'라고 생각하면 돼. 너는 그렇게 하지 않을 거잖아."

이규가 천천히 고개를 끄덕였다.

"네가 혹시라도 실수하면. 내가 바로잡아 줄 테니까. 너무 무서워하지 마."

"……."

"그리고 너도. 내가 실수하면 꼭 바로잡아 주기야."

"알았어."

그가 낮은 목소리로 대답하곤 천천히 머리를 들었다. 눈이 어둠에 적응한 탓인지 그의 눈가가 유독 짙은 색을 띠고 있는 게 보였다. 희연이 조심스럽게 손을 뻗어 뜨거운 눈 위를 손등으로 꾹 눌러 주자 남자가 작게 신음했다.

그녀의 손을 잡아 내린 이규가 긴 한숨을 내쉬곤 조금 가까이 다가왔다.

코끝이 살짝 스치는가 싶더니, 두 사람의 숨이 뒤섞였다. 입술이 부드럽게 닿은 순간. 열린 문틈으로 울음소리가 들어왔다.

"으애앵, 흐앵."

그 소리에 우뚝 멈춘 둘이 서로를 바라봤다. 얼어붙은 듯 오 초쯤 그러고 있다가, 이규가 먼저 침대를 박차고 일어나더니 성큼성큼 어둠 속을 걸어갔다. 희연은 거의 기계나 다름없는 움직임에 웃음을 삼켰다.

"우리 애기. 왜 일어났어. 응?"

희미하게 들리는 목소리를 들은 그녀는 천천히 일어나 아이 방으로 향했다.

익숙한 자세로 아기를 안은 그가 작은 몸을 흔들어 주며 달래는 모습을 가만히 지켜봤다. 그 눈길을 느꼈는지. 이규가 살짝 고개를 돌리더니, 배시시 웃었다.

'저런 표정이면서. 뭘 걱정하는 거야.'

아이를 볼 때마다 저렇게 행복한 웃음을 지으면서. 희연은 팔짱을 낀 채, 벽에 기대섰다.

적어도, 그는 제 아버지와 완전히 다른 삶을 살 거라는 것만은 분명했다.

외전. 군대

"엄마, 엄마."

"응, 왜?"

바쁘게 움직이고 있는 희연의 치맛자락을 쭉 잡아당기는 손길에 허리를 숙여 아이와 시선을 맞춰 주었다.

"오늘 아빠 와?"

"응. 아빠 와."

"열 밤 다 지났어?"

"응. 열 밤 다 지났어."

정확히는 백 일도 넘었지만. 희연은 싱긋 웃고는 아이의 헝클어진 머리카락을 쓰다듬으며 정리해 주었다. 매일매일 '몇 밤 자면 아빠 와?'라고 묻는 말에 '열 밤만 더 자면 돼.'라고 말한 게 몇 번인지.

'졸업하고 보낼 걸 그랬나.'

그렇지만 대학 졸업까지 시키고 군대를 보내기엔 나이가 제법 많았다. 지금도 새파란 애들 사이에서 형일 텐데.

"아빠 언제 와?"

"글쎄. 올 때가 됐는데."

희연이 시계를 힐끔 쳐다봤다. 새벽 같은 시간에 출발한다고 전화 온 뒤로 감감무소식이었다. 그때 바로 출발했으면 지금쯤 도착할 게 분명했다. 앞으로 길어도 삼십 분 정도면 오지 않을까.

그 순간, 현관 비밀번호를 누르는 소리가 들렸다.

"아빠도 양반은 못 되겠다."

"양반이 뭐야?"

"자, 아빠 오면 다녀오셨어요, 해야지."

아이의 옷을 정리해 주고 있으니 문이 열렸다. 고개를 돌리자, 군복을 입고 있는 까까머리 남자와 눈이 마주쳤다. 희연은 반사적으로 터져 나오려던 웃음을 가까스로 삼키는 데 성공했다.

"다녀왔어?"

말없이 군화를 벗은 이규가 성큼성큼 다가오더니 대뜸 그녀를 끌어안았다. 보고 싶었다는 말은 한마디도 없었지만 필사적으로 끌어안는 그 팔에서 그의 감정이 그대로 전해졌다.

"힘들었어?"

"씨……."

반사적으로 욕을 내뱉으려던 남자가 흠칫 어깨를 굳히더니 말을 멈췄다.

"힘들 게 뭐 있어. 삼시 세끼 밥 주고. 밤 되면 재워 주고. 운동도 시켜 주는데."

"그렇게 말하니까 별거 아닌 거 같다."

희연이 작게 웃음을 터뜨렸다. 어깨에 이마를 꾹꾹 누르면서 비빈 남자가 숨을 크게 들이마셨다. 그의 등을 가볍게 끌어안고 있던 그녀는 또다시 치마를 쭉 잡아당기는 손길에 시선을 내렸다.

"아빠 다녀오셨어요, 해야지."

"……히잉."

다른 때라면 이규에게 껌딱지처럼 달라붙어 있었을 아이가 울 것 같은 얼굴로 희연의 치마 뒤에 몸을 숨겼다.

"왜 그래?"

"우리 애기. 몇 달 못 봤다고 많이 컸네."

약간 서운한 표정을 지은 이규가 무릎을 굽혀 팔을 벌리자, 아이는 더더욱 몸을 움츠리면서 희연의 다리를 끌어안았다.

"아빠 언제 오냐고 맨날 물어봤잖아. 아빠 왔네. 왜 갑자기 낯설어해."

등을 떠밀자 작은 얼굴에 눈물이 그렁그렁 찼다.

"아빠 아니야."

"아빠 맞아."

"아니야."

그 말에 이규가 약간 울상을 지으면서 짧게 깎은 머리를 어색하게 문질렀다.

"머리 때문에 그러나 봐."

"아. 훈련소 들어가기 직전에 잘랐지."

희연이 짧게 혀를 찼다. 그녀의 치맛자락을 필사적으로 꼭 붙잡은 아이가 주춤거리면서 긴가민가하는 표정을 짓기 시작했다. 그래도 제 아빠 얼굴을 완전히 잊어버린 건 아니라서 참 다행이었다.

"아빠랑 토마토 노래 부를까?"

"그거 졸업했어."

"뭐? 왜?"

"벌써 세 달 가까이 지났는데 아직도 좋아할 거 같아?"

그 말에 이규가 약간 충격받은 표정을 지었다. 원래 아이는 쑥쑥 자라 버리니까. 그의 서운한 표정도 이해할 수 있었다. 그가 군대 간 사이에 좋아하는 노래도 바뀌고, 가지고 노는 장난감도 바뀌고. 아이가 아빠를 낯설어하는 만큼 이규도 어색하겠지.

"자, 아빠한테 새 노래 불러 주자. 와아. 엄마는 직접 불러 주는 노래가 제일 좋더라."

희연이 나서서 박수를 치며 분위기를 띄워 주자, 쭈뼛거리던 아이가 약간 뺨을 붉히더니 슬금슬금 나서서 엉덩이를 실룩실룩 흔들기 시작했다. 이규가 각 잡힌 군대식 박수를 쳤다. 그것을 보자마자 또 웃어 버릴 뻔했지만 가까스로 위기를 넘겼다. 동요 하나를 다 부르고 나자, 그가 온갖 칭찬을 퍼부었다. 그것을 듣자 마음이 풀린 건지, 아니면 아빠라는 걸 드디어 깨달은 건지. 아이가 슬그머니 이규에게 다가갔다.

'한고비 넘겼나…….'

희연은 언제 낯을 가렸냐는 듯 답삭 안겨서 쫑알쫑알 떠드는 아이를 보곤 안도의 한숨을 내쉬었다.

저녁이 되자 하루 종일 아빠와 격렬하게 논 아이는 일찌감치 뻗어 버리고, 이규가 상당히 서운한 표정을 지으며 침대로 꾸물꾸물 들어왔다.

"그새 이렇게 자랄 줄은 몰랐어."

"애기잖아."

"군대 나중에 갈걸."

"나중에 가면 더 서러웠을 거야."

"왜?"

그가 희연의 허리를 세게 끌어안고, 품에 고개를 파묻었다. 그녀의 살냄새를 빨아들이듯이 크게 들이마신 남자의 굳어 있던 어깨가 느슨하게 풀리는 게 느껴졌다.

"유치원 가서 학예회하고 그러는데, 군대에 있느라 못 보면 더 서운하지 않겠어?"

"……지금도 충분히 서운해."

"유치원 가면 아빠도 부르라고 할 텐데 애기가 우리 아빠는 군대 갔어요, 라고 말하는 거 괜찮아?"

"싫어."

이규가 질색하며 딱 잘라 말했다. 희연이 쿡쿡 웃으면서 그의 짧은 머리카락을 만지작거렸다. 이렇게 짧게 깎아 놓으니 훨씬 앳되어 보이기도 했다.

"진짜 지낼 만해?"

"다른 건 괜찮은데 잠을 잘 못 자."

그녀의 품에 뺨을 비빈 남자가 낮게 속삭이면서 뜨거운 숨을 토해 냈다.

"그리고 이젠 우리 애기 얼마나 컸을지 걱정도 될 거 같아."

"사진 많이 찍어 둘게."

"나 없는 건 괜찮아?"

조심스러운 물음에 불쑥 짓궂은 마음이 들었다가, 그냥 커다란 등을 끌어안고 솔직한 마음을 털어놨다.

"안 괜찮아."

그 말에 남자가 그녀의 위로 올라왔다. 살짝 달아오른 뺨을 쓰다듬은 희연이 배시시 웃으면서 되물었다.

"나 안 보고 싶었어?"

"안고 싶었어."

조금 거친 목소리로 대답한 이규가 그녀의 손바닥에 입술을 꾹 눌렀다. 뜨거운 숨이 느껴졌다.

"오는 내내 다른 생각은 하나도 안 나더라."

"무슨 생각했는데."

"송희연 생각."

희연이 소리 죽여 웃자, 그가 고개를 숙여 가까이 다가왔다. 입술이 살짝 맞닿았다가 떨어졌다. 두 사람의 시선이 어둠 속에서 마주쳤다. 서로 원하는 것이 너무 빤히 잘 보여서 누가 먼저라 할 것도 없이 킥킥 웃어 버렸다.

"음……."

성급하게 키스해 오는 남자의 등을 끌어안았다. 전과 조금 달라진 감촉이 느껴졌다.

'아. 근육이 더 붙었네.'

무심코 그렇게 생각한 희연은 쓸데없는 생각을 지워 내곤 눈을 감았다.

외전. 준혁

"이규야."

희연의 목소리에 고개를 돌렸다. 그녀가 약간 묘한 표정을 지으며 그를 내려다보고 있었다.

"무슨 일 있어?"

저런 표정이라니. 잘못한 게 없나 재빨리 생각해 봤지만 떠오르는 건 아무것도 없었다. 어제 아이도 제때 재웠고 얼마 전에 나온 성적도 좋았다. 짐작 가는 게 없어 오히려 불안한 이 마음을 아는지 모르는지. 희연이 그를 물끄러미 쳐다보더니 손을 까닥까닥 움직였다.

"잠깐 와 봐."

"어, 응."

그는 무릎 위에 앉힌 아이를 바닥에 조심스레 내려놨다. TV에 정신이 팔려 아빠가 자길 내려놨는지 들었는지 관심도 없는 모양이었다.

"왜 그러는데."

"왜 그렇게 불안한 목소리야. 뭐 잘못했어?"

희연이 가볍게 웃으면서 어깨를 툭 쳤다.

"내가 뭐 잘못했어?"

잘못한 게 생각나진 않지만, 지레 찔려서 목소리가 갈라졌다.

"아니."

그녀가 가볍게 웃었다. 방으로 같이 들어온 희연이 문을 닫더니 서랍에서 종이쪽지 하나를 꺼내 내밀었다. 그것을 받아 열어 보니 휴대폰 번호가 적혀 있었다. 이름도 없이, 그냥 번호만.

"우연히 준혁 씨를 만났지 뭐야."

갑작스럽게 훅 들어온 이름에 이규는 눈을 끔벅였다.

"그냥 가려고 하기에 번호만 받아 왔어."

희연의 얼굴을 물끄러미 쳐다봤다. 그녀의 얼굴에는 약간의 후회와 미안함 같은 것이 얽혀 있었다.

"준혁 씨. 손 씻은 거 같더라."

"……"

이규는 종이에 적힌 번호를 계속 읽고 또 읽었다. 어깨를 가볍게 쓸어 준 여자가 조용히 방을 나섰다. 그는 한참이나 그대로 서 있었다.

"나 준혁이 만나러 갔다 올게. 술 마실지도 몰라."

"……알았어. 너무 많이 마시지 말고."

"응."

"아빠 다녀오세요, 해야지."

"다녀오세요."

아이가 허리를 꾸벅 숙였다. 이규는 배시시 웃으면서 작은 머리를 쓰다듬곤 희연의 뺨에 가볍게 입을 맞췄다.

망설였지만, 준혁에게 전화했다. 유일한 친구였지 않은가. 별다른 근황 보고 없이 술이나 한잔하자는 말만 하고 끊은 참이었다.

'다시 만날 거라고는 생각도 안 했는데.'

희연과 함께 살게 되면서 준혁의 연락이 끊겼다. 그것이 서럽거나 놀랍진 않았다. 그놈과는 늘 그런 얘기를 나누곤 했다. 이 지옥 같은 곳에서 벗어나면 다신 돌아보지 말자고. 준혁과 나눈 마지막 술이, 마지막이라는 걸 알고 마셨다. 그래서 좀 더 취했던 거였을지도 모른다.

유일한 친구였지만 그렇기에 서로가 '그 시절'을 뜻하는 존재이기도 했다. 그 모든 순간을 함께 지낸 단 한 명이었으니까.

그래서 그냥 놓아 버렸다. 단 한 순간도 후회하지 않았다고 말할 수는 없지만, 잘 사는 것만이 그가 할 일이라고 생각했다.

'잘 지냈을까.'

희연의 말로는 불법적인 일에서 완전히 손을 씻었다던데. 정말일까. 몇 년 사이 많은 것들이 달라졌다는 게 새삼스럽게 느껴졌다. 그는 지금 대학을 다니는 데다가, 유부남이고 애까지 있지 않은가. 준혁의 인생은 또 어떤 식으로 달라졌을지 궁금하기도 했다.

이규는 만나기로 약속한 고깃집 안으로 성큼 들어갔다. 주위를 둘러보자 한쪽 구석에서 누군가가 손을 들었다.

"강이규!"

오랜만에 듣는 목소리였다. 마지막으로 봤던 그때와는 많이 달라진 모습을 하고 있는 준혁의 모습이 보였다. 좀 더 둥글어졌다고 해야 할까. 여유가 생겼다고 해야 할까.

'나도 많이 달라졌겠지.'

맞은편에 앉자, 그가 말없이 잔을 채워 줬다.

"나 결혼했다."

"너 좋다는 여자가 있어?"

"내가 너보다 인기가 많았잖냐."

그가 소리 내어 웃었다. 이규는 편안해 보이는 모습을 가만히 바라봤다. 준혁은 마치 어제 만나고 헤어졌던 것처럼 아무렇지 않게 그를 대했다. 그래서 안심했다.

이규가 알던 '이준혁'이라는 남자가, 여전히 '이준혁'이라서.

"야. 이준혁."

"왜."

"반갑다고. 새끼야."

그 말에 남자가 피식 웃었다.

"애는 있어?"

"하나 있어. 유치원 다녀."

"애가 벌써 유치원을 다녀?"

"내가 대학 간 거 알면 쓰러지겠네."

"대학? 네가?"

준혁이 기묘한 표정을 지었다.

"그래. 대학생이다. 개새끼. 고졸이라고 존나 무시하더니. 나는 대학생이거든."

"중졸인 새끼가 어떻게 대학을 갔지."

다 들리게 중얼거리는 소리에 웃어 버렸다. 술잔을 부딪치고 소주를 단숨에 비웠다. 오랜만에 친구를 만나서인지 쓰디쓴 술이 달게만 느껴졌다.

"희연 누나가."

준혁이 조금 망설이다가 말을 꺼냈다.

"번호라도 달라고 부탁하더라."

"……"

"사실 우리 둘이 얘기했었잖아. 이 막장 같은 곳 벗어나면 뒤돌아보지 말자고."

"그랬지."

"그래서 그냥 묻어 두려고 했는데."

희연이 어떻게 그를 설득했는지 궁금해졌다. 끊겠다고 했으니까. 그리고 늘 나눴던 얘기가 있으니까 절대 돌아보지 않았을 놈인데. 남자가 뒷말을 끊곤 그냥 씩 웃었다.

"누나, 좋은 사람이야."

"알아. 너보다 훨씬 더 잘 알아."

"손 안 씻었으면 그냥 도망쳤을걸. 그런데 나도 좋은 사람 만났거든."

이규는 툴툴거리는 짓궂은 말 대신 마음속에 꽉 차오른 것을 입 밖으로 흘렸다.

"다행이다."

진심으로 안심했다. 부족한 것도, 후회스러운 것도 없는 인생에서 유일하게 마음에 걸렸던 것이 있다면 준혁이었다. 제가 직접 손을 내밀어서 구해 주진 못하더라도, 누군가가 그 손을 잡아 주길 간절히 바랐다.

이규에게 희연이 있었듯 그에게도 빛이 되어 줄 누군가가 나타나길 바랐는데. 결국 그 '누군가'를 만난 모양이었다.

"진짜 다행이야."

낮게 중얼거린 그는 술잔을 다시 비웠다. 눈을 꾹 감았다가 떴다. 이제 정말 마음에 걸리는 건 단 하나도 없었다.

"다음에 조카 소개시켜 줘."

이규가 휴대폰을 꺼내서 사진을 찾아 보여 줬다. 보는 것만으로도 저절로 웃음이 실실 새어 나왔다.

"가끔 조금 얄미운데. 진짜 귀여워. 우리 애기가……."

"유치원 다니는데 아직도 애기라도 부르냐?"

"나한테는 평생 애기야."

준혁이 피식 웃었다.

"진짜 유부남 다 됐네."

"유부남 된 지가 몇 년인데. 아저씨 맞지 뭐. 너도 아저씨잖아. 지는 아닌 것처럼 말하네."

"아직 실감이 잘 안 나서. 우리는 아직 신혼이거든."

실없는 얘기가 오갔다. 오고 가는 술잔 속에 벌어진 몇 년의 격차가 빠르게 줄어들었다. 이제 정말 예전 삶에 남겨 둔 건 아무것도 없었다. 그게 행복했다. 이제 완전히 털어 버릴 수 있다는 뜻이었으니까.

기분 좋은 취기가 온몸으로 퍼져 나갔다.

외전. 결혼 그 이후

"강이규 선배."

이규는 어깨를 가볍게 툭 건드리는 손길에 고개를 들었다. 같은 과 신입생인 여자애가 약간 달아오른 얼굴로 그를 바라보고 있었다.

'이름이 뭐더라.'

김 씨였나? 이 씨였나? 이름을 곰곰이 생각하던 그는 그냥 얼버무리듯이 대답했다.

"왜?"

굳이 이름을 불러 줘야 할 이유는 없지 않은가. 그가 눈을 끔벅이자, 이제 일 학년인 후배가 입술을 달싹이더니 조심스럽게 말을 꺼냈다.

"하, 할 얘기가 있어요."

"뭔데?"

"잠깐 나가서 얘기할 수 있을까요?"

이규는 이름 모를 신입생의 얼굴을 물끄러미 쳐다봤다.

눈치가 빠른 편이 아니긴 해도, 이 상황 자체를 몇 번 겪어 봤기에 눈앞의 여자가 무슨 말을 하려고 하는 건지는 대충 짐작이 갔다. 뭔가 '썸'이라고 부를 만한 게 있었나, 반성했지만 짚이는 부분은 하나도 없었다.

'아 모르겠다.'

머리를 헤집은 그는 자리에서 일어섰다. 도서관에서 이런 대화를 하는 것도 이상하고. 눈앞의 여자가 울기라도 하면 곤란한 데다가, 상황 설명도 해 줘야 하니까.

"그래. 그러자."

이규가 먼저 앞장서서 성큼성큼 걸어가자, 발소리가 뒤를 졸졸따라왔다.

대학에 온 지 이 년 하고도 반. 검정고시 통과로 끝날 줄 알았던 공부는 희연의 강요에 의해 좀 더 이어졌다. 아무리 그래도 대학을 가는 게 좋겠다나 뭐라나.

굳이 대학교까지 갈 필요 없다는 그의 반항은 그녀의 앞에서 아무 쓸모 없었다. 청혼할 때 하란 대로 다 할 거라고 말하지 않았냐고, 공부시키면 공부한다고 하지 않았냐고 희연이 울먹이면서 따지는데 정말 입이 열 개라도 할 말이 없었다.

'그렇다고 진짜 공부를 시킬 줄은 몰랐지.'

사실 고졸로도 일하려고 하면 일할 수는 있지 않나? 이규는 하고 싶은 말이 참 많았지만, 청혼할 때 약속한 것을 들먹이는 여자를 이길 방법은 생각나지 않았다.

어쨌든 그는 팔자에도 없던 수능 공부를 했고, 아주 좋은 대학은 아니지만 그럭저럭 괜찮은 대학에 진학했다. 평생 공부 따위와는 연이 없을 줄 알았는데, 희연 때문에 대학 진학까지 할 줄 누가 상상이나 했을까.

그나마 다행인 건, 공부라는 게 하면 할수록 조금씩 재미있긴 하다는 점이었다. 물론 아직도 고통스러운 부분이 많긴 했지만. 그가 공부한다고 하면 성심성의껏 도와주는 희연 덕분에 과에서 다섯 손가락 안에는 들 정도로 성적이 잘 나오는 편이기도 했다.

이규는 도서관 앞쪽의 구석진 곳으로 성큼성큼 걸어갔다. 그가 멈춰 서서 뒤에 쫓아오던 여자를 마주 봤다.

"선……."

"잠깐만."

무슨 말이 나올지 대충은 알고 있었기에, 우선 손을 들어 말을 막았다.

"내가 먼저 할 말이 있어."

"……네, 선배."

고개를 갸우뚱하는 모습에 한숨을 푹 내쉬었다.

"내가 서른인 건 알지?"

"……네."

대체 서른씩이나 먹은 유부남이 뭐가 좋아 보여서. 그는 인상을 슬쩍 찌푸렸다.

"그리고 유부남인 것도 알지?"

"네?"

앳된 여자의 목소리가 갈라졌다. 눈동자가 크게 흔들리는 게, 몰랐다는 걸 확실히 알 수 있었다. 이규는 낮은 한숨을 내쉬면서 얼굴을 천천히 쓸어내렸다.

딱히 숨긴 적은 없었다. 노골적으로 아내가 있다는 말을 하고 다니기도 했고, 애기 사진도 가끔 보여 주고 그랬는데. 어째서 이런 일이 매년 일어나는 건지.

"다섯 살짜리 아이도 있어."

"네에?"

경악에 찬 목소리에 그는 피식 웃었다. 그동안 여러 차례 거절의 말을 해 봤지만, 이게 제일 잘 먹혔다. 구구절절 못 받아 준다느니, 널 그런 식으로 생각한 적 없다느니 말해 봐야 소용없다. 그냥 유부남이고, 애도 있다고 말하면 다들 충격받아서 있던 감정이고 뭐고 깡그리 다 날아간 얼굴을 하곤 했다.

"우리 애기 사진 보여 줄까?"

아직도 충격에서 벗어나지 못한 여자에게 성큼 다가간 그는 휴대폰 화면을 켰다. 굳이 사진을 찾을 필요는 없었다. 배경 화면에서 희연과 아이가 같이 웃고 있었으니까.

저도 모르게 배시시 미소 지은 이규가 화면을 보여 주자, 여자의 눈이 크게 흔들렸다.

"귀엽지? 이제 유치원 다녀. 아, 같이 찍은 건 송희연. 내 부인."

"그, 그러니까. 선배님이……."

"그래서 할 말이 뭐야?"

더듬거리는 말을 뚝 끊고 휴대폰을 다시 집어넣었다. 입술을 달싹이던 여자가 새하얗게 질린 얼굴로 그를 물끄러미 올려다봤다. 할 말을 찾는 듯, 떨리는 눈으로 머뭇거리던 그녀가 변명이 확실한 말을 꺼냈다.

"어, 으…… 그게. 이번 과 모임에…… 나오시라고요."

"바빠서 못 가. 신경 써 줘서 고맙다."

대충 상황을 마무리 지은 이규는 피식 웃고 다시 도서관으로 성큼성큼 들어갔다. 열람실로 바로 올라가는 대신, 휴게실로 향한 그는 바로 희연에게 전화를 걸었다.

-응. 이규야.

"뭐 해? 바빠?"

-한가해. 공강이야?

"응."

수화기 너머로 덜그럭거리는 소리가 났다. 이젤을 옮기고 있는 모양이었다.

"송희연. 나 오늘 또 고백받을 뻔했다."

그 말에 잠시 침묵하던 희연이 웃음을 터뜨렸다.

-그래서 뭐라고 했어?

"네가 알려 준 대로."

-참 잘했어요.

그 말에 이규가 살짝 웃었다.

-밥은 먹었어?

"너는?"

-애들이 김밥 사 와서 같이 먹었어.

"나도 먹었어."

그녀는 미술 학원을 운영했다. 결혼한 다음에야 알게 된 거지만, 희연은 제 이름을 걸고 작품도 판 적이 있는 화가였다. 그리고 미술 공부도 많이 해서 석사라던가.

배운 게 미술뿐이라 할 게 미술 학원밖에 없네, 라고 말했다. 부모님 덕분에 그림이 팔린 거라고 자조적으로 웃었지만, 이규가 보기에 그녀는 그림을 아주 잘 그렸다. 지금도 일 년에 한 번쯤은 전시회를 열었다. 그림을 사 가는 사람도 있었고.

가벼운 얘기를 나누고 있으니, 수화기 너머에서 선생님, 하고 부르는 목소리가 들려왔다.

-애들 왔다. 끊어.

"나 오늘 늦게 들어가."

-오늘은 왜 또?

"그, 과 모임이 있어."

-과 모임은 생전 가지도 않더니. 요즘 열심이네.

희연의 말에 이규는 양심이 찔려 입을 꾹 다물었다. 전화는 이게 참 좋았다. 거짓말을 하는지 안 하는지 그녀가 알아채지 못하니까. 몇 년 동안 같이 살면서 깨달은 건데, 희연은 그가 거짓말하는 걸 정말 잘 알아챘다. 무서울 정도로.

-술 적당히 마셔.

"술 취해서 들어간 적 없잖아."

-알아. 그러니까 반대 안 하지.

가볍게 웃는 목소리에 피식피식 웃음이 새어 나왔다.

-진짜 끊는다. 너무 늦지 말고.

"응."

그는 희연이 뚝 끊어 버린 전화를 물끄러미 보다가 다시 웃었다. 시간을 확인하니 이만 출발해야 했다. 이규는 얼른 짐을 챙겨 도서관을 뛰쳐나왔다.

겨울이 또다시 돌아왔다. 이규는 무사히 여섯 번째 학기를 마쳤고, 희연이 가르치는 학생 중 몇은 미대에 붙었다. 아이는 여섯 살이 되었다.

그는 낮에 신나게 놀아 준 덕분인지, 이른 밤부터 쿨쿨 잠든 아이를 침대에 눕히곤 머리를 살짝 쓰다듬었다. 동그란 이마 위에 조심스럽게 입을 맞추자, 아이 특유의 포근한 냄새가 코끝으로 스며들었다.

행복한 시간은 정말 눈 깜박할 사이에 흘러가 버렸다. 곰팡이 냄새 나는 지하의 불법 싸움장에서 싸움을 하던 일이 마치 엊그제 같기도 했고, 까마득히 멀게 느껴지기도 했다. 그때는 이런 날이 올 거라고 상상조차 하지 못했는데.

사랑하는 사람을 만나고, 가족이 생기고. 아이도 태어나고, 생각조차 한 적 없었던 공부를 하고. 이규는 아이의 발그레한 뺨을 매만졌다.

"자?"

조심스럽게 문을 연 희연이 속삭이듯이 물었다.

"응."

발소리를 죽여 다가온 그녀가 아이의 이마 위에 가볍게 키스했다. 옅은 어둠 속에서 그 모습을 물끄러미 바라보던 이규는 보들보들한 뺨을 쓰다듬던 손을 꽉 움켜쥐었다.

"왜?"

희연이 고개를 갸우뚱 기울이거나 말거나. 그녀를 잡아 끈 그는 침실로 들어왔다.

"뭐야. 갑자기."

싱겁게 웃는 목소리를 뒤로하고, 서랍 깊숙이 몰래 감춰 둔 것을 꺼냈다.

"송희연. 오늘이 무슨 날인지 알아?"

"오늘?"

눈을 동그랗게 뜬 여자가 곰곰이 생각하더니 미안한 표정을 지었다.

"결혼기념일이네. 깜박 잊었어."

그러거나 말거나. 이규는 손에 들고 있던 작은 상자를 열었다. 안에는 반지가 들어 있었다. 그것도 두 개나.

하나는 다이아몬드가 달린 것. 하나는 루비가 달린 것. 얼굴에 점점 열이 오르는 게 느껴졌다. 같이 산 지도 벌써 칠 년 정도 됐고, 이미 청혼도 다 했는데. 왜 이런 것이 이렇게 쑥스러운 건지.

괜히 귓가를 벅벅 문지른 그는 희연의 손을 잡아 들었다.

"반지 사 준다고 했잖아. 루비로."

가느다란 손가락에 반지를 밀어 넣었다. 꼭 맞았다. 그녀의 다른 반지를 몰래 가져다가 치수를 쟀던 게 정확히 맞아서 다행이었다. 왼쪽 손에는 다이아몬드가 달린 것을. 오른쪽 손에는 루비가 달린 것을 끼워 주자 웃음소리가 들렸다.

"두 개나 샀어?"

"결혼반지는 다이아몬드로 하는 거라고…… 그래서."

처음에는 루비만 생각하고 갔다. 그런데 어떤 용도로 반지를 쓰는 거냐는 질문에 프러포즈 링이라 대답했더니, 루비를 주는 사람이 어디 있냐며 꼭! 다이아몬드를 줘야 한단다. 그 말에 결국 둘 다 사기 위해 예정보다 더 오래 일해야 했다.

이규는 희연의 양손에서 반짝이는 보석을 보며 손을 만지작거렸다.

'그래도 돈이 어디서 났는지는 안 물어보네.'

그 사실에 조금 안심했다. 그동안 강의 끝나고 야간 알바를 했던 걸 알면 뭐라고 혼낼 것 같았으니까. 그것도 편의점 같은 게 아니라, 돈을 많이 벌려고 몸 쓰는 일을 했던 참이었다.

안 그래도 몸 축나는 일을 싫어하는 여자니, 그걸 알면 분명 화를 냈으리라.

'그렇지만 방학 때는 돈 벌 시간이 없는걸.'

방학 동안 따로 일을 했으면 참 좋았을 텐데. 안타깝게도 방학 동안에는 태권도장을 다니느라 바빴다. 검정고시를 통과하고 이제 뭘 해야 하나 의논했을 때, 희연이 도장을 열어 보는 게 어떠냐고 했던 말 때문이었다. 그래서 대학도 스포츠 관련 학과로 왔다. 말이 나왔을 때부터 몇 년 동안 꾸준히 다닌 덕분에 검은 띠도 따고. 관장님이 잘 봐주신 덕분에 저번 방학부터는 아르바이트 비슷하게 도장에서 일도 할 수 있었다.

문제는 월급이라고 부를 수 있는 돈이 쥐꼬리인 데다가, 받는 족족 그대로 희연의 통장으로 이체한 덕분에 딴 주머니를 찰 틈이 없었다는 거지만.

그는 희연의 표정을 살짝 살폈다. 뜻밖에도 그녀는 조금 미묘한 얼굴이었다.

"이거 사려고 나한테 거짓말까지 했던 거야?"

"응?"

거짓말이라니. 갑작스러운 말에 눈을 깜박였다.

"도서관에서 공부하고 온다, 모임 간다. 거짓말했잖아."

이규는 입술을 뻐끔거렸다. 대체 어떻게 알았을까. 어디서 티가 났나? 필사적으로 머리를 굴리고 있으니 희연이 그의 손을 꽉 움켜쥐었다. 그렇게 강한 힘이 아니었음에도 불구하고, 등 뒤로 식은 땀이 줄줄 흘러내렸다.

"그, 그걸 어떻게."

"이삼일에 한 번씩 새벽에 들어오는 데다가, 땀 냄새가 풀풀 나는데. 어떻게 몰라."

"……."

"막노동이라도 했어?"

"……."

"차라리 아르바이트를 하지 그랬어."

"어, 언제부터 알았어?"

"네가 처음 새벽에 들어왔을 때부터."

배신감이 들어야 할지, 무서워해야 할지 혼란스러웠다. 그러면 그동안 다 알면서도 모르는 척했다는 건가. 변명을 해야 하나. 아니면 잘못했다고 사과를 해야 하나. 그것도 아니면 아니라고 잡아떼기라도 해야 하나. 필사적으로 머리를 굴리고 있으니 희연이 피식 웃었다.

"네가 허튼짓 안 할 거라는 거 믿었으니까 별말 안 한 거야."

그녀가 가까이 다가와서 이규의 목에 팔을 둘렀다. 짐짓 엄한 표정을 지은 여자가 손끝으로 그의 이마를 가볍게 튕겼다.

"그래도 거짓말은 하지 마. 앞으로는 안 봐줘."

"……알았어."

"반지는 나중에 천천히 줘도 되는데."

코끝이 살짝 맞닿았다. 쿡쿡 웃은 여자가 그의 입술에 살짝 키스했다. 이규는 부드럽고 매끈한 머리카락을 조심스럽게 쓰다듬다가, 허리를 바짝 끌어당겨 안았다. 봉긋 솟은 가슴이 그의 몸에 꾹 눌리는 감각이 좋았다.

말랑한 입술을 살짝 깨물자, 작은 웃음소리와 함께 희연이 조금 더 바짝 붙어 왔다. 혀를 안으로 밀어 넣으니 따끈한 체온이 느껴졌다. 미끈거리는 뺨 안쪽을 훑다가 자꾸만 이리저리 피하는 혀를 뒤쫓았다.

"송희연."

이규는 가쁜 숨을 내뱉으면서 재촉하듯 이름을 불렀다. 그가 불만 가득한 신음 소리를 낮게 흘리곤 희연의 입 안으로 더욱 깊숙이 파고들었다.

"으응……."

질척하게 젖은 살덩어리를 휘감아 당기자 그녀가 달뜬 목소리를 냈다. 손가락에 엉기는 머리카락의 감촉이 좋았다. 이규는 손끝으로 몇 번이고 매끄러운 결을 쓰다듬으면서 눈을 살짝 떴다.

파르르 떨리는 희연의 속눈썹이 보였다. 파란 핏줄이 살짝 비쳐 보이는 눈꺼풀을 물끄러미 보다가 충동적으로 손을 들어 매만졌다.

"후으, 아……."

조심스럽게 눈 위를 더듬자 속눈썹이 손끝을 간지럽혔다. 이렇게 키스하면서 볼 때가 좋았다. 그 어느 때보다도 이 여자가 가까이 있다는 걸 눈으로 볼 수 있었으니까.

뜨거운 신음을 꿀꺽 삼켰다. 배 속에서부터 치밀어 오르는 열기가 느껴졌다. 불덩어리를 삼키면 이런 기분일까. 희연과 셀 수도 없이 관계를 가졌지만 이 감각은 도저히 익숙해지질 않았다.

몇 겹의 옷 위로 느껴지는 둔한 감각에도 그녀와 닿았다는 것만으로 발끝까지 오그라들 것 같은 쾌감이 치밀었다.

"아, 너무 세게……."

숨을 헐떡이면서 말하던 여자의 눈이 가늘게 벌어졌다. 시선이 마주친 순간 희연이 그를 살짝 흘겨봤다. 키스할 때 이렇게 쳐다보고 있으면 그녀는 늘 불만 가득한 표정을 짓곤 했다.

'그래도 보는 게 더 좋은데.'

움찔거리면서 떨리는 속눈썹. 기분 좋은 만큼 찌푸려지는 눈썹. 눈꺼풀 위로 살짝 떠오르는 흥분. 이규의 옆구리를 살짝 꼬집은 그녀가 가슴을 살짝 밀어내며 벗어났다.

"숨 막혀."

그는 가느다란 몸을 세게 끌어안고 있던 팔을 느슨하게 풀었다. 마음 같아서는 더 세게 안고 싶었다. 정말 부서질 정도로. 물론, 실제로 그렇게 할 생각은 없지만 말이다.

"반지 마음에 들어?"

이규는 조심스럽게 물었다. 이것 하나를 사기 위해 머리가 터질 정도로 고민했다. 여자들이 좋아하는 디자인을 수천 번도 더 검색해 보고. 수없이 많은 가게에 가서 상담도 하고. 마음 같아서는 수천만 원짜리를 사 주고 싶었지만, 그건 현실과 타협하는 수밖에 없었다.

예전에 그녀가 말했던 대로 그와 결혼했다는 증거인데. 더 이상

미룰 수 없었으니까.

희연이 이제 와서 떠날 거라고는 생각하지 않지만, 그래도 마음 한구석이 불안했다. 그녀를 강제로 붙잡아 둘 방법 따위 없지만 손가락에 반지라도 하나 끼워 주면 조금 안심할 수 있을 것 같았다. 그래서 대학 다니는 거에도 익숙해지고, 도장 일을 돕는 것도 여유가 생긴 후에 일을 시작했다.

간단한 아르바이트도 생각했지만, 그렇게 돈을 모아서는 대학 졸업할 때까지 일해야 반지를 살 수 있을 터였다. 그것 자체는 괜찮았다. 하지만 아르바이트 자체를 희연에게 비밀로 해야 했으니 그렇게 오랫동안 일할 수는 없었다.

'중간에 일해서 돈 보태겠다고 하면 그 시간에 공부하라고 하니까……'

도장을 차리는데 학점이 그리 중요하진 않다고 말해 봤지만, 그녀는 그래도 점수를 잘 받아 둬야 한다고 몇 번이고 강조했다. 미래에 어떤 일이 생길지 모른다는 이유에서였다. 만에 하나 도장 차리는 게 안 된다고 해도, 다른 방법을 선택할 길을 열어놔야 한다고 했던가.

처음에는 그 말이 이해되질 않았지만 조금 더 공부하고, 사회에 대해서도 알게 되니 충분히 납득할 수 있었다.

역시 희연의 말을 들어서 나쁠 건 없었다. 그에게 안 좋은 것을 시키는 사람은 절대 아니었으니까. 이런저런 생각에 빠져 있는 동안. 그녀는 반지를 물끄러미 바라보기만 했다.

"마음에 안 들어?"

혹시 별로인가. 슬슬 걱정이 됐다. 이 여자의 성격상 과장되게 방방 뛰며 기뻐하진 않을 거라는 걸 예상하긴 했지만. 이건 생각보다도 더 무던한 반응이었다.

희연이 고개를 들어 그를 가만히 쳐다봤다. 저도 모르게 마른 침을 꿀꺽 삼킨 이규가 눈을 끔벅거렸다.

"마음에 들어."

그녀가 빙긋 웃었다. 억지로 웃는 게 아니라는 것쯤은 한눈에 알 수 있었다. 그는 반지가 끼워진 손가락을 천천히 쓰다듬었다. 이 가느다란 손에 작은 링 하나를 끼워 주기까지 너무 오래 걸렸다는 생각이 들었다.

"너무 오래 걸렸지."

"너무 빨라."

여자가 눈을 가느다랗게 뜨고 그를 흘겨봤다. 몸 쓰는 일을 했다는 게 영 마음에 안 드는 모양이었다.

"반지는 결혼했다는 증거라며."

이규가 조금 뚱하게 중얼거렸다. 비어 있는 손가락을 볼 때마다 얼른 저기에 무엇이라도 끼워 주고 싶었다. 남편이 있다는 증거로. 희연이 조금 놀란 표정을 짓더니 이내 웃음을 터뜨렸다.

몇 년 전. 엉망진창인 프로포즈를 했을 때 나눴던 대화가 기억난 모양이었다.

"그래서 서둘렀던 거야?"

"……."

대답 대신 입을 꾹 다물었다. 속이 훤히 드러난 것 같아서 부끄러워졌다. 희연에게 남편이 있다는 걸 조금 더 노골적으로 알리고 싶다는. 그런 치기 어린 마음이라는 걸 눈치챈 게 아닐까.

슬쩍 시선을 피하자, 여자가 쿡쿡 웃으면서 그의 뺨을 양손으로 붙잡았다.

"강이규."

"씨, 왜."

얼굴이 달아오르는 게 느껴졌다. 분명 귀까지 벌게졌겠지. 차마 똑바로 바라보지 못하고 이리저리 눈을 돌렸다.

"강이규. 나 봐."

입을 꾹 다문 채 희연을 쳐다봤다. 가만히 시선을 맞추고 있던 여자가 천천히 말했다.

"나는 너랑 사는 거 좋아."

"……."

"네가 평범하게 사는 것도 좋고. 아이랑 너랑 나랑. 셋이서 지내는 것도 즐거워. 뭐. 가끔은 싸울 때도 있지만."

"그게 싸우는 거냐? 그냥 네가 나 혼내는 거지."

"아하하, 그래. 널 혼낼 때도 있지만, 그래도 행복해."

"……나도, 좋아."

이규는 어물거리면서 대답했다.

"뭐가 좋아?"

분명 알아들었으면서. 이 여자는 꼭 '제대로' 된 말을 해 주길 원했다. 가슴 안쪽이 거칠게 쿵쿵 뛰는 게 느껴졌다.

"너랑 사는 거 좋다고!"

버럭 소리를 지른 그가 눈을 질끈 감았다. 작은 웃음소리가 들렸다. 그녀가 이렇게 웃을 때마다 온몸이 간지러울 정도로 좋았다. 그냥, 이렇게 웃게 해 줄 수 있다는 게 행복해서.

"이규야."

"왜."

"너무 걱정하지 마."

"내, 내가 뭘 걱정하는데."

대답이 바로 돌아오지 않았다. 이어지는 침묵에 슬쩍 눈을 뜨자, 가만히 그를 바라보고 있는 희연의 얼굴이 보였다.

"이제 너 안 떠나."

"……."

"절대로."

한 번은 떠났었으면서. 어디로 갔는지도 모르게. 그렇게 그냥 사라져 버렸으면서. 이규는 그녀를 물끄러미 쳐다봤다. 그 한 번의 기억이, 몇 년이 지난 지금도 가끔 그를 괴롭히곤 했다.

그 기분을 짐작이나 할까. 막막하고. 서글프고. 비참하고. 죽고 싶어지는. 그 감정을.

무슨 말을 하려는 건지. 입술을 달싹이던 여자가 말없이 조금 더 가까이 다가왔다. 그러곤 눈을 살짝 감고 입을 맞췄다. 부드럽고 따뜻한 입술의 감촉이 좋았다.

"음……."

그는 그녀의 뒷머리를 살짝 감싸 당기면서 가느다란 몸을 세게 끌어안았다. 어깨를 천천히 쓰다듬다가, 등으로 미끄러지듯 내려가는 손길이 좋았다. 오싹한 쾌감이 손끝까지 퍼져 나갔다.

"송희연."

"응."

"송희연."

450

"응. 이규야."

웃음기 어린 대답이 돌아왔다. 이규는 다시 한번 그녀의 손가락에 단단히 끼워진 반지를 만지작거렸다. 이 작은 링 하나를 끼우는 게 어떤 의미인지 뼛속 깊이 깨달았다. 아무것도 아닌 것 같은 이 물건이 얼마나 마음에 위안이 되는지.

조금 안심한 그는 다시 희연에게 입을 맞췄다.

"아, 으음……."

그녀가 작은 신음을 흘리면서 쿡쿡 웃었다. 이규는 온몸으로 여자를 끌어안았다. 두 사람의 몸이 하나인 것처럼 단단히 맞물렸다.

완전히 녹아내린 표정을 짓고 있는 희연이 몽롱하게 흐려진 눈으로 그를 바라봤다. 이규는 땀에 흠뻑 젖은 그녀의 머리카락을 천천히 쓸어 넘겨 주었다.

"희연아."

늘어져 있는 손에 깍지를 꼈다. 반지의 단단한 촉감이 느껴졌다. 그는 반짝이는 보석이 잘 어울리는 손등에 입술을 꾹 눌렀다. 늘 말해야지, 말해야지 생각하면서도 결국 하지 못한 말이 혀끝에 고였다.

"……송희연."

관계를 가질 때보다 더 민망했다. 얼굴이 벌겋게 달아오르다 못해 터질 것만 같았다. 머뭇거리고 있으니 희연이 고개를 살짝 기울이며 눈을 깜박였다.

"으…… 그러니까."

"뭐야."

그녀가 웃음을 터뜨렸다.

"사랑해."

"……."

"사랑한다고."

무슨 반응이든 해 줬으면 싶은데 그녀는 놀란 얼굴로 그를 쳐다보기만 했다.

"야."

"날 얼마나 사랑해?"

희연이 배시시 웃으면서 물었다. 이규는 순간 말문이 막혔다. 멍청했을 때는 사랑한다는 말을 해야 한다는 것도 몰라 말할 수가 없었는데. 배울 만큼 배웠다 생각하는 지금도 말이 매끄럽게 나오지 않는 건 마찬가지였다.

"씨발."

"또 욕한다."

"몰라, 그게 중요해?"

"얼마나 사랑하는데. 응?"

그녀가 대답을 조르며 그의 등을 끌어안았다. 맞닿은 피부로 쿵쾅거리며 뛰는 심장 박동을 셀 수 있을 지경이었다.

"당장 숨이 막힐 정도로 키스하고 싶을 만큼. 그만큼 사랑해."

"……뭐야 그게."

"시작하기도 전에 끝날 만큼 사랑한다고."

희연이 놀란 듯 눈을 깜박이더니 웃음을 터뜨렸다.

"응. 나도 사랑해."

"씨발……."

뭐가 이렇게 어렵고 기분 좋은지. 이규는 낮게 신음하면서 희연을 세게 끌어안았다. 침대가 금세 또 삐걱거리는 소리를 냈다.

누군가가 문을 부서져라 때리고 있었다.

"하……."

이규는 한숨을 쉬며 눈을 떴다. 누구냐고 소리치지 않아도 알 수 있었다. 두 사람의 작은 악마 말고 대체 누가 안방 문을 이렇게 부서져라 두드려 댈까.

몇 번이고 이어진 섹스가 피곤했는지, 제법 시끄러운 소리에도 희연은 미동조차 없이 잠든 채였다. 그녀의 머리를 받친 팔을 조심스럽게 빼낸 그는 바닥에 떨어진 옷을 얼른 주워 입었다.

"아빠 일어났어. 기다려."

"아빠! 아빠아아아!"

"조용히 해. 엄마 자."

희연이 깰까 싶어, 허둥지둥 셔츠에 팔을 끼워 넣었다. 문을 열자 잠옷을 입고 있는 아이가 기다렸다는 듯 그의 다리에 달라붙었다.

"아빠 나 배고파."

"……그래, 그래. 몇 시야?"

"여덟 시!"

정확히는 일곱 시 반이었다. 시간을 확인한 이규는 피곤한 얼굴을 쓸어내렸다. 보통 노인들이 아침잠이 없다고 하던데. 애를 키워 보니 애도 아침잠이 별로 없었다. 부모보다 부지런히 일어나 밥을 차려 달라 하고.

이규는 엉망이 된 머리카락을 대강 쓸어 올리곤 밥을 꺼냈다.

"뭐 해 줄까."

"볶음밥!"

"그래."

"아빠. 소시지도!"

"소시지 많이 먹지 말랬지."

"다섯 개만 먹을게."

"안 돼. 두 개만 먹어."

"다섯 개!"

"엄마한테 이른다."

"……네 개 먹을래."

"세 개. 더 이상은 안 돼."

이규는 소시지를 꺼내면서 아이의 얼굴을 힐끗 쳐다봤다. 제 뜻대로 안 되어서인지 입술이 댓 발은 튀어나와 있었다.

"그렇게 자꾸 입 내밀면 오리 된다."

"오리 될 거야! 꽥! 꽥! 꽥! 꽥!"

누가 미운 일곱 살이라고 했는데 그 말에 깊이 공감했다. 여섯 살에 이러는데 나중에 사춘기라도 오면 어쩌나. 앞날이 벌써부터 깜깜해졌다. 긴 한숨을 내쉰 이규는 해동한 밥과 잘게 자른 야채, 그리고 계란을 솜씨 좋게 볶아 냈다. 간은 살짝만 맞추고. 소시지는 세 개만 구울까 하다가, 아이의 얼굴을 보니 마음이 약해져 하나 더 추가했다.

아이가 좋아하는 대로 칼집을 내서 문어 모양으로 만드는 것도 잊지 않았다.

금세 볶음밥 한 그릇과 문어 가족을 내놓은 그는 맞은편에 풀썩 앉았다.

"잘 먹겠습니다."

어린이용 숟가락을 든 아이가 야무지게 밥을 퍼서 입에 넣었다. 멀거니 그 모습을 보고 있으니 웃음이 피식 흘러나왔다. 땡깡부릴 때는 세상에서 제일 밉다가도, 또 이렇게 보고 있으면 그냥 행복했다.

한 번도 꿈꿔 본 적 없던 평범한 행복이 이렇게 눈앞에 있다는 것이 가끔은 두렵기도 했다. 혹시라도 멋대로 만들어 낸 환상이 아닐까 싶어서. 이규는 턱을 괸 채 아이가 밥 먹는 걸 가만히 바라보기만 했다.

'희연이를 닮았는데.'

그런데 또 희연은 아이가 이규만 빼닮았다고 말하곤 했다. 오물오물 움직이는 입을 보고 있으니, 밥을 안 먹어도 배가 부르다는 게 뭔지 알 수 있었다. 금세 볶음밥 한 그릇을 뚝딱 비운 아이가 쪼르르 방에 들어가 버렸다.

식기 세척기에 그릇을 넣은 그는 작게 하품을 하고 다시 방으로 돌아갔다. 평화로운 주말 아침이었다. 일곱 시 반에 일어나야 했던 걸 빼면 말이다.

늘 그랬듯, 넓은 침대 한구석에 웅크리고 잠든 희연의 옆에 조심스럽게 몸을 눕혔다. 기척을 느낀 건지, 아니면 볶음밥을 해 주느라 덜그럭거리는 소리를 들었던 건지. 그녀가 눈을 반쯤 떴다. 아직도 피곤이 뚝뚝 흘러내리는 표정이었다.

"밥해 줬어?"

"응."

"뭐?"

"볶음밥."

"아침부터?"

"해 달라잖아."

베개에 머리를 툭 기대고 희연의 몸을 끌어안았다. 부드럽고 따듯한 몸이 달라붙어 왔다. 가물가물한 눈을 다시 감고 잠을 청하는 여자의 이마에 입술을 꾹 내리눌렀다. 매끄러운 곡선으로 이어지는 허리와 엉덩이를 천천히 쓰다듬으며 아래로 향해 손을 뻗자, 희연이 눈을 반쯤 떴다.

"주말이잖아."

"주말이니까."

"……."

"싫어?"

이규가 피식 웃으면서 몸을 돌렸다. 희연의 등이 침대에 푹 잠겼다. 환한 햇살 아래 드러난 몸을 천천히 훑어봤다. 아직도 발갛게 부풀어 있는 젖꼭지. 몸 이곳저곳에 남아 있는 붉은 흔적. 손끝으로 배꼽 근처를 간지럽히자 그녀가 웃으면서 그의 목을 끌어안았다.

"문 잠갔어?"

"아마도."

"문 잠가."

순순히 일어나 방문을 달칵 잠갔다.

"커튼도 치고."

희연이 킥킥 웃었다. 커튼을 치자, 방이 엷은 어둠에 휩싸였다. 이규는 망설임 없이 옷을 벗어 던졌다. 안기라는 듯이 팔을 벌리는 여자의 품에 몸을 던졌다.

"더 시킬 건 없지?"

"음. 사랑한다고 한 번 더 말해 줘."

그녀가 배시시 웃었다. 얼굴이 확 달아올랐다. 어제는 분위기를 탄 덕분에 그 말을 겨우 할 수 있었는데, 그냥 하라니.

"이규야. 사랑해."

희연이 살짝 눈을 감고 그의 뺨에 입을 맞췄다. 심장이 쿵, 쿵 뛰었다.

"사랑해. 송희연."

이규는 홀린 듯이 그 말을 속삭이곤, 키스했다. 서로를 끌어안은 팔에 힘이 들어갔다.

그는 희연의 몸을 파고들면서, 완벽하게 행복하다고 생각했다.

외전. 정우의 상대

송희연과 파혼 이후, 육 년이 지났다. 그동안 정우는 또 다른 여자를 만났다. 누군가를 새로 만나는 것 자체가 어렵진 않았다. JD 그룹 오너 일가인데 누가 싫어할까. 게다가 이혼이 아니라 파혼으로 끝났으니 딱히 흠으로 남을 것도 없었다.

'아니. 오히려 이득이었지.'

송 의원에게서 백지 수표를 받은 셈이니 어찌 보면 남는 장사였다. 게다가 모든 오명은 송희연이 다 뒤집어썼고, 그는 온전히 피해자 포지션으로 남았으니까. 그의 손가락이 책상을 툭 두드렸다.

그 일 이후, 희연은 내쫓겼다고 보고받았다. 그대로 그 남자의 집으로 들어갔다고 했던가. 좁고, 더럽고, 추운 그곳에서 무슨 생각을 하고 있을지 조금 궁금하긴 했다. 후회할까. 아니면 손톱만큼의 후회도 없다고 생각할까.

'애도 낳았다고 했지.'

그 얘기를 마지막으로 더 이상 송희연에 대해 알아보지 않았다. 그 애가 유치원에 갈 나이쯤 되었을라나. 그런 생각을 하자 피식 웃음이 나왔다. 만약 그때 그대로 결혼했다면, 지금쯤 그의 아이가 유치원에 다녔을지도 모른다고 생각하니 새삼스러웠다.

그녀가 불행하길 바라는 건 아니었다. 결혼할 뻔했고, 파혼했다. 온전히 백 퍼센트 송희연이 책임졌다고 할 수는 없지만, 벌인 일의 상당 부분은 그녀가 감당했다. 그러니 그냥 그럭저럭 잘 살았으면 했다. 딱 그 정도의 사이가 아니었던가.

육 년이 지난 지금도 가끔, 그녀가 자신을 사랑하냐고 몇 번이나 묻던 것이 떠올랐다.

'사랑이라니.'

사랑했다. 아니, 사랑한다고 믿었고 그렇게 생각했다. 그래야 마땅한 일이었고 그것이 송희연과의 관계에 있어 가장 쉽고 간편한 길이었으니까. 사랑이라는 것을 한다면 그건 부부 사이에서 있어야 가장 적당하지 않은가.

물론, 사랑한다고 몇 번을 말해도 그녀는 믿어 주지 않았다.

대체 어떤 감정을 바라고 그런 질문을 던졌는지는 몇 년이 지난 지금도 아직도 정확히 알 수 없었다. 그놈처럼 욕이라도 지껄였어야 하나. 쓸데없는 생각에 정우는 피식 웃었다.

'왜 아직까지 그 여자 생각을 하는 거지.'

도무지 이해할 수 없었다. 벌써 육 년이 훌쩍 지났는데도 그는 가끔 희연을 생각했다. 그 여자는 정우를 손톱만큼도 생각하지 않을 거라는 걸 알면서도, 문득 떠오르는 생각을 멈출 수 없었다. 이것이 사랑인가? 아니면 아쉽게 놓친 상대에 대한 미련이라도 되나. 이런저런 생각에 빠져 있으니 비서가 들어왔다.

"전무님. 원영의 이예진 실장님께서 오셨습니다."

"들어오시라고 해요."

문이 열리고 세련된 정장을 입은 여자가 들어왔다.

"미리 연락 주셨으면 적당한 자리를 마련했을 텐데요."

그가 빙긋 웃자, 예진 역시 그린 듯한 미소를 지었다.

새로 정한 결혼 상대 이예진. 원영은 JD 그룹과 비교할 정도로 큰 회사는 아니지만, 상당히 큰 계열사가 여럿 있었다. 거기서 기획실 실장으로 있다던가. 아직 일하는 걸 직접 본 적은 없지만, 제법 실력도 있다고 들었다.

"격식 차린 자리에서 나눌 만한 얘기는 아닌 것 같아서요."

"앉으시죠. 차는 뭘로 하시겠습니까?"

"커피면 됩니다."

"커피 두 잔 부탁해요."

비서가 금세 커피를 내오고 잠시 침묵이 흘렀다.

"육 년 전에 파혼하셨죠?"

"다 알고 절 만난 것 아니었나요? 그리고 오래된 일입니다."

정우는 느긋하게 웃었다. 숨긴 적 없었다. 애초에 숨길 수 있는 사이즈도 아니었고. 대체 뭘 하려는 걸까. 희연과 달리 그녀에 대해서는 쥐고 있는 패가 없어서 조금 짜증이 났다. 송희연처럼 강력한 걸 하나 쥐고 있으면 좋으련만. 그러나 눈앞의 상대는 그 여자 같은 망나니가 아닌, 철저한 비즈니스형 인간이었다.

"네. 알고 만났죠. 꽤 많은 시간이 흘렀다는 것도 알고요."

"그런데 뭐가 문제입니까."

"그 여자. 사랑했어요?"

잠시 그녀의 얼굴을 바라봤다. 이런 건 왜 묻는 걸까. 그런 의문이 전해지기라도 한듯 예진이 살짝 미소 지으면서 설명을 덧붙였다.

"결혼식까지 올렸으면 그렇게 가벼운 마음으로 만났던 여자는 아닐 것 같아서요. 확실히 해 두고 싶네요. 사랑했어요?"

사랑. 사랑. 그게 대체 뭐길래 만나는 여자마다 사랑 타령인 건지. 정우는 한숨을 삼켰다. 여기서 제일 좋은 대답이 뭘까. 사랑했었다? 아니면 사랑하지 않았다? 잠시 고민하던 그는 적당한 말을 찾아냈다.

"지금은 예진 씨에게 집중하고 싶네요."

예진은 알 수 없는 표정을 지었다.

"그 말은 파혼 상대에게 구질구질한 감정 같은 건 남아 있지 않다는 뜻으로 받아들여도 되겠죠?"

"물론입니다."

"좋아요. 그거면 됐어요."

"이게 용건이었나요?"

"네."

"전화로 해도 됐을 텐데요."

"이런 얘기는 얼굴 보고 하는 게 맞다고 생각해서요."

그녀는 커피 잔에 입만 살짝 대고 내려놨다. 정말 용건은 그것뿐이었다는 듯 일어나는 모습에 정우도 자리에서 일어섰다.

"제 말을 믿는 건가요?"

그는 불쑥 물었다. 희연과는 결혼식장까지 들어갔었다. 그런데 아무 감정 없다는 말 한마디에 끝이라니. 그 물음에 예진이 싱긋 웃었다.

"부부 사이가 될 건데. 신뢰가 중요하지 않겠어요?"

이런 비슷한 말을 희연에게 했던 기억이 있었다. 정우는 충동적으로 물었다. 득이 될지, 실이 될지 따져 보지 않은 반사적인 질문이었다.

"절 사랑합니까?"

"네. 사랑해요."

잠시 침묵이 흘렀다. 두 사람 모두 동시에 피식 웃어 버렸다.

"이제 제가 질문할 차례인가요?"

"하세요."

"저 사랑하세요?"

"물론, 사랑합니다."

"좋아요. 서로 사랑하는 사이니 더 바랄 것이 없네요."

예진이 사무적인 웃음을 지었다.

"우리, 생각보다 잘 살 수 있을 것 같아요."

"저 역시 그렇게 생각합니다."

정우는 다른 이들을 대할 때처럼 익숙한 미소를 지으며 손을 내밀었다. 그녀가 망설임 없이 손을 맞잡았다. 이번엔 제대로 된 상대를 고른 것 같았다.

외전. 둘째

희연은 아기 침대를 멀뚱멀뚱 쳐다보고 있는 아이의 뒤통수를 물끄러미 바라봤다. 동생이 생긴다고 말했을 때도 시큰둥하더니, 병원에서 집으로 온 지금도 반응이 썩 좋지 않았다.

'애초에 동생 만들어 달라고 한 적이 없기도 하고.'

밋밋한 반응에 약간 걱정이 되기도 했다. 첫째가 둘째를 질투하는 경우도 많다고 하던데. 나이 차이가 제법 나긴 하지만, 그래도 혹시 모르는 거 아닌가.

"동생 손 잡아 볼까?"

희연이 웃으면서 아이의 손을 잡아끌었다.

"싫어!"

빽 소리를 지른 아이가 뒤로 주춤거리며 물러났다. 분유를 타고 있던 이규가 놀란 얼굴로 방에 들어왔다.

"무슨 일이야?"

"별거 아니야."

"아빠!"

어느새 눈에 눈물방울까지 그렁그렁 매단 아이가 이규의 다리에 달라붙었다. 그가 반사적으로 작은 머리를 쓰다듬어 주면서 희연에게 무슨 일이냐는 눈빛을 보내왔다.

어깨를 으쓱여 잘 모른다는 뜻을 전했다. 동생 손 잡아 보자고 했더니 저렇게 반응하는 걸 어쩌란 말인가. 혼나기라도 한 것처럼 세상 서럽게 훌쩍거리는 소리가 났다. 작은 등이 들썩였다.

"동생 싫어!"

울음 섞인 목소리로 외친 아이가 흐어엉 하고 목 놓아 울기 시작했다.

"동생이 싫어? 왜 싫어."

이규가 당황한 얼굴로 아이를 안아 들었다. 희연은 지끈거리는 머리를 꾹 눌렀다. 동생이 생길 거라고 말하던 그 순간부터 반응이 영 안 좋더라니. 이미 태어난 아기를 다시 배 속으로 밀어 넣을 수도 없는 것 아닌가.

"싫어. 미워……."

아이가 훌쩍거리면서 이규의 목을 끌어안았다. 커다란 손으로 등을 다독이는 손길이 능숙했다.

"왜 동생이 미울까. 아빠한테 살짝 말해 줄래?"

그가 그렇게 말하면서 천천히 다른 방으로 옮겨 갔다. 희연은 이규가 타다 만 분유를 마저 타서 아기에게 먹이기 시작했다. 가만히 숨죽이고 옆방에서 들리는 소리에 집중했지만, 두 사람의 말소리는 거의 알아들을 수 없었다. 분유를 거의 다 먹일 때쯤 되었을까. 작은 얼굴이 눈물범벅인 첫째의 손을 잡은 이규가 다시 들어왔다.

희연은 첫째에게 한마디 할까 말까 망설이다가 그냥 입을 다물었다. 고사리 같은 손으로 제 눈물을 쓱쓱 닦아 낸 아이가 멈칫거리면서 다가왔다. 젖병을 물리고 있는 그녀의 무릎 바로 앞까지 온 첫째가 이규를 힐끔 돌아봤다. 그가 고개를 끄덕였다.

둘이 대체 무슨 얘기를 하고 온 건지 궁금해졌다.

"동생 손 잡아 볼래?"

"응……."

아까는 미묘한 표정을 짓고 있더니. 지금은 나름대로 의젓한 얼굴이었다. 물론 울었던 탓에 눈가가 벌겋긴 했지만 말이다. 희연이 조그마한 아기 손을 첫째의 손에 쥐여 주었다.

"……안 미워할게."

훌쩍, 하고 우는 소리를 낸 아이가 눈을 꾹 감았다. 희연은 빈 젖병을 내려놓고 잠시 망설이다가 일어섰다.

"동생 한번 안아 줘 볼까?"

"……엄마."

"괜찮아. 여기 앉아."

일인용 소파에 아이를 앉히고, 아기를 품에 안겨 주었다. 그러곤 등을 토닥일 수 있도록 자세를 만들어 줬다. 첫째가 어설픈 손길로 아기의 등을 두드렸다.

"으, 앵……."

"어, 엄마."

"괜찮아. 힘들어?"

그 말에 아이가 머뭇거리다 고개를 흔들었다. 희연이 살짝 뒤로 물러나서 이규에게 슬쩍 다가갔다.

"뭐라고 한 거야?"

그 말에 남자가 웃으면서 대답했다.

"우리 둘만의 비밀이야."

"뭐야 그게. 뭐라고 했길래 바로 저렇게 달라진 건데."

"엄마에겐 비밀이라고 했어."

"뭐 사 주겠다고 약속한 거 아니지?"

"아니야."

희연이 눈을 가늘게 뜨고 그를 쳐다봤다. 아무래도 장난감으로 아이를 꼬신 것 같진 않았다.

"이번만 대충 넘긴 거야, 아니면 잘 설득한 거야?"

"잘 설득했어. 걱정하지 마."

이규가 그녀의 어깨를 가볍게 끌어안고 이마에 입술을 꾹 눌렀다. 아기가 작게 트림하는 소리가 났다. 그가 첫째의 머리를 쓰다듬어 줬다.

"잘했어. 이제 동생 어때? 아직도 싫어?"

"따듯해."

"작고 따듯하지."

"응."

"동생은 아직 아기라서, 조심조심 만져야 돼. 알았지?"

"응……."

"자 이제 동생 코 자라고 눕혀 주자."

이규가 아기를 다시 아기 침대에 눕혔다. 아까 전까지만 해도 싫다고 소리를 빽 지르던 아이가 손을 뻗어 동생의 가슴을 토닥여 주기까지 했다.

'어떻게 한 걸까.'

정말 미스터리였다. 태권도장을 차릴 준비를 하면서, 이규는 아이들에게 점점 더 익숙해졌다. 햇수를 채워서 사범 자격증만 획득하면 바로 도장을 내도 될 정도로 말이다. 지금도 다니는 도장의 부사범 중에서는 제일 인기 있다고 했던가.

"신기하네……."

희연이 작게 중얼거렸다. 학원을 하긴 하지만 어려 봐야 중학생 정도를 상대하는 그녀에게는 이규의 능력 아닌 능력이 마법처럼 느껴질 정도였다.

"자, 동생 자니까 조용히 놀자?"

"응."

어느새 눈물을 뚝 그친 아이가 머뭇거리면서 오더니 희연의 앞에서 몸을 배배 꼬았다.

"엄마."

"응, 왜?"

허리를 숙여 시선을 맞춰 줬다.

"동생 많이 예쁘다 해 줄게."

먼저 이런 말을 할 줄이야. 대체 무슨 말을 했길래. 그녀는 첫째를 안아 주곤 이규를 멀뚱히 쳐다봤다. 이번엔 그가 어깨를 으쓱였다.

아이를 방으로 돌려보내고 나서, 희연은 남자의 팔을 붙잡았다.

"어떻게 한 거야?"

"비밀이라니까."

"강이규."

"난 약속을 지키는 아빠거든."

그가 씩 웃었다. 절대 말해 주지 않을 거라는 표정에 입술을 삐죽이자, 이규가 고개를 숙여 살짝 키스했다. 희연은 약간 눈을 감고 허리에 팔을 감았다.

"음."

살짝 각도를 틀어 입술을 맞대고, 서로의 숨이 조금 섞인 순간. 강렬한 눈빛이 느껴졌다. 두 사람은 누가 먼저라 할 것도 없이 고개를 돌렸다. 첫째가 골이 난 표정으로 엄마 아빠를 쳐다보고 있었다.

"또 뽀뽀해. 또!"

"……이리 와."

머쓱해진 희연이 애써 아무렇지 않은 척하며 손짓하자 아이가 쪼르르 달려와 답삭 안겼다. 이규가 한숨을 쉬면서 첫째의 작은 코를 톡톡 두드렸다.

"너는 아기 때나 지금이나 엄마 아빠를 방해하는구나."

그 말에 옛날이 생각나 피식 웃음이 나왔다. 그 순간 기다렸다는 듯 또 다른 소리가 났다.

"으, 앵……."

울음소리에 이규가 능숙하게 아기를 안아 들었다.

"이제 둘이 됐네."

웃음기 어린 희연의 말에 그가 약간 울상을 지었다.

외전. 그리고

"희연이가 둘째 낳았다더라."

어머니의 말에 식탁에는 잠시 침묵이 감돌았다. 막내 희연과 연을 끊은 지 십 년. 말은 하지 않았지만 그동안 소식 정도는 알음알음 알고 있었다.

'아무리 그래도 막내는 막내다 이거지.'

사고 칠까 봐 불안해서인지, 아니면 정말 잘 살고 있는지 걱정해서인지. 부모님은 정기적으로 사람을 붙여 희연의 일거수일투족을 보고 받았다. 그 얘기가 첫째인 지연에게도 흘러들어 왔지만 가족 중 그 누구도 그것에 대해 말을 꺼낸 적은 없었다.

건드리면 수습할 수 없을 만큼 흘러나오는 고름 같은 걸 대하는 것처럼.

맞은편에 앉은 남동생을 쳐다보자, 시선을 느꼈는지 그가 고개를 들더니 눈썹을 까닥 움직였다. 그녀는 잠시 생각하다가 어머니

469

의 말에 슬쩍 맞장구를 쳤다.

"첫째는 이제 학교 갈 나이 아니었어요?"

"이제 초등학교 갔지."

"벌써 세월이 그렇게 흘렀네요."

아버지를 쳐다봤지만 그는 아무런 반응도 내비치지 않았다.

송희연. 막냇동생. 나이 차가 제법 나는 관계라 아주 친하게 지
낸 적도 없었지만 그렇다고 해서 그렇게 먼 사이도 아니었다. 그
냥, 챙겨 줘야 하는 동생. 그 이상도 이하도 아닌 존재였다고 해야
할까.

학교 다닐 때는 그럭저럭 부모님의 기대에 부응하는 듯하더니.
어디서부터 엇나갔는지 반항을 일삼다가 어느 순간 정신을 차려
보니 집을 나갔다는 얘기를 들은 게 마지막이었다. 평생 철들지 않
을 줄 알았는데. 그래도 근 십 년간 아무런 말이 나오지 않았던 것
을 보면, 나름대로 마음잡고 잘 사는 것 같긴 했다.

"걔도 이제 정신 차렸겠죠."

묵묵히 있던 동생이 차분한 목소리로 말을 꺼냈다. 제 딴엔 오
빠라고 나름대로 희연을 챙겨 주던 놈이긴 했다.

"미술 학원 한다더라."

"배운 게 그것뿐이라서 그렇겠지."

화가 난 듯 수저를 탁 내려놓은 아버지가 딱딱하게 굳은 얼굴로
말을 꺼냈다.

"강 서방이 대학도 졸업하고, 얼마 전에 도장도 차렸다던데."

"당신 지금 그놈을 사위 취급하는 거야?"

아버지가 인상을 팍 찌푸렸다. 어머니가 코웃음을 치곤 말을 이

어 갔다.

"갓난애도 있는데 학원은 어떻게 하나 몰라."

"알아서 하겠지. 자식새끼를 낳아도 연락 하나 없는 놈 신경 쓸 거 없어!"

옆에 앉아 있던 남편이 그제야 눈치챈 듯 그녀의 옆구리를 쿡 찔렀다.

"장인어른은 처제가 연락 없어서 서운하신가 봐."

"그걸 이제 알았어?"

속닥거리는 말에 피식 웃었다. 첫째를 낳았을 때는 꾹 참고 넘어가는 듯하더니. 둘째까지 생기고 나자 분통이 터지시는 모양이었다. 자식은 자식이라고 마주쳤다 하면 냉랭하게 서로를 상처 주지 못해 안달이더니. 손주의 효과인지도 몰랐다.

"이번 추석에 희연이도 부를까 하는데."

"멋대로 뛰쳐나간 애를 뭐 하러 불러."

"지연아. 네가 연락 좀 해 봐라."

갑작스러운 지목에 그녀가 인상을 살짝 찌푸렸다.

"연락은 무슨!"

아버지의 호통에 지연이 난처한 얼굴로 어머니와 아버지를 번갈아 쳐다봤다. 어머니는 손주들이 너무 보고 싶은 모양이었다.

'하긴. 우리 애들이랑 둘째 애들은 이미 다 커 버렸으니.'

제일 어린애가 고등학생이니 아기 같은 귀여움이 사라져서 서운하실 만했다. 거기다가 이제 막 태어난 갓난아이라니 얼마나 예쁠까. 아버지도 말은 험하게 하시지만 손주는 궁금하신 게 티가 나고.

"제가 연락해 볼게요."

"그래. 이번 추석에 올 수 있으면 오라고 해."

"올 생각 하지도 말라고 해."

"초등학교 들어갈 때 책가방이라도 사 줘야 하는 거 아니냐고 할 땐 언제고."

어머니의 말에 아버지의 얼굴이 살짝 달아올랐다. 헛기침을 하시는 걸 보면 진짜로 두 분만 계실 때 그런 대화를 하긴 한 모양이었다.

지연은 어깨를 살짝 으쓱였다.

"시간 될 때 연락해 볼게요."

굳이 말로 하진 않았지만. 부모님과 희연의 관계가 어떤지는 알고 있었다. 그녀는 이렇게 사는 것에 꽤 만족했으나 막냇동생은 가족들에 비해 욕심이 별로 없었다. 좋은 말로 표현하면 소박하게 살고 싶어 했고. 나쁜 말로 표현하면 아무런 의욕이 없었다고 해야 할까.

어떻게든 더 높은 자리에 가고 싶어 하는 사람들 사이에서 희연의 존재는 꽤나 이질적이었다. 부모님은 그런 막내를 이해하지 못했다.

'아니. 이해하고 싶지 않았을지도 모르지.'

십 년 전까지만 해도 어떻게든 더 높이 올라가기 위해 아등바등하셨던 분들이니까. 자식이든 뭐든. 도움이 된다면 써먹으려 했을 뿐이다. 그것이 나쁘다는 생각은 하지 않았다. 지연도 그런 식으로 부모님을 대했다. 그렇게 대해 졌고, 그랬기에 똑같이 했을 뿐이었다. 필요하면 이용하고 도움이 되면 도움을 청했다. 덕분에 그녀는 무사히 정계에 진출해 지금도 차근차근 위로 올라가는 중이 아닌가.

하지만 희연에게는 그런 것들이 버거웠을 게 분명했다. 막내와 아주 가깝진 않았어도, 그 아이가 그런 셈을 하면서 살지 않는다는 것 정도는 알고 있었으니까.

그냥 평범한 집에서, 적당히 만족하는 사람들 사이에서 살았으면, 충분히 행복했을 텐데.

지연은 씁쓸하게 웃었다.

'그래도 다 내려놓고 나니 달라지셔서 다행이라고 해야 하나.'

죽을 때까지 그렇게 살 것 같던 부모님은, 정계에서 은퇴하고 난 후에 조금씩 변했다. 악착같이 권력을 쥐려고 했던 것이 허망해지기라도 한 건지. 모든 것에서 물러서서 생각해 보니 막내를 이해하게 된 건지는 모르겠지만, 어쨌든 '가족'이라는 것을 다시 생각하게 된 것만은 분명했다.

아니면 그저 나이가 들어서. 이제 얼마 남지 않았다는 생각에 막내가 신경 쓰이는 걸지도 모르고.

'어느 쪽이든 다시 보고 싶은 것만은 확실하지.'

그녀도 아주 오랜만에, 희연이 보고 싶었다. 마지막으로 봤던 순간이 마지막인 줄도 모르고 평소와 같이 흘려보냈으니까. 두고두고 후회한 건 아니지만, 마음 한구석이 불편했던 건 사실이었다.

지연은 피식 웃었다. 부모님이 달라졌던 만큼. 자신도, 이 가족도 전부 조금씩 변한 게 분명했다. 이런 마음이 드는 것을 보면.

무려 십 년이다. 그 세월이 부모님을 조금 무르게 만든 만큼, 희연도 무르게 만들었길 바랐다.

"응, 응······."

희연은 고개를 살짝 끄덕였다. 약간 굳어 있는 표정을 눈치챘는지 이규가 그녀의 옆에서 안절부절못하며 기웃거렸다.

"알았어. 생각해 볼게."

그리 반기지 않는 반응인 걸 눈치챘는지 언니가 작게 한숨을 내쉬었다.

-말은 안 하셔도 보고 싶어 하셔. 한 번만 먼저 연락하면 안 되겠어?

"언니를 시킬 거였으면 그냥 나한테 연락하면 되잖아."

-부모님 성격 알잖아. 죽어도 먼저 못 굽히시는 거.

"······."

-한 번만 봐드려. 이제 연세도 있는데.

작게 한숨을 내쉬었다. 언니의 말이 맞긴 맞았다. 막말로 이제 길어야 십 년 정도 남았다. 벌써 두 분 모두 일흔 정도 되었으니까. 희연의 고민을 알아챈 듯 언니가 꼭 연락드리고 추석에 오라며 못을 박았다.

-차는 보내 줄 테니까 걱정 말고. 애들도 할머니 할아버지를 만나 봐야지.

"알았어."

애들이 있어서인지, 아니면 십 년의 세월이 그녀를 조금 무르게 만든 것인지. 그래도 부모님이라고 조금 보고 싶긴 했다. 오히려 오랫동안 멀리한 덕분인지도 몰랐다.

"뭐야? 누구야? 언니?"

전화를 끊자마자 이규가 고개를 들이밀면서 물었다. 희연은 그의 품에 안겨 새근새근 자고 있는 아기의 뺨을 매만졌다.

"응. 언니."

"아······."

남자가 어색한 표정을 지었다. 그녀의 가족 관계에 대해 이런저런 말은 들었지만, 이규는 실제로 희연의 가족을 본 적이 한 번도 없었다.

"뭐래?"

"추석에 집에 오라는데."

"뭐? 왜?"

"부모님이 손주가 보고 싶으신가 봐."

"왜?"

"······나이 들어서?"

희연이 피식 웃으면서 어깨를 으쓱였다. 이규의 얼굴에는 혼란이 가득 떠 있었다. 지금 가족을 이루고 잘 살고 있지만 그에게 '송희연'과 '아이'를 제외한 다른 가족은 너무나도 먼 존재임이 분명했다.

"꼭, 가야 돼?"

"싫어?"

"시, 싫은 건 아닌데."

"가지 말까?"

품에 안긴 아기를 물끄러미 내려다보던 남자가 복잡한 표정을 했다. 잠시 고민하던 그가 결심한 얼굴로 고개를 들어 올렸다.

"가고 싶으면 가자."

"······가기 싫은데. 가고 싶기도 해."

희연의 말에 이규가 더욱 혼란에 빠졌다. 그녀는 웃음을 터뜨렸다.

"엄마. 나 사탕."

방에서 놀고 있던 첫째가 쪼르르 나와서 매달렸다. 고개를 숙여 시선을 맞춘 희연이 작은 손을 꼭 붙잡고 물었다.

"엄마가 궁금한 게 있는데. 혹시 할머니 할아버지 만나고 싶어?"

"할머니?"

"응. 엄마의 엄마랑 아빠."

아이의 동그란 눈이 깜박였다.

"만날래. 나도 할머니 있으면 좋겠어."

"그렇다는데. 이규야?"

"가! 나도 장인어른이랑 장모님께 인사드리고 싶었어!"

허세 넘치는 말과 달리 표정은 '이제 어떻게 하지?'라는 감정이 고스란히 드러나 있었다. 희연은 그 뜻을 읽어 내지 못한 척 시치미를 떼곤 알았다고 대답했다.

"야, 야아. 송희연. 어떻게 해?"

차가 주택가로 들어서기 시작하면서 이규가 떨리는 목소리로 물었다.

"어떻게 하긴 뭘 어떻게 해. 편하게 해."

"자, 장모님이랑 장인어른이랑 처음 뵙는 자리인데. 어떻게 편하게 해."

"되도 않는 모습 보여 주다가 나중에 도리어 점수 깎아 먹지 말고. 그냥 네 모습 그대로 보여 드려."

"아빠 지금 엄청 땀나."

"응, 아빠 지금 땀나……."

그가 이마에 송골송골 맺힌 식은땀을 닦아 냈다. 그러다 아이의 손을 조몰락거리면서 무언가를 중얼거렸다. 희연이 가만히 들어 보니 인사말을 연습 중이었다.

"장모님이라고 불러도 돼? 화내시면 어떻게 하지?"

"어머님이라고 하든지."

"어떻게 그래."

"왜. 그럼 아주머니라고 부르게?"

"미쳤…… 말도 안 되는 소리 하지 마."

미쳤냐는 소리를 하려던 남자가 옆에 앉아 눈을 데구루루 굴리고 있는 아이를 보더니 황급히 말을 바꿨다. 쉴 새 없이 중얼중얼하던 그가 이번엔 아이를 붙잡고 열심히 교육을 시작했다.

"인사하는 거 가르쳐 줬지?"

"응."

"아빠가 인사하면 같이 해야 돼."

걱정 가득한 말에 어른스럽게 고개를 절레절레 저은 아이가 보란 듯이 양손을 배꼽에 올리곤 고개를 꾸벅 숙였다.

"할머니, 할아버지. 안녕하세요."

"응…… 그래."

"이규야. 심호흡해. 다 왔다."

희연은 무려 십 년 만에 보는 집의 담벼락을 바라보면서 작게 중얼거렸다. 좋은 추억만 남았을 정도로 화목한 집은 아니었지만, 그래도 가족이라고 약간 뭉클한 마음이 들기도 했다. 희연의 말에 완전히 새파래진 남자가 헐떡이면서 심호흡을 했다.

"엄마. 아빠 죽을 거 같아."

아이가 고사리 같은 손으로 이규의 등을 툭툭 두드렸다. 차가 매끄럽게 멈춰 서고, 희연은 첫째의 손을 꼭 잡았다. 고맙게도 차를 타고 오는 내내 거의 칭얼거리지도 않은 둘째를 품에 꼭 안은 남자가 천천히 바닥에 발을 디뎠다.

"나 싫어하시면 어쩌지?"

"그러면 다시 돌아가자."

"송희연. 여기까지 와 놓고 그게 무슨 말이야."

"너 상처 주면서까지 여기 있을 생각 없어."

이규가 눈을 동그랗게 떴다. 희연이 심호흡을 하곤 벨을 눌렀다. 잠시 시간이 지나고 대문이 천천히 열렸다. 십 년이라는 세월 동안 한층 더 나이 들어 버린 부모님의 모습에 희연이 입술을 달싹였다. 별것 아닌 일이라고 생각했는데. 막상 이렇게 마주하니 쉽게 입이 떨어지질 않았다.

"……."

그녀를 힐끔 쳐다본 남자가 씩씩한 목소리로 외치며 허리를 꾸벅 숙였다.

"처음 뵙겠습니다. 강이규입니다. 어머님. 아버님."

"할머니, 할아버지. 안녕하세요."

아이가 아까 연습한 대로 아빠를 따라 허리를 꾸벅 숙이면서 크게 인사했다.

희연은 입술을 달싹이다가 겨우 말을 꺼냈다.

"……잘 지내셨어요."

그 말에 이제 머리가 희끗해진 어머니가 한 걸음 나와서 그녀를 끌어안았다. 말없이 한 번 안아 주고 다시 뒤로 물러서자, 아버지가 헛기침을 했다.

"들어와라. 지연이랑 차연이는 벌써 와 있다."

"사위도 들어오고."

마치 설에도 만나고, 이번 추석에도 만난 것처럼 태연하게 대하는 모습에 희연은 조금 안도했다. 이규가 아직도 바짝 긴장한 얼굴로 대문을 넘으며 소곤거렸다.

"괜찮은 거야? 나 잘했어?"

"잘했어. 걱정하지 마. 사위라고 불렀잖아."

"와아, 엄마. 집 엄청 크다……."

아이가 잔디밭을 보고 눈이 동그래져선 그녀의 손을 잡아당겼다. 희연은 말없이 남편의 손을 잡았다. 그가 움찔 떨더니 그녀의 손을 꽉 움켜쥐었다.

조금 어색하지만 그래도 나쁘지 않았다. 십 년간의 공백이 있었던 것치고는.

희연은 이규와 함께 문 안으로 들어갔다.

"언니? 오빠도 있네."

"십 년 만에 막냇동생이 온다는데 안 올 수 있나."

지연이 가볍게 대답했다. 형부와 새언니는 물론이고, 조카들도 십 년 만에 보는 셈이었다. 조카들은 밖에서 봤다면 조카인 걸 모를 정도로 훌쩍 자라 있었다.

"안녕하십니까! 강이규입니다. 말씀 많이 들었습니다."

이규가 바짝 긴장한 목소리로 꾸벅 인사를 했다. 걱정과 달리 가족들 모두가 아무렇지 않은 얼굴로 인사를 건넸다. 다 같이 둘러앉은 가운데 아이가 재롱을 피우니, 분위기가 제법 부드러워졌다.

어느새 둘째를 건네받은 아버지가 아이를 보며 기쁜 듯 웃었다. 저렇게 웃는 건 처음 보는 것 같았다. 희연이 조금 멍하게 그 모습을 보고 있으니, 이규가 슬쩍 손을 잡았다.

"괜찮아?"

"……응. 괜찮아."

아, 정말로 달라졌구나. 십 년이라는 세월이 그냥 지나간 건 아니었구나.

새삼스럽게 그 사실을 깨달았다. 그녀는 이규의 손을 꽉 맞잡았다. 이 집에 웃음소리가 들리는 것 자체가 낯설었다.

예전에 드라마나 영화에서만 봤던, 온 가족이 모여 행복하게 웃는 그 장면 속으로 들어온 느낌이었다. 희연은 희미하게 굳어 있던 표정을 풀고 살짝 웃었다.

이대로 엔딩이라면, '영원히 행복했습니다.'라는 자막이 어울릴 것 같았다.

"이규야. 고마워."

그 말에 남자가 고개를 살짝 기울였다. 그녀는 대답 대신 손을 꼭 붙잡으면서 그의 어깨에 기댔다. 완벽한 엔딩이었다.

-마침-